Les veilleurs du feu

J'AI LU

CONNIE WILLIS

Les veilleurs du feu

ÉDITIONS J'AI LU

Rituel du service des morts, Perdu et retrouvé, Le père de la mariée, Une lettre des Cleary, Car certains sont venus de loin, Le sidon dans le miroir, Bille de clone, Drôle de samaritain (traduits par Françoise JAMOUL).

Les veilleurs du feu (traduit par Philippe R. HUPP et paru dans Univers 1984 sous le titre *Fire Watch*).

Joyeux Noël, mes chéris! (traduit par Iawa TATE et paru dans Univers 1982).

Marguerite au soleil (traduit par Eric COWEN et paru dans Univers 1982).

La lune bleue (traduit par Henry-Luc PLANCHAT et paru dans Univers 1985).

Le seul livre que je n'aie pu me procurer pendant que j'écrivais cette histoire est celui dont j'avais le plus grand besoin : l'ouvrage du révérend Dean W. R. Matthews, Saint Paul en temps de guerre, *écrit juste après la guerre et consacré à la surveillance volontaire. Il était mentionné dans chaque livre que je lisais et je savais que j'y trouverais les renseignements qui ne figuraient nulle part ailleurs : où dormaient les veilleurs dans la crypte, comment ils se nourrissaient, combien de temps duraient les gardes, comment on accédait aux toits et tout ce qu'il fallait savoir sur l'organisation de la surveillance.*

Le livre était épuisé, introuvable même à Saint-Paul, bien que l'hôtesse m'ait assuré que c'était « un ouvrage passionnant ». Finalement, un ami me le procura par l'intermédiaire d'une librairie spécialisée de Londres et me le fit parvenir, juste après la parution de Fire Watch.

Effectivement, il est passionnant. Comme je le pensais, il m'a fourni tous les détails dont j'avais tant besoin, mais trop tard. Détails et circonstances qui, comme par hasard, constituent justement le sujet de cette histoire.

LES VEILLEURS DU FEU

L'histoire a triomphé du temps, que seule l'éternité avait jusqu'alors réussi à vaincre.
Sir Walter RALEIGH

20 septembre – Bien entendu, j'ai commencé par chercher la stèle commémorative. Et, bien entendu, pas de stèle. Elle n'a été scellée qu'en 1951, après un discours du Très Révérend Doyen Walter Matthews, et nous ne sommes qu'en 1940. Je le savais. Je ne suis allé voir qu'hier cette fameuse dalle célébrant le courage des veilleurs volontaires, avec le vague sentiment qu'une visite des lieux du crime m'aiderait. Il n'en a rien été.

Tout ce qui aurait pu m'aider, ç'aurait été un cours intensif sur Londres à l'époque du Blitz et un délai supplémentaire. Je n'avais obtenu ni l'un ni l'autre.

– Voyager dans le temps, ça n'est pas la même chose que prendre le métro, M. Bartholomew, avait déclaré l'estimé Dunworthy en m'observant à travers ses fichus binocles antédiluviens. Ou vous faites votre exposé sur le XXe, ou vous ne partez pas du tout.

– Mais je ne suis pas prêt, avais-je protesté. Ecoutez, il m'a fallu quatre ans pour me familiariser avec saint Paul, *le saint*; rien à voir avec la cathédrale. Comment voulez-vous qu'en deux jours, je sois prêt à faire Londres à l'époque du Blitz ?

– C'est faisable, m'avait répondu Dunworthy.
Fin de la conversation.

– Deux jours ! avais-je hurlé à Kivrin, la fille qui partageait ma chambre. Et tout ça parce qu'un ordinateur a fait une petite erreur de syntaxe. Et quand je lui explique le problème, ce cher Dunworthy ne daigne même pas sourciller. « Voyager dans le temps, ça n'est pas la même chose que prendre le métro, jeune homme, qu'il me fait. Je vous conseille de vous préparer. Vous partez après-demain. » Il est d'une totale incompétence.

– Non, m'avait-elle répondu. Au contraire, c'est le meilleur de sa spécialité. C'est lui qui a écrit le livre sur St. Paul ; tu ferais peut-être bien d'écouter ce qu'il a à te dire.

Je pensais que Kivrin m'aurait au moins soutenu. Quand on avait modifié son sujet d'épreuve en lui donnant l'Angleterre au XIVe siècle à la place du XVe, elle avait crié au scandale. D'ailleurs, dans un cas comme dans l'autre, on lui faisait un cadeau. Même en tenant compte des épidémies, la cote de risque ne devait guère dépasser cinq. Le Blitz, lui, est coté à huit et St. Paul à dix. Ma veine habituelle...

– Tu penses que je devrais retourner voir Dunworthy ?

– Oui.

– Et qu'est-ce que cela changera ? Je n'ai que deux jours. Je ne connais pas la monnaie, ni la langue ni l'histoire. Rien.

– C'est un brave homme. Je crois que tu ferais bien de l'écouter tant qu'il en est encore temps.

Sacrée Kivrin. Toujours prête à me réconforter.

Et c'est grâce à ce brave homme que debout devant les battants du portail ouest grand ouvert, tenant parfaitement mon rôle de plouc désorienté, je cherchais une pierre qui n'existait pas. Grâce à ce brave homme, j'abordais mon stage sans la moindre préparation.

La pénombre régnait à l'intérieur de la cathédrale.

Je ne distinguais que la lueur vacillante d'un cierge, très loin, et une forme blanche se rapprochant de moi. Sans doute un bedeau, ou même le Très Révérend Doyen lui-même. J'ai tiré de ma poche la lettre de mon oncle pasteur au pays de Galles, lettre qui était censée me permettre d'approcher le doyen, tout en m'assurant que la microfiche de l'*Oxford English Dictionary, nouvelle édition augmentée de suppléments historiques*, que j'avais réussi à sortir en douce de la Bodléienne (1) se trouvait toujours dans cette même poche. Je ne pouvais pas m'en servir en pleine conversation mais, avec un peu de chance, j'espérais franchir le cap de la première rencontre en m'aidant du contexte et vérifier par la suite les mots qui m'échappaient.

– Etes-vous de la dépée ? m'a-t-il demandé.

Il n'était guère plus âgé que moi et bien plus mince. Je le dépassais d'une tête. Avec ses allures d'ascète, il me rappelait un peu Kivrin. Il ne portait pas de chasuble blanche mais serrait contre sa poitrine ce qu'en d'autres circonstances j'aurais pris pour un oreiller.

En d'autres circonstances, j'aurais compris ce qu'on me disait, mais je n'avais pas eu le temps de désapprendre le latin de la Méditerranée orientale ni la loi juive pour apprendre le cockney et les mesures contre les attaques aériennes. Deux jours en tout et pour tout, et l'estimé Dunworthy qui tenait à me parler des devoirs sacrés de l'historien au lieu de me dire ce qu'était la dépée !

– Alors, vous êtes de la dépée ? a répété le bedeau.

J'étais à deux doigts de sortir mon OED ; après tout, le pays de Galles, c'était l'étranger. Mais je me suis dit qu'en 1940, ils ne devaient pas avoir de microfilms. La dépée. Cela pouvait être n'importe quoi, y compris le terme couramment utilisé pour désigner les équipes

(1) Célèbre bibliothèque fondée à Oxford au XVIe siècle par le diplomate anglais Thomas Bodley. *(N.d.T.)*

de surveillance contre les incendies. Auquel cas, je n'avais rien à gagner à répondre impulsivement par la négative.

– Non, ai-je répondu.

Il s'est précipité dans ma direction pour jeter un coup d'œil au-dehors puis, revenant vers moi, s'est écrié :

– Bon sang ! mais qu'est-ce qu'elles foutent ? Comme d'habitude, ces espèces de cocottes bourgeoises se tournent les pouces !

Et moi qui pensais m'en sortir grâce au contexte !

Il m'examinait d'un air soupçonneux comme s'il pensait que je mentais en affirmant que je ne faisais pas partie de la dépée.

– L'église est fermée, a-t-il ajouté.

– Je m'appelle Bartholomew. Est-ce que le doyen Matthews est là ? ai-je demandé en tendant l'enveloppe.

Il a regardé au loin comme si les cocottes bourgeoises allaient arriver d'une seconde à l'autre et qu'il s'apprêtait à les affronter avec son paquet de linge blanc, puis s'est tourné vers moi et m'a fait, comme s'il s'agissait d'une visite guidée :

– Par ici, s'il vous plaît.

Je l'ai suivi dans la pénombre.

Il m'a conduit sur la droite, au bout de la travée sud de la nef. Heureusement, je me souvenais encore parfaitement du plan des lieux ; sans quoi, au lieu de me laisser mener je ne sais où dans l'obscurité la plus totale par un bedeau en plein délire, je me serais précipité vers le portail ouest pour me réfugier à St. John's Wood. Mais savoir où je me trouvais ne me servait pas à grand-chose. Nous devions être au niveau de la toile de Hunt, *La Lumière du monde* – Jésus avec sa lanterne –, mais il faisait trop noir pour voir quoi que ce soit. La lanterne en question nous aurait été bien utile.

Il s'est brusquement arrêté devant moi et s'est remis à déclamer.

– On ne demandait pas le Savoy, juste quelques lits de camp. Nelson a plus de chance que nous – lui, au moins, il a un oreiller. (Dans l'obscurité, il s'est mis à brandir son paquet blanc comme une torche. C'était bel et bien un oreiller.) Il y a plus de quinze jours qu'on les a demandés, et on dort toujours au-dessus des fichus généraux de Trafalgar parce que ces idiotes veulent jouer à la dînette avec les tommies à Victoria et qu'elles nous laissent tomber !

Apparemment, il ne s'attendait pas à ce que je réponde à son accès d'humeur et c'était une chance, car j'avais peut-être saisi un mot sur trois. Il me précédait, marchant à pas lourds, quittant le halo pathétique d'un cierge d'autel pour replonger dans l'ombre. Numéro vingt-cinq : escalier menant à la Galerie à Echo, au Dôme, à la bibliothèque (interdite au public). Arrivés en haut de l'escalier, nous avons suivi un couloir et nous sommes arrêtés devant une porte médiévale. Deux, trois coups.

– Il faut que j'aille les attendre, m'a dit le bedeau. Si je ne suis pas là, elles sont capables de tout déposer à l'abbaye. Pourriez-vous demander au doyen de les appeler encore une fois ?

Puis il a redescendu les marches de pierre en étreignant toujours son oreiller comme un bouclier.

Il avait bel et bien frappé à l'épaisse porte de chêne, mais manifestement le Très Révérend Doyen n'avait rien entendu. J'allais devoir frapper à mon tour et je ne me sentais pas particulièrement à l'aise. Oui, je sais, l'homme qui tenait la bombe de précision avait dû lui aussi se décider à passer à l'acte... mais le fait de savoir que tout ira tellement vite que vous ne sentirez rien ne vous aide pas pour autant à décider : « Maintenant ! » Voilà pourquoi je restais debout devant la porte, maudissant le département d'histoire, l'estimé Dunworthy, l'ordinateur qui avait commis l'erreur et m'avait conduit jusqu'à ce seuil avec, en guise de sauf-conduit, une lettre d'un oncle fictif qui, à l'instar de ses contemporains, ne m'inspirait aucune confiance.

Même la bonne vieille Bodléienne m'avait fait faux bond. (Toute la documentation commandée par l'intermédiaire de Balliol et du terminal central doit se trouver actuellement dans ma chambre, hors de ma portée, à un siècle d'ici.) Et Kivrin qui avait déjà fait son stage et qui aurait dû me prodiguer des conseils à longueur de journée s'est contentée de tourner autour de moi, aussi silencieuse qu'une sainte, jusqu'à ce que je la supplie de m'aider.

– Es-tu allé voir Dunworthy ? m'a-t-elle demandé.

– Oui. Et sais-tu quels sont les inestimables renseignements qu'il m'a confiés ? « Le silence et l'humilité sont les devoirs sacrés de l'historien. » Il m'a aussi déclaré que j'adorerais la cathédrale St. Paul. Les grandes phrases du maître. Malheureusement, ce que je cherche à savoir, c'est quand et à quel endroit les bombes tomberont pour que je n'en prenne pas une sur le coin de la figure. (Je me suis affalé sur le lit.) Tu as une suggestion à me faire ?

– Comment maîtrises-tu la mobilisation de mémoire ?

– Assez bien. (Je me suis assis.) Tu crois que je devrais assimiler ?

– Pas le temps. A mon avis, tu devrais mettre tout ce que tu peux directement en mémoire longue.

– Tu penses aux endorphines ?

L'utilisation de substances destinées à faciliter la mémorisation pour mettre des informations en mémoire longue a un inconvénient majeur : ces informations ne se fixent jamais, ne serait-ce que l'espace d'une microseconde, dans la mémoire brève. De fait, les mobilisations sont compliquées et assez énervantes. Lorsqu'on a brusquement la connaissance de quelque chose dont on sait, avec certitude, qu'on ne l'a jamais vu ni entendu auparavant, on éprouve une sensation de *déjà vu* extrêmement déconcertante.

Pourtant, ce n'est pas l'effet en question mais la mobilisation elle-même qui pose un problème. Personne ne sait exactement de quelle manière le cerveau sélectionne les informations stockées, mais c'est une opération qui, de toute évidence, met la mémoire brève à contribution. Ce passage extrêmement court, d'une durée parfois infime, de l'information dans la mémoire brève est apparemment utilisé pour faciliter sa disponibilité immédiate. Quant aux fonctions sélection-classement qui composent le processus complexe de la mobilisation, elles sont, semble-t-il, localisées dans la mémoire brève. Sans elles, et sans l'aide des drogues ou substituts artificiels, l'information peut devenir impossible à récupérer. J'avais souvent fait appel aux endorphines lors d'examens sans avoir le moindre problème de mobilisation et c'était apparemment le seul moyen d'emmagasiner en un minimum de temps tous les renseignements dont j'avais besoin, mais cela signifiait également que je n'en aurais *jamais* eu la moindre connaissance, même pas depuis assez de temps pour les avoir oubliés. Au moment de la mobilisation, si tout se passait bien, l'information me reviendrait. Mais jusqu'à cet instant, je serais dans l'ignorance totale, comme si toutes ces informations n'avaient jamais été stockées dans un recoin sombre, envahi par les toiles d'araignées de mon cerveau.

– Tu peux faire des mobilisations sans agents artificiels, non ? m'a demandé Kivrin, l'air sceptique.

– Je crois qu'il faudra bien.

– En étant stressé ? Sans dormir ? Avec un faible taux d'endorphine naturelle ?

En quoi exactement avait consisté son stage ? Elle n'en avait jamais soufflé mot et les étudiants de premier cycle ne sont pas censés poser de questions à ce sujet. Les facteurs de stress au Moyen Age ? Je m'imaginais que les gens se bornaient à prendre une bonne nuit de sommeil.

Je lui ai répondu :

– J'espère que je m'en sortirai. De toute manière, je suis prêt à tenter l'expérience si tu penses que ça peut m'aider.

Elle m'a regardé avec son air de martyre.

– Rien ne peut t'aider.

Merci, sainte Kivrin de Balliol.

Mais j'ai tout de même tenté le coup. Plutôt cela que rester cloîtré dans les bureaux d'un Dunworthy m'épiant derrière ses lunettes d'époque, et m'entendre dire : « Vous verrez, la cathédrale St. Paul vous passionnera. »

Comme mes commandes de la Bodléienne n'arrivaient pas, j'avais racheté les documents de Blackwell au prix d'un dépassement de crédit. Des bandes sur la Seconde Guerre mondiale, la littérature celtique, l'histoire des transports en commun, des guides touristiques, tout ce qui m'était passé par l'esprit. Puis j'avais loué une platine ultra-rapide pour tout ingurgiter. Sorti de là, j'étais tellement angoissé à l'idée de n'en savoir pas plus qu'avant que j'ai pris le métro jusqu'à Londres pour me précipiter à Ludgate Hill. J'ai vu la stèle, mais elle n'a déclenché aucun souvenir.

« Ton taux d'endorphine est encore insuffisant », me suis-je dit. J'ai essayé de me détendre, tâche rendue impossible par la perspective du stage. Ici, bonhomme, on tire à balles réelles. Et un étudiant en histoire qui fait son stage peut se faire tuer comme tout le monde. J'ai repris le métro et je me suis plongé dans les livres d'histoire jusqu'à ce que les larbins de Dunworthy me conduisent à St. John's Wood, ce matin.

J'ai fourré tant bien que mal l'OED en microfiches dans ma poche-revolver et je suis parti à l'aventure, persuadé que ma survie dépendrait de mon bon sens natif et espérant que je trouverais en 1940 les drogues chimiques qui m'étaient nécessaires. J'escomptais passer sans incident le cap du premier jour, et voici que j'étais figé sur place dès le premier échange de mots.

Enfin, pas tout à fait. En dépit des conseils de Kivrin qui m'avait recommandé de ne rien mettre en mémoire courte, j'avais mémorisé la monnaie britannique, un plan du métro londonien et un autre d'Oxford où je poursuis mes chères études. Cela m'avait permis d'avancer un peu. Logiquement, je ne devrais pas avoir trop de problèmes avec le doyen.

Il a ouvert la porte au moment même où je me décidais enfin à frapper ; tout s'est passé très vite et sans douleur. Je lui ai tendu ma lettre, il m'a serré la main et m'a dit quelque chose que j'ai pu comprendre, du genre : « Content d'avoir un homme de plus, Bartholomew. » Il paraissait fatigué, aussi bien physiquement que nerveusement ; il se serait sûrement effondré si je lui avais annoncé que le Blitz venait de commencer. Je sais, je sais : on reste discret et on ne dit rien. Le silence sacré, etc.

– Nous allons demander à Langby de vous faire visiter les lieux, qu'en dites-vous ? a-t-il ajouté.

J'ai pensé qu'il faisait allusion au Bedeau à l'Oreiller, et je ne me trompais pas. Langby nous attendait au bas de l'escalier, un peu essoufflé mais l'air ravi.

– Les lits de camp sont là, a-t-il annoncé au doyen Matthews. Il fallait les voir. On aurait dit qu'elles nous faisaient un cadeau royal. Ça minaudait et ça se donnait des airs. Il y en a une qui m'a dit : « A cause de vous, on a manqué notre thé, mon brave monsieur », et je lui ai fait : « Vous savez, ça n'est pas un mal. Je crois que vous auriez intérêt à perdre quelques kilos. »

Le doyen Matthews lui-même n'avait pas l'air de très bien le comprendre.

– Vous les avez installés dans la crypte ? a-t-il demandé.

Puis il a fait les présentations.

– M. Bartholomew vient d'arriver du pays de Galles. Il va se joindre à nos volontaires.

Les volontaires, pas les veilleurs.

Langby m'a fait faire le tour des lieux en me désignant quelques formes au milieu de la pénombre générale avant de m'entraîner dans la crypte où avaient été disposés une dizaine de lits de camp. Nous sommes passés devant le sarcophage de lord Nelson, en marbre noir. Comme je n'étais pas de garde la première nuit, m'a dit le bedeau, il valait mieux que j'aille me coucher car le sommeil était ce qu'il y avait de plus précieux en période d'alertes. J'étais tout disposé à le croire. Il n'arrêtait pas de se cramponner à ce stupide oreiller comme si c'était l'amour de sa vie.

– On entend les sirènes, ici ? lui ai-je dit en me demandant s'il en étouffait le bruit en se réfugiant sous son oreiller.

Son regard a balayé la basse voûte de pierre.

– Certains les entendent, d'autres pas. Brinton, il lui faut son Horlich's (1). Bence-Jones continuerait à dormir même si tout s'effondrait sur lui. Moi, j'ai besoin d'un oreiller. Ce qui compte, c'est de toujours avoir ses huit heures. Sinon, on finit par se transformer en mort-vivant. Et c'est là qu'on se fait tuer.

Et sur cette joyeuse conclusion, il est parti attribuer les postes de garde en laissant son oreiller sur l'un des lits de camp. J'en suis responsable : interdiction à quiconque d'y toucher. J'attends ma première alerte et j'essaie de consigner tout cela avant d'être transformé en cadavre ambulant ou non ambulant.

A l'aide de l'OED honteusement subtilisé, j'ai réussi à déchiffrer un peu de Langby. Un demi-succès. Une cocotte est soit une sorte de marmite, soit une femme frivole (je penche pour la seconde version bien que je me sois trompé au sujet de l'oreiller). Bourgeois est un terme qui regroupe tous les défauts de la classe moyenne. Un tommy est un soldat. Je n'ai trouvé dépée nulle part et j'allais abandonner quand quelque

(1) Boisson maltée. *(N.d.T.)*

chose a resurgi du fin fond de ma mémoire longue, à propos de l'utilisation de certaines appellations et abréviations en temps de guerre (Dieu te bénisse, sainte Kivrin). J'ai compris qu'il devait s'agir d'une abréviation D.P. Défense Passive. Evidemment. Sinon, d'où seraient venus les fichus lits de camp ?

21 septembre – A présent que je me suis fait à l'idée de me trouver ici, je me rends compte que le département d'histoire a négligé de me dire ce que je suis censé faire durant les quelque trois mois du stage. On m'a donné ce carnet d'observations, la lettre de mon oncle, un billet de dix livres et on m'a expédié dans le passé. Avec les dix livres (déjà sérieusement entamées par le train et le métro) je dois tenir jusqu'en décembre puis regagner St. John's Wood pour qu'on me récupère lorsque arrivera le second courrier me rappelant au chevet de mon oncle malade, au pays de Galles. En attendant, je vis dans la crypte avec Nelson qui, selon Langby, marine dans l'alcool à l'intérieur de son sépulcre. Si nous sommes touchés de plein fouet, je me demande s'il s'enflammera comme une torche ou s'il dégoulinera simplement sur le sol de la crypte. Un unique réchaud à gaz assure nos repas ou ce qui en tient lieu : un thé lamentable et des harengs fumés qui échappent à toute description. En échange de tout ce luxe, je dois monter la garde sur les toits de St. Paul et éteindre les bombes incendiaires.

Je dois également accomplir la mission prévue dans le cadre de ce stage, quelle qu'elle soit. Pour l'instant, la seule mission qui me tienne vraiment à cœur consiste à rester en vie en attendant la deuxième lettre de mon oncle qui me permettra de rentrer chez moi.

J'essaie de m'occuper comme je peux en attendant que Langby trouve le temps de me montrer les lieux et de me « mettre au courant », comme ils disent ici. J'ai nettoyé le poêlon qui sert à cuisiner leurs petits poissons infects, rangé les chaises pliantes en bois au bout de la crypte (à plat, sans quoi elles ont tendance à s'écrouler en pleine nuit en faisant autant de vacarme que les bombes), puis j'ai essayé de dormir.

Apparemment, je ne fais pas partie de ceux qui ont la chance de pouvoir dormir pendant les alertes. J'ai passé presque toute la nuit à me demander quelle était la cote de risque de St. Paul. Pour les stages, il faut au moins six. Cette nuit, j'étais persuadé que la cathédrale valait dix, avec la crypte pour épicentre, et que j'aurais aussi bien fait de demander Denver.

Le seul véritable événement pour l'instant, c'est que j'ai vu un chat. Je trouve ça extraordinaire mais j'essaie de ne pas le montrer étant donné qu'ici, ils semblent faire partie du paysage.

22 septembre – Toujours dans la crypte. De temps à autre, je vois passer Langby qui ne cesse de s'en prendre à divers organismes gouvernementaux (tous désignés par des abréviations) et me promet de m'emmener sur les toits. En attendant, étant à court de travail, j'ai appris à me servir d'une pompe à main. Kivrin s'inquiétait inutilement : le rappel mémoire ne me pose pour l'instant aucun problème, bien au contraire. J'ai demandé des informations sur la lutte contre l'incendie et j'ai eu le manuel complet avec les illustrations et notamment le mode d'utilisation de la pompe à main. Si les harengs mettent le feu à lord Nelson, je serai un héros.

Il y a eu un peu d'animation, la nuit dernière. Les sirènes se sont déclenchées très tôt et quelques femmes de ménage qui travaillent dans les bureaux de la Cité sont venues se réfugier dans la crypte avec nous. L'une d'elles m'a tiré de mon sommeil en hurlant aussi fort qu'une sirène. Apparemment, elle avait vu une souris. On a dû taper sur les tombeaux et sous les lits de camp avec une botte en caoutchouc pour prouver qu'elle n'était plus là. Certainement ce que le département d'histoire attendait de moi : assassiner des souris.

24 septembre – J'ai fait ma tournée avec Langby. En commençant par le chœur, où j'ai dû réapprendre le maniement de la pompe à main et où l'on m'a attribué des bottes en caoutchouc et un casque plutôt léger. Langby dit que le commandant Allen doit nous procurer des cottes de pompier en amiante mais pour le moment, je dois me contenter de mon manteau de laine et de mon cache-nez, et sur les toits il fait très froid, même en septembre. A tout point de vue, on se croirait en novembre : un ciel triste, blafard, sans soleil. Je suis monté au dôme, puis sur les toits qui devraient être plats et sont en fait hérissés de flèches, de clochetons, de gouttières et de statues exclusivement conçus pour retenir les bombes incendiaires et nous empêcher de les atteindre. J'ai appris à me servir du sable pour étouffer les bombes avant qu'elles traversent le toit et mettent le feu à la cathédrale. On m'a montré les cordes lovées au pied du dôme au cas où quelqu'un devrait l'escalader ou bien accéder aux tours ouest. Puis nous avons rebroussé chemin en passant par la Galerie à Echo.

D'un bout à l'autre de la journée, Langby m'a abreuvé de commentaires historiques et de consignes d'ordre purement pratique. Avant d'accéder à la Galerie, il m'a entraîné jusqu'au portail sud pour me raconter l'histoire de Christopher Wren qui, au milieu des décombres encore fumants de l'ancien édifice, avait demandé à un ouvrier de lui ramener une pierre du cimetière pour marquer l'emplacement de la pierre angulaire On lui apporta une pierre portant l'inscription, en latin, *Je me relèverai* et Wren fut si impressionné par l'ironie involontaire du texte qu'il le fit graver sur la voûte. Langby affichait un air satisfait, sans se rendre compte qu'il venait de me raconter ce que tous les étudiants de première année connaissent par cœur, mais je suppose que sans l'impact de la dalle commémorative, ça ne reste qu'une anecdote.

Sans me laisser le temps de souffler, Langby m'a

ensuite fait monter sur le balcon étroit qui fait le tour de la Galerie à Echo. Il s'était mis de l'autre côté, en face de moi, et me hurlait les dimensions et les caractéristiques acoustiques. Puis il s'est tourné vers le mur et m'a dit à voix basse :

– Grâce à la forme du dôme, on peut m'entendre murmurer. Les ondes sonores sont amplifiées. Pendant les raids aériens, ici, on jurerait que le Jugement dernier est arrivé. Le dôme fait cent pieds de diamètre, et nous sommes à quatre-vingts pieds au-dessus de la nef.

J'ai regardé en bas. La balustrade m'a échappé, le sol de marbre noir et blanc a jailli vers moi. J'ai essayé de m'accrocher à quelque chose et suis tombé à genoux, désorienté, pris de nausées. Le soleil avait fait son apparition et baignait d'or la cathédrale tout entière. Le bois sculpté du chœur, la pierre blanche des piliers, les tuyaux de plomb de l'orgue, tout était couleur d'or, tout.

Langby, à mes côtés, essayait de me faire lâcher prise et criait :

– Bartholomew, qu'est-ce qui se passe ? Répondez-moi, bon sang !

Je savais qu'il fallait que je lui dise : Si je lâche, St. Paul et tout le passé vont s'écrouler sur moi et je ne peux pas laisser une chose pareille se produire car je suis historien. J'ai dit quelque chose, mais pas ce qui était prévu car Langby s'est contenté de raffermir sa prise avant de m'arracher brutalement à la balustrade pour me tirer jusqu'à l'escalier. Je me suis affalé sur les marches ; il s'est écarté de moi sans dire un mot.

– Je ne sais ce qui m'a pris, lui ai-je dit. C'est la première fois que j'ai le vertige.

Il m'a répondu d'un ton cassant :

– Vous tremblez comme une feuille. Vous feriez mieux de vous allonger.

Et il m'a reconduit à la crypte.

25 septembre – Rappel mémoire : manuel D.P. Symptômes des victimes de bombardements. Première phase : état de choc, hébétude, insensibilité aux blessures, paroles souvent incompréhensibles. Deuxième phase : tremblements, nausées, perception des blessures et des pertes, retour à la réalité. Troisième phase : épanchement verbal incontrôlable, désir d'expliquer l'état de choc aux sauveteurs.

Langby doit certainement reconnaître les symptômes, mais comment s'explique-t-il le fait qu'il n'y a pas eu de bombe ? Je peux difficilement lui donner les raisons de mon comportement, et le silence sacré de l'historien n'est pas seul à m'en empêcher.

Il n'a rien dit. En fait, il m'a attribué mes premières rondes, comme si de rien n'était ; je commence demain soir. Il n'a pas l'air plus préoccupé que les autres. Tous les gens que j'ai rencontrés jusqu'à maintenant sont plutôt nerveux (d'après ce que j'avais en mémoire courte, tout le monde restait très calme pendant les alertes), or, depuis mon arrivée, les bombardements ont épargné notre secteur. Ils ont surtout touché l'East End et les docks.

Ce soir, il a été question d'UXB (1). J'ai réfléchi au comportement du doyen et au fait que l'église est fermée, alors que je me souviens avec certitude avoir lu qu'elle était restée ouverte pendant toute la durée du Blitz. Dès que j'en aurai l'occasion, j'essaierai de mobiliser les événements de septembre. Pour ce qui est du reste, je ne vois pas comment je peux espérer me rappeler les informations nécessaires tant que j'ignore ce que je suis censé faire ici.

Ni règles ni restrictions pour les historiens. Je pourrais raconter à tout le monde que je viens du futur si je pensais être crédible. Si je pouvais aller en Allemagne, je pourrais assassiner Hitler. Enfin, cela reste à prouver. On parle beaucoup de paradoxes temporels à l'intérieur du département d'histoire, et

(1) Unexploded Bomb, bombe non explosée. *(N.d.T.)*

les étudiants licenciés qui rentrent de stage sont d'une discrétion exemplaire. Le passé est-il monolithique, immuable ? Ou y a-t-il un nouveau passé tous les jours ? Un passé que nous autres, historiens, contribuons à modeler ? Et quelles sont les conséquences de nos actes, si conséquences il y a ? Et comment entreprendre quoi que ce soit si nous ne les connaissons pas ? Devons-nous prendre le risque d'intervenir, en espérant que nous ne signerons pas nous-mêmes notre arrêt de mort ? Ou devons-nous nous interdire tout geste, toute intervention et assister en simples témoins à la destruction de St. Paul par le feu pour ne pas modifier l'avenir ?

Questions intéressantes pour un débat de fin de soirée. Mais ici, elles ne se posent pas. Il m'est impossible de laisser brûler la cathédrale St. Paul comme il m'est impossible de tuer Hitler. Non, inexact. Je m'en suis rendu compte hier dans la Galerie à Echo. Je pourrais tuer Hitler si je le surprenais en train de mettre le feu à St. Paul.

26 septembre – Hier, j'ai rencontré une jeune femme. Le doyen Matthews a ouvert l'église ; les volontaires ont fait le ménage et le public a refait son apparition. La jeune femme me rappelait Kivrin, même si Kivrin, qui est d'ailleurs beaucoup plus grande, ne se serait jamais fait friser les cheveux de cette manière. On aurait dit qu'elle venait de pleurer. Un peu comme Kivrin depuis qu'elle est rentrée de stage. Elle a mal supporté le Moyen Age. Je me demande quelle aurait été sa réaction ici. Sans doute aurait-elle confié toutes ses angoisses au prêtre des lieux, et très sincèrement j'espérais que la jeune femme qui lui ressemblait n'allait pas faire de même.

– Puis-je vous aider ? lui ai-je dit, alors que je n'en avais pas du tout envie. Je fais partie des volontaires.

Elle avait l'air désemparée.

– Vous n'êtes pas payé ? m'a-t-elle dit en plongeant son nez rougi dans un mouchoir. J'ai lu un article sur

St. Paul, les équipes de surveillance et tout ça, et je me suis dit qu'il y avait peut-être une place pour moi. A l'intendance, par exemple, ou quelque chose comme ça. Un travail payé.

Des larmes commençaient à mouiller ses yeux rouges.

– Je suis désolé, mais nous n'avons pas de cantine, lui ai-je répondu aussi gentiment que possible, compte tenu du fait que j'ai très peu de patience avec Kivrin. Et ce n'est pas vraiment un abri. Une partie des veilleurs dorment dans la crypte. Et nous sommes tous des bénévoles.

– Alors, ça n'ira pas, a-t-elle fait en se frottant les yeux avec son mouchoir. J'aime St. Paul, mais je ne peux pas travailler bénévolement, pas avec mon petit frère Tom qui est revenu de province. (J'avais du mal à interpréter cette situation. En dépit des signes extérieurs de détresse qu'elle manifestait, elle parlait avec beaucoup d'entrain et ne paraissait pas plus disposée aux larmes qu'au moment où elle était entrée.) Il faut que je nous trouve un endroit correct. Maintenant que Tom est rentré, nous ne pouvons continuer à dormir dans les stations de métro.

J'ai brusquement ressenti une vague de terreur, mêlée à cette vive douleur que provoquent parfois les mobilisations involontaires.

– Les stations de métro ? ai-je dit tout en essayant d'accéder à ma mémoire.

– Généralement à Marble Arch. Mon frère Tom nous réserve une place assez tôt et je... (Elle s'est arrêtée, a pressé le mouchoir contre son nez et a explosé.) Excusez-moi, mais j'ai pris froid !

Le nez rouge, les yeux qui pleurent, les éternuements. Infection respiratoire. Un miracle que je ne lui aie pas dit de ne pas pleurer. Si pour l'instant je n'ai pas commis d'erreur monumentale, c'est uniquement grâce à la chance, et non parce que je n'ai pu accéder à la mémoire longue. Je n'ai même pas stocké la moitié des informations qui me sont nécessaires : les chats, les rhumes, l'aspect de St. Paul quand le soleil l'illumine. Tôt ou tard, je vais me retrouver bloqué par quelque chose que je ne sais pas. J'essayerai tout de même de mobiliser ce soir après mon tour de garde. Au moins, je saurai si quelque chose doit me tomber dessus, et quand.

J'ai aperçu le chat à une ou deux reprises. Il est noir comme du charbon, avec une tache blanche sous la gorge, comme si on l'avait peint pour le black-out.

27 septembre – Je viens de descendre des toits il y a une minute, et je tremble encore.

Au début de l'alerte, les bombardements ont eu lieu surtout au-dessus de l'East End. Un spectacle inimaginable. Des projecteurs dans tous les sens, le ciel embrasé par les incendies, qui se reflète dans la Tamise, les obus qui éclatent comme des feux de Bengale. Un fracas permanent, assourdissant, interrompu de temps en temps par le bourdonnement des avions en altitude, puis le crépitement des canons à tir rapide.

Vers minuit, les bombes se sont mises à tomber dans les parages. Un vacarme épouvantable : j'avais l'impression qu'un train me passait dessus. Il m'a fallu beaucoup de volonté pour ne pas m'aplatir sur le toit, mais Langby me surveillait et je ne tenais pas à lui donner le plaisir d'assister à une répétition de ma scène du dôme. J'ai gardé la tête haute, je n'ai pas lâché mon seau de sable et j'étais assez fier de moi.

Les bombes se sont tues après trois heures et nous avons eu droit à une demi-heure de répit puis, brusquement, on a entendu sur les toits un fracas pareil à celui de la grêle. Tout le monde à l'exception de Langby s'est précipité vers les pelles et les pompes à main. Il me regardait. Et moi, je regardais la bombe incendiaire.

Elle était tombée à quelques mètres à peine, juste derrière la tour. Beaucoup plus petite que je ne l'avais imaginé, elle ne mesurait qu'une trentaine de centimètres de long. Les flammèches vert-blanc qu'elle lançait en crépitant atteignaient presque l'endroit où je me tenais. En l'espace d'une minute, elle allait littéralement se consumer et fondre à travers la toiture. Les flammes, les cris des pompiers fébriles, puis les décombres blancs s'étalant sur des miles entiers, et rien, plus rien, pas même la stèle commémorative.

Cela recommençait comme dans la Galerie à Echo. J'ai senti que j'avais dit quelque chose et quand je me suis tourné vers Langby, il souriait d'un air bizarre.

– St. Paul va brûler, lui ai-je lancé. Il ne restera rien.

– Oui, m'a-t-il répondu. C'est bien ce qui est prévu, n'est-ce pas ? Incendier St. Paul ? C'est son objectif, non ?

– L'objectif de qui ? ai-je demandé bêtement.

– Celui d'Hitler, voyons. Qui d'autre ?

Et il a ramassé sa pompe à main comme si de rien n'était.

La page du manuel de D.P. a brusquement surgi devant mes yeux. J'ai répandu le seau de sable autour de la bombe qui crépitait encore puis j'ai saisi un autre seau que j ai renversé par-dessus. J'ai eu du mal à trouver ma pelle pour prendre la bombe, la mettre dans le seau vide et la recouvrir de sable. La fumée acide me faisait pleurer ; en me retournant pour m'essuyer les yeux du revers de la manche, j'ai vu Langby.

Il n'avait pas fait un geste pour me venir en aide, et il souriait :

– En fait, ça n'est pas un mauvais plan. Mais bien entendu, nous ne le laisserons pas se réaliser. C'est pour cela qu'il y a des pompiers volontaires. Pour veiller à ce que cela ne se produise pas. N'est-ce pas, Bartholomew ?

Maintenant, je sais quel est le but de mon stage. Je dois empêcher Langby d'incendier la cathédrale St. Paul.

28 septembre – J'essaie de me convaincre que je me suis trompé hier soir au sujet de Langby, que j'ai mal compris ce qu'il m'a dit. Quel intérêt aurait-il à faire brûler St. Paul, à moins d'être un espion nazi ? Comment un espion nazi aurait-il pu s'introduire parmi les volontaires ? Je pense à ma fausse lettre de recommandation et j'en ai des frissons.

Comment savoir la vérité ? Si je le mets à l'épreuve, par exemple en l'interrogeant à propos d'un fait précis que seul un Anglais patriote pourrait connaître en 1940, je risque d'être victime de mon propre piège. Il faut absolument que je mette au point ma technique de mobilisation.

D'ici là, je surveillerai Langby. Dans l'immédiat, ça devrait être assez facile. Langby vient d'attribuer les tours de garde des deux semaines qui viennent. Je ferai toujours équipe avec lui.

30 septembre – Je sais ce qui s'est passé en septembre ; Langby m'a tout raconté.

Hier soir, dans le chœur, pendant que nous enfilions nos vêtements et nos bottes, il m'a dit :

– Ils ont déjà essayé une fois, vous savez.

Je ne voyais pas ce qu'il voulait dire. Je me sentais aussi perdu que le premier jour quand il m'avait demandé si j'étais de la dépée.

– Leur projet de détruire St. Paul. Ils ont déjà essayé une fois. Le 10 septembre. Avec une bombe de très forte puissance. Mais bien sûr, vous ne le saviez pas, vous étiez au pays de Galles.

Je n'écoutais même pas, mais au moment où il a dit « bombe de très forte puissance », tout m'est revenu. L'engin avait éventré la chaussée avant de se loger contre les fondations. L'équipe de déminage avait tenté de la désamorcer, mais avait dû renoncer à cause d'une canalisation de gaz percée. Ils ont décidé d'évacuer St. Paul ; le doyen Matthews a refusé de quitter les lieux. Finalement, ils ont réussi à extraire la bombe et à la faire exploser du côté des marais de Barking. Mobilisation totale et instantanée.

– Cette fois-là, c'est l'équipe de déminage qui a sauvé St. Paul, a dit Langby. Apparemment, il y a toujours quelqu'un pour veiller au grain.

– Oui, ai-je répondu. Il y a toujours quelqu'un.

Et je l'ai laissé.

1er octobre – Je pensais qu'hier soir, la mobilisation réussie des événements du 17 septembre signifiait que j'avais enfin franchi un cap, mais j'ai passé la plus grande partie de la nuit couché sur mon lit de camp à essayer sans succès de me rappeler quelque chose sur les espions nazis et St. Paul. Dois-je savoir exactement ce que je cherche pour m'en souvenir ? Quel intérêt ?

Langby n'est peut-être pas un espion nazi. Qu'est-il, alors ? Un incendiaire, un pyromane ? Loin d'être aussi silencieuse qu'une tombe, la crypte se prête mal à la réflexion. Les femmes de ménage papotent jusqu'à l'aube et le fracas des bombes est étouffé, ce qui le rend encore plus difficilement supportable : je me surprends à tendre l'oreille pour entendre les déflagrations. Ce matin, lorsque j'ai enfin trouvé le sommeil, j'ai rêvé que l'un des abris aménagés dans le métro avait été touché ; les canalisations s'étaient rompues et les gens se noyaient.

4 octobre – Aujourd'hui, j'ai essayé d'attraper le chat. J'avais vaguement l'intention de le persuader de régler son compte à la souris qui fait une peur bleue aux femmes de ménage. Je voulais aussi en voir un de près. Je me suis servi du seau utilisé hier soir avec la pompe à main pour sortir un éclat brûlant d'une des pièces de D.C.A Il contenait encore un peu d'eau, mais pas assez pour noyer le chat. J'avais l'intention de le coincer sous le seau pour le prendre, l'emmener dans la crypte et lui montrer la souris. Je n'ai même pas pu m'approcher de lui.

En lançant le seau, j'ai renversé le peu d'eau qui

restait au fond. Je croyais me souvenir que le chat était un animal domestique, mais j'ai dû me tromper. La tête large et sympathique s'est rétractée pour laisser la place à un masque absolument terrifiant, pareil à un crâne ; les pattes que je croyais inoffensives se sont hérissées de griffes acérées, et le chat a émis un cri capable de couvrir tout le bruit que faisaient les femmes de ménage.

Dans ma surprise, j'ai lâché le seau qui est allé rouler contre l'un des piliers. Le chat a disparu.

– Ça n'est pas comme ça que vous attraperez un chat, a fait Langby, dans mon dos.

– C'est bien ce que je vois, ai-je répondu en me baissant pour récupérer le seau.

– Les chats ont horreur de l'eau, a-t-il ajouté d'une voix toujours aussi monocorde.

– Ah ! (J'ai fait un pas en direction du chœur pour rapporter le seau.) Je ne savais pas.

– Tout le monde le sait. Même les plus idiots des Gallois.

8 octobre – Les tours de garde ont été doublés pour la semaine, c'est la lune des bombardiers. Comme Langby ne se montrait pas sur les toits, je suis allé le chercher dans l'église. Je l'ai trouvé près du portail ouest ; il discutait avec un vieil homme qui portait un journal plié sous le bras. L'homme a tendu le journal à Langby, mais Langby le lui a rendu. Lorsqu'il m'a aperçu, il s'est éclipsé.

– Un touriste, a fait Langby. Il voulait savoir où est le théâtre Windmill. Il a lu dans le journal que les filles jouent à poil.

Il a dû voir sur mon visage que je ne le croyais pas, car il a ajouté :

– Vous avez une sale gueule, mon vieux. Dormez pas assez, c'est ça ? Je vais vous trouver un remplaçant pour le premier tour de garde ce soir.

– Non, ai-je répondu froidement. Je monterai la garde moi-même. J'aime bien être sur les toits.

Et j'ai ajouté en silence : *où je peux vous surveiller.*

Il a haussé les épaules.

– C'est mieux que de rester dans la crypte, je suppose. Sur les toits, au moins, on entend arriver celle qui aura votre peau.

10 octobre – Je pensais que les doubles tours de garde pourraient m'être bénéfiques et me permettre de penser à autre chose qu'à mon blocage mental. Quelquefois, ça marche. Quelques heures passées à songer à autre chose, ou bien une bonne nuit de sommeil, et tous les éléments surgissent naturellement, sans l'aide de substances chimiques.

Malheureusement, je peux faire une croix sur la bonne nuit de sommeil. Non seulement les femmes de ménage n'arrêtent pas de papoter, mais le chat vient d'élire domicile dans la crypte. Il se frotte contre tout le monde, fait des bruits de sirène et réclame des harengs. Avant de prendre mon quart, je vais sortir mon lit du transept et le mettre près de Nelson. Il marine peut-être dans l'alcool, mais au moins il la ferme.

11 octobre – J'ai rêvé de Trafalgar, avec des canons de marine, de la fumée, du plâtre qui tombait et Langby qui m'appelait en hurlant. Ma première pensée en me réveillant a été de me dire que les chaises pliantes étaient tombées. Avec toute cette fumée, je ne voyais strictement rien.

J'ai crié : « J'arrive ! » Et tout en enfilant mes bottes, j'ai boitillé en direction de Langby. Il était en train de dégager un amas de plâtre et de chaises renversées au milieu du transept.

– Bartholomew ! hurlait Langby en jetant un morceau de plâtre sur le côté. Bartholomew !

J'étais toujours persuadé que c'était de la fumée. Je suis retourné chercher la pompe à main, puis je me suis agenouillé à côté de Langby et j'ai entrepris de retirer des décombres un dossier de chaise brisé. Je n'y parvenais pas, et à cet instant, je me suis dit : « Là-dessous, il y a un cadavre. Je vais prendre un débris de plafond, et ça sera une main. » Je me suis accroupi sur les talons, résolu à ne pas être malade, puis je me suis remis à l'ouvrage.

Armé d'un pied de chaise, Langby piochait avec une précipitation excessive. Quand je lui ai saisi le poignet pour le retenir, il s'est contenté de m'écarter comme si j'avais fait partie des décombres. Il a soulevé un gros morceau de plâtre ; dessous, on voyait le sol. Je me suis retourné. Les deux femmes de ménage s'étaient recroquevillées dans un coin, près de l'autel.

Sans lâcher le bras de Langby, je lui ai demandé :

– Qui cherchez-vous ?

– Bartholomew !

Il s'obstinait à dégager les gravats et sous leurs gants de poussière, ses mains commençaient à saigner.

– Je suis là. Je n'ai rien. (Le nuage de poussière blanche me faisait tousser.) J'ai sorti mon lit du transept.

Il s'est tourné brusquement vers les femmes de ménage pour leur demander, très calmement :

– Qu'y a-t-il, là-dessous ?

– Juste le réchaud à gaz, lui a timidement répondu l'une d'elles, toujours dissimulée dans l'ombre de son recoin. Et le porte-monnaie de Mme Galbraith.

Langby a fini par les trouver tous les deux. Le réchaud fuyait joyeusement ; la flamme s'était éteinte.

– Finalement, vous avez sauvé St. Paul, et vous m'avez sauvé, lui ai-je fait remarquer. (Chaussé de mes bottes, en sous-vêtements, je tenais encore à la main ma pompe inutile.) Nous aurions pu être tous asphyxiés.

Il s'est relevé et a déclaré :

– Je n'aurais pas dû vous sauver.

Première phase : état de choc, hébétude, insensibilité aux blessures, paroles souvent incompréhensibles. Il ne savait pas encore que ses mains saignaient. Il ne se souviendrait pas de ce qu'il venait de me dire. Qu'il n'aurait pas dû me sauver la vie.

– Je n'aurais pas dû vous sauver la vie, répétait-il. Il faut que je pense à mon devoir.

D'un ton cassant, je lui ai dit :

– Vous saignez. Vous feriez mieux de vous allonger.

Je parlais comme Langby dans la Galerie.

13 octobre – C'était une bombe de forte puissance. Elle a éventré la voûte du chœur, et une partie des statues ont été brisées, mais le plafond de la crypte ne s'est pas écroulé comme je l'ai cru au début. Il y a simplement eu des chutes de plâtre.

Je ne pense pas que Langby se rende compte de ce qu'il a dit. Cela devrait me donner un petit avantage, étant donné que maintenant, je sais avec certitude d'où vient le danger, je sais avec certitude qu'il ne tombera pas du ciel. Mais à quoi bon savoir tout cela si j'ignore ce qu'il va faire ? Et quand ?

Si l'épisode de la bombe d'hier est stocké dans ma mémoire longue, les chutes de plâtre n'ont pas suffi cette fois à le déloger. En ce moment, je n'essaie même plus de mobiliser. Je suis allongé dans le noir et j'attends que le toit s'écroule sur moi. Je n'oublie pas que Langby m'a sauvé la vie.

15 octobre – Aujourd'hui, la fille est revenue. Elle a toujours son rhume, mais elle a réussi à trouver une place rémunérée. J'étais très content de la voir. Elle portait un bel uniforme, des souliers ouverts au bout ; ses cheveux étaient frisés avec art, à l'ancienne. Comme nous n'avions pas terminé de nettoyer les dégâts causés par la bombe et que Langby était parti avec Allen chercher du bois pour colmater le chœur, je l'ai laissée me faire la conversation pendant que je balayais. La poussière la faisait éternuer, mais cette fois je ne me suis pas étonné de son comportement.

Elle s'appelle Enola ; elle m'a dit qu'elle travaillait

pour le WVS (1). Elle s'occupe d'une des cuisines roulantes envoyées sur les lieux des incendies. Elle est venue me remercier parce qu'elle a trouvé du travail ! C'est bien la dernière des choses à laquelle je m'attendais. Elle m'a dit qu'elle avait fait remarquer au WVS qu'à St. Paul, il n'y avait pas d'abri digne de ce nom pourvu d'une cantine et qu'à la suite de ça, on l'avait affectée au quartier de la Cité.

– Comme ça, quand je serai dans le coin, je viendrai vous dire bonjour et vous donner de mes nouvelles, qu'est-ce que vous en dites ?

Elle dort toujours dans les couloirs du métro avec son frère Tom. Je lui ai demandé si elle ne courait aucun danger ; elle m'a répondu que si, mais qu'au moins elle ne risquait pas d'entendre arriver les bombes et que c'était une bénédiction.

18 octobre – Je suis si fatigué que j'ai du mal à écrire ces notes. Aujourd'hui, neuf bombes incendiaires et une mine qui a bien failli toucher le dôme et dont le parachute, heureusement, a été poussé un peu plus loin à la faveur du vent. J'ai éteint deux des bombes. J'ai dû le faire au moins une vingtaine de fois depuis que je suis ici, et j'ai aidé mes collègues à en éteindre des douzaines d'autres ; pourtant cela ne suffit pas. Une malheureuse bombe, un moment d'inattention mis à profit par Langby, et tous nos efforts seraient réduits à néant.

Je sais que c'est ce qui explique en partie ma fatigue. Toutes les nuits, je m'épuise à essayer de m'acquitter de ma tâche tout en surveillant Langby, à veiller à ce qu'aucune bombe n'échappe à ma vigilance. Puis je redescends dans la crypte et je m'épuise à essayer de me rappeler quelque chose, n'importe quoi qui puisse concerner les espions, les incendies de St. Paul à l'automne 1940, n'importe quoi... Je suis obsédé à l'idée de ne pas en faire assez, mais je ne vois

(1) Women's Voluntary Service. *(N.d.T.)*

pas d'autre solution. Sans la mobilisation, je suis tout aussi démuni que ces pauvres gens autour de moi, ignorant ce qui se passera demain.

S'il le faut, je continuerai comme ça jusqu'à ce qu'on me rapatrie. Tant que je suis sur place pour éteindre les bombes incendiaires, Langby ne peut pas mettre le feu à St. Paul. « Je dois penser à mon devoir », m'a-t-il dit dans la crypte.

Et moi, je dois penser au mien.

21 octobre – Presque deux semaines se sont écoulées depuis l'explosion et je viens de me rendre compte qu'on n'a pas vu le chat depuis ce jour-là. Il ne se trouvait pas au milieu des décombres de la crypte car après nous être assurés que personne n'avait été enseveli, Langby et moi avons tout repassé au crible à deux reprises. Mais il aurait pu se trouver dans le chœur.

Le vieux Bence-Jones me dit de ne pas m'inquiéter :

– T'en fais pas pour lui. Les frisés pourraient raser Londres jusqu'à la dernière maison et les chats danseraient la valse dans la rue en les voyant arriver. Tu sais pourquoi ? Ils n'aiment personne. Nous, une fois sur deux, c'est pour ça qu'on se fait tuer. L'autre soir, à Stepney, une petite vieille y est passée parce qu'elle essayait de sauver son chat. Son fichu chat qui s'était planqué dans le seau à charbon.

– Je me demande où il est.

– Quelque part où il ne risque rien ; je te parie ce que tu veux. S'il n'est pas dans les parages, c'est qu'on va trinquer. L'histoire des rats qui quittent le navire, c'est faux. Ce sont les chats, pas les rats.

25 octobre – Le touriste de Langby a refait son apparition. Je ne pense pas qu'il en soit encore à chercher le théâtre Windmill. Il avait de nouveau un journal sous le bras et il a demandé Langby, mais Langby était parti avec Allen à l'autre bout de la ville pour essayer d'obtenir des tenues de pompier en amiante. J'ai pu voir le titre du journal. C'était *The Worker*. Un journal nazi ?

2 novembre – Je suis resté sur les toits une semaine d'affilée pour aider des ouvriers incompétents à réparer la brèche ouverte par la bombe. Ils travaillent très mal. D'un côté, ils ont laissé un énorme trou. Un homme pourrait passer au travers mais ils me soutiennent que ça n'est pas grave, étant donné qu'en cas de chute, on atterrit sur le plafond et que, par conséquent, « on ne risque pas de se tuer ». Ils n'ont pas l'air de comprendre que pour une bombe incendiaire, c'est la cachette idéale.

Pour Langby, c'est la solution rêvée. Il n'a même pas besoin d'allumer un incendie pour détruire St. Paul. Il lui suffit d'en laisser un se propager discrètement jusqu'à ce qu'il soit trop tard pour intervenir.

N'ayant pas réussi à faire entendre raison aux ouvriers, je redescendais dans l'église pour me plaindre auprès de Matthews quand j'ai aperçu Langby et son touriste derrière un pilier, près d'un vitrail. Langby tenait un journal à la main et discutait avec l'inconnu. Quand j'ai quitté la bibliothèque une heure plus tard, ils étaient toujours là. Et le trou aussi. Matthews dit qu'il faudra le recouvrir de planches en attendant mieux.

5 novembre – Je n'essaie même plus de mobiliser. J'ai trop de sommeil en retard, au point que je ne parviens même pas à mobiliser des informations sur un journal dont je connais déjà le titre. Les tours de garde sont maintenant doublés systématiquement. Les femmes de ménage nous ont abandonnés (tout comme le chat) et le silence règne enfin dans la crypte, mais je n'arrive pas à dormir.

Quand j'arrive à m'assoupir, je rêve. Hier, j'ai rêvé que Kivrin était sur les toits, habillée comme une sainte. Je lui ai demandé :

– Quel était le secret de ton stage ? Qu'étais-tu censée découvrir ?

Elle s'est frotté le nez dans un mouchoir avant de me répondre.

– Deux choses. D'abord : silence et humilité sont les devoirs sacrés de l'historien. Ensuite (elle s'est interrompue pour éternuer) : ne dors pas dans les couloirs du métro.

Il ne me reste qu'à espérer que je pourrai me procurer des agents artificiels pour me mettre en transe. C'est un problème. Je suis certain qu'il est encore trop tôt pour faire appel aux endorphines chimiques, ou même aux hallucinogènes. Il y a de l'alcool mais il me faut quelque chose de plus concentré que l'*ale*, le seul alcool dont je connaisse le nom. Je n'ose pas interroger l'homme de quart. Langby nourrit déjà suffisamment de soupçons à mon égard. Je vais devoir une fois de plus consulter l'OED pour trouver un mot que je ne connais pas.

11 novembre – Le chat est de retour. Comme Langby était de nouveau parti avec Allen pour tenter de ramener les tenues en amiante, je me suis dit que je pouvais sortir de St. Paul sans risque. Je suis allé chez l'épicier acheter des provisions et, si possible, un agent artificiel. Il était déjà tard et les sirènes se sont déclenchées alors que je n'étais pas encore à Cheapside, mais généralement les bombardements ne commencent qu'à la nuit tombée. Il m'a fallu un bon moment pour réunir toutes les provisions puis trouver le courage de demander à l'épicier s'il avait de l'alcool – il m'a dit d'aller dans un pub – et quand j'ai fini par émerger du magasin, j'ai eu l'impression de tomber dans un trou.

Je ne savais plus où étaient St. Paul, la rue, ni même la boutique dont je sortais. Plus de trottoir. Je tenais à la main – une main que je n'aurais pas pu voir à dix centimètres – mon sac en papier brun bourré de pain et de harengs. J'ai resserré mon cache-nez en priant le ciel que mes yeux s'habituent à la pénombre, mais pas la moindre lueur ne perçait l'obscurité. J'aurais été heureux de voir la lune, qui a pourtant très mauvaise réputation à St. Paul et qu'on soupçonne d'appartenir à la cinquième colonne. Ou un bus, dont les phares étaient réduits à de simples filets de lumière mais qui m'aurait permis de m'orienter. Ou un projecteur. Ou le feu de Bengale d'un canon à tir rapide. N'importe quoi.

Et au même instant, j'ai aperçu un bus : deux étroites fentes jaunes au loin. Je me suis dirigé vers lui et j'ai failli tomber du trottoir. Autrement dit, le bus était en travers de la rue. Autrement dit, ça n'était pas un bus. Un chat s'est mis à miauler tout près de moi avant de venir se frotter contre ma jambe. J'ai regardé les feux jaunes que j'avais attribués au bus. Les yeux du chat reflétaient dans ma direction une lueur que j'aurais été incapable de déceler à des kilomètres à la ronde.

– Gare à toi si la police te surprend, vieux matou, lui ai-je dit. (A cet instant, j'ai entendu le bourdonnement d'un avion.) Ou les frisés.

Il y a eu une soudaine explosion de lumière. Des faisceaux de projecteurs se sont mis à balayer le ciel tandis que la surface de la Tamise s'illuminait. Plus de problème pour rentrer : le chemin était éclairé.

– Tu es venu me chercher, hein, vieux matou ? ai-je demandé en riant. Où étais-tu passé ? Tu savais que nous n'avions plus de harengs ? Voilà ce que j'appelle de la loyauté.

Je n'ai pas cessé de lui parler et, une fois arrivé, je lui ai fait cadeau d'une demi-gamelle de harengs pour le remercier de m'avoir sauvé la vie. D'après Bence-Jones, il a dû flairer le lait chez l'épicier.

13 novembre – J'ai rêvé que j'étais perdu en plein black-out. Je n'étais même pas capable de voir mes mains devant mon visage. Dunworthy est arrivé, armé d'une lampe de poche ; je voyais d'où je venais, mais je ne voyais pas où j'allais.

– A quoi cela va-t-il leur servir ? ai-je demandé. Ils ont besoin de lumière pour voir où ils vont.

– Même la lumière de la Tamise ? m'a répondu Dunworthy. Même la lumière des incendies et des batteries antiaériennes ?

– Oui. Tout plutôt que cette obscurité insupportable.

Il s'est alors approché de moi pour me donner la lampe de poche, mais ça n'était pas une lampe de poche. C'était la lanterne du Christ, celle de la toile de Hunt qui se trouve dans la nef sud. Je l'ai tenue devant moi pour voir où je mettais les pieds et pouvoir rentrer à St. Paul, mais elle n'éclairait que la stèle commémorative et je me suis empressé de l'éteindre d'un souffle.

20 novembre – Aujourd'hui, j'ai essayé de parler à Langby.

– Je vous ai vu discuter avec le vieux monsieur, lui ai-je dit sur un ton volontairement accusateur.

Je tenais à ce qu'il l'interprète comme tel et mette un terme à ses projets, quels qu'ils fussent. Il m'a répondu :

– Je lisais. Je ne discutais pas.

Il était en train de mettre un peu d'ordre dans le chœur en empilant des sacs de sable.

– Dans ce cas, je vous ai vu lire, ai-je fait sans désarmer.

Il a laissé tomber son sac et s'est redressé.

– Et alors ? On est dans un pays libre. J'ai le droit de faire la lecture à un vieil homme, tout comme vous avez le droit de parler à cette cocotte du WVS.

– Qu'est-ce que vous lisiez ?

– Tout ce qu'il veut. Il est âgé. Avant, quand il rentrait de son travail, il prenait un petit cognac et écoutait sa femme lui lire les journaux. Elle est morte pendant les bombardements. Alors aujourd'hui, c'est moi qui lui fais la lecture. Je ne vois pas en quoi ça vous regarde.

J'avais l'impression qu'il disait vrai. Son explication n'avait pas le côté insouciant savamment calculé qui caractérise les mensonges, et je n'étais pas loin de le croire. Mais j'avais déjà entendu chez lui le timbre de la vérité. Dans la crypte. Après la bombe.

– Je croyais que c'était un touriste qui cherchait le Windmill.

Il m'a regardé d'un air déconcerté avant de répondre :

– Ah oui ! Il est entré avec le journal et m'a demandé de lui indiquer où ça se trouvait. J'ai cherché l'adresse dans la page des spectacles. Pas bête, le vieux. Je ne me doutais pas qu'il ne pouvait pas lire.

Inutile d'en entendre davantage. Je savais qu'il mentait. Il a soulevé un sac de sable qui se trouvait presque à mes pieds avant d'ajouter :

– Mais je suppose que ça vous dépasse, un simple geste de bonté humaine ?

– Oui, lui ai-je froidement répondu. Ça me dépasse.

Tout cela ne prouve rien. Il ne m'a rien appris, si ce n'est peut-être le nom d'un agent artificiel. Je peux difficilement aller voir le doyen Matthews en accusant Langby de lire à voix haute.

J'ai attendu que Langby termine son travail et descende dans la crypte pour m'emparer d'un des sacs de sable et le hisser sur les toits, près de la brèche. Jusqu'à présent, les planches ont tenu mais tout le monde les évite, comme si c'était une tombe. J'ai éventré le sac et j'ai répandu le sable au fond du trou. Si jamais Langby pense que l'endroit est idéal pour une bombe incendiaire, le sable permettra peut-être de limiter les dégâts.

21 novembre – Aujourd'hui, j'ai donné un peu de l'argent de « mon oncle » à Enola pour qu'elle me trouve du cognac. Comme elle ne m'a pas paru très enthousiaste, je pense qu'il doit y avoir des complications d'ordre social qui m'échappent, mais elle a tout de même accepté de me rendre ce service.

J'ignore pourquoi elle est venue. Elle a commencé à me parler de son frère qui a eu des ennuis avec les gardiens dans le métro à la suite d'une mauvaise plaisanterie, mais après que je lui ai demandé d'aller m'acheter du cognac, elle est partie sans achever son histoire.

25 novembre – Enola est venue, mais sans apporter le cognac. Elle profite de quelques jours de vacances pour aller voir sa tante à Bath. Au moins, elle sera à l'abri des raids pendant quelque temps et je n'aurai pas à m'inquiéter pour elle. Elle m'a raconté la suite de l'histoire de son frère et m'a dit qu'elle espérait persuader cette fameuse tante de garder Tom jusqu'à la fin du Blitz mais qu'elle n'était pas du tout certaine que la tante accepterait.

Apparemment, le petit Tom ressemble plus à un délinquant endurci qu'à un joyeux garnement. On l'a pris deux fois en flagrant délit de vol à la tire dans l'abri de la station Bank et ils ont dû aller à Marble Arch. J'ai consolé Enola comme je l'ai pu, je lui ai dit que tous les gosses traversaient une mauvaise passe tôt ou tard. Ce que je voulais dire en réalité, c'était qu'elle n'avait pas à s'en faire le moins du monde. Le petit Tom a tout à fait le profil du survivant, tout comme mon chat, tout comme Langby. Ils ne s'occupent que d'eux-mêmes, ils sont parfaitement préparés à survivre au Blitz et à jouer un rôle croissant dans l'avenir.

Puis je lui ai demandé si elle m'avait rapporté le cognac.

Elle a baissé les yeux sur ses souliers à bouts ouverts en murmurant tristement :

– Je croyais que vous aviez oublié ça.

Je lui ai alors raconté que nous achetions tous une bouteille à tour de rôle, ce qui semble l'avoir légèrement consolée, mais je ne suis pas convaincu que ce voyage à Bath ne lui servira pas de prétexte pour ne rien faire. Je vais devoir sortir acheter la bouteille moi-même, et je ne veux pas courir le risque de laisser Langby seul dans la cathédrale. J'ai fait promettre à Enola de me ramener le cognac aujourd'hui, avant son départ. Mais elle n'est toujours pas revenue et les sirènes se sont déjà fait entendre.

26 novembre – Pas d'Enola, et elle m'avait dit que son train partait à midi. Sans doute devrais-je me réjouir qu'elle ait pu quitter Londres sans encombre. A Bath, elle pourra peut-être soigner son refroidissement.

Ce soir, une fille de la D.P. est passée en coup de vent nous emprunter la moitié de nos lits de camp en nous disant qu'il y avait de la casse dans l'East End. Un abri de surface a été touché : quatre morts, douze blessés.

– Heureusement que ça n'était pas l'un des abris du métro ! Là, ça aurait vraiment fait du dégât ! a-t-elle ajouté.

30 novembre – J'ai rêvé que j'emmenais le chat à St. John's Wood.

– Est-ce une mission de sauvetage ? me demandait Dunworthy.

– Non, monsieur, lui répondais-je. Je sais ce que je devais découvrir au cours de mon stage. Le survivant parfait. Endurci, débrouillard et égoïste. C'est le seul que j'aie pu trouver. Vous savez, j'ai été obligé de tuer Langby pour l'empêcher de réduire St. Paul en cendres. Le frère d'Enola est allé à Bath, et les autres ne s'en sortiront jamais. Enola porte des souliers à bouts ouverts en plein hiver, elle dort dans les couloirs du métro et elle se met des barrettes en métal dans les cheveux. Elle n'a aucune chance de survivre au Blitz.

Dunworthy m'a dit :

– C'est peut-être elle que vous auriez dû sauver. Comment s'appelait-elle, déjà ?

– Kivrin, ai-je fait.

Je me suis réveillé en tremblant, transi de froid.

5 décembre – J'ai rêvé que Langby avait la bombe de précision. Il la tenait sous le bras comme un sachet d'épicerie ; il sortait de la station St. Paul et remontait Ludgate Hill en direction du portail ouest.

– Ça n'est pas juste, lui ai-je dit tout en lui interdisant le passage du bras. Personne n'est de garde.

Il serrait la bombe contre sa poitrine comme un oreiller.

– C'est de votre faute, m'a-t-il répondu, et il l'a lancée à l'intérieur de la cathédrale avant que j'aie eu le temps de mettre la main sur ma pompe et mon seau.

La bombe de précision n'a été inventée qu'à la fin du XXe siècle ; dix ans plus tard, les communistes dépossédés s'en sont emparés et en ont fait une arme qu'on pouvait porter sous le bras. Un paquet capable d'anéantir tout un quartier de la Cité. Dieu merci, voici au moins un cauchemar qui ne peut se réaliser.

Dans mon rêve, la matinée était ensoleillée et ce matin, quand on est venu me relever, le soleil brillait également, pour la première fois depuis plusieurs semaines. Je suis descendu à la crypte puis je suis remonté et j'ai refait le tour des toits, à deux reprises ; puis les escaliers, les salles et toutes ces travées traîtresses qui pourraient dissimuler une bombe incendiaire. Après, je me suis senti mieux mais quand je me suis enfin endormi, j'ai fait un nouveau rêve. Un incendie, cette fois, et Langby qui regardait en souriant.

15 décembre – Ce matin, j'ai trouvé le chat. Bombardements intensifs la nuit dernière, mais surtout au-dessus de Canning Town et rien de sérieux sur nos toits. Pourtant, le chat était bien mort. Je l'ai trouvé gisant sur les marches ce matin en faisant ma ronde personnelle. Commotion. Il n'avait pas une seule trace sur le corps à l'exception de la tache blanche sur sa gorge, mais lorsque je l'ai soulevé, il était aussi mou que de la gelée.

Je ne savais pas ce qu'il fallait faire. Un moment, j'ai voulu demander à Matthews si je pouvais l'enterrer dans la crypte. Mort avec les honneurs, ou quelque chose comme ça. Trafalgar, Waterloo, Londres, mort au combat. Finalement, je l'ai enveloppé dans mon écharpe et je suis allé l'enterrer au bas de Ludgate Hill dans les décombres d'un immeuble détruit par les bombes. Cela ne servira à rien. Les gravats ne le mettront pas à l'abri des chiens ou des rats, et je ne pourrai pas remplacer mon écharpe. J'ai presque utilisé la totalité de l'argent de mon oncle.

Je ne devrais pas rester assis ici. Je n'ai pas vérifié les travées ni le reste des escaliers, et il pourrait y avoir une bombe non explosée ou un engin incendiaire à retardement, quelque chose qui ait échappé à ma vigilance.

En arrivant, je me prenais pour le noble sauveteur, le valeureux sauveur du passé. On ne peut pas dire que je fasse des merveilles. Au moins, Enola est loin d'ici. Si seulement j'avais la possibilité d'envoyer St. Paul à Bath par mesure de sécurité ! Nous n'avons pas été beaucoup bombardés la nuit dernière. Bence-Jones me soutenait que les chats survivaient à tout. Et si c'était lui qui venait me chercher pour me montrer le chemin ? Toutes les bombes sont tombées sur Canning Town.

16 décembre – Il y a une semaine qu'Enola est rentrée. Je l'ai vue sur les marches, à l'endroit où j'avais trouvé le chat ; elle dormait à Marble Arch et n'était pas du tout en sécurité. Pour moi, c'était trop. Je lui ai dit bêtement :

– Je croyais que vous étiez à Bath ?

– Ma tante m'a dit qu'elle pouvait garder Tom mais qu'elle ne pouvait pas nous prendre tous les deux. Elle a déjà toute une ribambelle d'enfants évacués, et ils font un de ces bruits ! Qu'avez-vous fait de votre cache-nez ? Ici, sur la butte, il fait drôlement froid.

– Je... (J'ignorais quoi répondre.) Je l'ai perdu.

– Vous n'en aurez pas d'autre. Ils vont commencer à rationner les vêtements. Et la laine aussi. Une écharpe comme ça, vous n'en trouverez plus.

– Je sais, ai-je dit, en la regardant, les yeux à demi fermés.

– Gaspiller comme ça des bonnes choses... C'est vraiment honteux, je vous assure.

Je ne pense pas avoir répondu quoi que ce soit, j'ai simplement fait demi-tour et je suis reparti, la tête basse, en quête de bombes et d'animaux morts.

20 décembre – Langby n'est pas un nazi. C'est un communiste. J'ai du mal à l'écrire. Un communiste.

Une des femmes de ménage a trouvé *The Worker* coincé derrière un pilier et l'a descendu à la crypte alors que nous revenions de la première ronde.

– Ces maudits communistes ! a fait Bence-Jones. Qui aident Hitler. Qui critiquent le roi, qui sèment le trouble dans les abris. Des traîtres, voilà ce qu'ils sont.

– Ils aiment l'Angleterre autant que vous, lui a répondu la femme de ménage.

– Ils n'aiment que les leurs, ces maudits égoïstes. Je ne serais pas étonné d'apprendre qu'ils donnent des coups de fil à Hitler : « Allô ! Adolf, voilà où il faut larguer les bombes. »

Sur le réchaud à gaz, la bouilloire s'est mise à siffler. La femme s'est levée pour verser l'eau chaude dans une théière ébréchée, puis elle s'est rassise.

– C'est pas parce qu'ils disent ce qu'ils pensent qu'ils vont brûler notre vieille St. Paul, tout de même ?

– Bien sûr que non, a dit Langby, débouchant de l'escalier. (Il s'est assis, a enlevé ses bottes et a commencé à se masser les pieds en gardant ses chaussettes de laine.) Qui viendrait brûler St. Paul ?

– Les communistes, a fait Bence-Jones en le regardant fixement, et je me suis demandé s'il suspectait Langby, lui aussi.

Langby n'a pas sourcillé.

– A votre place, je ne m'occuperais pas d'eux. Ce sont les frisés qui font ce qu'ils peuvent ce soir pour la réduire en cendres. On a déjà eu six incendiaires, dont une qui a bien failli pénétrer dans la grande brèche au-dessus du chœur.

Il a tendu sa tasse à la femme de ménage ; elle lui a servi du thé.

J'aurais voulu le tuer, le réduire en morceaux, en poussière sur le sol de la crypte. Bence-Jones et la femme seraient restés figés, interloqués, et j'aurais crié pour les mettre en garde, eux et tous les autres volontaires. J'avais envie de hurler :

– Savez-vous ce que les communistes ont fait ? Le savez-vous ? Il faut l'arrêter.

Je suis allé jusqu'à me lever pour faire un pas dans sa direction ; il était toujours assis, les jambes étalées, sa cotte d'amiante sur les épaules.

Puis s'est abattue sur moi la vision de la Galerie baignée d'or, du communiste sortant de la station de métro comme si de rien n'était, son petit paquet sous le bras. J'ai senti monter une fois de plus la nausée, le vertige de ce sentiment mêlé de culpabilité et d'impuissance, et j'ai dû m'asseoir au bord de mon lit en essayant de réfléchir à ce qu'il fallait faire.

Ils ne se rendent pas vraiment compte du danger. Même Bence-Jones, qui passe son temps à les accuser de trahison, s'imagine qu'ils sont tout au plus capables de critiquer le roi. Ils ne savent pas, ils ne peuvent pas savoir ce que deviendront les communistes. Staline est un allié. Les communistes représentent la Russie. Ils n'ont jamais entendu parler de Kerenski, de la Nouvelle Russie, de l'une ou l'autre de ces choses qui finiront par faire de « communiste » le synonyme de « monstre ». Ils ne le sauront jamais. Quand les communistes deviendront ce qu'ils sont devenus, il n'y aura plus de veilleurs. Je suis le seul à savoir ce qu'on peut éprouver en entendant le mot « communiste » prononcé ici, à l'intérieur de la cathédrale St. Paul, avec une telle insouciance.

Un communiste. J'aurais dû m'en douter. J'aurais dû m'en douter.

22 décembre – Les rondes ont été de nouveau doublées. Je n'ai pas dormi et j'ai quelque difficulté à tenir sur mes jambes. Ce matin, j'ai failli basculer dans le trou ; heureusement, je me suis retrouvé à genoux. Mon taux d'endorphine ne cesse d'osciller et je sais que j'ai besoin de sommeil dans les plus brefs délais, faute de quoi je vais devenir l'un des cadavres ambulants de Langby, mais j'ai peur de le laisser seul sur les toits, seul dans l'église avec son chef du parti communiste, seul où que ce soit. J'en suis arrivé à le surveiller pendant qu'il dort.

Si j'avais la possibilité de me procurer un agent artificiel, je pense qu'en dépit de ma faiblesse, je pourrais créer un état de transe. Mais je ne peux même pas me rendre dans un pub. Langby passe son temps sur les toits, à l'affût de la bonne occasion. Dès que je revois Enola, il faut que je la persuade de me ramener le cognac. Il ne me reste plus que quelques jours.

28 décembre – Enola est venue ce matin pendant que j'essayais de redresser le sapin de Noël devant le portail ouest. Les explosions l'ont renversé trois nuits de suite. Je venais de le relever et j'étais en train de ramasser les décorations éparpillées sur le sol quand Enola a brusquement surgi du brouillard comme une sainte radieuse. Avant que j'aie eu le temps de faire le moindre geste, elle s'est penchée pour m'embrasser sur la joue puis s'est redressée, le nez toujours rougi par son rhume immortel, en me tendant une boîte enveloppée dans du papier de couleur.

– Joyeux Noël ! Allez-y, ouvrez-le. C'est un cadeau.

Je n'ai presque plus de réflexes. Je savais que la boîte était beaucoup trop plate pour renfermer une bouteille de cognac et pourtant, j'étais persuadé qu'elle y avait pensé, qu'elle m'apportait ma planche de salut.

– Vous êtes adorable, lui ai-je dit en déchirant l'emballage.

C'était une écharpe. Une écharpe de laine grise. Je l'ai regardée fixement pendant une demi-minute avant de réaliser ce que c'était.

– Où est le cognac ?

Elle avait l'air stupéfaite. Son nez est devenu encore plus rouge, ses yeux se sont embués.

– Vous avez bien besoin de ça. Vous n'avez pas de tickets de vêtements et vous êtes obligé de rester dehors tout le temps. Il fait un froid de canard.

– Mais j'avais *besoin* de cognac !

– J'ai simplement voulu vous faire plaisir...

J'étais en colère ; je ne lui ai pas laissé le temps de poursuivre.

– Me faire plaisir ? Je vous avais demandé du cognac. Je ne me souviens pas vous avoir dit que j'avais besoin d'un cache-nez.

Je lui ai rendu son cadeau et j'ai commencé à démêler une guirlande d'ampoules de toutes les couleurs qui s'étaient brisées quand l'arbre s'était abattu.

Elle a pris un air de sainte martyre, comme Kivrin sait si bien le faire, et s'est mise à parler très vite.

– Je me fais tout le temps du souci pour vous, ici. Ils essaient d'avoir St. Paul, vous savez. Et c'est si près de la Tamise. Je me suis dit qu'il valait mieux ne pas boire. Je... je ne comprends pas que vous ne fassiez pas plus attention à vous alors qu'ils font tout ce qu'ils peuvent pour nous tuer. Comme si vous cherchiez à les aider. Quelquefois, j'ai peur ; je me dis qu'en arrivant à St. Paul, je ne vous trouverai plus.

– Bon, et qu'est-ce que je dois faire avec mon

cache-nez ? Le tenir au-dessus de ma tête quand ils largueront les bombes ?

Elle s'est retournée et elle est partie en courant, disparaissant dans le brouillard avant même d'avoir franchi la troisième marche. J'ai voulu la rattraper, mais j'avais toujours ma guirlande à la main. J'ai trébuché et j'ai dégringolé presque jusqu'au pied de l'escalier. C'est Langby qui m'a aidé à me relever, en m'annonçant gravement que j'étais bon pour un repos forcé.

– Vous ne pouvez pas faire ça, ai-je protesté.

– Oh, que si ! Je ne tiens pas à avoir un cadavre ambulant avec moi sur les toits.

Je lui ai donc laissé le soin de me conduire à la crypte, de me préparer une tasse de thé et de me mettre au lit, tout cela avec une extrême sollicitude. Mais rien n'indique qu'il attendait cet instant. Je vais rester couché ici jusqu'à ce qu'on entende les sirènes. Une fois que je serai là-haut, il ne pourra pas me renvoyer sans que cela paraisse suspect. Savez-vous ce qu'il m'a dit avant de partir, équipé de sa cotte d'amiante et de ses bottes en caoutchouc, le valeureux veilleur ?

– Je veux vous voir dormir.

Comme si je pouvais dormir quand il se trouve sur les toits. Je serais assuré de brûler vif.

30 décembre – Les sirènes m'ont réveillé et le vieux Bence-Jones m'a dit :

– Tu devrais te sentir mieux. Tu as dormi près de vingt-quatre heures.

Je me suis précipité sur mes bottes.

– Quel jour est-on ?

– Le vingt-neuf, m'a-t-il répondu. (Je me suis rué vers la sortie.) Inutile de t'affoler. Ce soir, ils sont en retard. Peut-être qu'ils ne viendront pas du tout. Ça serait une sacrée chance, ça oui. C'est la morte-eau.

Je me suis arrêté près de la porte, la main sur la pierre glacée, et je lui ai demandé :

– Et St. Paul ?

– Toujours debout. Tu as fait un cauchemar ?

– Oui, ai-je dit en me rappelant les rêves atroces de toutes ces dernières semaines – le chat mort dans mes bras à St. John's Wood, Langby avec son paquet et son *Worker* sous le bras, la stèle commémorative sous l'éclat aveuglant de la lanterne du Christ. Et c'est alors que je me suis souvenu qu'en fait, je n'avais pas du tout rêvé. J'avais dormi d'un sommeil en tout point conforme à mes vœux, un sommeil qui devait m'aider à me souvenir.

Et je me souvenais. Non pas de St. Paul calcinée jusqu'aux fondations par les communistes. Mais de la manchette des quotidiens : « Bombardements : dix-huit morts à Marble Arch. » La date précise m'échappait, mais c'était en 1940. Or, il ne restait plus que deux jours avant la fin de l'année. J'ai pris mon manteau, mon écharpe, j'ai monté les marches quatre à quatre et j'ai traversé au pas de course la nef au sol de marbre.

– Où allez-vous comme ça ? m'a hurlé Langby, que je ne voyais pas.

– Je dois sauver Enola. (L'écho de ma voix s'est répercuté dans le sanctuaire obscur.) Ils vont bombarder Marble Arch.

Il était debout à l'endroit où la stèle serait scellée bien des années plus tard. Et il criait toujours.

– Vous ne pouvez pas partir maintenant. C'est la morte-eau. Espèce de...

Je n'ai pas entendu la suite. J'avais déjà dévalé les marches du parvis pour m'engouffrer dans un taxi. Un taxi qui devait me coûter presque tout l'argent que je possédais, l'argent que j'avais si soigneusement préservé pour le trajet du retour à St. John's Wood. Le bombardement a commencé alors que nous étions encore dans Oxford Street et le chauffeur a refusé d'aller plus loin. Il m'a déposé dans l'obscurité la plus totale et j'ai compris que je n'arriverais jamais à temps.

L'explosion. Enola recroquevillée au pied des marches dans le métro, ses chaussures à bouts ouverts toujours aux pieds, et pas une marque. Et quand j'essaie de la soulever, elle est toute molle, comme de la gelée. J'allais être obligé de l'envelopper dans l'écharpe qu'elle m'avait donnée, tout ça parce que j'étais en retard. J'avais fait un saut de cent ans dans le passé et j'arrivais trop tard pour la sauver.

J'ai longé en courant les derniers immeubles, en m'orientant grâce aux emplacements des batteries qui devaient se trouver dans Hyde Park, et en deux enjambées je me suis retrouvé au pied de l'escalier de la station Marble Arch. Au guichet, la préposée m'a pris mon dernier shilling en échange d'un ticket pour St. Paul. Je l'ai fourré dans ma poche et me suis précipité vers l'escalier menant au quai.

– On ne court pas, m'a-t-elle fait, flegmatique. Passez à gauche, s'il vous plaît.

Le passage, à droite, était barricadé. Les portes de fer avaient été tirées et cadenassées, le panneau indiquant les stations était barré et, clouée sur l'une des planches, une nouvelle pancarte indiquait à gauche : *Toutes directions.*

Enola n'était pas assise sur les marches de l'escalier roulant immobilisé, elle n'était pas dans le couloir. J'ai voulu emprunter le premier escalier et je n'ai pas pu passer. A cet endroit précis, une famille se préparait à prendre le thé : pain, beurre, un petit pot de confiture fermé avec du papier paraffiné et une bouilloire sur un réchaud semblable à celui que Langby et moi avions sauvé des décombres, le tout étalé sur une nappe ornée de fleurs aux quatre coins. Je suis resté figé devant ce thé familial qui s'étalait en cascade sur les marches. J'ai bredouillé :

– Je... Marble Arch... (Vingt autres personnes tuées par les éclats de carrelage.) Vous ne devriez pas rester ici.

– Nous ou n'importe qui, c'est pareil, m'a rétorqué l'homme, visiblement peu satisfait de mon intervention. Vous nous demandez de partir ? Et de quel droit ?

Une femme affairée à extraire des soucoupes d'une boîte en carton a levé les yeux vers moi, peu rassurée. La bouilloire a commencé à siffler. L'homme a ajouté :

– C'est vous qui devriez partir. Allez-y.

Il s'est effacé pour me laisser passer ; je me suis faufilé entre la nappe et le mur en marmonnant des excuses.

– Je suis désolé. Je cherche quelqu'un. Sur le quai.

– Là-dedans, mon vieux, vous ne la trouverez jamais, m'a-t-il répondu avec un geste du pouce.

Je suis passé près de lui sans m'attarder, en manquant de piétiner la nappe brodée, et je me suis précipité au bout du couloir où m'attendait l'enfer.

Ça n'était pas l'enfer. Des vendeuses gaies, moroses ou désagréables mais certainement pas damnées, pliaient des vestes pour s'en faire des oreillers. Deux gamins se disputaient un shilling qui a fini par rouler sur la voie. Ils se sont penchés au-dessus des rails en se demandant s'il fallait aller le récupérer lorsque le gardien leur a hurlé de s'écarter. Un train bondé a fait son apparition dans un vacarme impressionnant. Le gardien a voulu écraser un moustique qui s'était posé sur sa main et l'a manqué, à la grande joie des deux garnements. Derrière eux, devant eux, allongés dans tous les sens comme des blessés, de la dangereuse voûte carrelée du tunnel aux escaliers et aux portillons d'entrée, il y avait des gens. Des centaines et des centaines de gens.

Décontenancé, j'ai reculé de quelques pas, renversant une tasse de thé sur la nappe. L'homme m'a dit en souriant :

– Je vous l'avais dit, mon vieux, c'est l'enfer, hein ? Et plus bas, c'est encore pire.

– Oui. L'enfer.

Je n'avais aucune chance de la trouver. Je n'avais aucune chance de la sauver. J'ai regardé la femme en train d'éponger le thé et à cet instant je me suis rendu compte qu'elle non plus, je ne pouvais pas la sauver. Ni Enola, ni le chat ni personne ; tous perdus dans les escaliers et les impasses sans fin du temps. Ils étaient déjà morts depuis une centaine d'années et on ne pouvait plus les sauver. On ne peut plus sauver le passé. Sans doute était-ce l'enseignement que je devais retirer de cette lointaine expédition conçue par le département d'histoire. Eh bien, parfait, j'ai appris la leçon. Puis-je à présent rentrer chez moi ?

Bien sûr que non, jeune homme. Vous avez inconsidérément dilapidé votre argent en taxi et en alcool, et c'est ce soir que les Allemands incendient la Cité. (Il est trop tard, et c'est maintenant que je me souviens de tout. Vingt-huit bombes incendiaires sur les toits.) Vous devez laisser une chance à Langby. Il vous faut également apprendre la plus pénible des leçons, celle que vous auriez dû savoir depuis le début. Vous ne pouvez pas sauver St. Paul.

Je suis retourné sur le quai et je suis resté derrière la ligne jaune jusqu'à l'arrivée du premier train. J'ai sorti mon ticket et l'ai gardé en main jusqu'à la station St. Paul. A mon arrivée, j'ai été accueilli par une traînée de fumée. Impossible d'apercevoir St. Paul.

– C'est la morte-eau, m'a fait une femme sur un ton dépourvu d'espoir.

Je suis descendu dans une fosse où gisaient lovés des tuyaux de toile et, les mains couvertes d'une boue nauséabonde, j'ai enfin compris, bien tardivement. La marée était à son niveau le plus bas, et il n'y avait pas d'eau pour combattre les incendies.

Un policier s'est mis en travers de mon chemin et je ne savais que dire.

– Pas de civils dans ce périmètre. On peut dire adieu à St. Paul.

Surplombée par le dôme couleur d'or, la fumée ondoyait comme une nuée d'orage criblée d'étincelles. Dès que j'ai dit au policier que je faisais partie des veilleurs, son bras est retombé ; quelques instants plus tard, j'étais sur les toits.

Mon taux d'endorphine devait fluctuer comme le hululement d'une sirène d'alerte. A partir de là, je n'ai plus rien en mémoire brève. Juste quelques scènes dissociées : les gens qui jouaient aux cartes dans un coin de l'église pendant qu'on ramenait Langby, les débris de bois embrasés qui tourbillonnaient dans le dôme, l'ambulancière qui portait des souliers à bouts ouverts comme Enola et mettait de la pommade sur mes mains brûlées. Et au milieu, parfaitement net, le moment où je suis allé chercher Langby avec une corde pour lui sauver la vie.

J'étais debout près du dôme et la fumée m'irritait les yeux. La Cité était en feu ; on aurait dit que la chaleur ambiante allait suffire à consumer St. Paul, que le vacarme qui régnait allait ébranler ses murs. Près de la tour nord-ouest, Bence-Jones frappait une bombe incendiaire avec sa bêche. Langby se tenait beaucoup trop près de la brèche ouverte par la bombe et il regardait dans ma direction. Une bombe incendiaire s'est mise à crépiter derrière lui. Je me suis emparé d'une pelle et quand je me suis retourné, il avait disparu.

Sans m'entendre, j'ai hurlé :

– Langby !

Il était tombé dans l'ouverture et personne n'avait rien vu. Ni lui ni la bombe. Sauf moi. Je ne me souviens pas comment je suis passé à travers le toit. Je crois que j'ai demandé une corde. On m'a donné une corde. Je l'ai attachée autour de mes hanches, j'ai tendu l'autre bout à mes collègues et je me suis laissé glisser dans le gouffre dont les incendies éclairaient les parois presque jusqu'au fond. Au-dessous de moi, je distinguais un amas de décombres blanchâtres. Je me suis dit : « Il est là-dessous », et je me suis écarté du mur. Il y avait si peu de place que je ne savais où jeter les gravats ; sans le savoir, je risquais de lapider Langby. J'ai donc essayé de déposer les débris de planches et de plâtre derrière moi en dépit des difficultés que j'éprouvais à me retourner. L'espace d'un instant, j'ai redouté de ne pas le trouver, de découvrir sous l'amoncellement un sol nu, comme la crypte.

L'idée de ramper au-dessus de lui me terrorisait. Il était peut-être mort, et j'aurais difficilement supporté de piétiner son corps réduit à l'impuissance. Et soudain sa main a jailli, telle celle d'un fantôme, et a saisi ma cheville ; quelques secondes plus tard, j'avais dégagé sa tête.

Il était couvert de poussière blanche mais je n'avais plus peur.

– J'ai étouffé la bombe.

Je l'ai dévisagé. J'éprouvais un soulagement tel que j'étais incapable de dire le moindre mot. J'étais si content que j'avais presque envie d'éclater de rire. Et j'ai finalement songé à ce qu'il convenait de dire.

– Ça va ?

– Oui, a-t-il répondu en essayant de se redresser sur un coude. Vous n'avez pas de chance.

Il ne parvenait pas à se lever. Il a essayé de changer de point d'appui, mais la douleur l'a contraint à renoncer. Je frémissais en entendant le crissement des décombres sous son corps. J'ai tenté de le soulever pour voir où il était blessé. Il avait dû tomber sur quelque chose.

– Inutile, m'a-t-il dit en respirant bruyamment. Je l'ai éteinte.

Je lui ai lancé un regard surpris, craignant qu'il ne délire, avant de renouveler ma tentative.

– Je savais que vous l'attendiez, celle-là, a-t-il fait sans opposer la moindre résistance. Avec cette toiture ça devait arriver tôt ou tard. Malheureusement, vous avez compté sans moi. Qu'allez-vous dire à vos amis ?

Sa cotte d'amiante était déchirée sur plusieurs dizaines de centimètres. En dessous, sa peau calcinée fumait encore. Il était tombé sur la bombe.

– Mon Dieu ! me suis-je écrié en essayant désespérément d'examiner sa blessure sans le toucher.

Il m'était difficile d'apprécier la gravité de la brûlure, mais elle semblait être limitée à la zone exposée à la suite de la déchirure. J'ai voulu dégager la bombe qui se trouvait sous lui mais le corps de l'engin était encore brûlant. Elle n'était pas en fusion ; le sable que j'avais déversé et le corps de Langby l'avaient étouffée. Néanmoins, une fois à l'air, elle allait peut-être recommencer à brûler. Je me suis mis à chercher autour de moi, avec une certaine nervosité, le seau et la pompe à main que Langby avait dû lâcher au moment de sa chute.

– Vous cherchez une arme ? m'a demandé Langby. (Le ton était si ferme qu'on avait du mal à croire qu'il était blessé.) Pourquoi ne pas me laisser ici, tout simplement ? Si on ne me soigne pas, d'ici demain matin mon compte sera bon. A moins que vous ne préfériez exécuter votre sale besogne en privé.

Je me suis relevé pour appeler les hommes qui se trouvaient sur les toits au-dessus de nous. L'un d'eux a pointé sa lampe-torche dans notre direction, mais la lumière était trop faible.

Quelqu'un a crié :

– Il est mort ?

– Appelez une ambulance. Il est brûlé.

J'ai aidé Langby à se mettre debout ; tout en lui soutenant le dos, je veillais à ne pas toucher sa blessure. Chancelant, il s'est adossé au mur et m'a regardé enfouir la bombe à l'aide d'un morceau de planche. On nous a lancé la corde, j'ai attaché Langby qui ne prononçait plus un mot. Il me regardait fixement.

– J'aurais dû vous laisser mourir asphyxié dans la crypte.

Il s'appuyait contre les poutres et donnait presque l'impression d'être détendu. J'ai placé la corde dans ses mains en faisant une boucle ; je savais qu'il aurait du mal à la tenir.

– Je vous surveillais depuis ce fameux jour dans la Galerie. Je savais que vous n'aviez pas le vertige. Vous êtes descendu ici sans le moindre vertige quand vous avez vu que je contrecarrais vos beaux projets. Qu'est-ce que c'était ? Une crise de conscience ? A genoux comme un bébé, en train de pleurnicher : « Qu'avons-nous fait ? Qu'avons-nous fait ? » Il y avait de quoi être écœuré. Mais vous savez ce qui vous a trahi la première fois ? Le chat. N'importe qui sait que les chats ont horreur de l'eau. N'importe qui sauf un sale espion nazi.

J'ai senti une secousse dans la corde.

– Allez-y, ai-je dit, et la corde s'est tendue.

– Cette poule du WVS, c'était aussi une espionne ? Vous aviez rendez-vous avec elle à Marble Arch ? Vous m'avez dit qu'ils allaient bombarder la station. Vous n'êtes pas un bon espion, Bartholomew. Vos amis ont déjà échoué en septembre. Tout est à recommencer.

Une nouvelle secousse, et la corde a soulevé Langby. Il a assuré sa prise. Son épaule droite frottait le mur. J'ai levé les mains et l'ai poussé doucement pour qu'il présente le côté gauche. Il m'a dit :

– Vous faites une grosse erreur, vous savez. Vous auriez dû me tuer. Je vais parler.

J'ai attendu la corde dans l'obscurité. Lorsqu'on l'a hissé sur le toit, Langby avait perdu conscience. J'ai laissé aux hommes le soin de s'occuper de lui et je suis allé me réfugier dans la crypte.

Ce matin, la lettre de mon oncle est arrivée, accompagnée d'un billet de dix livres.

31 décembre – Deux des sbires de Dunworthy sont venus me chercher à St. John's Wood pour m'annoncer que j'étais en retard pour les examens. Je n'ai même pas fait mine de protester. Je me suis traîné à leur suite sans même me demander si imposer un examen à un cadavre ambulant était très loyal. Je n'avais pas dormi depuis... depuis combien de temps ? Depuis la veille, quand j'étais allé chercher Enola. Je n'avais pas dormi depuis cent ans.

Derrière son bureau, Dunworthy m'épiait. L'un des

sbires m'a tendu le questionnaire pendant que l'autre annonçait l'heure. J'ai laissé une marque grasse sur la feuille en la retournant, c'était la crème dont on avait enduit mes brûlures. J'ai regardé mes mains sans comprendre ; après avoir retourné Langby, j'avais touché la bombe mais c'était l'intérieur de mes mains qui était brûlé. La réponse m'est venue brusquement, portée par la voix d'acier de Langby :

– C'est la corde qui t'a brûlé les mains, imbécile. On ne leur apprend pas à monter à la corde, aux espions nazis ?

J'ai jeté un coup d'œil sur le questionnaire : « Nombre des bombes incendiaires tombées sur St. Paul. Nombre des mines. Nombre des bombes explosives. Méthode généralement employée contre les bombes incendiaires. Les mines. Les bombes explosives. Nombre des volontaires participant au premier tour de garde. Au second. Blessés. Morts. » Ces questions n'avaient aucun sens. Pour répondre à chacune d'elles, je ne disposais que d'un espace très restreint. De quoi inscrire un chiffre. « Méthode généralement employée contre les bombes incendiaires. » Comment faire tenir tout ce que je savais sur le sujet en aussi peu de place ? Où se trouvaient les questions concernant Enola, Langby et le chat ? Je me suis avancé jusqu'au bureau de Dunworthy.

– St. Paul a failli être incendiée la nuit dernière. A quoi riment ces questions ?

– Vous êtes censé répondre aux questions, monsieur Bartholomew, ce n'est pas à vous de les poser.

– Mais il n'y a aucune question sur les gens.

Mon blindage commençait à fondre.

– Bien sûr que si, m'a rétorqué Dunworthy en passant à la seconde page du questionnaire. « Victimes, 1940. Effet de souffle, éclats, divers. »

– Divers ? (Je sentais que d'un instant à l'autre le toit allait s'effondrer sur moi dans un déluge de plâtre et de fureur.) Divers ? Langby a éteint un début d'incendie avec son propre corps. Enola souffre d'un refroidissement qui ne cesse d'empirer. Le chat... (Je lui ai arraché la feuille et j'ai inscrit « chat » dans le minuscule espace en face de « effet de souffle ».) Ils ne comptent donc pas pour vous ?

– Ils comptent d'un point de vue statistique mais individuellement, ils n'ont aucune incidence sur le cours de l'histoire.

La fatigue avait diminué mes réflexes ; chose surprenante, ceux de Dunworthy ne valaient guère mieux. Mon poing a frôlé sa mâchoire et fait voler ses lunettes. Je me suis mis à hurler :

– Oh si ! ils ont une incidence ! L'histoire, c'est eux, pas vos chiffres ridicules !

Les sbires, eux, avaient de très bons réflexes. Ils ne m'ont pas laissé le temps d'expédier un deuxième coup : ils m'ont empoigné par les bras et traîné hors de la pièce.

– Ils sont là-bas, dans le passé, et personne ne vient à leur secours. Ils ne voient rien à dix centimètres, des bombes leur tombent dessus et vous me dites qu'ils n'ont pas d'importance ? Vous appelez ça être un historien ?

Les deux larbins m'entraînaient dans le couloir.

– Langby a sauvé St. Paul. C'est le geste le plus important que quelqu'un puisse faire. Vous n'êtes pas un historien ! Vous n'êtes qu'un... (Je cherchais un qualificatif explosif, mais seules les injures de Langby se sont présentées à mon esprit.) Vous n'êtes qu'un sale espion nazi ! Vous n'êtes qu'une espèce de cocotte bourgeoise !

Je me suis retrouvé à quatre pattes et les sbires m'ont claqué la porte au nez. Je hurlais :

– Même en me payant, vous ne ferez pas de moi un historien !

Ensuite je suis allé voir la stèle.

31 décembre – J'écris ceci tant bien que mal. Mes mains sont en piteux état et l'intervention des larbins de Dunworthy n'a pas arrangé les choses. Kivrin vient régulièrement me voir avec ses allures de sainte Jeanne et elle me met tant de pommade que j'ai du mal à tenir un crayon.

Bien entendu, la station St. Paul n'existe plus. Je suis donc sorti à Holborn et en marchant, j'ai pensé à ma dernière entrevue avec le doyen Matthews au lendemain de l'incendie de la Cité. C'est-à-dire ce matin.

– Je crois comprendre que vous avez sauvé la vie à Langby, me disait-il. Et qu'hier soir, à vous deux, vous avez sauvé St. Paul.

Je lui ai tendu la lettre de mon oncle et il l'a regardée comme s'il se demandait ce que c'était.

– Rien n'est définitivement préservé, a-t-il ajouté, et j'ai frissonné en songeant qu'il allait peut-être m'annoncer la mort de Langby. Nous devrons préserver St. Paul jusqu'à ce qu'Hitler décide de bombarder les villes de province.

J'avais envie de lui dire : les raids sur Londres sont presque terminés, il va bientôt s'attaquer aux villes de province, c'est une question de semaines. Canterbury, Bath, en visant chaque fois la cathédrale. Vous et St. Paul serez épargnés et bien plus tard, c'est vous qui inaugurerez la stèle commémorative.

– Mais j'ai bon espoir, a-t-il repris. Je crois que le pire est passé.

– Oui, monsieur.

Je pensais à la dalle dont l'inscription demeurait encore lisible après toutes ces années. Non, monsieur, le pire n'est pas encore passé.

J'ai réussi à m'orienter presque jusqu'en haut de Ludgate Hill puis je me suis complètement perdu et j'ai commencé à errer comme un homme dans un cimetière. J'avais oublié que les vestiges de ces lieux ressemblaient tant à la blanche poussière de plâtre dont Langby avait voulu m'extraire. Je ne parvenais pas à trouver la stèle et je suis tombé dessus tout à fait par hasard, manquant de trébucher. J'ai fait un saut en arrière comme si je venais de fouler une pierre tombale.

C'est tout ce qui reste. Il paraît qu'à Hiroshima, quelques arbres ont été totalement épargnés dans la zone d'impact. A Denver, seules les marches du capitole sont restées intactes. Mais ni les arbres ni les marches ne portent cette inscription : « A la mémoire des hommes et des femmes de la Garde de St. Paul qui, par la grâce de Dieu, ont sauvé cette cathédrale. » La grâce de Dieu.

Une partie de la pierre a été sectionnée. Certains historiens prétendent qu'il y avait une ligne de plus disant « pour les siècles à venir », mais je n'y crois pas, en tout cas pas si le doyen Matthews est tant soit peu à l'origine de cette inscription. Et aucun, aucune des volontaires auxquels elle était dédiée ne l'aurait cru un seul instant. Nous sauvions St. Paul chaque fois que nous éteignions une bombe incendiaire, et cela jusqu'à la prochaine. Monter la garde près des endroits dangereux, éteindre les petits feux avec une pompe et du sable, les grands avec notre corps, afin d'empêcher cet immense et complexe édifice de disparaître dans les flammes. On dirait une description résumée du Stage d'Histoire n° 401. Le moment est bien choisi pour découvrir la raison d'être des historiens alors que j'avais l'occasion d'en devenir un et que je viens de la jeter par la fenêtre en pas plus de temps qu'il n'en a fallu pour jeter la bombe de précision à l'intérieur de la cathédrale ! Non, monsieur, le pire n'est pas encore passé.

Il y a des traces de chaleur sur la stèle : la légende raconte que le doyen de St. Paul s'y trouvait agenouillé lorsque la bombe a éclaté. C'est un détail totalement apocryphe, bien entendu, l'entrée principale n'ayant rien du lieu de prière idéal. Plus vraisemblablement, ce pourrait être l'ombre d'un touriste qui s'était aventuré à l'intérieur pour demander où se trouvait le théâtre Windmill, ou l'empreinte d'une jeune femme apportant une écharpe à un volontaire. Ou celle d'un chat.

Rien n'est définitivement préservé, doyen Matthews ; je le savais lorsque, le premier jour, j'ai franchi le seuil du portail ouest en essayant de m'habituer à l'obscurité, mais c'est vraiment moche quand même. Je suis enfoncé jusqu'aux genoux dans les gravats dont je ne puis extraire ni chaises pliantes ni amis, conscient du fait que Langby est mort en pensant que j'étais un espion nazi, conscient du fait qu'un jour, Enola est venue et ne m'a pas trouvé. C'est vraiment moche.

Mais ça aurait pu être encore plus moche. Tous deux sont morts, le doyen Matthews aussi, mais ils sont morts sans savoir ce qui m'a terrassé lorsque je me trouvais dans la Galerie à Echo, sans connaître l'horrible sentiment de douleur et de culpabilité que j'ai éprouvé à cet instant. Ils sont morts en ignorant que finalement, aucun d'entre nous ne réussirait à sauver St. Paul. Et Langby ne peut pas se tourner vers moi, saisi d'écœurement, pour me dire : « Qui a fait ça ? Vos amis les nazis ? » Et je serais obligé de lui répondre : « Non. Les communistes. » Je ne peux rien imaginer de pire.

J'ai réintégré ma chambre ; Kivrin m'a une fois de plus enduit les mains de pommade. Elle veut que je dorme. Je sais que je ferais mieux de boucler ma valise et de quitter les lieux avant d'être expulsé comme un malpropre, mais je n'ai pas la force de lui tenir tête. Elle ressemble tellement à Enola.

1er janvier – Apparemment, j'ai si bien dormi que j'ai manqué la distribution du courrier. Je viens de me réveiller et j'ai trouvé Kivrin assise au coin de mon lit, une enveloppe à la main.

– Tes résultats sont arrivés, m'a-t-elle appris.

J'ai mis mon bras sur mes yeux.

– Ils peuvent être extrêmement efficaces quand ils le veulent, tu ne trouves pas ?

— Si, a répondu Kivrin.

— Eh bien, voyons ça. (Je me suis assis.) Combien de temps me reste-t-il avant qu'on vienne me flanquer à la porte ?

Elle m'a tendu l'impalpable enveloppe mécanographique. Je l'ai déchirée le long de la perforation.

— Attends, a-t-elle dit. Avant que tu l'ouvres, il faut que je te dise quelque chose. (Elle a posé doucement sa main sur mes brûlures.) Tu te trompes au sujet du département d'histoire. Ce sont des gens très bien.

Ce n'était pas tout à fait le genre de réflexion que j'attendais de la part de Kivrin.

— Dunworthy ne correspond pas tellement à l'image que je me fais du type bien, lui ai-je lancé en arrachant le feuillet.

Kivrin est restée imperturbable. Je suis pourtant certain qu'elle pouvait lire l'imprimé posé sur mes genoux.

— Evidemment...

La notification était signée de la main de l'estimé Dunworthy. J'étais reçu. Avec mention très bien.

2 janvier – Deux choses au courrier ce matin. L'une était l'affectation de Kivrin. Le département d'histoire pense à tout – à la garder ici le temps nécessaire pour qu'elle s'occupe de moi, et même à offrir à ses futurs diplômés un baptême du feu préfabriqué.

J'aurais aimé pouvoir me persuader qu'effectivement, Enola et Langby n'étaient que des acteurs engagés pour l'occasion, et le chat un androïde astucieux dont on avait retiré les rouages internes pour l'effet final. Non pas tant parce que je voulais croire que Dunworthy n'avait rien d'un type bien, mais parce que j'aurais cessé de souffrir en me demandant sans cesse ce qui leur était arrivé.

— Tu me disais qu'en stage, tu avais eu l'Angleterre dans les années 1300 ? ai-je demandé à Kivrin en l'observant avec méfiance, tout comme j'avais observé Langby.

– En 1349. (Ses traits se sont affaissés ; les souvenirs refluaient.) L'année de la peste.

– Mon Dieu ! Comment ont-ils pu faire ça ? La peste a une cote de dix.

– J'ai une immunité naturelle, m'a-t-elle répondu en regardant ses mains.

Ne sachant que dire, j'ai ouvert l'autre enveloppe. C'était un rapport concernant Enola. Etabli sur ordinateur, avec faits, dates et statistiques, tous ces chiffres dont le département d'histoire est si friand. Mais un rapport qui répondait de manière inespérée à mes questions : elle s'était remise de son refroidissement et avait survécu au Blitz. Le petit Tom avait été tué au cours d'un bombardement « touristique » sur Bath, mais Enola avait vécu jusqu'en 2006, un an avant l'attentat de St. Paul.

Je ne sais pas si je dois croire ce rapport, mais cela n'a pas d'importance. Comme lorsque Langby faisait la lecture au vieil homme, c'est un simple geste de bonté humaine. Ils pensent à tout.

Enfin, pas tout à fait. On ne m'a pas dit ce qu'était devenu Langby. Mais à l'instant même où j'écris ces mots, je me rends compte que je le sais déjà : je lui ai sauvé la vie. Peut-être est-il mort à l'hôpital, le lendemain, mais ça ne change rien. Je me rends compte qu'en dépit de toutes les dures leçons que le département d'histoire a tenté de m'inculquer, j'ai du mal à croire à celle-ci : que rien n'est sauvé à jamais. J'ai le sentiment que Langby l'est peut-être.

3 janvier – Aujourd'hui, je suis allé voir Dunworthy. Je ne sais plus trop ce que je voulais lui dire – une déclaration pompeuse sur mon intention de rejoindre les rangs des veilleurs de l'histoire, de lutter dans le silence et l'abnégation contre les bombes incendiaires du cœur humain.

Mais il m'a regardé en clignant des paupières, et j'ai eu l'impression qu'il regardait cette fameuse dernière image de St. Paul illuminée par le soleil, juste avant l'explosion, et je me suis dit : « Il sait mieux que quiconque qu'on ne peut sauver le passé. » Aussi me suis-je contenté de bredouiller :

– Je suis désolé d'avoir brisé vos lunettes, monsieur.

– Alors, que pensez-vous de St. Paul ? m'a-t-il demandé.

Et comme lors de ma première rencontre avec Enola, j'ai eu le sentiment de mal interpréter son comportement car je ne décelais chez lui aucune amertume, mais quelque chose de bien différent.

– C'était fantastique.

– Oui, m'a-t-il dit. Je suis de votre avis.

Le doyen Matthews se trompe. Armé de ma mémoire, je n'ai cessé de lutter contre la réalité de mon stage pour finalement comprendre qu'elle n'est pas mon ennemie et qu'en fin de compte, la tâche de l'historien n'a rien d'un fardeau sacré. Car si Dunworthy cligne des yeux, c'est parce qu'il entrevoit non pas la fatale lumière d'or de l'ultime matinée, mais la pénombre de ce premier après-midi, et qu'à travers les immenses battants du portail ouest de St. Paul il contemple ce qui, comme Langby, comme tout ce qui l'entoure, demeure en nous, à jamais préservé.

Certaines idées d'histoires sont tout simplement meilleures que d'autres, c'est pourquoi elles sont si souvent plagiées. Assister à son propre enterrement est sans doute une de celles qui, pour des raisons profondes et bien enracinées, parlent le plus à l'imagination, car elle me vient de Tom Sawyer *par le canal d'*Hôpital général, *après bien d'autres avatars, je suppose.*

Le jour où Luke (fuyant je ne sais plus qui) revint furtivement chercher je ne sais plus quoi et tomba au beau milieu de ses funérailles, je me dis : « Ça y est, ils pillent Mark Twain, maintenant ! » Et, presque aussitôt, je commençai à réfléchir à la meilleure façon d'utiliser l'idée moi-même. Je voyais encore la mine horrifiée de tante Polly, juste avant de comprendre que Tom était bel et bien vivant. « On aurait juré, me dis-je au moment où Luke écoutait d'un air pénétré son éloge funèbre, on aurait juré qu'elle avait vu un fantôme. »

RITUEL DU SERVICE DES MORTS

« Je n'aurais jamais dû venir », songeait Anne en crispant ses mains gantées sur ses genoux. Elle était arrivée en avance pour pouvoir choisir une place au dernier banc, mais pas trop cependant. Cela eût fait jaser. Debout au fond de l'église, elle n'avait hésité qu'un instant et, après une profonde inspiration, avait redressé fièrement la tête. C'est alors que le vieux M. Finn avait fondu sur elle et l'avait saisie par le bras, pour la conduire au banc orné de ruban noir réservé à la famille en deuil.

« Je n'aurais pas dû venir seule, méditait-elle. J'aurais dû emmener père. » Pourtant, elle n'avait pas oublié l'irritation que trahissait le visage empourpré de son père, comme elle nouait les brides de son chapeau noir.

– Alors comme ça, avait-il observé, tu vas à l'enterrement ?

– Oui, père.

Elle avait boutonné sa pelisse grise sur sa robe en soie grise et attaché les rubans de son triste petit chapeau sous son menton.

– Et tu ne t'habilles même pas en noir ?

Elle avait tranquillement enfilé ses gants.

– Mon manteau noir n'est plus mettable, avait-elle dit en se rappelant de quel air il l'avait regardée rentrer cette nuit-là, dans son manteau de lainage noir trempé de pluie glacée, la frange de son châle noir engluée de boue.

Il avait tout de suite pensé qu'elle avait tué Elliott,

même avant qu'on ait constaté sa disparition et commencé à draguer la rivière. Il le croyait toujours et, s'il l'avait accompagnée, tout le monde aurait pu lire sa conviction sur son visage rouge de honte, tandis qu'il remontait la nef à ses côtés. Mais, au moins, il l'aurait conduite dans un endroit discret, à l'abri des réflexions des gens de la ville, sinon de leurs pensées. Ils s'imaginaient sans doute qu'elle avait tué Elliott, eux aussi. Ou bien jugeaient-ils simplement qu'elle n'avait aucune fierté, et cela, on pouvait dire que c'était vrai.

Le peu de fierté qu'il lui restait encore, elle l'avait perdu cette nuit-là, dans l'île, en attendant Elliott.

Elle ne s'était même pas demandé ce qu'il lui voulait, en acceptant son rendez-vous. Elle avait simplement pensé à mettre ses vêtements les plus chauds pour se protéger de la pluie de novembre, son manteau de lainage, son châle noir et ses bottillons. Et elle était restée pendant des heures sous le chêne, dont les branches nues n'offraient aucun abri contre la pluie ni la nuit tombante, avant de comprendre quelle chose terrible elle était en train de faire. Et, tandis que la pluie d'hiver achevait d'abîmer son chapeau, elle s'était juré de lui dire non.

Il n'avait pas l'intention d'abandonner Victoria comme il l'avait abandonnée, elle. Victoria si fragile, si belle et dont le père était si riche. Leur mariage était prévu pour Noël. Le frère de Victoria, toujours en mer pour l'instant, devait être leur garçon d'honneur. Elliott n'avait même pas daigné lui annoncer lui-même ses fiançailles : elle avait appris la nouvelle par son père. « Non », avait-elle répondu, tout en sachant que cela devait être vrai. Depuis qu'elle aimait Elliott, quand avait-elle eu le courage de lui dire non ?

Etait-ce pour cela qu'elle avait accepté ce rendez-vous dans l'île ? Parce qu'elle était incapable de lui dire non, même s'il y allait de son honneur ? Peu importe, il n'était pas venu. Elle avait attendu toute la nuit et, quand elle s'était glissée furtivement dans la maison, glacée jusqu'aux os, elle savait qu'elle n'aurait rien pu lui refuser, de toute façon. Elle n'éprouvait aucune colère envers lui et n'eut même pas de peine lorsqu'on retrouva son bateau. Elle ne ressentait plus rien. Et elle apprécia la présence de M. Finn à ses côtés quand il lui fallut remonter la nef, les yeux secs et sans la moindre trace de rougeur coupable sur le visage.

« Mais je ne peux tout de même pas m'asseoir ici, pensa-t-elle, juste en face de Victoria. Non, je ne peux pas lui faire ça, elle ne m'a jamais rien fait. »

Il était déjà trop tard pour rebrousser chemin mais là, tout près, il y avait cette porte latérale que venait d'emprunter le pasteur. Elle donnait sur le couloir qui menait au vestiaire des choristes et à la sacristie. En faisant vite, il était encore possible de s'enfuir par là, avant que le révérend Sprague n'introduise la famille.

S'enfuir. Serait-ce l'impression qu'elle donnerait ? La meurtrière écrasée sous le poids de sa faute, la brebis égarée dévorée de remords, de honte ou de chagrin, serait-ce ainsi qu'ils la verraient, tous ? Qu'ils pensent ce qu'ils voulaient, après tout ! Elle ne pouvait pas faire cela à Victoria.

Anne posa la main sur le dossier du banc, devant elle. Dans son dos, un homme toussa, essayant d'étouffer le bruit de sa toux. Elle tira son mouchoir de son manchon et le pressa sur ses lèvres. Toussa deux fois, s'interrompit, toussa encore. Puis elle se leva et gagna rapidement la porte de côté.

Elle la referma doucement derrière elle et s'élança dans l'étroit couloir, frissonnant sous la soie trop fine et sa pelisse trop légère.

– Prions, dit le révérend Sprague, et elle faillit se heurter au petit groupe que formait la famille en deuil.

Ils étaient tous là, Victoria, son père et le père d'Elliott, la tête inclinée sur la poitrine, accablés. Le visage gris, le père d'Elliott s'appuyait lourdement sur sa canne, ses yeux grands ouverts fixant le mur en aveugle.

Anne recula précipitamment jusqu'à la porte du vestiaire. Elle était fermée mais il y avait une grosse clef dans la serrure. Elle se hâta de la tourner, provoquant un bruyant grincement de ferraille.

– Amen, prononça le révérend Sprague au moment où elle retirait la clef pour se glisser dans la pièce, refermant la porte derrière elle.

Il faisait très sombre à l'intérieur. Anne tâtonna le long du mur à la recherche d'une lampe, effleura un obstacle du pied et s'agenouilla. C'était un candélabre de métal, pourvu de sa chandelle, avec deux allumettes au phosphore sur la bobèche. Elle en frotta une, alluma la chandelle et, toujours à genoux, promena son regard autour d'elle.

La pièce paraissait n'avoir pas servi depuis des années. Le révérend Sprague désapprouvait le port de la soutane et de « tous ces falbalas papistes », sauf à l'époque de Noël, et les robes noires suspendues aux patères étaient raides de poussière. Le long d'un mur s'alignaient deux bancs de bois noir vernis et quelques chaises. Le bougeoir à la main, Anne se releva, secoua l'ourlet poudreux de sa robe et se rapprocha de la porte. L'orgue avait commencé à jouer.

Elle souffla la chandelle et s'assit sur l'un des bancs poussiéreux, l'oreille tendue. L'orgue se tut, puis reprit, et elle perçut la rumeur grave et rocailleuse du chant des fidèles. Elle entrouvrit la porte, juste assez pour s'assurer qu'il n'y avait personne dans le couloir, se faufila hors de la pièce et remit la clef dans la serrure. Le son de l'orgue s'enfla pour accompagner un répons. Anne se rua littéralement dans le corridor.

Elle avait presque atteint la sortie quand elle aperçut l'homme, près de la porte. Il venait d'entrer et s'était retourné pour la refermer doucement derrière lui. Anne ne le reconnut pas. Ses cheveux brun cuivré dépassaient d'un chapeau mou de couleur foncée et il portait un manteau court, foncé lui aussi, avec de lourdes bottes. « Ce doit être le frère de Victoria », supposa Anne. Et elle attendit qu'il se retourne.

Il semblait avoir du mal à refermer la porte et, quand il se redressa, un rai de lumière apprit à Anne qu'elle était toujours ouverte. Puis il se retourna.

– Elliott, chuchota-t-elle.

Il eut un sourire désarmant.

– On dirait que tu as vu un fantôme, observa-t-il, comme si l'idée l'amusait. T'aurais-je fait peur, par hasard ?

A nouveau, l'orgue résonna.

– Elliott, dit-elle encore.

Le regard dirigé vers le chœur, il ne parut même pas l'entendre. Son manteau s'était entrouvert et, en voyant sa chemise de soie blanche et sa veste de soirée noire, Anne songea à son propre manteau, définitivement hors d'usage. Elliott n'était pas venu au rendez-vous, finalement. Il l'avait laissée attendre toute la nuit, sous la pluie. Il leur avait laissé croire à tous qu'il était mort.

– Où as-tu été ? murmura-t-elle.

– Faire un petit tour, rétorqua-t-il avec insouciance. En voyant que tu n'arrivais pas, j'ai décidé de pousser une pointe jusqu'à Hartford. Mais que se passe-t-il, ici ? Un enterrement ?

– Ton enterrement, fit-elle dans un souffle presque inaudible. Tout le monde t'a cru noyé. On a dragué la rivière.

– J'ai toujours adoré les enterrements, déclara-t-il, comme s'il ne l'avait pas entendue. La fiancée en pleurs, le père fou de chagrin, le pasteur exaltant les vertus du défunt... Y a-t-il des fleurs, au fait ?

– Des fleurs ? répéta-t-elle, la voix atone. On a retrouvé ta barque, Elliott. Complètement fracassée.

– Bien sûr qu'il y a des fleurs. Des lys de serre. Le père de Victoria les aura fait venir de New York, il peut se permettre ça. Dis-moi, les beaux yeux gris de ma petite Vicky sont-ils rougis par les larmes ?

Anne ne lui répondit pas et il se détourna d'elle avec brusquerie.

– Très bien, j'irai voir moi-même puisque tu ne veux rien me dire.

Il s'avança dans le couloir, ses bottes martelant bruyamment le plancher.

– Tu ne peux pas y aller, Elliott.

Anne tendit la main vers son bras, puis la retira. Il pivota sur ses talons et la regarda bien en face.

– Non seulement tu n'es pas venue à notre rendez-vous, mais tu m'empêches d'assister à mon enterrement ! Tu ne m'avais pourtant rien refusé jusqu'ici, quand nous nous retrouvions dans l'île, l'été dernier. Notre île, tu te souviens, ma petite Anne ?

– Si, je... je suis venue, bégaya-t-elle. J'ai attendu toute la nuit et je... Elliott, ton père a failli se trouver mal en apprenant la nouvelle. Son cœur...

– ... pourrait flancher à ma vue, je sais. Et j'aimerais bien voir ça. Au fond, chérie, tu me fournis une raison supplémentaire d'assister à mes funérailles. A moins, bien sûr, que tu ne cherches à me retenir près de toi. Car tu regrettes à présent de n'être pas venue me rejoindre, n'est-ce pas, Anne ?

Elle demeura sans réaction, sachant parfaitement qu'elle ne pourrait pas l'empêcher d'agir à sa guise. « Je n'ai jamais été capable de le faire, songea-t-elle tristement. Jamais. »

Il s'était à nouveau détourné d'elle et avait presque atteint la porte latérale.

– Attends !

Elle s'élança derrière lui, frôlant au passage la porte du vestiaire : la clef fut arrachée de la serrure et le battant s'ouvrit à la volée. Elliott s'arrêta net et contempla la clef, tombée entre eux deux sur le plancher.

– Tu aimerais bien m'enfermer dans un petit coin et me garder pour toi toute seule, avoue.

– Elliott, répéta-t-elle avec un calme résolu, tu ne peux pas y aller.

Elle imaginait le père d'Elliott, tassé sur sa canne, Victoria courbant la tête et le sourire insouciant qu'il aurait en s'avançant vers eux, dans le transept.

« Vous avez l'air d'avoir vu un fantôme », dirait-il d'un ton léger, en regardant le visage de son père pâlir de saisissement.

– Je ne te laisserai pas faire cela, déclara-t-elle.

– Et comment comptes-tu m'en empêcher ? Songerais-tu à me boucler dans le vestiaire pour venir me retrouver la nuit, comme tu le faisais l'été dernier, dans l'île ? Très bien, chérie, vas-y ! Comment pourrais-je te résister, si tu me désires à ce point ? Allons, enferme-moi là-dedans !

Il franchit la porte et s'immobilisa, son insouciant petit sourire aux lèvres.

– C'est plutôt triste de manquer ses propres funérailles, mais c'est pour te faire plaisir, Anne.

A nouveau, l'orgue s'était tu et, dans le silence soudain, elle s'agenouilla pour ramasser la clef.

– Elliott, fit-elle d'une voix incertaine.

Il croisa les bras sur sa poitrine.

– Tu me veux tout à toi, eh bien, tu m'auras. Personne ne saura que je suis là, pas même Vicky. Ce sera notre secret, Anne chérie. Je serai ton prisonnier et tu viendras me rejoindre. (Il esquissa un geste en direction de la porte.) Enferme-moi, Anne. La cérémonie est presque finie.

Elle fixa longuement la lourde clef, au creux de sa main, et une bouffée de musique et de voix leur parvint tout à coup de la nef. Mal à l'aise, Anne leva les yeux vers la porte de communication. Dans un instant le révérend Sprague allait ouvrir cette porte.

– Tu viendras, n'est-ce pas, Anne ? demanda Elliott en s'adossant au mur. Tu n'oublieras pas ?

– Il y a une bougie sur le banc, dit-elle en lui fermant la porte au nez.

Puis elle tourna la clef dans la serrure, la fourra dans son manchon et se précipita vers la sortie. C'était la seule solution.

Mais il était trop tard. Par le portail grand ouvert, les fidèles se répandaient déjà sur les côtés de l'église, piétinant l'herbe desséchée. Le vent rabattit la porte, qui claqua avec fracas. Chacun se figea et tous les yeux se tournèrent vers Anne.

Elle fendit la foule comme si elle n'en avait même pas conscience, sans se soucier de faire bonne figure, ni de l'air qu'elle pouvait avoir, avec sa pelisse grise et son misérable petit chapeau. Elle ne prit pas garde non plus aux pas légers qui la suivaient, du moins pas avant qu'une voix douce ne prononce son nom :

– Anne ? Mademoiselle Lawrence ? S'il vous plaît, ne partez pas !

Elle se retourna. C'était Victoria Thatcher, ses beaux yeux gris rouges d'avoir pleuré. Elle serrait dans sa main un petit livre de prières.

– Je vous suis reconnaissante d'être venue, dit-elle. Je voulais que vous le sachiez.

Son visage brouillé de larmes et ses paroles bienveillantes suscitèrent chez Anne une soudaine réaction de colère. « Il ne vous aime pas, faillit-elle répondre. Il voulait me voir ce soir-là, dans l'île, et j'y suis allée. Et maintenant, il est dans le vestiaire, il m'attend. Il n'est pas mort, mais je voudrais qu'il le soit. Et vous aussi. »

– Votre geste me touche infiniment, reprit Victoria avec hésitation. Je... mon père vient juste de partir pour Hartford régler une affaire qui concerne Elliott et je n'ai pas d'amis, ici. Le père d'Elliott s'est montré vraiment très bon pour moi mais il est souffrant et je... ce serait si aimable à vous de venir me voir. Je vous en prie, dites que vous ferez encore cela pour moi, venez prendre le thé, un de ces jours.

– Je...

Victoria se mordit les lèvres, secoua la tête et dévisagea Anne sans sourciller.

– Je sais ce qu'on raconte sur la mort d'Elliott et je n'en crois rien, sachez-le. Je sais que vous n'...

Elle s'interrompit et, à nouveau, secoua la tête.

– Je sais que vous priez pour son âme, comme moi.

« Il n'a pas d'âme, s'entendit penser Anne. Vous feriez mieux de prier pour son père, et pour vous-même. Et que refusez-vous de croire, au juste ? Que je l'ai tué ou que j'étais avec lui, dans l'île ? »

A nouveau, Victoria leva vers elle ses grands yeux gris mouillés de larmes.

– Je vous en prie, si vous avez aimé Elliott, vous aussi, cela ne devrait-il pas nous rapprocher, maintenant qu'il est mort ?

« Mais il n'est pas mort, se dit Anne avec désespoir, il est assis dans le vestiaire, riant à la pensée de notre rencontre. Il n'est pas mort mais je voudrais qu'il le soit, pour votre salut. Pour notre salut à tous. »

– Merci pour votre invitation, répondit-elle.

Et elle s'éloigna d'un pas rapide.

Après le souper, Anne enveloppa un peu de jambon et un morceau de gâteau dans un papier d'emballage et se rendit à l'église. Elliott était assis dans l'obscurité.

– J'ai dû attendre que père ait fini de manger, dit-elle en allumant la chandelle. Je me suis faufilée dehors à pas de loup.

Elliott grimaça un sourire.

– Ce n'est pas la première fois, non ?

Elle posa le paquet sur le banc, près de la bougie.

– Tu ne peux pas rester ici, constata-t-elle.

Il déplia le paquet de papier gris.

– L'endroit me plaît assez, au moins on est au sec. C'est un peu froid mais plutôt confortable, à tout prendre. Je suis bien nourri, je t'ai à mon entière disposition et je verrai couler des larmes de joie pour ma résurrection. Alors, pourquoi m'en irais-je ?

– Ton père a dû s'aliter, Elliott.

– De joie, sans doute ? Et la malheureuse fiancée,

s'est-elle mise au lit, elle aussi ? Elle n'a jamais voulu venir dans le mien.

– Victoria s'occupe de ton père, le sien est allé à Hartford pour mettre tes affaires en ordre. Tu ne peux pas continuer à leur laisser croire que tu es mort.

– Oh, mais si, je peux. Et je dois le faire. Au moins, jusqu'à ce que le père de Victoria ait payé mes dettes.

– C'est mal d'agir ainsi, Elliott. Je dirai la vérité.

– Je ne crois pas, répliqua-t-il. Ou alors je serai obligé de dire que je n'étais pas sur la rivière, mais avec toi, bien loin de là, dans un petit coin tranquille. Et que deviendraient mon pauvre père alité et ma richissime Victoria ? Tu ne diras rien du tout.

– Je ne viendrai plus, déclara-t-elle. Je ne t'apporterai plus à manger le soir.

– Pour que le révérend découvre un jour mon squelette desséché ? Crois-moi, Anne chérie, tu reviendras.

– Non, s'obstina-t-elle. Je ne viendrai plus.

Elle ne l'enferma pas, espérant qu'il changerait d'avis, mais elle emporta la clef. « On ne sait jamais, se dit-elle, sans donner à ces mots une signification précise. Je pourrais en avoir besoin. »

Anne s'élançait dans l'escalier lorsqu'elle entendit sonner, mais son père la devança. Elle n'avait descendu que la moitié des marches quand il ouvrit la porte. Elle vit son dos se raidir, une pâleur cireuse gagner son cou et ses oreilles et elle pensa : « C'est Elliott. »

Depuis trois jours, elle était allée chaque soir à l'église lui porter des provisions, des bougies et même une courtepointe, car il se plaignait du froid. Et sans se lasser, elle reprenait leur éternelle discussion, toujours en vain. Le père de Victoria était revenu de Hartford, avait passé une matinée à la banque, était à nouveau reparti. Et, chaque matin, Victoria rendait visite au père d'Elliott, chaque jour un peu plus menu et plus pâle, semblait-il. On était toujours sans nouvelles de son frère. Le troisième jour, elle fit porter chez Anne une invitation à venir prendre le thé.

Anne avait montré le billet à Elliott.

– Comment peux-tu lui faire une chose pareille, à elle ?

– A toi, tu veux dire. Car naturellement, tu as accepté. Cela promet d'être assez amusant.

– J'ai refusé. Je t'en prie, Elliott, pense à tout ce que tu lui fais endurer.

– Et ce que j'ai enduré, moi, tu y penses ? En pleine nuit et en plein orage, dans cette coquille de noix ! Je ne me rappelle même plus comment j'ai regagné la rive. Et pour aller à Haddam, j'ai dû faire la moitié du chemin à pied avant de pouvoir emprunter un cheval dans une auberge. Et tout ça, parce que tu avais décidé de ne pas venir me voir dans l'île. Eh bien maintenant, c'est moi qui décide de ne pas les voir, voilà.

Il se débattait avec la courtepointe, essayant de couvrir ses genoux. Trop lasse pour discuter davantage, Anne avait posé le paquet de victuailles sur le banc et tourné les talons.

– Laisse la porte ouverte, avait lancé Elliott, je ne veux pas me retrouver bouclé ici comme dans un cercueil. Et préviens-moi quand le père de Victoria sera de retour et qu'il aura payé mes dettes.

« Il ne sortira jamais de là », avait-elle songé dans un accès de désespoir. Mais maintenant, tandis qu'elle observait son père, toujours figé sur le palier, elle n'en était plus aussi sûre. Il était venu, finalement ! Elle dévala le reste des marches et arriva en bas au moment où son père se retournait.

– C'est Mlle Thatcher, annonça-t-il d'un ton accusateur. Elle voudrait te voir.

Et, sans ajouter un mot, il passa devant elle pour s'engager dans l'escalier.

– Je crains d'avoir commis un impair en venant, hasarda Victoria. Votre père est fâché contre moi.

– Non, c'est à moi qu'il en veut et vous n'avez

commis aucun impair, à moins que la bonté ne soit contraire aux convenances.

Elles se tenaient toujours sur le seuil, en plein vent.

– Donnez-vous la peine d'entrer, dit Anne. Je vais faire du thé.

Victoria lui posa la main sur le bras.

– Je ne suis pas venue en visite, je... j'ai un service à vous demander.

Elle ne portait pas de gants et, même à travers la laine de sa manche, Anne put se rendre compte que ses doigts étaient glacés.

– Entrez, et dites-moi de quoi il s'agit, offrit-elle.

Et, à nouveau, la même pensée la traversa : « C'est Elliott. »

Victoria s'avança dans le hall mais refusa de se laisser débarrasser de son manteau et de son chapeau.

– Je ne peux pas rester, annonça-t-elle, comme Anne s'apprêtait à fermer la porte. Je dois passer chez le Dr Sawyer. Il... on a trouvé un corps, dans la rivière. Près de Haddam. Il faut que j'aille voir si c'est Elliott.

« Il n'est pas mort ! faillit s'écrier Anne, gagnée par une soudaine colère contre Elliott. Il est à l'église, caché dans le vestiaire. »

Mais, une fois lancée, Victoria semblait incapable de s'arrêter de parler.

– Mon père est allé à Hartford, poursuivit-elle, il a des problèmes avec les dettes de jeu d'Elliott. Mon frère est toujours en mer, mais nous sommes sans nouvelles de son bâtiment. Le père d'Elliott est trop malade pour se déplacer. Le mien a dû aller à Hartford à sa place et, maintenant, il n'y a plus personne pour s'occuper de... de ceci. Je ne peux pas demander cela au père d'Elliott, cela le tuerait de voir... J'étais venue chercher le vôtre mais à présent il est fâché contre moi et il n'y a plus que...

– J'irai avec vous, intervint Anne en décrochant sa pelisse grise.

Un vêtement bien trop léger pour le froid qu'il faisait, mais elle n'osait pas abandonner Victoria pour monter chercher quelque chose de plus chaud. Dans son affolement, la jeune fille aurait été capable de partir sans l'attendre. « Je ne peux pas laisser Elliott la traiter ainsi, décida-t-elle. Je vais lui dire la vérité. »

Mais elle n'en eut pas l'occasion : Victoria marchait si vite qu'elle dut presque courir pour se maintenir à sa hauteur. Et elle ne put qu'écouter la plainte incessante qui s'échappait de ses lèvres, comme un flot jaillissant d'une artère coupée.

– Mon frère devrait être là, maintenant. Nous n'avons aucune nouvelle de New London, son port d'attache. Il n'a certainement pas été retenu là-bas mais il y a eu de si terribles tempêtes... J'ai peur pour son bateau. Je lui ai écrit, le jour de la disparition d'Elliott, je savais déjà qu'il était mort. Mon père me disait de ne pas m'inquiéter, qu'il avait simplement été retardé, qu'il fallait garder bon espoir. Aujourd'hui, c'est Roger qui est en retard et il n'y a personne pour me dire de ne pas m'inquiéter.

Elles étaient arrivées devant la maison du Dr Sawyer. D'une main rougie par le froid, Victoria frappa à la porte et le médecin les fit entrer aussitôt, mais il ne leur offrit pas d'ôter leurs manteaux.

– Vous aurez froid, là-bas, annonça-t-il en les entraînant rapidement dans le couloir. (Il passa devant son bureau et les pilota jusqu'aux pièces du fond.) Je regrette que votre père soit absent, Victoria. Ce n'est pas un spectacle pour des jeunes filles.

Si seulement ils avaient pris le temps de s'arrêter, ne serait-ce qu'un instant, Anne aurait pu leur dire la vérité ! Mais ils poursuivirent leur chemin et elle se hâta derrière eux. Le médecin ouvrit la porte d'une vaste salle carrée qui lui fit penser à une cuisine, à cause de la longue table. Sur cette table, il y avait un drap qui pendait presque jusqu'au sol. Victoria était affreusement pâle.

– Je n'aime pas du tout cela, Victoria, reprit le docteur, dont le débit se précipitait. Si votre père était ici... Vilaine besogne, vraiment.

« Dès qu'elle aura vu que ce n'est pas Elliott, je leur dirai tout », se promit Anne. Le Dr Sawyer tira le drap, découvrant le corps.

Et le temps qui leur avait paru s'accélérer pendant les dernières secondes sembla s'arrêter brusquement. L'homme qui gisait là était mort depuis plusieurs jours. « Depuis la nuit de la tempête », estima Anne. C'est alors qu'il s'était noyé. Son pardessus noir était encore humide et maculé de boue, comme l'était son propre manteau quand elle avait essayé de le nettoyer. Il portait une chemise en soie blanche sous une veste de soirée, et un mouchoir de soie grise, froissé et taché d'eau sale, dépassait de la poche de sa veste. Il avait l'air d'avoir froid.

Victoria tendit la main vers lui et la retira précipitamment, pour étreindre celle de Anne.

– Je suis désolé, dit le Dr Sawyer en baissant les yeux vers le corps étendu sur la table.

C'était Elliott.

– Il était temps que tu arrives ! s'écria Elliott en se relevant. Je commençais à mourir de faim.

Il s'était allongé sur le banc, son pardessus plié sous la tête. Sa veste noire était ouverte et il avait déboutonné sa chemise. Anne lui tendit le paquet sans mot dire, les yeux fixés sur lui. De la poche de sa veste dépassait un mouchoir en soie grise.

– As-tu pris le thé chez Vicky ? demanda-t-il en s'attaquant au papier contenant quelques tranches de pain, du jambon et des reinettes. (Il semblait éprouver quelque difficulté à dénouer la ficelle.) Tu as réconforté la malheureuse fiancée et tout ça ? Ce devait être du plus haut comique !

– Non, dit Anne en le regardant s'escrimer sur la ficelle. (Elle attendit qu'il la dénoue mais il n'y parvint pas, et finit par poser le paquet sur le banc, près de lui.) Nous sommes allées chez le Dr Sawyer.

– Pourquoi ? Mon vénéré père est-il mourant, ou la jolie Vicky a-t-elle des vapeurs ?

– Nous sommes allées voir un cadavre pour tâcher de l'identifier.

– Aïe ! Charmant tableau, je vois ça d'ici. La jolie Vicky s'évanouissant de soulagement à la vue d'un inconnu boursouflé, et le docteur brandissant son flacon de sels...

– C'était ton cadavre, Elliott.

Elle s'attendait à ce qu'il se montre choqué, ou confus, ou effrayé, mais il n'en fut rien. Il noua les mains sur sa nuque, se renversa en arrière et lui sourit.

– Qu'est-ce que tu me racontes, ma petite Anne ? Aurais-tu des vapeurs, toi aussi ?

– Comment es-tu allé jusqu'à Haddam, Elliott ? Tu ne me l'as jamais dit.

Il ne fit pas le moindre mouvement.

– Il y avait un cheval en train de brouter, près de la rivière. En parfait cavalier, j'ai sauté sur son dos et je suis revenu vers toi au grand galop.

– Je croyais que tu avais trouvé ce cheval dans une auberge ?

– Je n'ai pas voulu heurter ta délicatesse en t'avouant que je l'avais volé, mais peut-être ai-je surestimé tes scrupules. Tu n'as pas hésité longtemps à m'accuser de... de quoi au juste ? D'avoir assassiné un malheureux passant pour lui faire endosser mes vêtements ? C'est absurde ! Tu vois bien que je les porte toujours.

– Mon manteau est hors d'usage, dit-elle d'une voix lente. Mes bottillons étaient pleins de boue, le bas de ma robe sale et déchiré. Comment as-tu fait pour revenir de Haddam en plein orage avec des bottes impeccablement cirées, sans un grain de poussière sur ton pardessus ?

Il s'assit brusquement et tendit ses mains vers les siennes. Elle recula d'un pas.

– Tu as fait tout cela pour moi, Anne ? Tu m'as

attendu dans l'île, dans la boue et sous un pareil déluge ? Pas étonnant que tu sois fâchée ! Mais ce n'est tout de même pas une raison pour me punir en m'enfermant dans cette pièce poussiéreuse en me racontant des histoires de revenants. Je t'offrirai un nouveau manteau, ma chérie.

– Pourquoi n'as-tu pas touché à ce que je t'ai apporté ? Tu disais que tu étais affamé, que tu n'avais rien mangé depuis plusieurs jours.

Il laissa retomber ses mains.

– Et quand aurais-je trouvé le temps de manger ? Depuis que tu es là, tu ne fais que me harceler de questions stupides. Je vais le manger, ton dîner.

Il prit le paquet, le posa sur ses genoux, et Anne attacha sur lui son regard attentif. Ses mains étaient hâlées, tannées par le grand air. Celles du cadavre n'avaient plus de couleur. Elles étaient comme délavées par l'eau de la rivière.

Elliott tripotait gauchement le papier, tâtant le pain au travers.

– Du pain, du gâteau et ma chère petite Anne, que pourrais-je souhaiter de plus ?

Mais il n'ouvrait toujours pas le paquet et, au bout de quelques minutes, il le reposa sur le banc.

– Je mangerai quand tu seras partie, dit-il avec humeur. Tu m'as coupé l'appétit, avec tes histoires macabres.

Quand elle revint, le lendemain, il était tiré à quatre épingles, le mouchoir soigneusement plié dans la poche de sa veste. Il avait mis son pardessus.

– A quelle heure a lieu l'enterrement ? s'enquit-il d'un ton plein d'entrain. Le deuxième, je veux dire. Combien vais-je avoir d'enterrements, au fait ? Faudra-t-il que je paie pour toutes ces fleurs, quand je reviendrai ?

– C'est pour cet après-midi, répondit Anne, qui se demanda aussitôt si elle n'aurait pas mieux fait de lui mentir.

Elle s'était habillée pour la cérémonie en se répétant qu'elle ne viendrait pas le voir, que c'était trop dangereux, s'efforçant de concentrer son attention sur sa toilette. Elle avait mis des vêtements chauds, son châle noir bien nettoyé, et pris son manchon. Mais, dans son manchon, se trouvait la clef et, dès qu'elle l'aperçut, elle sut qu'elle avait toujours eu l'intention d'aller rejoindre Elliott. Exactement comme cette nuit-là, dans l'île. Elle ne s'était pas souciée d'avoir chaud, alors ; elle n'avait songé qu'à passer inaperçue. Et elle avait mis sa robe noire, son manteau noir et son chapeau noir, comme si sa promenade avait un autre but. Comme si, comprit-elle tout à coup... comme si elle s'habillait pour un enterrement.

– Cet après-midi, répéta-t-il. Donc, le père de Victoria est rentré de Hartford ?

– Oui.

– Et mon père ? Est-il suffisamment remis pour y assister ? Je le vois déjà, courbé sur sa canne et marmonnant sans cesse : « Une fin lamentable. J'ai toujours su qu'il aurait une fin lamentable. » Y aura-t-il un service religieux au cimetière ? demanda Elliott en prenant son chapeau.

– Oui, répondit-elle, alarmée. Où vas-tu ?

– Avec toi, bien sûr. A mon enterrement. J'ai déjà manqué le premier.

– Tu ne peux pas faire ça ! s'écria-t-elle en s'élançant vers la porte, les doigts crispés sur la clef.

– J'estime que ce petit jeu a assez duré, déclara-t-il avec froideur. Je me suis laissé convaincre de ne pas assister à mon premier enterrement, j'ai eu tort. Tu ne me priveras pas de celui-là.

Anne resta clouée sur place, horrifiée.

– Ton père en mourra.

– Tant mieux, et bon débarras. Cela vous fera quelqu'un d'autre à enterrer avec ce pauvre bougre qui se fait passer pour moi.

– C'est toi que nous enterrons, Elliott, énonça-t-elle

d'un ton posé. (Et cette fois, il ne put s'empêcher de tiquer.) Tu sais que tu es mort, n'est-ce pas ?

Il enfonça son chapeau sur la tête.

– Nous verrons si ma fiancée partage cette opinion. Quant à son père, il sera enchanté de me revoir en vie, et libéré de mes dettes. Il m'accueillera à bras ouverts, moi, son futur gendre. Et ma jolie Vicky portera le blanc des épousailles, et non le deuil.

Anne se remémora le regard empreint de bonté des yeux gris de Victoria, la pression de sa main sur la sienne dans la cuisine du docteur et l'air affligé du père de la jeune fille, posant la main sur son épaule d'un geste protecteur.

– Pourquoi fais-tu cela, Elliott ? C'est trop cruel.

– Je n'aime pas les cercueils. Ils sont petits, sombres, poussiéreux. Et froids, comme cette pièce. Je ne les laisserai pas m'enfermer dans une tombe comme tu m'as enfermé ici.

Anne inspira bruyamment, suffoquée.

– Ils seront tellement fous de joie qu'ils en oublieront ce qu'ils étaient venus faire au cimetière, dit-il avec un sourire désarmant. Ils oublieront carrément de m'enterrer.

Anne s'adossa à la porte.

– Je ne te laisserai pas faire.

Elle ne l'avait pas enfermé, pas depuis le jour des funérailles. Elle avait laissé la porte ouverte tous les soirs, espérant qu'il s'en irait. « Laisse la porte ouverte ! » lui avait-il crié, mais il ne l'avait pas ouverte. A son retour, elle l'avait trouvée fermée, exactement comme si elle avait donné un tour de clef.

– Je t'enfermerai, affirma-t-elle en serrant la clef dans son manchon.

Elliott eut un petit rire.

– Et à quoi cela servira-t-il ? Si je suis un fantôme, je devrais pouvoir traverser les murs et te rejoindre au cimetière par la voie des airs, n'est-ce pas, ma petite Anne ?

– Non, s'obstina-t-elle. Je t'en empêcherai.

– Non ? rit-il encore. Et quand m'as-tu jamais refusé quelque chose ? Même à cet instant, tu ne penses pas ce que tu dis. (Il avança d'un pas vers elle.) Allons, viens, nous irons ensemble.

– Non !

Elle pivota sur ses talons et, d'un seul élan, ouvrit et referma la porte derrière elle, retenant le bouton de toutes ses forces jusqu'à ce que la clef ait tourné dans la serrure. De l'autre côté, Elliott avait lui aussi la main sur le bouton, s'efforçant d'ouvrir.

– Assez plaisanté, Anne ! s'écria-t-il, mi-riant, mi-fâché. Laisse-moi sortir.

– Non, répéta-t-elle.

Elle fourra la clef dans son manchon et, comme si ce geste avait usé ses dernières forces, gagna en quelques pas l'intérieur de l'église et s'effondra sur un banc. C'était celui-là même où elle s'était assise, le jour de la cérémonie, et, prenant appui sur le dossier de celui de devant, elle laissa tomber sa tête entre ses bras. Dans son manchon, ses doigts étreignaient toujours la clef.

– Puis-je vous venir en aide, mademoiselle Lawrence ? fit la voix bienveillante du révérend Sprague.

Il portait son gros pardessus noir et tenait à la main le rituel du service des morts.

– Oui, dit Anne en se levant.

Et, côte à côte, ils se mirent en route pour le cimetière.

Le cercueil était déjà dans la tombe. Une croûte de boue durcie, aussi terne et sèche que l'herbe, cernait les bords de la fosse. Le ciel était gris et lourd, il faisait très froid. Victoria s'avança pour saluer le révérend Sprague, puis se tourna vers Anne.

– Je suis heureuse que vous soyez venue, dit-elle en prenant sa main gantée dans la sienne. Nous venons d'apprendre...

Ses yeux gris s'emplirent de larmes et une seule pensée s'imposa à l'esprit d'Anne : « Il est venu ici ! »

Le père de Victoria s'approcha à son tour et entoura de son bras l'épaule de sa fille.

– Nous avons reçu une lettre de New London, déclara-t-il. Le vaisseau de mon fils a coulé pendant la tempête. Il est porté disparu, corps et biens.

– Non, articula Anne. Pas votre frère.

– Nous gardons l'espoir et prions pour qu'il soit sauvé, dit le père de Victoria. Ils étaient très près de la côte.

– Il n'est pas mort, il reviendra aujourd'hui.

Anne avait parlé sans réfléchir, comme on pense tout haut, et sans bien savoir elle-même ce qu'elle entendait par là.

– Prions, dit le révérend Sprague, et elle implora silencieusement : « Hâtez-vous, oui, hâtez-vous ! »

Toutes les personnes présentes se rapprochèrent de la tombe, comme si elle pouvait leur offrir un abri contre la noirceur menaçante du ciel.

– Précipités dans la mort avant l'heure, récita le révérend Sprague, qui nous viendra en aide, Seigneur, sinon Toi ?

Anne ferma les yeux.

– Car nous serons tous appelés à comparaître devant le trône du Christ, au jour du Jugement.

Il commença à neiger. Le révérend Sprague s'interrompit, suivit du regard les flocons voletant sur son livre, perdit sa page.

– Je vous demande pardon, s'excusa-t-il après l'avoir retrouvée. Reprenons. Précipités dans la mort avant l'heure...

« Plus vite, pensa Anne. Plus vite ! »

Là-bas, à l'autre bout du cimetière, à travers l'interminable étendue de tombes grises et d'herbe desséchée, quelqu'un approchait.

– Qu'il soit fait à chacun selon ce qu'il a fait en son séjour terrestre, ses vertus et ses péchés...

C'était un homme, vêtu d'un pardessus noir et tenant son chapeau à la main. Il y avait des flocons sur son col et dans ses cheveux, des cheveux bruns aux reflets cuivrés. Anne n'osait pas le regarder, de crainte d'attirer sur lui l'attention des autres. Elle baissa la tête. Le révérend Sprague se pencha en avant et prit une poignée de terre au bord de la tombe.

– Dieu tout-puissant, notre Père céleste, nous appelons ta miséricorde sur l'âme de notre frère défunt et remettons son corps à la terre, la poussière à la poussière...

Il s'interrompit, tenant toujours sa poignée de terre. Anne leva les yeux. L'homme était tout près, maintenant, il marchait rapidement entre les tombes. Le père de Victoria leva les yeux, lui aussi. Et le sang se retira de son visage.

– Dieu tout-puissant, notre Père céleste, lut le révérend Sprague. Nous appelons ta miséricorde...

Il s'interrompit à nouveau, les yeux écarquillés. Le père de Victoria passa le bras autour d'elle, et elle aussi leva la tête. Et son visage perdit sa couleur. L'homme courait vers eux en agitant son chapeau.

– Non, proféra Anne.

De la pointe de sa bottine, elle heurta le bourrelet de terre durcie, délogeant quelques mottes qui dégringolèrent bruyamment sur le cercueil. Le révérend Sprague rougit de colère et la foudroya du regard. « Il croit que j'ai tué Elliott, se dit-elle avec désespoir, mais ce n'est pas vrai. » Dans son manchon, ses doigts étreignirent la clef inutile et elle baissa les yeux sur le cercueil, oublié désormais. « J'ai essayé, Victoria, se dit-elle encore, pour votre salut, pour notre salut à tous. J'ai essayé de tuer Elliott. »

Victoria poussa un petit cri étranglé et se mit à courir, suivie de près par son père. Le révérend Sprague referma son livre avec un claquement réprobateur.

– Roger ! s'écria Victoria en se jetant au cou de l'arrivant.

Anne dirigea son regard vers lui. Le père de Victoria lui martelait le dos de petites tapes affectueuses et elle l'embrassait en pleurant. Puis elle prit sa grande main dans la sienne et l'entraîna vers Anne.

– C'est mon frère ! s'exclama-t-elle avec transport. Roger, voici mademoiselle Lawrence, qui s'est montrée si bonne pour moi.

Il saisit la main d'Anne et la serra dans la sienne.

– Nous pensions que votre bateau avait fait naufrage, déclara-t-elle.

– Il a fait naufrage, fut sa réponse.

Et, détournant les yeux des siens, il contempla la tombe grande ouverte.

Anne était restée si longtemps debout devant la porte, la clef à la main, qu'elle eut le plus grand mal à l'introduire dans la serrure : ses doigts étaient raidis de froid.

Il n'y avait personne dans l'église. Invité à prendre le thé, le révérend Sprague était reparti avec Victoria, son père et son frère.

– Venez, Anne, avait dit Victoria. J'aimerais tellement que vous soyez amis, Roger et vous.

Elle lui avait serré la main avant de s'éloigner rapidement sous la neige. Il faisait presque nuit. Vers la fin de la cérémonie, les flocons s'étaient mis à tomber dru. Le révérend Sprague avait lu le service des morts tout d'une haleine et ils étaient restés debout, courbant la tête pour se protéger de la neige, pendant que le vieux M. Finn achevait de combler la fosse. Puis ils étaient tous allés prendre le thé et Anne était revenue ici, à l'église.

Elle fit tourner la clef dans la serrure. Le son se répercuta longuement, comme un écho et, pendant une fraction de seconde, elle imagina Elliott de l'autre côté de la porte, la main sur le bouton, prêt à bondir en la bousculant pour l'écarter de son chemin. Puis elle ouvrit.

Avant même d'allumer la chandelle, elle sut qu'il n'y avait personne. Il n'était venu personne pendant toute la semaine, excepté elle. Les empreintes de ses petits talons étaient clairement visibles dans la poussière, la même poussière qui feutrait d'une couche épaisse, intacte, le banc où Elliott s'était assis. A l'une des extrémités était posée la courtepointe qu'elle lui avait apportée, bien pliée.

Le bout de son pied heurta un obstacle sur le plancher, presque sous le banc, et elle se pencha pour regarder. Intactes, elles aussi, dans leur emballage de papier, les provisions étaient restées là où Elliott les avait cachées. Une souris avait grignoté l'une des ficelles et le paquet s'était ouvert, éparpillant son contenu. Le morceau de pain, les pommes et le gâteau, émietté maintenant, qu'elle lui avait apportés le premier soir. « Un pique-nique d'écolier », songea-t-elle. Et elle laissa les paquets où ils étaient, pour que le révérend Sprague les trouve et tire les conclusions qu'il voudrait de sa découverte. Les empreintes, la chandelle et la nourriture éparpillée.

« Qu'il imagine ce qu'il veut, pensa-t-elle, et même le pire ! Après tout, c'est vrai. J'ai tué Elliott. »

Dans la pièce, le froid augmentait sans cesse.

– Il faut que j'aille chez Victoria, dit-elle à voix haute. On m'attend pour le thé.

Et elle souffla la chandelle. A la faible lueur qui venait du couloir, elle ramassa la couverture et la plia sur son bras. Puis elle jeta la clef sur le plancher et sortit, laissant la porte ouverte derrière elle.

– Et j'étais là, dit Roger, tout seul au milieu d'une mer démontée, avec ma chemise glacée qui me collait au dos, et pas un de mes compagnons de bord en vue quand, soudain, qu'est-ce que j'aperçois ? la baleinière !

Il marqua une pause, guettant la réaction de ses auditeurs. Anne remonta la courtepointe sur ses épaules et se pencha en avant, les mains tendues vers le feu.

– Désirez-vous un peu de thé ? demanda Victoria avec sollicitude. Roger, nous mourons tous d'envie d'entendre ton histoire mais il faut d'abord que cette pauvre Anne se réchauffe. Elle a pris un sérieux coup de froid au cimetière, j'en ai peur.

– J'ai déjà beaucoup plus chaud, je vous remercie.

Anne arrondit les doigts autour de sa tasse, savourant la chaleur de la délicate porcelaine. Roger se tut, s'empara du tisonnier et fourragea lourdement dans l'âtre.

– Voilà, continue, déclara Victoria, quand une nouvelle flambée fit ronfler le charbon sur la grille. Nous attendons la fin de l'histoire.

Toujours accroupi devant le feu, il tenait gauchement le tisonnier entre ses mains rudes, tannées par le vent du large.

– Il n'y a pas grand-chose à ajouter, observa-t-il en levant les yeux vers Anne (les mêmes yeux gris que ceux de Victoria). Les avirons étaient toujours dans la baleinière, j'ai ramé jusqu'à la côte. (Ses cheveux qu'éclairaient les flammes étaient plus foncés que ceux de sa sœur, avec une nuance cuivrée. Presque aussi foncés que ceux d'Elliott.) J'ai marché jusqu'à une auberge et j'ai loué un cheval. En arrivant ici, j'ai appris que vous étiez au cimetière. J'ai eu peur que vous ne soyez en train de m'enterrer, après avoir perdu tout espoir.

Son sourire était plus franc que celui d'Elliott, et son regard plus doux. Ses mains hâlées semblaient fortes et pleines de vie, mais il maniait le tisonnier avec des gestes malhabiles, comme s'il ne parvenait pas à affermir sa prise. Anne ôta la courtepointe de ses épaules et l'étendit sur ses genoux.

– Tu n'as rien mangé depuis ton retour, fit remarquer Victoria. Tu dois être affamé, après une pareille équipée.

Roger posa le tisonnier devant l'âtre et saisit à deux mains la tasse que lui tendait sa sœur. Il la tenait assez fermement, mais ne fit pas mine de boire.

– J'ai mangé à l'auberge où j'ai loué un cheval, annonça-t-il.

– Comment vous êtes-vous procuré ce cheval, déjà ? demanda Anne, comme si elle n'avait pas entendu.

Elle déposa une tranche de gâteau sur l'une des fragiles assiettes et la lui tendit.

– Je l'ai emprunté à l'aubergiste, qui m'a aussi donné quelques vêtements de rechange. Les miens étaient hors d'usage et l'eau avait emporté mes bottes. Je ne devais pas être beau à voir quand j'ai frappé à sa porte. On aurait juré qu'il avait vu un fantôme. (Il sourit à Anne, et son regard se fit plus tendre que ne l'avait jamais été celui d'Elliott.) Comme vous tous, d'ailleurs. Pendant un moment, au cimetière, j'ai cru qu'il s'agissait de mes propres funérailles.

– Non, dit Anne en lui rendant son sourire.

Mais elle l'observa avec attention quand il saisit la tranche de gâteau et attendit qu'il se décide à la manger.

On cite beaucoup la Révélation de saint Jean, de nos jours. (Bien des gens l'appellent d'ailleurs Les Révélations, *ce qui vous donne une idée de leur rigueur en matière de citations.) Toutefois, ils ne citent pas tout. Occupés qu'ils sont à prédire le jour du Second Avènement, ils ignorent complètement la phrase suivante : « Car le Fils de l'Homme viendra à l'heure où vous ne l'attendrez pas. »*

Ils ne tiennent pas compte non plus de ce qu'il est advenu de leurs prédictions antérieures. Elles se sont toutes exactement réalisées, mais d'une manière assez inattendue et, pour la plupart, tout différemment de ce qu'ils avaient imaginé. « Le Fils de l'Homme est venu sauver ce qui était perdu », dit Matthieu. Mais qu'entend-il par là, au juste ?

La pratique de la Bible étant infiniment moins répandue en France que chez les Anglo-Saxons, il n'est peut-être pas mauvais de rafraîchir la mémoire du lecteur. Faute de quoi, il risquerait de perdre nombre d'allusions, dont l'auteur tire parfois tout le sel de sa nouvelle. C'est aussi pour ne pas éventer la surprise qu'en certaines occasions il a paru bon de donner plusieurs citations. Aucune n'est sans lien avec l'histoire, mais désigner d'emblée celle dont on ne peut se passer eût devancé le clin d'œil de l'auteur.

Le traducteur s'est essentiellement référé aux versions Ostervald et Darby. *(N.d.T.)*

Moi, Jésus, j'ai envoyé mon ange pour vous rendre témoignage de ces choses dans les Eglises. Je suis le rejeton et la postérité de David, l'étoile brillante du matin.

(Saint Jean, Apocalypse, 22, 16)

C'est ce même Jésus, le Christ, qui est venu avec l'eau et le sang. Non seulement avec l'eau, mais avec l'eau et avec le sang.

(Première Epître catholique de saint Jean)

Voici, je vais venir bientôt... et que celui qui a soif vienne aussi.

(Ap., 22)

Et le ciel se retira comme un livre qu'on roule, et toutes les montagnes furent ébranlées de leur place.

(Ap., 6, 14)

PERDU ET RETROUVÉ

– Est-ce que c'est la fin du monde ? interrogea Megan. Je veux dire, à cause de votre tasse perdue ?

Finney était monté dans le cabinet de travail du révérend Davidson pour voir si, par hasard, il n'y avait pas laissé sa tasse et il avait trouvé Megan assise au bureau de son père : elle collait des morceaux de coton sur une feuille de carton bleu.

– Non, bien sûr, répondit-il. C'est simplement très ennuyeux ; c'est la troisième fois que je la perds, cette semaine.

Il ouvrit tous les tiroirs l'un après l'autre : les deux d'en haut étaient vides, celui du bas rempli de papier cartonné. Finney contourna le bureau en clopinant, se laissa tomber sur une chaise et observa Megan.

Les deux premiers boutons de sa blouse étaient sortis de leurs boutonnières et elle se penchait sur son papier, offrant innocemment ses seins aux regards de Finney. Au lieu d'étaler la colle brune sur le papier, elle en barbouillait le coton ; un vrai gâchis. La gomme liquide fusait à travers les brins de coton qu'elle aplatissait de la main, et des flocons poisseux adhéraient à ses paumes. Un visage d'ange, un corps de femme, et elle se montrait plus malhabile, dans un travail aussi simple, que les petits de sa classe enfantine. Quand elle ouvrait la bouche, on croyait entendre son père, le révérend Davidson. C'étaient sa voix, ses sermons presque mot à mot, ses citations de l'Ecriture. Et l'effet en était si saisissant qu'on oubliait qu'elle les récitait sans comprendre. Finney devait faire des efforts constants pour se rappeler qu'elle n'était qu'une enfant, malgré ses dix-huit ans. Et que ses paroles, si inspirées qu'elles pussent paraître, n'étaient qu'un babillage d'enfant, elles aussi.

– Pourquoi m'avez-vous demandé si c'était la fin du monde ?

– Parce qu'à ce moment-là, on pourrait retrouver votre tasse. *De tout ce qu'Il m'a donné, rien ne sera perdu, mais tout sera élevé au dernier jour.* Quand est-ce que papa rentre ?

Le pied de Finney commençait à l'élancer sérieusement.

– Quand il aura fini ce qu'il a à faire.

– J'espère qu'il revient bientôt. Nous ne sommes plus que trois, en attendant.

– C'est vrai, opina Finney en songeant au dernier des trois professeurs, Mme Andover.

Joli trio, pour garder la citadelle. Une vieille fille entre deux âges, une enfant de dix-huit ans et un... un quoi, au juste ? Ses trente ans étaient incontestables, mais quant au reste ? Un professeur d'école religieuse, décida-t-il. Un professeur d'école religieuse boiteux.

– J'espère qu'il revient bientôt, répéta Megan.

– Moi aussi. Qu'est-ce que vous êtes en train de faire ?

Elle souleva le papier parsemé de flocons gluants : on aurait dit des nuages dans un ciel bleu.

– Des moutons. Je continuerai avec ma classe, après le thé.

– Et vos enfants, où sont-ils en ce moment ? s'enquit Finney, d'un ton faussement détaché.

Elle leva vers lui son regard bleu, sans défiance.

– Nous avons commencé un grand jeu de plein air, une histoire de moutons, alors je suis rentrée pour en fabriquer quelques-uns.

Saint-Jean-de-la-Fin s'élevait sur une petite île ronde, au milieu du Ru-de-la-Fin. Les deux bras en étaient si peu profonds qu'on pouvait les traverser à pied sec, mais on peut se noyer dans une flaque d'eau, n'est-ce pas ? C'est ce qui avait failli arriver à Finney.

– Je vais les chercher, annonça-t-il.

– *Ce qui a été perdu sera retrouvé*, cita Megan en tapotant un flocon de coton.

Dans l'escalier, il faillit se heurter à Mme Andover.

– Megan a laissé sa classe sans surveillance, l'informa-t-il rapidement. Elle fait du collage à l'intérieur pendant que les petits sont Dieu sait où. Mes grands sont dehors, mais ils n'auront pas l'idée de s'en occuper.

Mme Andover fit demi-tour et descendit lentement les marches devant lui, comme pour l'empêcher de se hâter.

– Les enfants ne courent aucun danger, énonça-t-elle placidement. (Elle s'arrêta au bas de l'escalier et fit face à Finney, les bras croisés sur son opulente poitrine.) J'ai envoyé une des grandes les surveiller. Voilà une semaine qu'elle les espionne pour moi et veille à ce qu'il ne leur arrive rien.

Finney n'en croyait pas ses oreilles. Mme Andover, qu'on aurait si bien vue à la tête d'un groupe de touristes dans les rues d'Oxford, avec sa jupe bleu marine et ses souliers plats ! Jamais il n'aurait imaginé qu'un mot comme « espionner » pût sortir de sa bouche.

– Vous n'avez pas à vous inquiéter, affirma-t-elle, se méprenant sur sa surprise. Je la paie pour ça, deux livres par semaine. L'argent stimule efficacement la loyauté, non ?

L'étonnement de Finney augmenta encore.

– Quelquefois, admit-il. En tout cas, je vais m'en assurer.

– Comme vous voudrez, fit-elle en haussant le sourcil.

Et elle traversa l'entrée pour gagner l'église.

Finney allait sortir par la porte latérale quand il s'arrêta net, se demandant ce que Mme Andover pouvait bien avoir à faire par là. A l'intérieur, il faisait noir comme dans un four et elle n'avait même pas de lampe de poche. Il hésita, fit péniblement demi-tour en s'appuyant au linteau de pierre et lui emboîta le pas.

Il ne la vit pas tout de suite. Les ouvertures béantes jadis occupées par les vitraux avaient été bouchées avec du contre-plaqué, et seuls les interstices des cintres laissaient encore filtrer un peu de lumière. Les vitraux avaient été les premiers à disparaître, naturellement, même avant que le gouvernement ait décidé que l'Eglise d'Etat devait, par définition, être le soutien de l'Etat. On les avait vendus parce que le ministère des Cultes pouvait se permettre de les acheter et que les églises avaient besoin d'argent. Le gouvernement avait tout de suite compris que les églises pouvaient être source de profit aussi bien que de grâce, et le pillage systématique avait commencé. Les grandes cathédrales, comme Ely et Salisbury, étaient depuis longtemps raclées jusqu'à l'os et ce serait bientôt le tour de Saint-Jean.

« Saint-Jean sera truffé d'espions, songea Finney. Le révérend Davidson, l'élève de Mme Andover, les espions du gouvernement et moi-même, chacun œuvrant à sa manière, et en secret. On finira par vendre les bancs pour faire de la place à tout le monde. » Il se tint coi, en équilibre sur son pied valide. Il attendait que ses yeux s'habituent à l'obscurité pour se repérer d'après l'ange de pierre qui se dressait à l'entrée : il brillait toujours un peu dans l'ombre. Des nuages gris bouchaient les petites lunules de ciel visible, absorbant la lumière comme le coton de Megan buvait la colle.

Finney entrevit un furtif éclat blanc, vers la gauche, mais ce n'était pas l'ange. C'était la blouse blanche de Mme Andover, penchée vers un banc.

– Voilà qui ferait une excellente cachette, lança-t-il d'une voix affable, ce n'est pas votre avis ?

Elle se redressa brusquement et il clopina vers elle,

en se propulsant tant bien que mal d'un banc à l'autre.

– Qu'est-ce que vous cherchez ?

– Votre tasse, répliqua-t-elle avec raideur. Je vous ai entendu dire à Megan que vous l'aviez perdue et j'ai pensé qu'un enfant pourrait l'avoir cachée.

Décidément, Mme Andover n'avait pas fini de l'étonner, aujourd'hui. Mais, au fond, il ne savait rien d'elle et ne s'était jamais interrogé sur les motifs de sa présence, bien qu'elle fût arrivée à Saint-Jean après lui. D'emblée, il l'avait cataloguée « maîtresse d'école célibataire », sans y réfléchir davantage. Et il commençait à se reprocher de ne pas s'être montré plus curieux.

– Qu'est-ce que vous faites ici, au juste ?

– Je ne savais pas que l'église était zone interdite, rétorqua-t-elle aigrement.

Finney n'en revenait pas. Elle avait le même air coupable qu'un élève pris en faute.

– Je ne voulais pas vous offenser, protesta-t-il. Je me demandais simplement ce qui vous avait amenée à Saint-Jean.

Elle eut l'air encore plus coupable, ce qui devenait franchement ridicule. Mais qu'était-elle donc venue faire là ?

– On pourrait se poser la même question à votre sujet, monsieur Finney. (Elle eut un regard glacial pour son pied mutilé.) Vous semblez être arrivé ici de façon plutôt brutale.

« De mieux en mieux », songea Finney, qui rétorqua :

– C'est un requin qui m'a mordu. Je pataugeais dans la rivière.

– Alors je comprends votre inquiétude pour les enfants : vous feriez mieux d'aller voir ce qu'ils deviennent.

Elle avança d'un pas mais il la retint d'un geste de la main, sans trop savoir ce qu'il allait lui dire. Elle s'arrêta net.

– A votre place, je ne me montrerais pas si tatillon

sur les aptitudes des autres professeurs, monsieur Finney. Un boiteux et une simple d'esprit ! Le révérend Davidson ne semble pas en situation de faire le difficile quant au choix des représentants de son église.

Finney revit le révérend Davidson penché sur lui, ses chaussures trempées et son pantalon imbibé d'eau et de sang, son sang à lui, Finney. Il lui avait pris le bras pour le passer autour de son cou et, comme s'il se fût agi d'un de ses enfants, l'avait tiré hors de l'eau et porté jusqu'à la rive.

– C'est possible, observa-t-il, à moins qu'il ne partage la fâcheuse prédilection qu'avait Jésus pour les idiots et les infirmes. Parmi lesquels vous rangez-vous, madame Andover ?

Elle repoussa brutalement sa main et s'éloigna d'un pas rageur.

– Que cherchiez-vous donc, madame Andover ? Qu'espériez-vous trouver, exactement ?

Avec un curieux à-propos, ce fut Megan qui répondit :

– Hé, regardez ce que j'ai trouvé ! (Elle brandit un épais carnet de cuir aux feuillets jaunis.) Je cherchais du papier noir pour découper des ombres, vous savez : *Tandis que je marchais parmi les ombres de la mort*... Je me suis dit que ce serait bien si les moutons avaient chacun une ombre noire et j'ai regardé dans le tiroir du bas, là où papa range le carton. J'ai trouvé ça mais il n'y avait pas de vert.

Finney revit le tiroir qu'il avait ouvert lui-même, plein de cartons de couleur.

– Des ombres vertes ? interrogea-t-il distraitement.

– Mais non, bien sûr ! Des pâturages. *Il me fait reposer dans les verts pâturages.*

Il n'écoutait déjà plus, il regardait le carnet. Sa reliure en cuir souple, brun foncé, avait durci près des bords et s'effeuillait un peu à l'un des coins, corné par l'usage. Il s'apprêtait à l'ouvrir quand Mme Andover émit un curieux petit bruit. Glissant par-dessus la tête blonde de Megan, le regard de Finney s'arrêta sur elle : le triomphe se lisait sur ses traits.

– C'est à papa ? questionna Megan.

Ses doigts gluants avaient parsemé la reliure de bribes de coton, et les deux premières pages adhéraient à la couverture. Finney jeta un regard sur la petite écriture serrée, d'une encre bleue décolorée, qui les recouvrait et les décolla délicatement.

– Est-ce que c'est à lui ? insista Megan.

Finney se décida enfin à répondre.

– Non, il semble que ce carnet appartienne à T. E. Lawrence, mais comment a-t-il atterri dans le bureau de votre père ?

– Megan, intervint Mme Andover, il est temps de faire rentrer les enfants. Allez les chercher.

– Pour le thé, alors ?

Finney consulta sa montre.

– Pas encore, il n'est que trois heures.

– Nous prendrons le thé plus tôt, aujourd'hui, décréta Mme Andover. Allez le leur dire.

Megan se rua au-dehors et Mme Andover vint se planter devant Finney.

– On dirait le brouillon d'un roman, ou quelque chose comme ça, observa-t-il. Peut-être un manuscrit, qu'en pensez-vous ?

– Je n'ai pas besoin de penser, je sais ce que c'est. Le manuscrit original du livre de Lawrence, *Les Sept Piliers de la sagesse*. Il l'a écrit après être devenu célèbre sous le nom de Lawrence d'Arabie et avant de... de succomber à son infortune. Le cahier a été perdu à la gare de Reading, en 1919.

– Mais comment est-il arrivé là ?

– Ça, c'est à vous de me le dire ! rétorqua Mme Andover.

Finney lui jeta un regard perplexe. Elle le dévisageait comme s'il savait quelque chose de précis à ce sujet.

– Je n'étais même pas né en 1919. Et je n'ai jamais mis les pieds à la gare de Reading.

– Il n'était pas dans le bureau ce matin, j'ai regardé.

– Tiens donc. Et que cherchiez-vous donc dans le bureau du révérend Davidson ? Du papier vert ?

– Le thé est prêt, annonça Megan, mais pas moyen de trouver les tasses.

– Au fait, persifla Finney, Jésus n'avait-il pas un faible pour les collecteurs d'impôts, eux aussi ?

Il se rendit à la cuisine sous prétexte d'y chercher quelque chose de plus pratique pour boire son thé qu'un gobelet en carton, mais il resta debout devant l'évier, contemplant fixement le mur. Si le carnet de cuir brun était vraiment le manuscrit perdu d'un livre de Lawrence, et si Mme Andover était bien un espion de l'Etat – ce dont il était presque sûr –, le révérend Davidson perdrait son église, pour recel de trésors appartenant à l'Etat. Mais il y avait pire. Son nom et sa photographie paraîtraient dans tous les journaux, et ce serait la fin de son œuvre de sauvetage clandestin, et celle de ses enfants par la même occasion. Il ne pourrait plus les arracher aux griffes des Cultes.

– Veillez sur elle, Finney, avait-il dit en s'en allant. *Entre vos mains je remets mon esprit.*

Et il avait laissé un espion de l'Etat maître de son église, libre de fouiner partout, pour tout inventorier. Les mains de Finney se crispèrent sur le bord de la paillasse recouverte de linoléum.

Mais peut-être cette femme ne travaillait-elle pas pour le gouvernement ? Et même si c'était le cas, elle pouvait avoir d'autres intentions que celles qu'il lui prêtait ? Il était bien journaliste, lui, et il n'était pourtant pas à Saint-Jean pour y chercher le sujet d'un article ! Il s'y trouvait parce qu'il avait failli se vider de son sang dans le Ru-de-la-Fin et que Davidson l'avait tiré de là. Peut-être avait-il sauvé Mme Andover, elle aussi, pour la ramener au bercail avec les autres brebis égarées ?

Finney lui-même n'était pas très sûr de savoir ce qu'il faisait à Saint-Jean. Il se disait qu'il attendait que son pied fût guéri, que le révérend Davidson trouvât un autre professeur pour la classe supérieure, qu'il fût revenu sain et sauf de son voyage dans le Nord. Il ne croyait pas obéir à la peur, bien qu'il eût peur, naturellement. Ils devaient savoir à présent qu'il était journaliste et qu'il avait, en sous-main, enquêté sur les Cultes. Et, cette fois-ci, il ne fallait pas compter s'en sortir avec un pied en moins. Ils le tueraient, avec une belle citation de l'Ecriture comme oraison funèbre. *Si ta main droite t'a offensé, coupe-la*. Il avait cru ne plus jamais pouvoir supporter une seule citation biblique, mais c'était peut-être pour cela qu'il restait. L'absurde et délicieux babil de Megan était comme un baume pour lui. Mais qu'était Saint-Jean pour Mme Andover ? Un baume ? Un refuge ? Ou un ennemi à vaincre, et à piller ?

Megan entra, s'agenouilla devant le placard placé sous l'évier et y fouilla à grand bruit.

– Qu'est-ce que vous cherchez là ?

– Votre tasse, tiens ! Mme Andover en a retrouvé quelques-unes, mais pas la vôtre.

Finney s'agenouilla aux côtés de la jeune fille et interrogea avec gravité :

– Megan, que savez-vous de Mme Andover ?

– C'est une espionne, répondit-elle, la tête enfouie dans le placard.

– Qu'est-ce qui vous fait croire ça ?

– C'est papa qui me l'a dit. Il lui a donné tous ses trésors, l'ange de marbre, les grilles du chœur et les chandeliers. *Rendez à César ce qui appartient à César*. La tasse n'est pas là, constata-t-elle en réapparaissant. Il n'y a que des pots.

Elle tendit à Finney une poêle en fer rouillée et deux récipients en aluminium cabossés. Il les posa soigneusement sur une étagère vide. Fallait-il demander à Megan si elle voyait pourquoi, ayant ce qu'elle voulait, Mme Andover restait quand même ?

Sa réponse pouvait être absurde, ou inspirée, ou une simple citation de plus.

– Elle pense que nous ne lui avons pas encore tout donné, ajouta spontanément Megan, toujours à genoux. Elle me demande toujours où papa a caché le reste.

– Et que lui répondez-vous ?

– *N'amassez point pour vous les trésors de la terre, que la vermine peut corrompre ou un larron vous dérober.*

– Brave fille ! s'exclama Finney en l'aidant à se relever.

Et, lui prenant la main, il l'emmena prendre le thé.

Mme Andover jouait déjà son rôle de mère de famille et versait du lait chaud et du thé dans un gobelet de carton, aux bords échancrés à coups de dents.

– Avez-vous retrouvé votre tasse ? s'enquit-elle en le tendant à Finney.

– Non, mais nous n'avons pas votre savoir-faire, n'est-ce pas ?

Elle s'abstint de répondre et versa du thé à Megan.

– Quand votre père sera-t-il de retour ?

– Jamais assez tôt, lui renvoya Finney. Etes-vous donc si pressée de l'arrêter, ou qui sait... de le faire pendre pour haute trahison ?

Il imagina Davidson accroupi près d'un portail, attendant qu'on lui remette en cachette un enfant emmitouflé dans des couvertures, comme un ballot.

– S'il n'est pas assassiné par les Cultes, le gouvernement s'en chargera, c'est ça ? Quelle chance a-t-il de gagner à ce jeu de dupes ?

– La partie n'est pas encore finie, déclara Megan.

– Quoi ?

Finney sursauta, renversant du thé sur son pantalon.

– Allez donc la finir, dit Mme Andover, et prenez

tous les enfants avec vous. Inutile de rentrer avant qu'elle soit terminée.

Cette fois, Finney surprit le signe de tête qu'elle adressa à une grande fille au buste épanoui. Celle-ci le lui rendit et sortit rejoindre les enfants. Combien d'autres indices avait-il ainsi laissés échapper, par négligence ?

– C'est une idée de Megan, ce jeu, expliqua Mme Andover. L'un des enfants est le berger et doit ramener tous les autres au bercail, en les enfermant dans un grand cercle tracé sur le sol. Quand tout le monde y est, hop ! C'est la fin, et tout le monde rentre pour le thé et les petits gâteaux.

– Hop, c'est la fin ! répéta Finney, thé et petits gâteaux pour tout le monde. Si seulement c'était aussi simple !

– Peut-être devriez-vous adhérer à une secte ? suggéra Mme Andover.

Il lui jeta un regard aigu par-dessus son gobelet.

– Ne sont-elles pas toujours en train d'annoncer la fin du monde ? enchaîna-t-elle. Quand elle aura lieu, qui sera frappé, qui sera sauvé et qui sera damné. L'endroit, le jour et l'heure.

– Elles se trompent, assura Finney. La fin est censée venir comme un voleur dans la nuit, afin que nul ne soit averti de son approche.

– Ça m'étonnerait qu'un voleur m'approche sans que je m'en aperçoive !

– C'est vrai, j'oubliais : *Seul un voleur peut tromper un voleur*. N'est-ce pas l'une des citations de Megan ?

Mme Andover parut songeuse.

– N'est-il pas dit que les égarés seront rassemblés au bercail avant le dernier jour ?

– Si, mais le bon pasteur ne précise jamais qui sont ces brebis perdues, auxquelles il accorde tant de sollicitude. Peut-être a-t-il sa propre liste, et quand tous ceux qui y figurent seront rassemblés dans le cercle qu'il a tracé...

– Ou peut-être n'avons-nous rien compris, dit rêveusement Mme Andover. Peut-être les égarés ne sont-ils pas des hommes, mais des objets. Des biens matériels, qui seraient rassemblés avant la fin. T. E. Lawrence était une âme perdue, non ?

– Je doute fort que Lawrence d'Arabie se soit jamais perdu, rétorqua Finney. On dit qu'il connaissait le Moyen-Orient comme sa poche.

– Saviez-vous qu'il payait un homme rien que pour le flageller ? Il fallait qu'il se sente bel et bien perdu pour agir ainsi. (Elle ramena brusquement son regard sur Finney.) Si l'on découvrait quelque chose de nouveau, de vraiment précieux, ne serait-ce pas la preuve que la fin est proche ?

– Ce serait une preuve, admit-il... mais de quoi ?

– Où est le révérend Davidson, au fait ? s'enquit-elle d'un air détaché, comme si elle espérait le surprendre en changeant de sujet.

« En train de sauver ce qui est perdu, ma bonne dame, ironisa-t-il *in petto*. Pendant que vous êtes là à me tirer les vers du nez. Moi aussi, j'entends approcher les voleurs. »

– A Londres, bien sûr, fit-il à voix haute. En train de mettre au clou les joyaux de la Couronne et de déposer l'argent sur un compte suisse.

– C'est fort possible, mais il ferait bien de réfléchir avant de rentrer à Saint-Jean. Il pourrait avoir de sérieux ennuis.

Finney alla chercher ses élèves et les fit asseoir dans la crypte.

– C'est pas juste ! se plaignit l'un des plus grands, le jeu n'était pas fini. (Il décocha un coup de pied à l'orteil doré d'un drapier du XVe siècle.) Ce n'est pas chic de nous avoir obligés à rentrer.

– Tout à fait de votre avis, admit Finney, provoquant une réaction générale. (Levés d'un bond, tous le dévisagèrent, y compris le donneur de coup de pied.) Ce n'était pas juste, d'accord. Mais ce n'était pas juste pour moi non plus d'être obligé de boire mon thé dans un gobelet en carton.

– C'est tout de même pas de notre faute si vous avez perdu votre tasse ! grommela le boudeur.

– Je serais encore de votre avis si ma tasse était vraiment perdue. Le Saint-Graal est perdu depuis des siècles et nous n'y sommes strictement pour rien. Mais ma tasse n'est pas perdue pour toujours, elle, et vous allez la retrouver.

Finney s'efforçait de paraître fâché, afin qu'ils prennent le jeu au sérieux.

– Vous allez fouiller tous les coins et recoins de cette église et si vous trouvez ma tasse... (Attention, n'avoir l'air de rien surtout, car là était le lièvre)... ou n'importe quelle chose intéressante, apportez-la-moi tout de suite.

Il s'interrompit avant d'ajouter, comme si l'idée venait à peine de lui traverser l'esprit :

– Je donnerai cinquante *pence* pour chaque trésor.

Les enfants s'éparpillèrent comme une volée de moineaux. A leur suite, Finney clopina dans l'escalier conduisant à la porte latérale et s'arrêta dans l'embrasure. Les petits étaient un peu plus bas, près de la rivière, avec Mme Andover. Deux garçons le bousculèrent pour se ruer dans l'escalier qui menait au cabinet de travail.

– Surtout ne... commença-t-il.

Mais ils l'avaient déjà dépassé. Le temps qu'il se hisse en haut des marches, ils avaient ouvert tous les tiroirs du bureau. Ils étaient en train de fouiller le dernier, dispersant les papiers de couleur pour voir ce qu'il y avait dessous.

– Elle n'y est pas, constata l'un des deux garçons.

Le cœur de Finney manqua un battement.

– Qu'est-ce qui n'y est pas ?

– Votre tasse. C'est là que nous l'avons cachée, ce matin.

– Vous avez dû vous tromper, dit-il en les entraînant résolument vers l'escalier.

A mi-chemin, l'espionne, Mme Andover, faillit se jeter sur eux.

– Elle vous fait dire de venir tout de suite, haleta-t-elle.

Finney renvoya les garçons.

– Vous pouvez vous racheter en retrouvant ma tasse, tous les deux.

Ils dégringolèrent l'escalier en direction de la crypte.

– Et ne remettez plus les pieds dans cette pièce !

Debout au bord de la rivière, Mme Andover regardait Megan et les enfants patauger dans l'eau claire, qui leur arrivait aux genoux. Le soleil avait fini par se montrer, Finney voyait flamboyer les cheveux de Megan.

– C'est un nouveau jeu, annonça Mme Andover sans détourner les yeux. Une vieille comptine sur le méchant roi Jean qui a perdu ses habits dans la Wash. Les enfants font la ronde et quand la comptine est finie, ils se laissent tomber dans l'eau tous ensemble. Megan a marché sur quelque chose en se baissant. Elle s'est entaillé le pied.

De l'eau, du sang, et Davidson tendant la main vers celle de Finney... « Non ! s'était-il écrié, pas ma main ! » Davidson avait ouvert la bouche pour dire quelque chose mais Finney s'était écarté d'un bond désespéré, craignant de l'entendre proférer une citation de l'Ecriture. Mais il avait demandé, d'une voix dépourvue de toute onction dévote :

– Ce sont les Cultes qui vous ont fait ça, n'est-ce pas ?

Et Finney s'était effondré dans ses bras, débordant de gratitude.

– Est-elle blessée ? s'inquiéta-t-il, aveuglé par le double éclat du soleil et de ses souvenirs.

– Juste une égratignure, dit Mme Andover. Le roi

Jean a vraiment perdu ses habits. En 1215, au cours d'une bataille. Son armée combattait dans l'estuaire de la Wash, barbotant dans la boue, quand la marée a englouti tout le monde d'un seul coup. Il a perdu sa couronne, par la même occasion.

– Et on ne l'a jamais retrouvée, anticipa Finney.

– Pas encore, en tout cas.

– Megan ! hurla-t-il, venez ici tout de suite !

Elle bondit hors de l'eau, les jambes ruisselantes. Elle avait sur la tête un cylindre rouillé, évoquant davantage un couvercle de gamelle qu'une couronne. Finney ne douta pas un instant que ce ne fût l'objet dont Mme Andover venait de parler, la couronne d'un roi mort depuis huit cents ans.

– Donnez-moi cette couronne, Megan, ordonna-t-il.

– *Voici, je viens. Tiens ferme ce que tu as, afin que personne ne te dérobe ta couronne,* récita-t-elle en tendant l'objet à Finney.

Il gratta l'épais dépôt qui l'encrassait jusqu'au métal. Celui-ci s'amincissait par endroits et Finney enfonça le doigt dans l'un de ces creux, y perçant un trou rond.

– C'est pour les joyaux, déclara Megan.

– Qu'est-ce qui vous fait croire ça, s'enquit Mme Andover. Vous avez déjà vu des joyaux ?

– Toutes les couronnes en ont.

Finney rendit la couronne à Megan, qui la remit sur sa tête. Il contempla le ciel, derrière elle. Les nuages se retiraient, dégageant un petit cercle bleu au-dessus de l'église.

– Je peux retourner jouer ? s'enquit la jeune fille. La partie est presque finie.

– Cette rivière, observa Finney en la regardant entrer hardiment dans l'eau, c'est la Fin, pas la Wash.

– Et Saint-Jean n'est pas la gare de Reading, rétorqua Mme Andover. Ça n'empêche pas.

– L'eau est parfaitement claire, on l'aurait vue.

Quelqu'un l'aurait vue. Elle ne peut pas être là depuis 1215.

– On aurait pu l'y mettre. Après en avoir ôté les joyaux.

– Comme les cartons de couleur, lança Finney sans réfléchir. Après avoir pris le livre.

– Comment ça le carton ? Que voulez-vous dire ?

– Qu'on l'a remis dans le tiroir où Megan a trouvé le livre : je l'ai vu.

– Vous pourriez l'y avoir mis vous-même.

– Mais ce n'est pas le cas.

– Peut-être le pieux révérend Davidson est-il revenu sans nous le dire ? fit Mme Andover, méditative.

Finney sentit la moutarde lui monter au nez.

– Et dans quel but, s'il vous plaît ? Pour jouer à cache-cache ? Pour organiser une course au trésor et semer des manuscrits sans prix et des couronnes historiques aux quatre coins de son église, en guise de récompenses aux gagnants ? Que faudra-t-il encore trouver pour vous convaincre de son innocence ? Le Saint-Graal ?

– Oui, rétorqua-t-elle avec froideur.

Sur quoi, elle tourna les talons.

– Où allez-vous ? hurla Finney.

– Voir de mes yeux le miracle du carton.

– Et le roi Jean, lui cria-t-il encore, ce n'était pas une âme perdue, lui ? Peut-être est-il le dernier de la liste. Peut-être que tout sera fini avant que vous n'ayez mis le pied dans l'église... et hop !

Mais elle atteignit saine et sauve la porte de la sacristie, y entra, et Finney la suivit clopin-clopant, pris d'une frayeur subite à l'idée de ce qu'avaient encore pu découvrir ses élèves.

Ainsi que l'avait fait Finney lui-même, Mme Andover fixait d'un œil morne le tiroir ouvert, comme pour y chercher la réponse à ses questions. A la voir campée là, dans ses gros souliers, Finney eut un élan de pitié pour elle : murée dans sa méfiance, elle était seule dans le camp ennemi. Il lui posa la main sur l'épaule mais elle se déroba à son contact. Soudain, un vacarme emplit l'escalier et deux garçons firent irruption dans la pièce, avec la tasse de Finney. L'un d'eux s'écria :

– Regardez ce que nous avons trouvé !

– Et puis autre chose que vous ne devinerez jamais ! débita l'autre, au comble de l'excitation. Comme vous nous avez défendu de chercher par ici, on est descendus à l'église mais il faisait si noir qu'on y voyait rien. Alors on est retournés dans la pièce où on sert toujours le thé, mais il n'y avait aucun bon coin pour faire une cachette, alors on a réfléchi. Et le seul endroit où une tasse puisse logiquement se trouver, c'est forcément la cuisine.

Il s'interrompit pour reprendre haleine et acheva :

– On a fouillé entièrement le placard, mais il n'y avait que des pots.

– Et une poêle en fer, précisa Finney.

– Et on était en train de tout remettre en place quand on tombe sur un autre vieux truc, une espèce de grande coupe en métal, et votre tasse était dedans !

Le garçon tendit triomphalement la tasse de porcelaine à Finney.

– Où est-elle ? articula péniblement Mme Andover. Cette grande vieille coupe en métal ?

– A la cuisine. On peut aller la chercher si vous voulez.

– Je vous en prie.

Les garçons sortirent en trombe et Finney se tourna vers Mme Andover.

– Elle n'y était pas, affirma-t-il. Megan et moi avons cherché partout. Vous savez de quoi il s'agit, n'est-ce pas ?

Son cœur s'affolait dans sa poitrine. Il se sentait aussi mal qu'à l'instant où il avait vu tomber la hache, avant d'avoir le pied coupé.

– Oui.

– C'est ce que vous attendiez, la fameuse preuve !

– Oui, dit Mme Andover, les lèvres tremblantes, mais je ne savais pas ce que cela signifiait.

Les garçons remontaient déjà, à grand tapage, et la porte s'ouvrit à la volée, heurtée par l'objet qu'ils apportaient. Pour Finney, le choc rendit le son même de la lame d'acier, dominant le bruit de son propre cœur, plus fort que la voix du pasteur citant l'Ecriture. Et, pendant une éternité d'angoisse, il pria pour que ce ne fût qu'une vieille coupe en métal.

Les garçons la déposèrent sur le bureau. On voyait qu'elle avait souffert depuis le temps qu'elle passait de main en main, de cachette en cachette ; elle était toute cabossée, terne comme une vieille cuiller. Elle rayonnait comme la coupole céleste.

– C'est un trésor ? demanda le garçon qui avait volé la tasse de Finney, en interrogeant tour à tour les deux professeurs du regard. On aura vraiment les cinquante *pence* ?

Mme Andover étendit les mains sur la coupe, en un geste de bénédiction.

– C'est le Saint-Graal.

– Je croyais qu'il était perdu pour toujours.

– Il l'était, mais *rien de ce que tu m'as confié ne sera perdu, tout sera élevé au dernier jour.*

Finney effleura ses lèvres sèches du dos de la main.

– Je crois que nous devrions faire rentrer les enfants.

Il envoya ceux-ci chercher la bouilloire pour le thé. Mme Andover resta debout près du bureau, cramponnée au Saint-Graal comme si le seul fait de le lâcher dût entraîner une catastrophe.

– Tout compte fait, ce n'est pas si terrible, lui dit Finney avec douceur. La fin ne se présente pas forcément comme on l'attendait, et les choses se terminent mieux qu'on aurait cru.

Elle reposa délicatement le Graal et se tourna vers lui.

– C'est seulement le dernier moment qui est dur à

passer, observa Finney. Juste avant que la faux ne s'abatte.

Les yeux de Mme Andover s'emplirent de larmes.

– Je ne vous ai jamais dit... (elle fouilla dans sa poche et finit par trouver son mouchoir)... combien j'étais désolée, pour votre pied.

– C'est sans importance. D'ailleurs, à voir la façon dont les choses tournent, il pourrait bien m'être rendu, lui aussi.

Elle sourit et se tamponna les yeux de son mouchoir ; mais quand ils s'engagèrent dans l'escalier pour descendre, elle s'agrippa au bras de Finney comme si c'était elle, l'estropiée. Il l'envoya préparer le thé à la cuisine et s'en retourna vers la Fin pour faire rentrer les enfants.

– Est-ce que papa est revenu ? interrogea Megan en sautillant à ses côtés. (Elle maintenait d'une main la couronne sur sa tête, comme si elle avait peur de la perdre.) C'est pour ça que nous avons droit à un second thé ?

– Non, mais il vient. Il sera là bientôt.

– Voilà, j'arrive ! s'écria Megan en se précipitant à l'intérieur.

Finney leva les yeux vers le ciel. Au-dessus de l'église les nuages s'éloignaient de l'oasis bleue, comme un parchemin qu'on roule. Finney ferma les deux vantaux de la grand-porte et les barricada. Il verrouilla la porte latérale qui donnait sur les escaliers et coinça une chaise sous la serrure. Puis il monta prendre son thé.

A quarante ans, Elizabeth Barrett s'enfuit de la maison paternelle, à Wimpole Street, pour rejoindre Robert Browning. Sa conduite a de quoi surprendre pour une femme de l'époque victorienne, surtout si l'on sait qu'elle avait passé presque toute sa vie dans un fauteuil d'invalide. On a tellement romancé l'histoire qu'on se rappelle surtout avec qui elle a fui, oubliant volontiers ce qu'elle fuyait.

Elle parle avec humour de sa vie chez son père, un homme autoritaire et possessif qui avait interdit à ses enfants de se marier, et s'y réfère comme à « ma situation particulière » en essayant de rendre la chose amusante. Mais Browning, décidé à la soustraire à tout prix de l'emprise de celui qui avait encouragé sa maladie, appelait cela de l'esclavage. Je crois savoir ce qu'un père est en droit d'attendre de ses enfants, *lui écrivait-il, non sans colère,* et jusqu'où un enfant est tenu de lui obéir.

Quand Edward Moulton Barrett découvrit la fuite de sa fille, il fut impitoyable. Afin d'effacer toute trace d'elle, il voulut détruire tout ce qui lui avait appartenu, y compris son cher épagneul cocker, Flush. Il n'y parvint pas : elle avait emmené Flush. Mais derrière elle, elle avait laissé ses deux sœurs, Arabel et Henrietta.

JOYEUX NOËL, MES CHÉRIS !

D'entrée de jeu, ma nouvelle compagne de piaule me déballa l'histoire de sa vie, avant de remettre ça avec le contenu de son estomac, une attention dont ma couchette se serait volontiers passée. L'Enfer, c'est les autres. Je sais, si je me trouvais coincée avec la misérable greluche, je ne pouvais m'en prendre qu'à moi-même. A qui la faute, si la petite chérie à son papounet avait dégringolé la pente fatale du j'm'en-foutisme au point de réintégrer le dortoir des bizuts où le dirlo la laisserait mariner tant qu'elle n'aurait pas manifesté la volonté sincère de remonter le courant ? Le salaud. Ce n'était tout de même pas une raison pour me coller dans le carré de l'Assistance, au milieu d'un ramassis de pucelles fraîchement débarquées des colonies frontalières – des saintes nitouches de la plus vile espèce. Les petites mijaurées issues des pensionnats de luxe, c'est quand même autre chose, même si la plupart ont le cerveau dérangé. Ça zig-zigue à mort dans les taules cossues. Et ça ne demande qu'à apprendre.

Avec celle-là, j'étais servie. Jamais vu un piston au travail de sa vie et le principe du vagin denté, sûr qu'elle n'était pas mûre pour comprendre. Moche à faire peur, en sus. Des tifs taillés comme les siens, à la tronçonneuse, j'aurais juré que ça n'existait plus depuis des lustres, même chez les mômes des frontaliers. Zibet, c'était son nom. Orpheline de mère. Originaire d'une colonie perdue au diable Vauvert, un trou, le lieu-dit Saint-Gerbier-des-Joncs, elle avait trois sœurs et son père l'avait assez vue comme ça, à ce qu'il semblait. Le tout jeté avec une impétuosité bafouilleuse, la marque d'un désir de franche camaderie, je suppose, et vlan, aussi sec elle me balance son déjeuner dessus, pire, sur mes merveilleux draps en aiguilles de *pinus erectus*, flambant neufs.

Ces draps étaient l'unique souvenir agréable du bagne où papounet m'avait expédiée pendant les vacances dans le but avoué de me tremper le caractère. Abandonnée en pleine forêt d'*erectus* en compagnie des bons sauvages, j'étais censée ruminer l'amère leçon d'une année de turpitudes. Dieu merci, les bons sauvages ont d'autres cordes à leur arc, outre le tissage de cette matière géniale, impalpable comme de la plume d'ange. Ceux qui n'ont jamais zig-zigué sur des aiguilles de *pinus erectus* ne connaissent rien de la vie. Je sais ce dont je parle. Ce coup-ci, j'allais pouvoir épater Brown, toute frétillante que j'étais à la perspective de l'initier à mon nouveau paradis.

Et cette petite dinde qui ne cessait de geindre entre deux hoquets combien elle était atterrée, vraiment. Sa figure devint rouge, puis blanche, puis rouge, un vrai gyrophare ; d'énormes larmes de crocodile lui jaillirent des yeux, glissèrent et s'aplatirent sur le gâchis.

– C'est la navette, couina-t-elle. Je supporte mal.

– On voit ça. Arrête de chialer, bordel. Ce n'est pas un drame. Vous n'avez donc pas de machines à laver à Saint-Gerber-du-Jonc ?

– Gerbier-des-Joncs. C'est une source naturelle.

– Tu en es une autre, mon ange. (Je me penchai et, saisissant les draps aux quatre coins, j'en fis un ballot.) L'incident est clos. La pionne du dortoir s'occupera du reste.

Elle n'était pas en état de descendre les draps elle-même et si je la laissais y aller, Big Mother jaugerait d'un coup d'œil son museau dévasté et m'affecterait illico une nouvelle compagne. Celle-ci était loin d'être parfaite, d'accord. J'entendais déjà les pleurs et les grincements de dents quand on s'enverrait en l'air, Brown et moi, sur mes nouveaux draps miracles. Elle n'était pas du genre à terminer bien tranquillement ses devoirs du soir, comme si de rien n'était. Cela dit, j'avais échappé au cauchemar, une lépreuse, une barrique ou une obsédée qui aurait profité de ma position vulnérable pendant que je ramassais la literie pour me renifler le berlingot.

D'un autre côté, j'étais mal barrée. Affronter Big Mother dès le premier jour, ce n'était pas de bonne politique. Pourtant je refusais de me laisser abattre. Je dégringolai vivement les escaliers avec l'ignoble baluchon et sans me démonter, je frappai chez la pionne.

En voilà une qui a oublié de passer à côté. La preuve, le coup du vestibule. C'est un local grand comme un cagibi où la garce vous fait poireauter avant d'ouvrir. Ça fonctionne sur le principe du piège à rats avec un petit quelque chose en plus, mettons la touche personnelle. Trois miroirs géants dont l'acheminement depuis la Terre a dû lui coûter une année de salaire. C'est donné, eu égard à l'efficacité redoutable du machin. Qu'on se figure la sauterelle coincée dans ce réduit à mijoter dans son jus, face aux miroirs qui révèlent la jupe de guingois, le cheveu triste et la lèvre supérieure luisante de sueur, indice d'une trouille carabinée. Dans le meilleur des cas, vous en avez pour cinq bonnes minutes. Quand elle daigne se manifester, la fille est prête à mordre le tapis, à moins qu'elle n'ait déguerpi. On dira ce qu'on voudra, Big Mother n'est pas née d'hier.

Moi, j'avais la conscience pure et l'ourlet décousu, comme d'habitude, aussi les miroirs me firent-ils autant d'effet qu'une étable à un cheval. Elle m'a tout de même possédée à l'usure. Cinq minutes dans ce placard sans aération avec une paire de draps puants, c'est dur. Mais j'avais mon laïus tout prêt. Inutile de lui rappeler qui j'étais. Le dirlo avait dû lui fournir un dossier délectable. De même, il semblait superflu de reconnaître que ces draps étaient les miens. Non, la bleusaille avait vomi ses tripes sur ses propres draps, c'était mieux ainsi.

Quand elle ouvrit, je lui fis mon bon gros sourire.

– Ma compagne de chambre a un petit problème,

annonçai-je. C'est une nouvelle. Elle s'est sentie toute chose pendant le trajet en navette, et...

Je m'attendais au couplet classique sur le caractère sacré des fournitures, tout doit être recyclé, toujours, la propreté c'est la vie, etc., les conneries qu'on vous balance pour un oui, pour un non, sur ce putain de campus. Je me trompais.

– Que lui as-tu fait ? demanda-t-elle.

– Moi ? C'est trop fort ! La petite cochonne, en l'occurrence, ce n'est pas moi, c'est elle. Qu'est-ce que vous croyez ? Que je lui ai fourré mon bras dans la gorge jusqu'au coude ?

– Tu aurais pu lui ouvrir des horizons. Samouraï ? Alcool ? Dope ?

– Bordel ! elle débarque. Elle entre, elle dit qu'elle arrive de Saint-Mords-Moi-le-Nœud, elle dégueule. Point final.

– Alors ?

– Alors quoi ? Dites donc, j'ai peut-être l'air fabuleusement dévergondée, mais vous ne me ferez pas croire qu'une bizut aura le cœur soulevé rien qu'en me regardant.

A en juger par sa grimace, on voyait bien qu'elle n'était pas du même avis, la pionne. Je lui balançai mon ballot sur les pieds.

– Démerdez-vous comme bon vous semble. Je m'en fous. Mais la gosse a besoin de draps propres.

Ses yeux s'abaissèrent sur le corps du délit. Son visage prit une expression presque indulgente, comparée à celle dont elle m'avait gratifiée.

– On ne recycle pas avant mercredi, dit-elle. D'ici là, elle dormira sur son matelas.

Bonté divine, avec tout le kapok qui se balade dans le paysage, elle aurait eu le temps de tisser un trousseau complet. Je ramassai mon fourbi.

– Va te faire mettre, salope.

Pour ça, j'écopai de deux mois de régime sec, assortis d'un rancard avec le dirlo.

Je descendis au troisième, à la buanderie, et fis le boulot moi-même. Ça coûte la peau des fesses. Pardi, vous avez enfreint le règlement et ils espèrent vous inculquer la conscience aiguë du tort que vous causez à l'environnement délicat. Je me marre. L'environnement est à peu près aussi délicat que le minet d'une rombière de troisième cycle. Quand le vieux Moulton s'est payé d'occase cet Enfer n° 5, c'était avec l'arrière-pensée complètement idiote de ressusciter ses souvenirs en y installant un bahut tout semblable à celui de sa belle jeunesse. Pourquoi son choix s'était-il porté sur ce caillou rebutant ? Personne n'a jamais su. M'est avis qu'un point Lagrange devait lui courir sur le coquillard.

Le type de l'agence avait dû mettre le paquet, risette et baratin du dimanche, pour convaincre le vieux que l'Enfer ressemblerait bel et bien à Ames, Iowa. Encore ont-ils apporté de substantielles améliorations technologiques depuis l'âge héroïque, sinon nous serions tous en train de planer autour de cette saloperie. Seulement Moulton ne s'est pas contenté de plier son nouveau gadget aux lois de la gravitation, d'y installer l'eau courante et d'embaucher une poignée de profs compétents. Il voyait grand, le bougre. Un campus de grès rouge, un terrain de foot et des arbres, des arbres, des arbres ! Un gouffre à fric. Résultat, une boîte tout ce qu'il y a de chic, hors d'atteinte des rejetons malpropres du peuple, hormis les bénéficiaires de la philanthropie Moulton. Pour le reste, c'est gosses de riches ou pupilles cartellisées. Dame, du temps de Moulton, on n'avait pas encore inventé le sac en plastique, l'infâme réceptacle où les connards peuvent décharger leurs frustrations paternelles. Son truc à lui, ce fut d'édifier un collège. Et nous voilà, perdus dans la soupe cosmique, en proie au délire des cotonniers géants, les fameux arbres de tonton Moulton.

Des bombax, nom de Dieu ! La résistance a des limites. Enfin quoi, on peut savoir qu'on est largué dans tous les domaines, un siècle de retard, et s'en foutre. On peut supporter les gaffes des bizuts et les meetings d'endoctrinement. Dans le temps, il y avait le couvre-feu dans les dortoirs et ça non plus, ça n'a jamais gêné personne. D'ailleurs l'uniforme jupe plissée-cardigan a du bon. Tout le contraire d'une forteresse de chasteté. Mais les bombax, bordel ! Les bombax, jamais.

Au commencement, ils ont voulu tricher en instaurant un cycle saisonnier artificiel. L'Iowa tout craché. L'hiver, on se les gèle ; l'été, c'est la fournaise. Du moins les arbres se tenaient-ils à carreau. L'espace d'un mois, on nageait dans le coton. Corvée de récolte comme au bon vieux temps du Mississippi. On emballait la marchandise, on expédiait vers la Terre et on n'en parlait plus. A la longue, pourtant, le système est devenu trop onéreux, même pour le père Moulton. Ils ont aligné le climat sur celui de tous les Enfers n° 5, température constante d'un bout de l'année à l'autre. Vous croyez qu'ils se seraient souciés de la réaction des bombax ? Nullement. Ils auraient dû. Les putains de cotonniers se sont mis à pondre leurs saletés quand bon leur semblait, c'est-à-dire tous les jours de la semaine, toutes les semaines.

Mais le pire, ce sont les racines. Elles croissent et fouissent sauvagement à travers les conduits et les câbles souterrains. Rien ne marche, forcément. C'est bien simple, cette bon Dieu de coquille pourrait sauter, personne ne s'en apercevrait. Le réseau des racines maintiendrait les morceaux. Et le dirlo qui se demande d'où vient le sobriquet d'Enfer ! Mon rêve, ce serait de le foutre en l'air une bonne fois, leur précieux équilibre écologique.

Ayant désinfecté les draps, je les fourrai dans la machine. Cela fait, je m'assis pour ressasser de noires pensées à l'endroit de tous les bizuts tout en cherchant le moyen de me soustraire aux deux mois de pénitence. Sur ces entrefaites, Arabel a débarqué, l'air de rien.

– Tavvy, salut ! Depuis quand es-tu de retour ? (Un amour, cette Arabel. Du temps que nous étions jeunes et innocentes, on s'est mignardées comme des folles, et je me demande parfois si elle n'a pas gardé la nostalgie de nos étreintes.) On donne une boum, ajouta-t-elle. Tu en es ?

– Désolée, je suis censée me serrer la ceinture pendant deux mois. (Arabel, pour tout dire, ne fait pas autorité en matière de réjouissances. Elle prendrait aussi bien son pied avec un dard en caoutchouc.) Où ça ? demandai-je, méfiante.

– Chez moi. Brown est dans le coup, précisa-t-elle avec nonchalance.

Là, j'étais censée mouiller ma culotte et m'élancer dans l'escalier. Je fixai mon regard sur le tambour qui s'excitait.

– Si c'est chez toi, qu'est-ce que tu fous ici ?

– Je viens pour la dope. Mon distributeur est en panne. Alors, tu te décides ? Les sanctions ne t'ont jamais arrêtée.

– Tes sauteries, je les connais, Arabel. On rigole plus en faisant sa lessive.

– Ma foi... je dis pas le contraire.

Elle se mit à tripoter les boutons de la machine. Tout cela ne lui ressemblait guère.

– Il se mijote quelque chose ? demandai-je.

– Pas que je sache. (Elle semblait désemparée.) C'est une bringue-samouraï sans samouraï, si tu veux savoir. Pour la trique, on peut toujours attendre. Aucun espoir de toute la soirée.

– Et Brown ?

Il est tordu, Dieu sait, mais la continence, je n'y croyais pas.

– Brown comme les autres. Ils sont là, posés. Ils ne font rien.

– Ils sont envapés, tiens. Un nouveau truc qu'ils ont découvert pendant les vacances. C'est forcé.

Pauvre Arabel. Pas de quoi fouetter un chat.

– Rien du tout, dit-elle. Tu es à côté de la plaque. Viens, je te dis. Tu pourras juger de tes propres yeux.

C'était peut-être une ruse pour m'entraîner dans sa fiesta minable, et peut-être pas. L'important, c'était que la pionne sache bien que ses foudres n'avaient pas froissé ma susceptibilité. Je verrouillai la machine afin d'être certaine de retrouver mes draps, puis je suivis Arabel dans l'escalier.

C'était comme elle avait dit, exactement. Le bide absolu. Je compris à la seconde où j'entrai. Les filles avaient l'air tragique et les mecs regardaient ailleurs. Un drame. Petite consolation, Brown était de retour. Je le repérai dans un coin et m'approchai.

– Tavvy. (Son sourire, au moins, n'avait pas changé.) Alors, ces vacances ? Des contacts enrichissants avec les indigènes ?

– Si mon paternel savait à quel point, il ne s'en remettrait pas.

Je lui rendis son sourire, dent pour dent.

– Ton père a cru agir pour le mieux, j'en suis sûr.

Cette fine repartie appelait une réplique cinglante. Elle me resta coincée. Il ne plaisantait pas, le taré. Brown est pupille comme moi. Il sait à quoi s'en tenir, il aurait dû blaguer. Mais non. Même son sourire s'était dissipé.

– Il voulait te protéger. Pour ton bien.

Envapée jusqu'à la moelle, je ne voyais pas d'autre solution.

– Je n'ai pas besoin de protection, ripostai-je. Tu devrais le savoir.

– Mmmmm, fit-il, avec une moue désappointée.

Il tourna les talons.

A quoi ça rimait, ce cirque ? Adossé contre le mur, Brown observait le manège de Sept et d'Arabel. Elle avait déjà fait valser son chandail et se trémoussait pour faire tomber sa jupe. La routine. Cent fois, j'avais assisté au strip-tease d'Arabel, quand je n'avais pas prêté main-forte. Le hic, c'était l'expression pathétique de son visage. Quelque chose ne tournait pas rond. Sept s'était dénippé, lui aussi, exhibant un braquemart érigé dont la dimension aurait dû dérider Arabel. Pas mèche. Le désespoir s'incrustait sur son minois. Sept échangea un regard bizarre avec Brown. Il secoua la tête, désapprobateur pour ainsi dire, avant de s'allonger sur Arabel.

Brown avait la main sous ma jupe.

– J'ai pas bandé de tout l'été, dit-il. Parole. Fichons le camp d'ici.

C'était pas trop tôt.

– Pour ce qui est de ma piaule, j'aimerais autant pas, dis-je. On m'a collée avec une nouvelle, tout ce qu'il y a de chaste et pure. On va chez toi ?

– Pas question ! (Le cri du cœur. Plus doucement, il ajouta :) J'ai le même problème. Un bleu. Je préfère y aller en douceur.

« Toi, mon bonhomme, tu mens et tu cherches à te défiler », voilà ce que je pensais, sur l'instant.

– J'ai trouvé, annonçai-je.

Je l'empoignai et l'entraînai en direction de la buanderie, au galop, de peur qu'il ne se ravisât.

Mes draps étaient secs. J'en étendis un sur le sol et me couchai dessus en prenant tout juste le temps d'arracher mes frusques. Brown avait toute la vie devant lui. Il sembla même s'alanguir au contact des aiguilles presque impalpables. Ses mains se baladèrent sur toute ma personne, longuement. Ses lèvres coururent depuis ma nuque jusqu'à ma chute de reins.

– Tavvy. Tu as la peau si douce. J'avais presque oublié.

Des bêtises. Il radotait. Oublié quoi, bordel ? Il n'avait pu être privé de baise tout cet été, on l'aurait vu tout de suite. Et pourtant il opérait comme s'il avait l'éternité devant lui.

– J'avais presque oublié... rien à voir avec...

Avec quoi ? Fumier. Qu'est-ce que c'est, ce trésor que tu caches dans ta piaule ? Et qu'est-ce qu'il a de plus que moi ? Je m'écartelai et le plaçai dans l'axe, d'autorité. Il dressa le menton, sourcils froncés. Puis il s'engagea avec une lenteur affolante, les affres de Tantale. Pas possible, il me voulait du mal.

– C'est pour aujourd'hui ou pour demain ? marmonnai-je en tortillant de la croupe pour tenter d'accélérer la manœuvre. Grouille-toi, merde.

Il se releva dans un mouvement si brutal que ma tête alla donner contre le sol. Il se rhabilla dare-dare. Que dire de son visage ? Avait-il l'air fumasse, ou coupable, ou quoi ?

Je me dressai sur mon séant.

– Explique.

– Tu ne comprendrais pas. C'est ton père. Il me hante.

– Mon père ? (J'écarquillai les yeux.) Tu te fous de moi ?

– Ecoute, je ne peux pas t'en dire plus. Je ne peux pas...

Sur ce, il m'a plantée là. Sans plus de chichis, dans l'état où j'étais, prête à décoller dans les trente secondes, et qu'est-ce que j'avais récolté ? Un bon coup sur le crâne. Je hurlai :

– J'ai jamais eu de père, pauvre trouduc !

J'enfilai mes vêtements avec hargne et sortis vivement l'autre drap de la machine. Brown, je l'aurais tué sur place. Arabel était de retour, appuyée contre le chambranle de la porte. Elle avait toujours son air de chien battu.

– Alors ? demandai-je. Ça t'a plu, notre duo d'amour ?

Nerveuse comme je l'étais, j'accrochai l'angle du drap à la poignée. Le premier accroc coûte combien ?

– J'ai rien vu, mais c'est tout comme. Je viens d'y passer moi-même. (Les coins de sa bouche s'affaissèrent.) Ils sont plus bons à rien. Ces vacances les ont démantibulés.

– Ça se peut. (Je roulai mes draps en boule. Arabel faisait fausse route. Si c'était aussi simple, pourquoi Brown aurait-il inventé cette histoire de bizut ? Et toutes ces salades au sujet de mon père ? Arabel ne bougeait pas. Je lui passai devant.) Te bile pas, mon pigeon. Si on doit remettre ça entre filles, en ce qui me concerne tu seras la première à en profiter.

Elle n'avait pas l'air emballée, il faut bien le dire.

Ma pucelle ébouriffante, je la retrouvai les quinquets grands ouverts, assise toute droite sur sa couchette, comme je l'avais quittée. Fichu légume ! Probable qu'elle n'avait pas bougé, pas un cil, pendant toute mon absence. Je refis mon lit, me déshabillai pour la seconde fois de la soirée et me glissai sous les toiles.

– Tu éteins quand tu veux, dis-je.

Elle clopina pour atteindre la plaque murale, enchâssée dans une chemise de nuit qui n'aurait pas dépaysé le vieux Moulton lui-même, si ce n'était son grand-père.

– Ils t'ont fait des ennuis ? s'enquit-elle, la mine épouvantée.

– Des ennuis ? moi ? Il aurait fait beau voir. Ce n'est pas moi qui ai dégueulé, je te rappelle.

Je me sentais d'humeur méchante.

Elle s'affaissa contre la cloison, la main aplatie sur l'interrupteur comme pour s'y cramponner.

– Mon père... balbutia-t-elle. Vont-ils prévenir mon père ?

Rouge, blanc, rouge, le gyrophare se rallumait. Où irait-elle se répandre, cette fois-ci ? Voilà ce qu'on gagnait, à vouloir se défouler sur un petit être inhibé.

– Quoi, ton père ? Personne ne prévient personne. Tout va bien. Bon Dieu, que d'histoires pour une malheureuse paire de draps !

Je parlais dans le désert.

– Il a juré de venir me chercher à la première anicroche, chevrota-t-elle. Il a dit qu'il me ramènerait de force à la maison.

Je me dressai d'un coup de reins. C'était bien la première fois qu'une nouvelle recrue ne manifestait pas le désir frénétique de retourner chez papa-maman. Je parle des nouvelles dans le genre Zibet, pourvues d'une vraie famille quand d'autres se contentent d'un cartel et d'une paire d'avoués snobinards. Zibet n'était pas comme ça. Elle était morte de trouille à l'idée de rentrer au bercail. « Un virus, pensai-je. Le virus de la dinguerie. Tout le campus est atteint. »

– Tout va bien, répétai-je. Tu n'as aucune raison de t'affoler, aucune.

Sa main crochetait la plaque avec ferveur. Tétanisée.

– Calme-toi. (Une crise de nerfs, j'avais vraiment

besoin de ça. Bibi allait encore trinquer.) Personne ne viendra te chercher dans cette cambuse, assurai-je. Ton père ne se doute de rien.

Mes paroles lénifiantes la pénétrèrent enfin. Elle se maîtrisa.

– Merci de ne pas m'avoir dénoncée, dit-elle en se carapatant sous les couvertures.

Elle avait oublié d'éteindre. Quelle misère, mes aïeux ! Je m'extirpai pour sauter sur la plaque.

– Tu es une chic fille, l'entendis-je chuchoter dans le noir.

Tarée, sans espoir de rémission. Je m'installai sur mes aiguilles avec l'intention de me faire une petite douceur avant de m'endormir puisque, décidément, il ne fallait compter que sur soi-même. Pianissimo. J'avais eu ma dose d'hystérie pour la soirée.

Une voix virile et puissante comme celle de Zeus explosa dans la chambre :

– A tous les jeunes gens du collège Moulton, à tous mes braves et hardis garçons, je souhaite...

– Qu'est-ce que c'est ? souffla Zibet.

– Ta première nuit d'Enfer, mon chou.

Je me relevai, ça devenait une habitude.

– ... et que leurs nobles efforts soient couronnés de succès ! claironnait le vieux Moulton.

Je donnai une claque sur l'interrupteur et fourrageai dans mon sac de voyage encore défait. Quand j'eus trouvé la lime à ongles, je grimpai sur la couchette de Zibet. Dévisser le haut-parleur, ce fut l'affaire d'un instant.

– A toutes les jeunes filles, tonna l'ancêtre, à toutes mes chères têtes blondes...

Silence.

Balancer dans le sac la lime et les vis. Eteindre. Réintégrer mon lit. Ouf.

– Qui c'était ? murmura Zibet.

– Dieu le père. (A temps, je me souvins de l'effet désastreux que semblait produire sur la population du campus l'allusion à un quelconque géniteur.) Tu n'auras plus l'occasion de l'entendre, ajoutai-je en hâte. Dès demain, j'injecterai du plastique dans le circuit, puis je remettrai la grille. La pionne n'y verra que du feu. Nous vivrons dans un silence béni les six mois qui nous restent.

Elle s'en foutait pas mal. Il s'éleva un léger ronflement. Elle dormait comme une bienheureuse.

Je m'étais plantée une fois de plus. Une vraie journée des dupes. Le semestre s'annonçait bien.

Le raout foireux d'Arabel était parvenu, tout croustillant, aux oreilles du dirlo.

– Quand on vous ordonne de vous serrer la ceinture, vous savez ce que c'est censé vouloir dire, je présume ?

De la bouteille, disons dans les quarante-cinq ans, mais bien conservé, on sent le type qui sue ses trois heures quotidiennes pour contenir la brioche, des fois que les petites jeunesses se pâmeraient encore. Un de ces jours, il chopera une hernie, c'est sûr. A dû zig-ziguer dans du plastique, comme ce bon vieux papounet. Perpétuer la lignée, qu'ils disent. Bordel, il devrait y avoir une loi.

– Vous êtes gentille, Octavia ?

– Qu'est-ce que vous croyez ? Que je me trimbalerais un nom pareil, autrement ?

– Ni père ni mère ?

– Bébé éprouvette. Cartellisée jusqu'à vingt et un ans.

Je guettai sa réaction. J'aime, quand l'appréhension s'inscrit sur leur visage.

– Dans ce cas, il n'y a personne à prévenir, hormis vos hommes de loi. Et pas moyen de vous balancer. Pourtant les punitions semblent sans effet sur vous. Je me demande d'ailleurs ce qui pourrait vous mater.

Cherche, mon gros. On s'observait en chiens de faïence. Il se demandait peut-être si j'étais sa petite chérie. Si la coûteuse giclée dans le sac avait donné naissance à ça, qu'il était en train de reluquer.

– De quel nom avez-vous traité votre pionne, rappelez-moi ?

– Salope.

– Hum. Pour être tout à fait franc, ça m'a démangé une fois ou deux.

Le style faux derche. Je me tiens coite, dans l'attente de l'inévitable.

– A propos de cette petite fête. Le bruit court que les garçons se sont distingués par une nouvelle toquade. De quoi s'agit-il ?

Là, il me prenait de court. J'avais prévu un autre angle d'attaque.

– Si je le savais... marmonnai-je. (Toute surprise de me trouver à découvert, je me ressaisis aussitôt :) Et même si je le savais, croyez-vous que j'irais vous le dire ?

– Certes non. Et c'est ce que j'apprécie en vous. Quel caractère ! Un sacré bout de femme. Entière, droite, et jolie comme un cœur, si je puis me permettre.

Ben voyons. Et comme par hasard, tu as justement une bonne petite planque de derrière les fagots à me fourguer ?

– Ma secrétaire m'a plaqué. Elle préfère les jeunes gens, paraît-il, quoique, si mes renseignements sont exacts, elle ait nettement perdu au change. C'est une bonne place. Beaucoup d'extra. A moins que vous ne partagiez le goût de ma secrétaire pour les godelureaux.

Séduisante perspective. Fini, le fastidieux dépucelage des petits péquenots ; fini, le régime sec. J'étais tentée. D'un autre côté, il avait quarante-cinq ans ou pire et c'était peut-être mon père. A l'avance, tout désir était mort en moi.

– Si c'est l'anonymat paternel qui vous tracasse, il y a moyen de se renseigner, je vous assure.

Faux ! Personne ne peut identifier son môme et vice versa. D'où ces noms à dormir debout dont nous affuble le cartel. Pour être certain qu'on n'ira jamais carillonner à la porte du paternel. Salut, vieux, voilà ta descendance ! Le cartel les protège contre de si déplaisantes éventualités. On dira ce qu'on voudra, en face d'un cancrelat comme le dirlo, il est permis de se demander qui a besoin de protection contre qui.

– Vous vous souvenez, le nom délicieux dont j'ai gratifié la pionne ?

– Mais certainement.

– C'est rien à côté des gracieusetés que vous m'inspirez.

Ceinture pour le reste de l'année, avec un bracelet-alarme soudé à mon poignet.

– Ça y est, chuchota Arabel. A propos des mecs, je connais le fin mot de l'affaire.

Nous étions en classe. C'étaient nos seules rencontres, désormais. Putain de bracelet ! Que je fasse seulement mine de me masturber sans permission et cette saloperie se déclenchait aussi sec.

– Je t'écoute, fis-je sans enthousiasme.

– Après le cours, dit-elle.

On s'est retrouvées dehors, dans un tourbillon de feuilles mortes et de boules de kapok. Le système régulateur s'était déglingué une fois de plus.

– Des animaux, dit Arabel.

– Des animaux ?

– De répugnantes petites bestioles longues comme le bras. Ils appellent ça des gitons. C'est brun et c'est vilain comme un derrière de singe.

– Des animaux et c'est tout ? murmurai-je. Je n'y crois pas. Les bestioles, c'est l'enfance de l'art, aussi vieux que l'institution scolaire soi-même. Elles sont gonflées ou quoi ?

– Injections de phéromones, tout ça ? (Arabel fronça les sourcils.) Possible. Elles m'ont fait l'effet d'ignobles créatures, mais les mecs sont excités comme des puces. Brown s'est ramené à notre dernier raout avec la sienne sur le bras. Il lui donnait des Fifille et des Petite Nana. Ils ont formé le cercle et que je te cajole l'infecte larve en minaudant « viens faire risette à son papa », ce genre de conneries. Dingue.

Je haussai les épaules.

– Si tu as vu juste, il n'y a pas de quoi s'affoler. Combien de temps crois-tu que ça peut durer, ce béguin pour nos amies les bêtes ? Dans deux mois, on n'en parlera plus.

Arabel me dévisageait.

– Pourquoi te fais-tu si rare ? C'est à peine si on t'aperçoit.

Je la voyais venir, la petite perverse. Je brandis mon poignet emprisonné.

– Avec ça ? Il faut que je me taille, Arabel. Je vais être en retard pour le prochain cours.

Je déguerpis à travers le maelström jaune et blanc. Il n'y avait pas de prochain cours. Je filai droit au dortoir pour me taper une ration de dope.

Quand je refis surface, Zibet était juchée en tailleur sur sa couchette, occupée à noircir avec fièvre les pages d'un cahier. Elle avait repris du poil de la bête, si l'on peut dire. Ses cheveux allongés montraient des boucles à leurs extrémités, très flatteuses. Elle semblait en pleine forme, heureuse, quasiment.

– Qu'est-ce que tu fabriques ? marmonnai-je.

C'était du moins mon intention, mais sait-on jamais comment va se formuler votre pensée, dans les minutes qui suivent la sortie du tunnel ?

– Je recopie mes notes, dit-elle.

Doux Jésus, chacun son trip. Vaguement, je me demandai si elle s'était dégotté un mec, si c'était ça qui lui donnait ce teint de lys et de rose. Si c'était le cas, elle se débrouillait mieux qu'Arabel, mieux que quelqu'un que je connaissais bien.

– Pour qui ?

– Comment ?

Elle me fit son regard de merlan frit.

– Pour quel garçon, je veux dire ?

– Un garçon ?

L'affolement. Sa voix frémit. L'angoisse fit une embardée dans ses yeux.

– Je m'étais dit, comme ça, que peut-être tu avais un petit copain, précisai-je, enveloppant ma pensée dans de la bourre de soie.

Cette fois, son visage frôla l'épouvante. Sacrebleu, ma

langue avait dû fourcher sérieusement. Allez savoir quelles insanités j'avais bien pu émettre pour la plonger dans des états pareils.

Elle s'aplatit contre le mur, la vraie bête traquée, son cahier plaqué sur la poitrine, comme si j'allais lui asséner des coups de marteau.

– Qu'est-ce qui te fait croire ça ? bredouilla-t-elle.

Croire quoi ? Bordel, j'aurais dû l'affranchir, au sujet des effets de la dope. Trop tard. J'étais obligée de répondre comme si nous poursuivions une conversation normale, au lieu de quoi j'avais l'impression d'asticoter un rat enragé avec un bout de bois. Il serait toujours temps de redresser le tir quand je serais dévapée.

– Mais rien. C'est seulement que tu as une mine splendide.

– Alors, c'est vrai ?

Elle rougit, pâlit, puis le sang afflua de nouveau. Connaissant la musique, je m'attendais au pire.

– Qu'est-ce qui est vrai ?

Mes sinus cliquetaient. Dans quel cloaque m'étais-je innocemment fourvoyée, à la faveur des brumes délétères ?

– Avant de venir ici, moi aussi j'avais des tresses, dit-elle. Ma coiffure a dû te sembler plutôt bizarre, avoue.

C'était donc ça ! J'avais dû lâcher un truc désopilant au sujet de sa moumoute.

– Mon père... (Elle crochetait son cahier comme elle avait fait avec l'interrupteur, le premier soir. Comme s'il y allait de sa vie...) Mon père a tout coupé.

Elle me faisait l'aveu d'un secret abominable, sans aucun doute. Je comprenais de moins en moins.

– Mais pourquoi ? Pourquoi a-t-il fait ça ?

– Il prétendait que je m'en servais pour aguicher les hommes. Il disait que je faisais naître en eux de coupables pensées. C'était ma faute, toujours. Il me traitait de... Il a tout coupé.

L'évidence me pénétrait peu à peu que mon expression ne m'avait pas trahie. J'avais demandé si elle avait un petit copain, ni plus ni moins.

– Crois-tu, toi aussi, que je sois une allumeuse ? fit-elle d'une toute petite voix.

Aux innocents les mains pleines ! Même Brown, au plus fort de ses fringales de chair fraîche, ne lui aurait pas jeté un regard. Mais le moyen de mettre les points sur les *i* ? Par contre, si j'affirmais que oui, elle avait tout de la bombe incendiaire, j'en serais quitte pour aller chercher une serpillière. Elle me faisait pitié, pauvre gosse, avec ses tifs massacrés, tremblante de peur parce que son père, le vieux dégueulasse, lui avait bourré le crâne. Pas la peine de se demander pourquoi elle débloquait le jour de son arrivée !

– Tu le crois ? insista-t-elle.

Je me levai. Le plancher faisait des vagues.

– Tu veux connaître le fond de ma pensée ? déclarai-je. Les paternels sont tous des ordures. Tous ! (Je repensai à l'histoire d'Arabel. Des petites bêtes marron, longues comme le bras. Je pensai à Brown.) Ton père a cru agir pour le mieux. (Ses propres mots. Je m'enflammai.) Des ordures, le mot est faible. Des chiures de mouches, jusqu'au dernier !

Zibet s'arc-bouta contre le mur, les yeux pleins d'espoir. Elle ne demandait qu'à me croire.

– Tu veux savoir comment l'auteur de mes jours s'est comporté à mon égard ? Il n'a pas eu besoin d'une paire de ciseaux, lui. Il a fait mieux. Les pupilles, tu sais ce que c'est ?

Elle fit non de la tête.

– Alors écoute et prends-en de la graine. Le fumier voulait que son nom se perpétue. Il ne voulait pas gaspiller son précieux fluide, tu piges ? Seulement il n'avait pas l'intention de s'emmerder avec un môme. Alors il s'est fendu d'un maximum pour mettre sur pied un cartel. Il zig-zigue dans un sac en plastique et presto, le voilà papa. Aux avoués de se taper le sale boulot. Ils veillent à mon éducation. Trouver des points de chute pour les vacances, s'acquitter de mes frais de pension dans cet établissement pourri, c'est eux que ça regarde. Et ça aussi, cette délicate attention. (Je lui montrai l'affreux bracelet.) Mon père, je l'ai jamais vu. Il ne sait même pas qui je suis, il s'en fout. Tous des porcs, je te dis. Et je m'y connais, tu peux me faire confiance.

– Je voudrais tant... commença-t-elle.

Elle piqua du nez et se remit derechef à gribouiller. Je me laissai aller sur ma couchette, tout doux, car je commençais à ressentir les premiers élancements des lendemains de défonce. Je regardai Zibet en douce. Les larmes, un torrent silencieux, ruisselaient sur les chères notes. Foutre Dieu, qu'est-ce que j'avais encore dit ! Au désespoir, je formulai deux souhaits ardents : que les garçons se lassent au plus vite de pouponner leurs rats d'égout et que ma propre situation s'améliore.

L'Enfer n'avait rien de plus à m'offrir.

Deux mois plus tard, le régulateur était nase. On pataugeait jusqu'aux genoux dans les feuilles et le kapok. Ce jour-là, comme je luttais contre les éléments, tête baissée, pour gagner la salle de classe, je tombai sur Brown. Quand je le vis, il était trop tard pour l'éviter.

Il avait sa mascotte sur le bras.

– Je te présente Petite Nana, dit-il. Trésor, voici Tavvy.

– Va te faire foutre.

Je le frôlai en passant. Il agrippa mon poignet. Le salaud referma l'étreinte autour du bracelet et serra de toutes ses forces. Ça me faisait un mal de chien.

– Je te conseille de prendre un autre ton, Tavvy. Nous avons très envie de faire ta connaissance. N'est-ce pas, mon petit chou ?

Il me colla sa bestiole sous le nez. Arabel n'avait pas menti. Je n'avais encore jamais eu l'occasion d'en voir une de près. Atroce. Un petit museau de fouine, des yeux glauques, un orifice rosâtre en guise de bouche. Le corps recouvert d'un pelage rêche et brun était suspendu au bras de son maître, flasque comme une chiffe. Brown lui avait noué une faveur autour du cou.

– Tout à fait ton genre, persiflai-je. Avec un pareil trou de balle, tu ne risques pas de viser à côté.

Je crus qu'il allait me briser le poignet.

– Qui t'a permis d'insulter...

– Salut ! lança quelqu'un derrière moi.

Zibet. Je fis volte-face. Elle tombait à pic.

– Salut, dis-je en me libérant d'une secousse. Brown, je te présente ma compagne de chambre. Une nouvelle. Zibet, voici Brown.

– Et voici Petite Nana.

Il brandit l'animal à deux mains, afin que tout le monde puisse profiter du spectacle offert par les deux orifices béants, un à chaque extrémité, celui de la bouche et l'autre, tout aussi rose, que révélait la queue dressée. Pauvre Arabel, encore à se demander ce que les mecs pouvaient bien leur trouver.

– Ravi de rencontrer une vraie jeune fille, grommela Brown. (Il ramena contre lui son fétiche abject.) Réchauffe ton petit papa, l'entendis-je marmonner.

Il s'éloigna en barbotant dans la mélasse.

Je frottai mon poignet meurtri. Seigneur, faites qu'elle ne demande pas le mode d'emploi des gitons ! Cet accrochage m'avait vidée pour le reste de la journée. Vous me voyez, en train d'expliquer à cette innocente en quoi consistaient les vices cachés de Brown ?

Je l'avais sous-estimée, comme de juste. Elle fut parcourue d'un long frisson.

– Pauvre petite bête, murmura-t-elle en serrant ses cahiers sur son sein.

– As-tu déjà péché ? me demanda-t-elle cette nuit-là.

Du moins n'avait-elle pas oublié d'éteindre avant de se mettre au lit. Nous étions en progrès.

– Qu'est-ce que tu t'imagines ? ripostai-je. Que j'ai récolté ce bracelet en enfilant des perles ?

– Péché pour de bon. Fait du mal à quelqu'un, par exemple. Pour te tirer d'affaire. (Je ne répondis pas. Le silence se prolongeait.) Je sais à quoi m'en tenir au sujet du dirlo, dit-elle enfin.

Je tombai des nues. Le haut-parleur aurait pu se mettre à glapir les bénédictions du vieux Moulton, ma surprise n'aurait pas été plus grande.

– Tu es une fille bien, je le sais, reprit Zibet. (Elle parlait drôlement. S'agissant d'une autre, j'aurais juré qu'elle se faisait des trucs sous les couvertures.) Il y a certaines choses dont tu ne serais pas capable, même s'il y allait de ton salut.

– Tandis que toi, endurcie par le crime...

– Jamais, répéta-t-elle sur un ton languide, même s'il y allait de ton salut. (Elle s'assoupissait. Soudain, d'une voix claire et distincte :) Au fait, t'ai-je dit que ma sœur venait me rendre visite à Noël ?

Mince, alors. J'allais de surprise en surprise.

– Je m'étais figuré que tu allais profiter des vacances pour faire un saut chez toi.

– Jamais je ne remettrai les pieds chez moi.

Arabel m'aperçut de loin.

– Tavvy ? cria-t-elle. Comme je suis contente !

Les mecs ont repris le dessus, ce fut ma première pensée. Je vais avoir l'air fin avec cette saleté au poignet. Comment m'en débarrasser ? Tout se bousculait dans ma tête. Pour un peu j'aurais éclaté en sanglots. Le soulagement.

Arabel était devant moi.

– Tavvy, voilà des semaines que je ne t'ai vue !

Arabel ne prenait jamais de gants. Qu'attendait-elle pour me balancer la bonne nouvelle à la figure ?

– Alors ? Raconte.

– Raconte quoi ?

Ses yeux s'arrondirent.

Je reçus un coup au cœur. Ainsi, le trip giton continuait. Brown, Sept et tous les autres. Ça continuait. Rien que des bêtes, me répétai-je avec force. Dans ce cas, pourquoi en fais-tu tout un plat ? Ton papounet te protège contre toi-même. On fait une risette à son papounet.

– La secrétaire du dirlo a plaqué, dit Arabel. Je me

suis retrouvée au régime sec à cause d'une partie de samouraï dans ma piaule. (Elle haussa les épaules.) Son offre, c'était ce que j'avais entendu de mieux depuis le début de l'automne.

Tu es pupille, Arabel. Pupille ! Ce cafard pourrait être ton père. Va réchauffer ton petit papa.

– Quelle tête de déterrée ! dit-elle. Vas-y mollo sur la dope.

Je secouai la tête.

– Sais-tu ce qu'ils en font, au moins ?

– Tavvy, ma douce, ne me dis pas que tu n'as pas remarqué cette caverne rose qu'ils portent sous la queue. Ne me dis pas que tu n'as pas deviné...

– Le père de ma compagne de chambre lui a coupé ses tresses. Elle n'a jamais couché avec personne. Elle n'a jamais rien fait. Il lui a coupé ses tresses.

– Tu dérailles vraiment, ma parole. Entre nous, à quand remonte ton dernier zig-zig ? Je peux t'arranger ça. Des types plus jeunes que le dirlo. Aucun risque. La conscience nette question cartel. Tu n'as qu'un mot à dire.

– Franchement, non.

– Tu files un mauvais coton. Je n'ai pas envie que ça me retombe sur le bec. Laisse-moi au moins toucher un mot de ton bracelet au dirlo.

– Non ! déclarai-je avec force. Je vais très bien. Tu m'excuseras, Arabel. Je file en cours.

– Ne te laisse pas damer le pion par cette histoire de gitons. De ridicules bestioles, rien de plus.

– Rien de plus, parfaitement.

Je m'éloignai d'un pas plein d'allant à travers les giboulées de feuilles. À peine fut-elle hors de vue, je m'effondrai contre le tronc d'un bombax et l'enlaçai avec sauvagerie, comme Zibet s'était accrochée à l'interrupteur, parce que le monde est un grand trou noir et que sur le moment, on n'a rien d'autre sous la main.

Il ne fut plus question de sa sœur avant la veille des vacances. Contre toute attente, ses cheveux ne repoussaient pas. Plus que jamais, ils donnaient l'impression d'avoir été taillés au massicot. Son visage s'était de nouveau effondré sous l'effet du désespoir. Une rescapée de la bombe, bouffée par les radiations.

Je valais à peine mieux. L'insomnie, pour commencer, et des migraines atroces qui me taraudaient pendant des jours et des jours après chaque séance d'évasion. Le bracelet-alarme avait provoqué une crise d'urticaire qui gagnait du terrain le long de mon avant-bras. Plus grave, Arabel avait dit la triste vérité. Je perdais la boule. Les gitons m'obsédaient. Si on m'avait demandé, pas plus tard que l'été précédent, mon opinion sur la zoophilie, j'aurais dit formidable, surtout pour les victimes. A présent, il me suffisait d'imaginer Brown en train de flatter cette larve brune avachie sur son bras pour avoir des haut-le-cœur. Si c'est l'anonymat paternel qui vous tracasse, il y a moyen de se renseigner. Viens réchauffer ton papounet.

Mes avoués avaient échoué dans leur tentative pour convaincre le dirlo qu'un petit séjour à Absen ou ailleurs me ferait le plus grand bien. Toutefois, ils avaient obtenu un os à ronger : le rétablissement de tous mes privilèges sitôt que les autres pensionnaires auraient fichu le camp. Sauf le bracelet. Je gardais le bracelet. Si la pionne du dortoir découvrait dans quel état il avait mis mon bras, probable que j'obtiendrais la permission d'en être délivrée pendant quelques jours, le temps que ça cicatrise. Le régulateur remis à neuf se déchaînait contre l'Enfer. La tempête faisait rage. Joyeux Noël, mes chéris !

C'était le dernier jour de classe. J'ouvris la porte de notre chambre enténébrée et donnai de la lumière. Je restai pétrifiée.

Zibet était assise sur mon lit avec un giton étalé en travers des genoux.

– D'où sors-tu ça ? murmurai-je.

– Je l'ai volé

Je verrouillai la porte derrière moi, puis je coinçai une chaise sous la poignée.

– Comment as-tu fait ?

– Facile. Ils étaient tous invités à fêter le départ dans une autre chambre.

– Tu t'es vraiment faufilée dans le dortoir des mecs ?

Pas de réponse.

– Tu es bizut. Ils peuvent te renvoyer chez toi pour un coup pareil.

Je n'en croyais pas mes yeux. Il n'y avait pas si longtemps, cette fille prise de panique avait voulu s'accrocher au lustre de peur d'être virée. Jamais je ne remettrai les pieds chez moi ! Je l'entendais encore. La même fille.

– Personne ne m'a vue, dit-elle avec un calme olympien. Tout le monde était invité.

– Tu es folle. A qui appartient-il ?

– C'est elle. C'est Petite Nana.

J'arrachai mon drap de dessus et j'en tapissai l'intérieur d'un sac de voyage.

Nom d'une pipe, le premier lieu, le premier, où Brown viendrait fureter, c'était ici, ma piaule. Je farfouillai dans mon tiroir de bureau. Des ciseaux, vite. Dans la toile du sac, je découpai des fentes d'aération. Zibet ne bronchait pas. Elle cajolait l'abominable créature.

– Il faut le planquer, expliquai-je. Cette fois-ci, tu es vraiment dans la merde. Je ne plaisante pas.

Vous pensez si elle s'en fichait. Elle n'entendait même pas.

– Ma sœur Henra est ravissante, dit-elle. Elle a de longues tresses comme les tiennes. Une chic fille, elle aussi. (Sa voix monta jusqu'à une espèce de diapason plaintif.) Elle n'a que quinze ans !

Brown exigea une fouille du dortoir. Accordée. Comme il se devait, notre chambre fut la première servie. Pas de giton. Je l'avais fourré dans mon sac et le sac était dans la buanderie, au fond d'un tambour de machine à laver, caché derrière mon drap de dessous. Cruelle ironie. Brown était présentement incapable d'apprécier. Dommage.

– On recommence de zéro, annonça-t-il après que Big Mother lui eut fait l'honneur d'un tour complet. Il est ici, j'en suis sûr. (Il braqua les yeux sur moi.) Où l'as-tu mis ?

– La dernière navette décolle dans dix minutes, dit la pionne. Le temps manque pour une seconde inspection.

– Elle sait où il est. Il suffit de la regarder pour s'en convaincre. Elle l'a planqué quelque part. Ici, dans ce dortoir.

La pionne le regarda, du genre petit morveux, attends que je te fasse croupir dans ma Galerie des Glaces. Elle secoua la tête. Non.

Je sortis de mon mutisme.

– C'est foutu, Brown. Ou tu restes et tu es coincé en Enfer pour la durée des vacances, ou tu abandonnes et tu peux dire adieu à Fifille. Tu t'es fait posséder, mon vieux.

J'aurais dû me méfier. Il attrapa mon poignet au vol, mon pauvre poignet endolori, tout rouge et enflé autour du métal. Je tentai de me dégager avec l'autre main mais l'étreinte était féroce, comme l'était l'expression de son visage, un paquet de haine vengeresse.

– La semaine dernière, Octavia ici présente s'est envoyée en l'air dans le dortoir des garçons, vous le saviez ? lança-t-il à la pionne.

– Mensonge !

J'avais si mal, je pouvais à peine parler. Un cercle de feu me broyait le poignet. La nausée me submergeait, une houle dévastatrice.

– Avec ce bracelet-alarme ? rétorqua Big Mother. Je n'en crois rien.

– Ça ? Brown leva mon bras comme un trophée, un coup à me déboîter l'épaule. (J'étouffai un cri.) Ce truc ? (Il fit pivoter le bracelet.) Elle peut l'enlever quand elle veut. Vous l'ignoriez, peut-être. (Il lâcha mon poignet. Ses yeux me cinglèrent. Le souverain mépris.) Tavvy est trop futée pour se laisser couper le sifflet par un misérable bracelet-alarme. Vrai ou faux, ma colombe ?

Je pressai contre moi mon poignet martyr. Ne pas

tomber dans les pommes, surtout. Mes pensées s'affolaient, noires, horribles. D'innocentes bestioles ? Cette bonne blague ! Il ne serait pas aussi vache s'il s'agissait seulement du dernier nounours à la mode. C'était pire, foutrement pire. Il ne devait jamais, jamais le récupérer.

– Voici l'appel pour la navette, dit la pionne. Octavia, votre moratoire est annulé.

Brown me décocha un regard triomphant. Il sortit dans le sillage de Big Mother.

Le plus dur, ce fut de patienter jusqu'au décollage de la dernière navette pour aller chercher le giton. Je le rapportai dans la chambre en le tenant d'une seule main, s'il vous plaît, celle qui pouvait encore servir. Qu'ils aillent se faire voir avec leurs restrictions. D'ailleurs il n'y avait pas d'autre point de chute et le giton serait en sécurité.

– Ne t'en fais pas, lui susurrai-je. Tout ira bien.

J'avais parlé un peu vite. Henra, la petite sœur gâtée par la nature, était à peine moins moche que son aînée. Tondue d'aussi près que les ciseaux l'avaient permis et cramoisie à force d'avoir sangloté. Le visage de Zibet avait pris une teinte livide et refusait de se réchauffer. En voilà une qui donnait l'impression d'avoir bloqué ses glandes lacrymales *ad vitam æternam.* Dire qu'il avait suffi d'un semestre en Enfer pour accomplir ce prodige. Merveilleux, n'est-ce pas ?

Liberté de circulation entravée ou non, il fallait que je m'arrache de la piaule. J'ai pris mes cahiers, mes bouquins, tout mon barda, et je suis descendue à la buanderie pour y camper. J'ai rédigé deux dissertes et lu trois livres du programme, ça fait passer le temps. Comme Zibet, j'ai recopié toutes mes notes. Il a coupé mes tresses. Ton père a cru agir pour le mieux. Viens réchauffer ton papounet. J'ai mis en branle toutes les machines pour couvrir le fracas de mes cogitations. J'ai tapé mes dissertes.

J'arrivai ainsi à tenir le coup jusqu'à la veille de la rentrée. Avec force grincements de dents, j'avais banni

Brown de mes pensées, Brown, et les gitons, et tout le reste. Je vis arriver Zibet et sa sœur. La petite nous quittait par la première navette. Je lui fis mes adieux.

– J'espère que tu auras l'occasion de revenir nous voir, ajoutai-je, et de me mordre la lèvre aussitôt, sachant combien c'était con puisque, à la place de Henra, aucune force au monde n'aurait pu me contraindre à retourner à Saint-Gerbier-des-Joncs.

– Mais je compte bien revenir. Dès que j'aurai mon diplôme.

– Deux ans, dit Zibet, c'est vite passé.

Deux ans auparavant, y avait-il sur son visage la lumière que je voyais répandue sur celui de sa cadette ? Sans doute. Mais dans deux ans, Henra serait comme elle, détruite, un fantôme vierge de désir. Quel pied de grandir à Saint-Gerbier-des-Joncs où les filles de dix-sept ans ressemblent à des épaves !

– Rentre avec moi, Zibet, implora la petite sœur.

– Impossible.

Des serpillières, vite. Moi, je remontai dans la chambre. Je pris mes aises sur le lit avec une pile de bouquins. J'en ouvris un. Le giton roupillait au pied de la couchette, l'anus tentateur offert à toutes les convoitises. Je me saisis de la bête. Aucune résistance. Jamais encore je n'avais pris la peine de l'examiner de près. C'était la créature la plus vulnérable qu'on pût imaginer. Sous les petites pattes, des coussinets roses. Pas un poil de griffes. Pas une seule quenotte pour garnir la petite bouche en cul-de-poule, moins spectaculaire toutefois que ne l'était l'autre trou, celui d'en bas. Si le pauvre avait été dopé, il n'en laissait rien paraître. Il était à votre merci, totalement. Tout bien considéré, c'était peut-être ça, le secret de son sex-appeal !

Je l'installai sur mes genoux. De l'index, je chatouillai l'orée du tunnel rose. Avec un passé chargé comme le mien, je suis capable de reconnaître du premier coup si c'est ou non de la bonne qualité.

Un hurlement me fit sauter au plafond.

Ma main coupable, je la transformai en un poing

frénétique que je plaquai contre ma bouche pour étouffer mon propre cri. Quel son effroyable ! A faire dresser les cheveux sur la tête. L'expression de la détresse absolue. Le cri que doit pousser une femme violée ou pire, un enfant. Jamais rien entendu de pareil. Non. A la seconde, la révélation s'opéra : cette plainte abominable m'avait poursuivie pendant tout le semestre. Des phéromones, avais-je imaginé dans ma candeur. C'était quelque chose d'infiniment plus puissant que toutes les substances chimiques. A moins de considérer la peur comme un processus chimique.

Je reposai la malheureuse créature sur le lit et courus dans la salle de bains. L'espace d'une heure, je me lavai les mains à grande eau. Zibet. Je m'étais figuré qu'elle n'avait pas compris, pas tout à fait, à quel emploi les garçons destinaient leurs gitons. J'étais loin du compte. Elle savait tout. Forte de l'affreux secret, elle avait voulu me dissimuler la vérité. Elle avait trouvé le moyen de s'introduire chez les mecs pour faire main basse sur un de leurs souffre-douleur. Toute seule comme une grande. On aurait dû en faire autant. On aurait dû piquer tous les gitons, jusqu'au dernier, les mettre hors de portée de ces cons puants... Dieu sait quelles injures j'ai pu épingler sur mon père au cours de toutes ces années, mais là, vraiment, les mots me manquent, ces enculés de merde battent tous les records, il faudrait inventer de nouveaux concepts.

Zibet m'observait depuis le seuil de la salle de bains.

– Zibet, dis-je, et je me tus.

– Ma sœur s'en va cet après-midi. Elle s'en retourne chez nous.

– Non, murmurai-je. Non, non, non...

Je me ruai hors de la pièce.

Là, j'ai dû m'offrir une petite dépression. Tout devient confus quand j'évoque cette période. Mon seul souvenir vivace, et ce paradoxe prouve combien tout ça ne tient pas debout, c'est une sensation d'urgence, l'impression que le ciel allait nous tomber sur la tête si je n'agissais pas au plus vite.

J'ai transgressé les ordres, c'est sûr, car je me revois, vautrée sous les bombax. Frappée d'admiration, je songeais au vieux Moulton. Quel humour ! Il avait envoyé des lampions de Noël pour décorer les branches dénudées des cotonniers. Le vent rabattait dessus les petites feuilles jaunes et craquantes. Elles prenaient feu comme des allumettes. L'air s'alourdissait d'une odeur de roussi. Des flammes, un ciel noir de fumée, bravo, très indiqué pour un Noël en Enfer. Je me souviens d'avoir pensé à ça.

Mais quand mes réflexions se tournaient vers les gitons et la tactique appropriée, alors je perdais pied, je pédalais dans la gadoue. Pire que la plus noire défonce. Oublieux de sa chère Fifille, Brown voulait sauter Zibet. Je me déchaînais. « Tu as coupé ses tresses, salaud, je ne te la rendrai jamais, jamais. » Elle luttait de toutes ses forces pour lui échapper, mais privée de griffes et de dents, c'était perdu d'avance. Tantôt le dirlo prenait le relais : « Si c'est l'anonymat paternel qui vous tracasse, soyez rassurée, je vais me livrer à une petite enquête. » Et moi de rétorquer : « Vous avez surtout envie de garder tous les gitons pour votre usage personnel ! » Parfois, le père de Zibet entrait dans la danse : « Ce que je fais, c'est pour ton bien. Allez, viens réchauffer ton papounet. » Je sautai sur la couchette afin de dévisser le haut-parleur, mais pas moyen de lui couper le sifflet. « Je n'ai pas besoin qu'on me protège ! » hurlai-je, à bout de patience. Zibet se débattait comme une possédée.

Une touffe de coton toute frissonnante s'était nichée au creux d'un lampion. Elle s'embrasa et tomba sur le tapis de feuilles desséchées. L'âcre relent de fumée s'insinuait partout. Il aurait fallu alerter quelqu'un. C'étaient les vacances de Noël. Ils s'étaient tous taillés. L'incendie allait avoir raison de l'Enfer, à moins que ce ne fût le contraire, en l'occurrence. Il fallait absolument alerter quelqu'un. C'était à moi de m'en charger, bien sûr, mais à qui m'adresser ? Il n'y avait personne. Mon père me manquait. Celui-là, je pouvais toujours l'attendre. Avais-je jamais rien fait d'autre ? Il avait casqué, déchargé, et m'avait jetée aux barbares. Du moins était-il différent d'eux. Oui, différent.

Personne à qui parler.

– Que lui as-tu fait ? questionna Arabel. Tu lui as ouvert de drôles d'horizons, je parie. Samouraï ? Dope ? Alcool ?

– Rien, je le jure...

– Elève Octavia, vous êtes consignée.

– Ce ne sont pas des animaux, déclarai-je. Ils leur donnent des petits noms, Mon Poussin adoré, Petite Nana. C'est leur progéniture, tu comprends ? Leur progéniture. Mais les gitons n'ont pas de griffes. Et pas de dents non plus. Ils n'ont jamais couché avec personne.

– Il ne pense qu'à son bien, dit Arabel.

– Tu rigoles ? Il lui a mis la boule à zéro ! Si tu l'avais vue, cramponnée à l'interrupteur comme si c'était sa planche de salut. Elle s'est débattue, mais rien à faire. La pauvre n'a ni bec ni ongles. Elle n'a encore que quinze ans. Vite, il n'y a pas une seconde à perdre.

– D'ici deux mois, on n'en parlera plus, dit Arabel. Si tu veux, je peux t'arranger ça. Rien à craindre question cartel.

Je me retrouvai dans la Galerie des Glaces. Je tambourinai contre la porte de la pionne. Les miroirs me renvoyaient mon reflet. Je reconnus le visage d'Arabel, tendu, angoissé, un visage de désespoir. Il devint rouge, blanc, rouge, un vrai gyrophare : le visage de ma nouvelle compagne de piaule. Big Mother refuserait de me croire. J'en serais quitte pour de nouvelles sanctions. Ou bien elle me ferait virer. Et après ? Quand elle fut devant moi, je restai clouée, impossible de fuir. Il fallait alerter quelqu'un, sans quoi nous allions tous partir en fumée.

– Sainte Mère de Dieu ! murmura-t-elle.

Elle ouvrit les bras. Je m'y précipitai.

Zibet était assise sur mon lit, dans le noir. Je le sus avant même d'ouvrir la porte. Je donnai de la lumière et gardai ma main bandée sur la plaque, pour le cas où j'aurais besoin de me cramponner à quelque chose.

– C'est fini, Zibet. Big Mother va confisquer tous les gitons. L'accès du campus sera interdit aux animaux. Tout va s'arranger.

Elle leva la tête. Ses yeux se fixèrent sur les miens.

– Je le lui ai confié, afin qu'elle le ramène à la maison.

– Comment ?

Je dus avoir l'air idiot.

– Jamais il ne nous fichera la paix. Il est... Alors ma sœur a emporté Petite Nana dans ses bagages.

Ce n'est pas vrai. Je rêve.

– Henra est comme toi, dit Zibet. Une chic fille. Elle est foutue. Ces deux années, elle n'en verra même pas la fin. (Son regard ne vacillait pas.) J'ai encore deux autres sœurs. La plus jeune n'a que dix ans.

– Tu as envoyé le giton à Saint-Gerbier-des-Joncs ? Pour ton *père* ?

– Exactement.

– Il est sans défense. Pas de griffes, rien. Il est à la merci du monde entier.

– Je t'avais bien dit, tu ne connais rien au péché.

Sur ces mots, elle cessa de s'intéresser à moi.

Je n'ai jamais demandé à la pionne ce qu'étaient devenus les gitons confisqués. Dans leur propre intérêt, j'espère qu'une âme charitable leur aura donné le coup de grâce.

Tout enfant, déjà, la fin des contes de fées me laissait insatisfaite. Non par méfiance envers ces dénouements heureux, mais parce que nombre d'entre eux restaient en suspens, sans véritable solution. Le prince, par exemple, allait-il à jamais rester grenouille ? Et la tête de cheval parlante, qui donnait de si bons conseils à la gardeuse d'oies, pouvait-elle rester clouée là pour toujours ? D'autre part, comment imaginer qu'on la décloue pour enterrer l'animal tout vif ?

Et dans La Belle au bois dormant, *le sort des serviteurs, chevaux et cuisiniers projetés malgré eux dans le siècle suivant me laissait tout aussi perplexe.*

LE PÈRE DE LA MARIÉE

Je devrais être heureux, tout le monde me le dit : ma femme, ma fille et ce brave garçon qu'elle vient d'épouser. Le voici donc, ce radieux avenir après lequel nous avons si longtemps soupiré. Trop longtemps, j'en ai peur, et maintenant il est trop tard pour être heureux. Ma femme me plaisante à ce sujet, tâchant de m'arracher à mon humeur chagrine.

– Les routes sont meilleures, à présent, et l'on a bâti un pont sur le gué.

Et moi de répondre :

– Les armées n'en passeront que mieux, pour venir incendier et piller.

Je ne voulais pas le croire, mais les Anglais sont déjà à Crécy, amenant avec eux des armes dont je n'ai jamais entendu parler. Un arc aussi haut qu'un homme et, si je ne me trompe, un *ribaud* qui crache la mort dans un jet de fumée noire.

– Vous n'aimiez pas vous sentir encerclé par les bois, reprend ma femme, ni par les loups.

– Je n'aime pas davantage la ville, et les loups sont toujours là, que je sache. Tous ces marchands et colporteurs...

– ... apportent la cannelle et le poivre pour épicer vos plats.

– Ce qui me donne la colique.

– Et les remèdes pour votre colique, achève-t-elle en souriant pour elle-même.

Elle est occupée à broder une pièce de toile. Les

femmes pratiquent-elles toujours cet art, penchées sur leur ouvrage et tirant de leurs blanches mains leurs délicats petits points ? J'en serais surpris. En ville, la broderie doit se vendre à l'aune à présent. Que n'y peut-on acheter, désormais ? La beauté, je suppose, ou la tranquillité. Je n'en ai pas trouvé trace dans ce nouveau monde.

– Ce manteau est splendide, a déclaré l'insolent tailleur qu'ils m'ont envoyé.

Il a absolument fallu que je me fasse faire un nouveau manteau pour les noces. Et pendant tout l'essayage, le tailleur ne cessait de me corner aux oreilles, sans seulement songer à m'appeler Monseigneur :

– Un manteau magnifique. Broché. Cela vient d'Orient.

– Un peu criard, ai-je observé sans qu'il y prenne garde.

Et comment aurait-il pu m'entendre ? Le moulin à eau tourne jour et nuit, débitant la forêt en maisons, ponts et boutiques. Le monde entier ne sera bientôt plus qu'une ville.

– Ce manteau est trop court ! ai-je hurlé à mon tour.

En effet, il exposait aux regards ce que Dieu n'avait pas voulu qu'un homme décent laissât voir.

– C'est vous qui n'êtes plus à la mode, a répliqué l'autre. Tournez-vous.

Mais le manteau est trop court. J'ai froid tout le temps et m'en plains à ma femme.

– Où sont les domestiques ? Je veux du feu.

Elle me jette un regard hésitant, comme si elle savait que sa réponse ne va pas me plaire.

– Ils sont partis. Nous en avons fait chercher d'autres à la ville.

– Partis ? Et où ça ?

Mais je le sais déjà. A peine réveillés, les cuisiniers ont couru se faire boulangers, les chambellans bourgeois et les pages, soldats.

– J'attraperai la mort dans ce manteau !

– Les colporteurs ont d'excellents remèdes contre les coups de froid, reprend ma femme en me coulant une œillade furtive, dans l'espoir de m'arracher un sourire.

Peine perdue, je fronce les sourcils.

– Décidément, je n'aime pas ce nouveau monde. Tout est trop différent.

– Mais notre fille a un mari, plus un royaume. Et elle n'est pas morte de cette maudite piqûre de fuseau, ce jour-là.

– Non, dis-je en souriant malgré moi, cette fois.

Notre fille est si belle, et si heureuse avec son prince. Elle aurait bien dormi pendant mille ans, pourvu qu'il l'éveillât d'un baiser. Elle croit que la forêt s'est ouverte toute seule devant lui, et ce n'est pas moi qui lui dirai le contraire. Pourtant, ce n'était pas elle qu'il cherchait mais de la bonne terre cultivable, un espace où bâtir sa ville nouvelle, un sol à défricher, exploiter et taxer. Il n'a pas été moins surpris que ses bûcherons en nous découvrant tous endormis. Mais il semble sincèrement épris d'elle et c'est un brave garçon, on ne peut pas le nier. Il est parfaitement à son aise dans ce siècle étrange, comme s'il ne recelait aucune menace pour lui. Peut-être la forêt s'est-elle ouverte devant lui, après tout. Ou peut-être l'a-t-il fait abattre.

Il n'en reste plus qu'une petite partie, vers l'est, et encore est-elle beaucoup moins épaisse qu'autrefois. De mon temps, les églantiers la rendaient presque impénétrable. J'y suis allé un jour, aimant à croire que je cherchais la bonne fée qui avait sauvé ma fille, bien qu'elle n'ait jamais hanté ces parages. Et je me suis retrouvé près de la tour de la vieille fée dont la rancune nous avait valu cette épreuve.

– J'ai une question à vous poser, ai-je crié dans le silence des bois. Pourquoi nous haïssez-vous tant ? Que vous avions-nous fait, pour que vous veniez troubler notre baptême et nous jeter votre malédiction ?

Pas de réponse.

– Avez-vous survécu, vous aussi, pour pouvoir haïr ces temps nouveaux et ma pauvre petite fille ?

Silence.

– Nous haïssez-vous toujours ?

Même silence interminable, comme attentif, où je crus soudain percevoir la rumeur de la ville, un bourdonnement sourd de travaux et de roues. Je m'approchai et vis que la tour avait été abattue, ses pierres grises empilées pour être transportées plus loin. En suivant les ornières, je parvins à une clairière ensoleillée où se tenaient deux moines, dont l'habit m'était inconnu. Ils m'apprirent qu'ils étaient des cisterciens (pourquoi n'y aurait-il pas de nouveaux saints, pour faire bonne mesure ?) et qu'ils réutilisaient les pierres pour bâtir une église.

– N'avez-vous pas peur de la fée qui vivait dans cette tour ? leur ai-je demandé.

– Grand-père, a répliqué l'un d'eux en me frappant sur l'épaule, sachez que les fées n'existent pas. Il n'y a que Dieu et ses anges.

Et je m'en suis retourné, ayant trouvé la réponse à mes questions, finalement. Nous avons survécu à notre vieille ennemie et la seule malédiction qui pèse sur nous est celle du temps. Sort cruel.

– Pour nous, le pire est passé maintenant, fait observer ma femme pour me réconforter.

– Je l'espère, dis-je en regardant par la fenêtre.

Du château, je peux voir la ville, les champs, la mer et ce monde sans forêts, ni loups, ni fées. Un monde qui les a remplacés par je ne sais quelles terreurs.

– Oui, je l'espère.

– Il n'y a plus un seul rouet dans tout le royaume, gémit-elle, au bord des larmes. Même pas en ville. (Elle s'est piquée en brodant et quelques gouttes de sang sont tombées sur la toile.) Je n'ai pas vu tourner la moindre roue.

– Bien sûr que non, dis-je en lui tapotant l'épaule.

De ce côté-là au moins, pas de danger. Quel besoin aurions-nous de rouets quand chaque vaisseau ramène au port velours, soieries et tissus d'or ? Et d'autres cargaisons infiniment moins désirables, sans doute. Soldats anglais venus de l'ouest, alors qu'une sinistre rumeur arrive d'Orient, annonçant le terrible mal noir. Fléau divin, il se rue vers la France en semant la mort sur son passage. La vieille fée n'est peut-être pas morte, après tout, mais simplement tapie dans quelque sombre forêt de l'Est, attendant son heure ?

Je me suis assoupi un instant, et ma femme vient me réveiller. Encore une de ces fêtes ! Je grogne et me retourne sur le côté.

– Vous êtes fatigué, dit-elle avec douceur. Vous devriez remonter vous coucher et dormir.

Si seulement je pouvais !

De toutes les joies que peut donner la lecture, la plus grande est la surprise. Celle de l'instant redoutable où vous apprenez qui a vraiment tué Gatsby, par exemple. Ou, dans Le Crime de l'Orient-Express, *le moment proche du comique où quelqu'un dit :* Ils ne peuvent pas *tous* être coupables ! *A cette seconde précise vous vous dites : « Seigneur !... » et vous revenez en arrière pour essayer de repérer l'endroit où vous êtes tombé dans le piège. Ou quand, instant désopilant, une héroïne de Jane Austen ou de Mary Stewart découvre enfin* qui *elle aime vraiment ; ou lorsque vous comprenez brusquement, ahuri, qui est le méchant ou ce que la femme mystérieuse essayait de vous dire : la surprise est totale.*

Je mourais d'envie de devenir auteur moi-même et d'apprendre les ficelles du métier : tromper, induire en erreur, maquiller des informations, fausser les apparences, semer adroitement des indices, aiguiller le lecteur sur une fausse piste et le ferrer habilement, ligne après ligne, jusqu'à ce qu'il morde à l'hameçon. Et j'ai appris tout cela, avec pour inévitable résultat de me rendre incapable d'éprouver moi-même la moindre surprise. Mais je peux toujours être celle qui la provoque, celle qui force le lecteur à revenir en arrière pour essayer de découvrir l'endroit précis où il est tombé dans le panneau.

UNE LETTRE DES CLEARY

Il y avait une lettre des Cleary, à la poste. Je la glissai dans mon sac à dos avec les magazines de Mme Talbot et sortis pour aller détacher Stitch. Il avait tiré sur sa laisse autant qu'il avait pu et il était assis au coin de la rue, à demi étranglé : il guettait un rouge-gorge.

Stitch n'aboie jamais, même pour un oiseau. Il n'a même pas poussé un cri quand papa lui a recousu la patte. Il est resté tranquillement assis, exactement comme le jour où nous l'avons trouvé sous la véranda, devant la maison : il frissonnait légèrement et tendait la patte à papa, pour qu'il la regarde. Mme Talbot trouve qu'il ne vaut rien comme chien de garde, mais je suis contente qu'il n'aboie pas. Rusty aboyait tout le temps, lui, et voyez où ça l'a mené.

J'ai dû ramener Stitch en arrière pour détendre sa laisse et le détacher et, tout en m'escrimant sur le nœud avec mes ongles, je lui ai dit :

– Signe de printemps, pas vrai, mon vieux ?

Je n'ai pas réussi à défaire le nœud mais par contre, je me suis cassé un ongle, et sans traîner. Bravo ! Maman va encore me demander si je connais quelqu'un d'autre qui soit aussi doué que moi pour ça. Mais c'est vrai que mes mains font peur à voir. Cet hiver, j'ai récolté une bonne centaine de brûlures, à cause de ce fichu poêle à bois. Et toujours au même endroit, juste au-dessus du poignet. Je n'arrête pas de me brûler à la même place, ce qui ne me laisse aucune chance de guérir. Le poêle n'est pas assez grand et, chaque fois que j'essaie d'y mettre une bûche, c'est la même chose : elle est trop longue et le dos de ma main racle l'intérieur du poêle, toujours au même endroit. Tout ça parce que David, mon imbécile de frère, ne veut pas scier le bois à la bonne longueur. Je lui ai demandé je ne sais combien de fois de couper les bûches plus courtes, mais il ne m'écoute même pas.

Alors j'ai demandé à maman de lui dire, mais ça n'a servi à rien : elle ne le critique jamais. A ses yeux, il a toujours raison, tout simplement parce qu'il a trente-deux ans et qu'il est marié.

– Il le fait exprès, maman. Il n'attend qu'une chose, c'est que je me brûle jusqu'à l'os.

– La paranoïa est l'ennemi numéro un des filles de quatorze ans, m'a-t-elle répondu, comme toujours.

Elle me rend enragée quand elle dit ça. Je la tuerais ! Là-dessus, elle a repris :

– Il ne l'a pas fait exprès. Tu n'as qu'à faire plus attention quand tu charges le poêle.

Mais, tout en parlant, elle tenait ma main et examinait la brûlure profonde, comme si c'était une bombe à retardement sur le point d'exploser. J'ai retiré brusquement ma main.

– Il nous faut un poêle plus grand, voilà.

C'est vrai, nous en avons vraiment besoin. Quand le gaz a été coupé, papa a obturé la cheminée et installé un poêle, mais un petit seulement. Maman ne voulait pas qu'il prenne trop de place dans le salon et il ne devait servir que le soir, de toute façon.

Nous n'en aurons pas d'autre, ils sont tous bien trop occupés à travailler à cette stupide serre. Peut-être que le printemps sera précoce, et que ma main aura une petite chance de guérir ? Ça m'étonnerait. L'hiver dernier, la neige a tenu jusqu'à la mi-juin et nous ne sommes qu'en mars. Le rouge-gorge de Stitch risque de se geler la queue, s'il ne se dépêche pas de filer vers le sud. Papa dit que l'hiver dernier était exceptionnel et que, cette année, le temps va se rétablir ; mais il n'en croit rien, sinon pourquoi construirait-il une serre ?

Dès que j'ai eu détendu sa laisse, Stitch a contourné le coin et s'est assis sur son derrière, attendant gentiment que j'aie fini de sucer mon doigt et que je le détache.

– On ferait mieux d'y aller, maintenant, ou maman va piquer une crise.

J'étais censée passer par l'épicerie-bazar pour tâcher de dénicher des graines de tomates mais le soleil était déjà très bas et j'avais une bonne demi-heure de trajet jusqu'à la maison. Si je rentrais après la tombée de la nuit, on m'enverrait au lit sans souper et je n'aurais aucune chance de lire la lettre. D'ailleurs, si je n'allais pas à l'épicerie aujourd'hui, ils seraient bien forcés de m'y renvoyer demain et je n'aurais pas à travailler à cette maudite serre.

Il y a des jours où je voudrais la réduire en miettes. La sciure et la boue ont tout envahi et, une fois, en coupant une feuille de plastique, David l'a laissée tomber sur le poêle : elle a fondu en répandant une puanteur infernale. Eh bien, à part moi, personne ne s'en est aperçu ! Ils étaient tous en train de délirer sur les melons d'eau, le blé et les tomates que nous récolterions l'été suivant.

Je ne vois pas très bien ce qui pourrait changer de l'été dernier, où nous n'avons eu que des pommes de terre et des laitues. Des laitues pas plus hautes que l'ongle cassé de mon petit doigt et des pommes de terre dures comme des billes. Mme Talbot a dit que c'était l'altitude, mais papa a décidé que c'était à cause du temps et de cet affreux granit du pic Dru qui sert de terre cultivable, par ici. Il est allé au rayon librairie, au fond du bazar, il a déniché le *Manuel du bricoleur* et commencé à tout chambouler pour construire une serre. Et maintenant, Mme Talbot est emballée par cette idée, elle aussi.

L'autre jour, je leur ai dit : « La paranoïa est l'ennemi numéro un des gens, à cette altitude ! » Mais ils étaient bien trop occupés à découper leurs plaques et leurs feuilles de plastique pour faire attention à moi.

Stitch trottait devant moi en tirant sur sa laisse et dès que nous avons atteint la grand-route, je l'ai libéré. Il ne se sauve jamais, comme le faisait Rusty, et je ne peux pas l'empêcher d'aller sur la route, de toute façon. Chaque fois que j'ai voulu le tenir en laisse il m'a entraînée au beau milieu de la chaussée et papa m'a fait des histoires à cause des empreintes. Alors je reste sur le bas-côté, là où c'est gelé, et il me suit tranquillement en s'arrêtant à chaque trou qu'il rencontre, pour le renifler. Quand il s'attarde en arrière, je le siffle et il accourt aussitôt.

Je marchais d'un bon pas, n'ayant que mon sweater sur le dos, et il commençait à faire frisquet. En haut de la colline, je me suis arrêtée pour siffler Stitch. Il nous restait près de deux kilomètres à faire et, de là où j'étais, je pouvais voir le pic. Papa a peut-être raison au sujet du printemps. Il n'y avait presque pas de neige sur le Dru et son versant brûlé ne semblait pas aussi noir que l'automne dernier, comme si les arbres allaient repousser, en fin de compte.

L'année dernière à la même époque, le pic était tout blanc. Je m'en souviens parce que papa, David et M. Talbot étaient partis chasser et il a neigé tous les jours, si bien qu'ils n'ont pas pu rentrer de tout un mois. Maman en devenait folle. Elle allait sans arrêt sur la route pour voir s'ils revenaient, même avec un mètre cinquante de poudreuse, et elle laissait des empreintes aussi énormes que l'abominable homme des neiges. Elle emmenait Rusty, en plus, lui qui détestait la neige autant que Stitch a peur du noir, ou presque. Et elle emportait un fusil. Une fois, elle a trébuché sur une branche, elle est tombée dans la neige et s'est foulé la cheville. Le temps d'arriver à la maison, elle était complètement gelée. J'ai failli dire que la paranoïa était l'ennemi numéro un des mères de famille, mais Mme Talbot a trouvé le moyen de mettre son grain de sel. Elle a déclaré que, la prochaine fois, il faudrait que j'accompagne maman, et que c'était toujours ce qui arrivait quand les gens allaient tout seuls où ils voulaient. Comme moi quand je vais à la poste, autrement dit. J'ai répondu que je savais me débrouiller toute seule et maman m'a dit de ne pas être grossière avec Mme Talbot et que c'était Mme Talbot qui avait raison et que la prochaine fois il vaudrait mieux que je l'accompagne. Elle n'a pas voulu attendre que sa cheville soit remise. Elle l'a bandée et, dès le lendemain, nous sommes ressorties.

Elle a fait tout le chemin en boitillant dans la neige, sans desserrer les dents. Elle n'a même pas levé les yeux avant d'être arrivée sur la route. La neige venait juste de cesser de tomber et un semblant d'éclaircie laissait voir le pic à travers les nuages, aussi net qu'une photo en noir et blanc. Ciel gris, arbres noirs, montagne blanche : il était complètement enneigé, on ne voyait même plus l'autoroute. Et dire que nous étions censés grimper là-haut, avec les Cleary !

Une fois à la maison, j'ai fait remarquer :

– Les Cleary ne sont jamais venus, l'autre été.

Debout près du poêle, maman retirait ses moufles en secouant les boulettes de neige glacée.

– En effet, Lynn, ils ne sont pas venus.

La neige de mon manteau s'égouttait sur le poêle en grésillant. J'ai continué :

– Ce n'est pas tout à fait ça que je veux dire. Ils étaient censés venir la première semaine de juin, juste après les examens de Rick. Que s'est-il passé ? Ils ont tout simplement décidé de ne pas venir ou quoi ?

– Je n'en sais rien, a répliqué maman en ôtant son bonnet pour secouer ses cheveux. (Sa frange était trempée.)

– Peut-être ont-ils écrit pour vous avertir qu'ils changeaient leurs projets, a dit Mme Talbot. Peut-être que la lettre s'est perdue.

— C'est sans importance, a répondu maman.

J'ai insisté :

— Ils ont forcément écrit, ou prévenu d'une façon quelconque.

— C'est sans importance, a répété maman, en allant accrocher son manteau sur le fil tendu dans la cuisine.

Et elle n'a plus dit un mot sur ce sujet. Quand papa est rentré, je l'ai questionné sur les Cleary, lui aussi, mais il était trop occupé à raconter leur randonnée pour faire attention à moi.

Stitch n'arrivait pas. Je l'ai encore sifflé, puis je suis retournée en arrière pour voir ce qu'il fabriquait. Il était toujours assis au pied de la colline, le nez au sol, enfoui dans je ne sais trop quoi. J'ai appelé :

— Allez, viens !

Et quand il s'est retourné, j'ai compris pourquoi il ne bougeait pas : il s'était emmêlé les pattes dans un fil électrique tombé à terre. Il avait trouvé le moyen de s'entortiller comme il le fait parfois avec sa laisse, et plus il tirait, plus il s'embrouillait. Il était au beau milieu de la route et moi sur le bas-côté, à me demander comment j'allais le sortir de là sans laisser d'empreintes. En haut de la colline la route était complètement gelée mais là, en bas, la neige fondait toujours et ruisselait à torrents. J'ai posé le bout du pied dans la boue et mon mocassin s'est enfoncé de plus d'un centimètre. Alors j'ai bondi en arrière, effacé l'empreinte avec mes doigts et essuyé ma main sur mon jean. Il fallait que je trouve une solution.

Les traces de pas font le même effet sur papa que les brûlures sur maman, ça le rend parano, mais il y a une chose qu'il supporte encore moins, c'est que je sois dehors après la tombée de la nuit. Si nous n'étions pas rentrés à l'heure, il était capable de m'interdire de retourner à la poste.

Cette fois, Stitch était vraiment sur le point d'aboyer. Il s'était pris le cou dans le câble et commençait à s'étrangler. J'ai capitulé :

– D'accord, mon vieux. J'arrive.

J'ai sauté aussi loin que j'ai pu dans l'une des rigoles et pataugé jusqu'à Stitch, en me retournant de temps en temps pour m'assurer que l'eau effaçait bien mes traces. J'ai désembobiné Stitch comme une pelote de laine et rejeté le câble sur le bord de la route où il est resté à pendouiller à son poteau, prêt à reprendre Stitch au collet à son prochain passage.

– Espèce d'idiot dépêche-toi, maintenant !

J'ai retraversé la route à toute vitesse et escaladé la colline, en clapotant dans mes mocassins trempés. Stitch a parcouru cinq ou six longueurs en courant puis s'est arrêté au pied d'un arbre, comme pour le flairer.

– Allons viens, il va bientôt faire noir, tu m'entends ? *Noir.*

Il est passé devant moi comme une flèche et a dégringolé la colline jusqu'à mi-pente, d'une seule traite. Il a peur du noir. Je sais, c'est plutôt curieux pour un chien, mais il est comme ça. « La paranoïa est l'ennemi numéro un des chiens », ai-je l'habitude de lui dire mais, pour le moment, je ne lui demandais que de se dépêcher. Avant que mes pieds ne commencent à geler. Je me suis remise à courir et nous sommes arrivés ensemble au bas de la pente.

Devant le chemin qui mène chez les Talbot, Stitch s'est arrêté. De là où j'étais, il n'y avait plus qu'une centaine de mètres jusqu'à notre maison, derrière la colline. Elle est tout au fond d'une sorte de puits cerné de hauteurs, bien enfouie, bien cachée, insoupçonnable. On ne voit même pas la fumée de notre poêle, par-dessus la colline des Talbot. Le raccourci qui coupe leur terrain conduit droit à notre porte de derrière, à travers bois, mais je ne le prends plus jamais.

– Voilà la nuit Stitch ! ai-je lancé d'un ton brusque.

Et je me suis mise à courir, Stitch sur mes talons. Le temps de regagner notre chemin, le Pic avait viré au rose. Et Stitch a bien levé la patte une centaine de fois sur le tronc du sapin avant que je réussisse à le ramener et à l'entraîner de l'autre côté, dans la boue du chemin. Il est vraiment énorme, cet arbre. Papa et David l'ont abattu l'été dernier, en s'arrangeant pour qu'il ait l'air d'être tombé tout seul en travers de la route. Il dissimule parfaitement le départ du chemin mais le tronc est plein d'échardes et comme d'habitude, je me suis écorché les mains, toujours à la même place. Charmant.

J'ai vérifié que nous n'avions pas laissé de traces (excepté celles que Stitch laisse inévitablement et qu'un autre chien découvrirait en une minute. C'est sans doute comme ça qu'il a atterri à notre porte : il a flairé Rusty) et j'ai couru m'abriter derrière la colline, aussi vite que j'ai pu. Stitch n'est pas le seul à se sentir nerveux à la tombée de la nuit, et je commençais à avoir mal aux pieds. Stitch était vraiment parano ce soir-là. Il n'a même pas couru en avant quand la maison a été en vue. David était encore dehors, en train de rentrer du bois. Du premier coup d'œil, j'ai vu qu'il n'était pas à la bonne longueur.

– Je parie que tu as encore pris le raccourci, a attaqué David. Tu as trouvé les graines de tomates ?

– Non, mais j'ai quelque chose pour vous. Pour tout le monde.

Sur ce, je suis rentrée. Papa déroulait une feuille de plastique sur le plancher, aidé par Mme Talbot qui tenait l'un des bords. Maman portait la table de jeu encore pliée, attendant qu'ils aient fini pour l'installer devant le poêle et mettre le couvert du dîner. Personne n'a jeté le moindre coup d'œil de mon côté. Je me suis débarrassée de mon sac à dos et j'ai sorti les magazines et la lettre.

– Il y avait du courrier à la poste, au fait. Une lettre des Cleary.

Cette fois, tout le monde a levé les yeux.

– Où l'as-tu trouvée ? a demandé papa.

– Par terre, avec un tas de vieux courrier en vrac. Je cherchais un magazine pour Mme Talbot.

Maman a posé la table contre le canapé et s'est assise. Mme Talbot avait l'air complètement dépassée. J'ai ajouté :

– Les Cleary étaient nos meilleurs amis, en Illinois. Ils étaient censés venir nous voir, l'avant-dernier été : on devait faire une excursion au Dru, et tout ça.

David a claqué la porte. Il a regardé maman, plantée sur son canapé, puis papa et Mme Talbot qui tenaient toujours leur feuille de plastique. On aurait dit un couple de statues.

– Eh bien, qu'est-ce qui ne va pas ?

– Lynn a trouvé une lettre des Cleary, paraît-il. Aujourd'hui.

David a laissé dégringoler ses bûches devant le poêle et l'une d'elles a roulé sur le tapis, jusqu'aux pieds de maman. Personne ne s'est baissé pour la ramasser. J'ai demandé :

– Vous voulez que je la lise tout haut ?

Je regardais Mme Talbot, j'avais toujours son magazine à la main. J'ai ouvert l'enveloppe, déplié la lettre et commencé à lire.

Chère Janice, Todd et vous tous,

Comment vont les choses dans les radieuses contrées de l'Ouest ? Nous mourons d'envie de venir vous rendre visite, même s'il nous faut attendre un peu plus longtemps que nous ne l'aurions souhaité. Comment vont Carla, David et le bébé ? Je brûle d'impatience de le voir. Est-ce qu'il marche déjà ? Je parie que mamie Janice éclate d'orgueil à en faire craquer ses pantalons, si j'ose dire. Mais sans doute avez-vous adopté les coutumes de l'Ouest et troqué le pantalon contre le jean haute couture ?

David était debout près de la cheminée. Il s'est accoudé au manteau, la tête enfouie entre les bras.

Je suis désolée de n'avoir pas écrit plus tôt mais nous avons été très occupés avec les examens de Rick et je pensais arriver au Colorado avant cette lettre, de toute façon. Seulement voilà, il y a un léger changement de programme : Rick a décidé de s'engager ! Richard et moi avons tenté par tous les moyens de l'en dissuader mais cela n'a fait qu'aggraver les choses, j'en ai peur. Nous n'avons même pas pu obtenir qu'il vienne d'abord au Colorado avec nous, comme prévu. Il dit que nous passerions notre temps à essayer de le faire changer d'idée et il n'a sans doute pas tort, mais je me fais vraiment du souci pour lui. L'armée, vous vous rendez compte ! Il trouve que je me tracasse trop, ce qui est probablement vrai aussi, mais s'il y avait une guerre ?

Maman s'est penchée pour ramasser la bûche que David avait laissée tomber et l'a posée à côté d'elle, sur le canapé.

Si tout va bien pour vous là-bas, dans votre Ouest enchanteur, nous attendrons que Rick ait fait ses classes, soit jusqu'à la première semaine de juillet, et nous prendrons la route. Si ça vous va, écrivez-nous vite, s'il vous plaît. Je suis désolée de bouleverser vos plans comme ça, à la dernière minute, mais, d'un autre côté, cela vous laisse un bon mois de plus pour vous préparer à l'escalade du Dru. Je ne sais pas ce que vous en pensez mais, en ce qui me concerne, ce ne sera pas du luxe !

Mme Talbot a lâché le bord de la feuille de plastique. Elle n'a pas atterri sur le poêle, cette fois-ci, mais tout juste : elle commençait à onduler sous l'effet de la chaleur. Papa s'est contenté de la regarder, sans esquisser le moindre geste pour la ramasser.

Et comment vont les filles ? Sonia pousse comme de la mauvaise herbe. Cette année, elle ne jure que par la course à pied et ramène à la maison des tonnes de médailles et de chaussettes sales. Et si vous voyiez ses genoux ! J'ai failli la conduire chez le médecin. Elle dit qu'elle s'écorche en sautant les haies et son entraîneur affirme qu'il n'y a pas de quoi s'inquiéter, mais ça me tracasse tout de même. C'est à croire qu'ils ne guériront jamais. Avez-vous le même genre de problèmes avec Lynn et Mélissa ?

Je sais, je sais, je m'en fais toujours trop. Sonia va très bien, Rick aussi et je ne vois pas quelle catastrophe pourrait bien nous tomber dessus d'ici la première semaine de juillet, et nous empêcher d'aller vous voir. A bientôt donc, affection.

Les Cleary

P.-S. Quelqu'un est-il déjà tombé du haut du Dru ?

Tout le monde se taisait. J'ai plié la lettre et l'ai remise dans l'enveloppe.

– J'aurais dû leur écrire, a dit maman, leur demander de venir tout de suite. Au moins, ils auraient été avec nous.

– Et peut-être même sur le Dru, justement ce jour-là, et nous serions tous partis en fumée avec ! a lancé David en relevant la tête. (Il a eu un drôle de petit rire éraillé, qui s'est étouffé dans sa gorge.) Nous devrions être bien contents qu'ils ne soient pas venus.

– Bien contents ? a répété maman en s'essuyant les mains sur son jean. Je suppose que nous devrions aussi être contents que Carla ait emmené Mélissa et le bébé à Colorado Springs ce jour-là, cela fait toujours moins de bouches à nourrir ! (Elle frottait son jean avec une rage maniaque, comme si elle cherchait à y faire un trou.) Oui, je suppose que nous devrions être contents que les pillards n'aient pas tué Mme Talbot !

– Non, a dit papa, mais nous devrions être contents qu'ils n'aient pas tué tout le monde. Nous devrions être contents qu'ils n'aient emporté que les conserves, et pas les graines. Nous devrions être contents que l'incendie ne se soit pas étendu jusqu'ici. Nous devrions être contents...

– De recevoir encore du courrier ? a demandé David. Devrions-nous nous réjouir de ça aussi, papa ?

Et il est sorti en tirant la porte sur lui.

– J'aurais dû leur écrire en voyant qu'ils ne donnaient pas de nouvelles, a repris maman. Ou au moins téléphoner, chercher à les joindre.

Papa regardait toujours la feuille de plastique, inutilisable maintenant. Je lui ai tendu la lettre.

– Tu veux la garder ou quoi ?

Il l'a roulée en boule, fourrée dans le poêle et a claqué la porte, sans se faire la moindre brûlure.

– Je crois qu'elle a atteint son but, maintenant, Lynn. Viens m'aider à la serre.

Dehors, il faisait noir comme dans un four et nettement plus froid. Mes mocassins commençaient à se transformer en glaçons. Papa tenait la lanterne et tendait le plastique sur les lattes de bois. Moi je le fixais, en plantant une agrafe dans le châssis tous les cinq centimètres et une sur deux dans mon doigt. Quand le premier châssis a été tendu, j'ai demandé à papa la permission de rentrer pour aller mettre mes bottes. Il n'a pas eu l'air de m'entendre.

– Tu as ramené les graines de tomates au moins ? Ou étais-tu trop occupée à chercher la lettre ?

– Je ne l'ai pas cherchée, je l'ai trouvée. Je pensais que ça vous ferait plaisir d'avoir une lettre et de savoir ce qu'étaient devenus les Cleary.

Il tendait le plastique sur le deuxième châssis, en tirant si fort que la feuille commençait à onduler.

– Nous le savions déjà.

Il m'a tendu la lanterne et repris l'agrafeuse.

– Tu veux vraiment que je te le dise ? Tu veux que je te raconte ce qui leur est arrivé, exactement ? Très bien. J'aime mieux croire qu'ils se trouvaient assez près de Chicago pour avoir été pulvérisés par l'explosion. Ce serait tant mieux pour eux, parce qu'ils ont été carbonisés dans l'incendie ou sont morts des suites de leurs brûlures, ou encore irradiés ou tués par un pillard quelconque.

– Ou par leur propre famille.

– Ou par leur propre famille.

Il a plaqué l'agrafeuse sur le cadre et appuyé sur la détente, avant d'ajouter :

– J'ai mon idée sur ce qui s'est passé l'autre été. (Il a déplacé la main et logé une autre agrafe dans le bois.) Je ne crois pas que les Russes aient commencé, les Etats-Unis non plus, d'ailleurs. Je pense que ça a dû être un de ces groupuscules terroristes, ou un individu isolé, si ça se trouve. J'imagine qu'ils n'avaient pas la moindre idée de ce qui arriverait quand ils lâcheraient leur bombe. Ils devaient être tellement écœurés, furieux et effrayés par la façon dont les choses tournaient, qu'ils ont voulu réagir et y mettre fin. Avec une bombe.

Il a achevé de fixer le côté commencé et s'est relevé pour aller agrafer l'autre.

– Que penses-tu de ma théorie, Lynn ?

– Je te l'ai dit, j'ai trouvé la lettre en cherchant un magazine pour Mme Talbot.

Il s'est retourné et a pointé l'agrafeuse vers moi.

– Mais quelles que soient leurs motivations, ils ont fait sauter toute la planète et ça leur retombe sur le nez. Qu'ils l'aient voulu ou pas, il leur faut supporter les conséquences de leur geste, et vivre avec.

– S'ils vivent. Si personne ne leur a réglé leur compte.

– Je ne peux plus te laisser aller à la poste, maintenant. C'est trop dangereux.

– Et les magazines de Mme Talbot, alors ?

– Va surveiller ton feu.

Je suis rentrée à la maison. David était revenu et avait repris sa place près du poêle, tourné vers le mur. Maman avait dressé la table de jeu et installé les chaises pliantes devant la cheminée, Mme Talbot était dans la cuisine. Elle coupait des pommes de terre mais, à l'entendre pleurer, on aurait juré que c'étaient des oignons.

Le feu était presque mort. J'ai enfourné quelques pages de magazine froissées pour le ranimer et une magnifique flamme bleu et vert a jailli en vacillant. J'ai jeté quelques pommes de pin et du petit bois sur le papier enflammé, mais l'une des pommes de pin a roulé sur le côté et s'est enterrée dans la cendre. Et en voulant la rattraper, je me suis heurté la main à la porte du poêle.

Toujours à la même place, bravo. La nouvelle ampoule va décoller la croûte, et on repart de zéro. Et comme par hasard, maman était plantée là, avec sa marmite pleine de soupe aux patates. Elle l'a posée sur le poêle et a saisi ma main comme si c'était une pièce à conviction, mais sans rien dire. Elle se contentait de la tenir en clignant des yeux.

– Je me suis brûlée, maman. Juste brûlée.

Elle a effleuré les bords de l'ancienne croûte et on aurait dit qu'elle craignait d'attraper un virus. J'ai retiré brusquement ma main et bourré le poêle de ces satanées bûches.

– C'est une brûlure, ai-je crié, rien à voir avec les radiations ! Une brûlure.

Elle n'a quand même pas eu l'air d'entendre.

– Lynn, sais-tu où est ton père ?

– Derrière la maison, en train de construire sa maudite serre !

– Non, il est parti. Il a emmené Stitch.

– Sûrement pas, Stitch a peur du noir.

Pas de réponse. J'ai insisté :

– Tu as vu comme il fait noir dehors ?

Maman est allée regarder par la fenêtre.

– Oui, j'ai vu comme il fait noir.

Ma parka était accrochée près du poêle. Je l'ai décrochée et j'ai bondi vers la porte, mais David m'a agrippé le bras.

– Où diable crois-tu aller, comme ça ?

Je me suis dégagée d'une secousse.

– Chercher Stitch, il a peur du noir.
– Il fait trop sombre, tu vas te perdre.
– Et après ? Ce n'est pas plus dangereux que de rester ici à tourner en rond !
Et vlan ! Je lui ai claqué la porte sur la main. Je n'étais pas à mi-chemin de la pile de bois qu'il m'avait remis la main dessus, mais l'autre, cette fois. J'aurais dû m'arranger pour écraser les deux.
– Lâche-moi, je m'en vais. Je vais chercher d'autres gens et habiter chez eux.
– Inutile, il n'y a personne. Pour l'amour du ciel, Lynn ! Nous avons été jusqu'à South Park, l'hiver dernier. Nous n'avons vu personne, même pas ces fameux rôdeurs. Et si tu te trouvais nez à nez avec eux, ceux qui ont tué M. Talbot ?
– Et après ? Le pire qu'ils puissent me faire c'est de me tirer dessus, non ? Ça m'est déjà arrivé !
– Tu te conduis comme une idiote, est-ce que tu t'en rends compte ? Rentrer après la tombée de la nuit en brandissant ta stupide lettre... Comme choc, il n'y a pas mieux ! Pourquoi ne pas t'annoncer à coups de fusil, pendant que tu y étais ?
– Des coups de fusil, tu dis ? (Il m'avait fait si peur que j'en aurais pleuré.) Parlons-en ! Qui est-ce qui a reçu des coups de fusil, l'été dernier ?
– Tu n'avais rien à faire dans ce raccourci, papa t'avait défendu de le prendre.
– Etait-ce une raison pour me tirer dessus ? Etait-ce une raison pour tuer Rusty ?
David me serrait le bras comme s'il cherchait à le casser en deux.
– Les pillards avaient un chien, nous avons trouvé des traces autour de M. Talbot. Quand tu as pris le raccourci et que nous avons entendu aboyer Rusty, nous avons cru que c'étaient eux. (Il m'a regardée bien en face.) Maman a raison, la paranoïa est notre plus mortel ennemi. Nous étions tous un peu mabouls l'été dernier et nous le sommes toujours, j'en ai peur. Et voilà que tu nous amènes cette lettre, comme pour

rappeler à tout le monde ce qui s'est passé et qui nous avons perdu...

Il m'a lâchée et a fixé sa main, sans paraître se douter une seconde qu'il avait failli me casser le bras.

– Mais je vous l'ai dit, je l'ai trouvée en cherchant un magazine ! Je pensais que vous seriez contents.

– Mais oui, j'en suis sûr.

Il est rentré et je suis restée un bon moment dehors, pour attendre papa et Stitch. Quand je suis rentrée à mon tour, personne n'a regardé de mon côté. Maman était toujours debout devant la fenêtre et je voyais une étoile juste au-dessus de sa tête. Mme Talbot avait fini de pleurer, elle mettait la table. Maman a servi la soupe et tout le monde s'est assis. Pendant que nous mangions, papa a fait son entrée. Il ramenait Stitch, et tous les magazines.

– Désolé, Mme Talbot. Si vous voulez, je les cacherai sous la maison et vous pourrez envoyer Lynn vous les chercher, un à la fois.

– C'est sans importance, maintenant. Ils ne me disent plus rien.

Papa a déposé les magazines sur le canapé et s'est mis à table. Maman lui a versé un bol de soupe, et il a annoncé :

– J'ai ramené les semences. Les graines de tomates étaient trempées, mais le maïs et les courges, ça allait. (Il s'est tourné vers moi.) J'ai dû condamner le bureau de poste, Lynn, je pense que tu comprends pourquoi ? Je ne peux plus te laisser y aller, c'est beaucoup trop dangereux.

– Mais puisque je t'ai dit que je l'avais trouvée, cette lettre ! En cherchant un magazine.

– Le feu s'éteint, a répondu papa.

Quand ils ont tué Rusty, je n'ai plus eu le droit d'aller nulle part pendant un mois, tellement ils avaient peur de me tirer dessus par erreur, même quand je leur ai promis de faire toujours le grand détour pour rentrer. Puis Stitch a fait son apparition, rien de fâcheux ne s'est produit et ils m'ont à nouveau laissée sortir. Je suis sortie tous les jours jusqu'à la fin de l'été et, après ça, seulement quand j'avais la permission. J'ai dû fouiller chaque pile de courrier au moins cent fois de suite avant de trouver la lettre des Cleary, et Mme Talbot avait raison. Elle était bien dans la boîte de quelqu'un d'autre, cette lettre.

Personne ne sait ce que la femme au foyer peut bien faire de ses journées, et personne ne tient à le savoir, d'ailleurs. Ce qui la rapproche singulièrement de miss Marple, dont tout le monde était enclin à sous-estimer les talents. Elle y gagne une certaine liberté et même un certain pouvoir, qui en font l'héroïne idéale.

J'ai souvent pris cette femme au foyer pour héroïne de mes histoires, et elle apparaît ici dans son rôle de jeune mère, rôle assez lourd à porter. En effet, s'il se passe quelque chose d'intéressant, elle a toutes les chances de le manquer, occupée qu'elle est à moucher un nez qui coule ou à lacer des bottines. En revanche, tandis qu'elle pousse une balançoire ou attend qu'on ait fini un coca, elle a largement le temps de réfléchir. Et, parfois, tandis qu'elle accompagne quelqu'un aux toilettes, il arrive qu'elle voie ce qui a échappé à tout le monde.

CAR CERTAINS SONT VENUS DE LOIN

Laynie avait besoin d'aller aux lavabos, pour changer. Fendant la foule, Meg lui fit traverser la salle du café pour gagner la porte au fond. Aux toilettes, même affluence. Il leur fallut attendre leur tour. Sur le mur, au-dessus du téléphone, une inscription au marqueur indélébile proclamait : *L'Eclipse ou le Bide.* Grossièrement tracé, un soleil aux rayons inégaux complétait le slogan. Au-dessous, quelqu'un avait griffonné au crayon : *Espérons qu'il fera beau, je me suis tapé tout le chemin depuis Houston.*

Quand Meg regagna sa table, remorquant la fillette, Rich et Paulos avaient disparu. Elle commanda un autre coca pour Laynie et contempla le paysage par la fenêtre, en se demandant combien de temps il fallait pour gaver de sucre un enfant de deux ans. Mais, aux grands maux les grands remèdes, et mille kilomètres en voiture avec Laynie étaient une véritable calamité. Avec Paulos, le collègue de Rich, comme passager, pas question de laisser la fillette se livrer à ses fantaisies habituelles. Comme de se suspendre au dos de leur siège, par exemple, pour leur crier : « Vache ! » dans les oreilles à intervalles réguliers, ou leur coller son chewing-gum dans le dos. Cette fois-ci, Meg avait partagé le siège arrière avec Laynie et un monceau de livres d'images et de vêtements de poupée, fourrant un caramel dans la bouche de sa fille chaque fois qu'elle demandait : « L'est encore loin, Tana ? »

Et maintenant qu'on y était, au Montana, les hommes avaient disparu, Dieu sait où. Sans doute à la chambre de commerce, une fois de plus, pour poser d'autres questions absconses sur les temps de pause et les filtres solaires. Ils y étaient déjà allés une fois et Meg avait attendu dehors, piétinant dans la gadoue, pendant que Laynie tournait sans se lasser autour du missile de l'armée de l'air en hurlant comme un Indien sur le sentier de la guerre. Personne n'avait fait attention à elle, d'ailleurs. Les gens avaient formé de petits groupes pour lire les brochures qu'on distribuait gratuitement, et commenter sans fin l'apparition d'une infime traînée de nuages, au sud-ouest.

On retrouvait les mêmes petits groupes dans les rues, où les autochtones étaient facilement repérables : c'étaient les seuls qui ne scrutaient pas le ciel avec angoisse. C'étaient aussi les seuls à ne pas arborer les tee-shirts agressifs où l'inscription : *Eclipse 79* s'étalait en couleurs psychédéliques, orange et citron.

Aucun doute, les quatre hommes qui descendaient la rue sur le trottoir d'en face n'étaient pas du coin, eux. Ils parlaient tous à la fois et gesticulaient en montrant le ciel. « Des savants, estima Meg, espèce facile à identifier : leurs pantalons sont toujours trop courts. » Ces quatre-là étaient sortis du même moule : pantalons noirs trop courts, chemise à manches courtes, la poche bordée de barrettes de stylos et bourrée de crayons, sans oublier la calculette. Cheveux blonds également courts et lunettes à monture noire. Quatre gros bonnets dans leurs universités respectives, département des sciences, bien entendu. Le *Scientificus americanus* dans toute sa splendeur. A en juger d'après leurs gestes, ils parlaient du temps, et manifestement pour le maudire. Meg se demandait d'ailleurs bien pourquoi car, à sa connaissance, le ciel était parfaitement dégagé. Par contre, ils semblaient totalement inconscients de la température – moins six au thermomètre – et très à l'aise en manches de chemise. L'un d'eux portait même une marinière orange à grandes fleurs, comme s'il se croyait à Hawaii. Meg en aurait volontiers conclu qu'ils s'étaient trompé d'endroit, si le pardessus de Rich n'était pas resté accroché derrière la porte de la penderie.

Les hommes réapparurent. Rich avait acheté un tee-shirt pour Laynie, qu'elle refusa de mettre.

– Je crois que je devrais la ramener au motel pour faire une petite sieste, déclara Meg. Elle n'en peut plus.

Richard l'approuva.

– Tu n'aurais pas du sparadrap, par hasard ? J'ai entendu dire en ville qu'on voyait beaucoup mieux la couronne solaire avec un cache-œil.

– Il doit bien y avoir un drugstore d'ouvert, suggéra Paulos. Les séminaires débutent à deux heures et demie, on trouvera sûrement un drugstore.

– Et si on te retrouvait à la conférence ? proposa Rich.

Il tendit la clef de la chambre à Meg, puis la reprit : il s'était souvenu de son pardessus, pour une fois. Meg introduisit Laynie dans sa combinaison fourrée, paya la note et ramena la fillette au motel.

Sur le parking, deux adolescents aux cheveux carotte étaient en train d'installer un luxueux télescope. Un panneau lumineux clignotait au grand soleil de l'après-midi, annonçant : *Complet.* Laynie dormant déjà sur son épaule, Meg s'arrêta pour admirer le télescope. Les gamins avaient l'accent de l'Arizona.

– Tu te rends compte de la veine qu'on a ? s'exclama l'un d'eux. Non mais est-ce que tu te rends compte ?

Meg mit la main en visière et lorgna les nuages, au sud-ouest. Ils semblaient vouloir se dissiper.

– Je crois qu'on est partis pour avoir du beau temps, observa-t-elle.

Le garçon prit un petit ton supérieur qui, elle en aurait juré, ne correspondait pas à ses sentiments, surtout s'il venait de l'Arizona.

– Je ne parlais pas du temps ! Je voulais dire... si on habitait Jupiter, on n'aurait jamais pu voir ça.

– Non, sourit Meg. Certainement pas.

– Vous voyez, le Soleil est exactement quatre cents fois plus gros que la Lune et exactement quatre cents fois plus loin. Ils coïncident pile ! Et ça, ça n'arrive probablement nulle part ailleurs dans tout l'univers !

Il vociférait presque, et Laynie s'agita sur l'épaule de Meg. Elle avait les joues rouges, signe certain qu'elle tombait de fatigue. Avec un sourire aux garçons, Meg emmena l'enfant dans leur chambre. Elle retourna le couvre-lit de chenille rouge, étendit Laynie sur les couvertures, puis envoya promener ses chaussures et s'allongea à côté d'elle.

Les garçons étaient toujours dehors quand elle s'éveilla : ils expliquaient bruyamment à la propriétaire quelle chance elle avait de ne pas habiter Vénus, ce dont elle devait déjà se douter. Il y avait gros à parier qu'elle n'affichait pas souvent complet en février, surtout à trente-cinq dollars la chambre.

Une longue marque pointillée marbrait la joue de Meg, là où elle avait dormi sur le couvre-lit replié. Elle se coiffa, enfila un sweater et s'assit sur le lit, près de Laynie. Il était à peine plus de deux heures, et le séminaire était censé commencer à deux heures et demie, avec un film à trois heures. Inutile d'espérer que Laynie tienne le coup jusque-là : autant la laisser dormir.

De sa place, la fillette la dévisageait fixement, les yeux grands ouverts.

– Tana ? fit-elle d'une voix ensommeillée.

– Oui, rendors-toi.

Laynie s'assit.

– Clipse ? interrogea-t-elle, avant de ramper à bas du lit.

– Pas encore. Tu veux faire un petit tour de balançoire ? Alors viens, que je te chausse.

Les rouquins n'étaient plus sur le parking, ils devaient assister à la conférence. La propriétaire indiqua à Meg où trouver un parc, deux pâtés de maisons plus loin, après la Grand-Rue. Meg marchait lentement, laissant Laynie s'attarder dans les flaques et fourrager dans les tas de neige sale avec un bâton trouvé en route. Elle aperçut à nouveau les quatre savants et constata avec soulagement qu'ils ne couraient plus les rues sans rien sur le dos. Ils portaient tous des parkas et arboraient un bel assortiment de chapeaux, parmi lesquels un énorme Stetson et un bonnet de chasse à oreillettes, en laine rouge. « Camouflage », se dit Meg. Maintenant, ils étaient comme tout le monde, ce qui n'avait d'ailleurs pas la moindre importance. Même s'ils s'étaient promenés en costumes de clown, personne n'aurait rien remarqué. Les natifs du pays ne s'intéressaient qu'à votre portefeuille et les autres ne regardaient que le ciel.

Ils discutaient toujours du temps, avec une ardeur qui touchait à la frénésie, jugea Meg, bien qu'elle ne comprît rien à leurs propos. On aurait dit une langue étrangère, mais rien n'était moins sûr : les palabres entre savants lui faisaient toujours un peu cet effet-là.

Il n'y avait personne dans le parc. Meg essuya une balançoire avec le bas de son manteau, y installa Laynie et lui imprima un lent mouvement de va-et-vient. Elle fit un tour complet du parc en évitant les flaques, tout étonnée de découvrir qu'une ville aussi insignifiante – un vrai trou – était pourvue de deux missiles. Celui-là n'avait rien à voir avec l'engin effilé, peint en bleu, blanc, rouge, qui trônait devant la chambre de commerce. Il était court, trapu et d'une indéfinissable couleur délavée, tirant sur le kaki. Surplus de l'armée, probablement. Aucun insigne ne permettait de l'identifier mais, sur les côtés, on distinguait de longues marques en dents de scie qui semblaient gribouillées au charbon. « Des graffiti », estima Meg, et elle s'approcha davantage.

Ce n'étaient pas des graffiti, à moins qu'on ne les ait tracés au chalumeau : cette longue rangée d'entailles avait été creusée au feu. De longueur légèrement inégale, elles répondaient assez bien à l'idée que Laynie se faisait de l'écriture. La ligne s'achevait par un cercle, d'où rayonnaient d'autres entailles. Meg se demanda où elle l'avait déjà vu.

– Roquette, énonça Laynie.

– Non, ma chérie, c'est un missile.

Mais cela ressemblait bel et bien à une roquette.

– Roquette, répéta Laynie, debout derrière sa mère.

Et au beau milieu d'une flaque : Meg ne voyait plus ses chaussures.

– Oh, Laynie ! Tes meilleures chaussures !

Elle arracha l'enfant à son bourbier, déclenchant une vraie sirène d'alarme.

– Sussures... mou-ées !

Meg prit sa fille dans ses bras.

– Allons, ma chérie, on va rentrer et mettre tes après-skis, d'accord ? Tes jolis après-skis rouges.

– Mouées, s'obstina Laynie, en reniflant cette fois.

– Je sais, on va faire comme si on était des roquettes, proposa Meg, apaisante. (Le chemin du retour s'annonçait plutôt long !) Alors, où est-ce qu'on irait ?

– Tana.

– Au Montana ? (Meg riait, maintenant.) Et pourquoi ?

– Clipse, fit Laynie, solennelle.

Meg s'arrêta au beau milieu de la route et se retourna vers le parc.

Le temps de changer les chaussettes de Laynie et de lui enfiler ses après-skis rouges, il était presque trois heures et demie. Autrement dit, la conférence était finie et le film commencé. Laynie était insatiable en matière de films, quel que soit le sujet, aussi Meg décida-t-elle d'aller au rendez-vous. On pouvait toujours essayer. Dieu merci, c'était vraiment une petite ville : le lycée n'était qu'à deux rues du parc, sur une hauteur. La chambre de commerce recommandait ce point de vue comme le meilleur pour assister à l'événement du lendemain.

Meg s'était trompée au sujet du film : les gens n'en finissaient pas de poser des questions. Elle repéra Rich et Paulos vers le centre de l'amphithéâtre, au milieu d'une rangée. Renonçant à les rejoindre, elle alla s'asseoir presque tout au fond, sur l'un des rares sièges vides. Puis elle débarrassa Laynie de sa combinaison et lui tendit un paquet de chewing-gums.

– Clipse ? interrogea la fillette.

– Pas encore, mais il va y avoir un film. Bientôt.

Du moins, il fallait l'espérer ! D'après les questions posées, Meg essaya de deviner si l'on avait fait le tour du sujet, mais impossible de rien conclure. Des mots comme : raies d'absorption, filtres solarisants, hélioscopes et grains de riz étaient de l'hébreu pour elle. A voir l'expression du conférencier, on était enclin à penser que la plupart des questions avaient déjà été posées. Un professeur, semblait-il (il ne savait pas tenir son micro) et, plus probablement, un scientifique. Il avait cinq crayons et une calculatrice dans sa poche de chemise et ses pantalons effleuraient à peine le haut de ses chaussettes.

Meg se demanda distraitement où pouvaient bien être ses quatre savants. Elle ne les vit pas dans la foule, bien qu'elle y repérât plusieurs Stetson et un bonnet rouge vif. Et un million de parkas, à croire que le fabricant subventionnait l'éclipse. Debout sur son siège, Laynie offrait des chewing-gums au couple âgé qui était assis derrière elle.

Finalement, le professeur de sciences interrompit l'un des deux rouquins au beau milieu d'une question et commença la projection. Le film, une production de l'Institut national de géographie, montrait une éclipse sur un océan quelconque. Le professeur qui la commentait ressemblait comme deux gouttes d'eau au quatrième savant de Meg, y compris la chemise hawaiienne à fleurs orange. Il disserta pendant un quart d'heure sur le mécanisme des éclipses tandis que Laynie, fascinée, en oubliait son chewing-gum.

Les éclipses de Soleil sont dues à une coïncidence unique dans le système solaire et, pour autant que nous le sachions, dans notre environnement galactique. En effet, le diamètre de la Lune étant de trois mille quatre cent quatre-vingts kilomètres, si nous considérons un point O, distant de cinq fois le diamètre solaire, c'est-à-dire...

Et le voilà reparti dans ses calculs, saupoudrant le tableau de craie et d'équations. Laynie l'adorait. L'important, finit par comprendre Meg, ce n'était pas qu'une éclipse se produise, tous les corps célestes étant destinés à se croiser tôt ou tard, celui qui passait devant empêchant de voir l'autre. La coïncidence miraculeuse était que, le soleil et la lune ayant le même diamètre apparent, une éclipse totale permettait d'observer la couronne, les protubérances et autres merveilles, au lieu de se retrouver dans le noir complet. Et c'était pour voir ça que tant de monde était accouru de si loin.

Laynie avait besoin d'aller aux lavabos. Meg la remorqua le long d'un vestiaire tapissé d'armoires et faillit se heurter à ses quatre savants. Ils la frôlèrent au passage, avant de disparaître par une porte latérale donnant sur les courts de tennis. Lesquels étaient recouverts de neige sale, mais offraient une vue imprenable du ciel.

Cette fois, Meg put voir de ses yeux ce qui avait provoqué leurs discussions acharnées. Le ciel était toujours clair, à part quelques légers cirrus au-dessus du soleil déclinant, et cette menaçante traînée nuageuse s'était dissipée. Mais un halo de brume se formait à l'ouest, qui menaçait de s'épaissir, estima Meg. Et de s'étendre. Le temps pouvait très bien se couvrir avant la nuit. Mais alors, pourquoi les quatre hommes semblaient-ils si peu inquiets ?

En fait, ils ne semblaient pas inquiets du tout. « La question a l'air pratiquement résolue », jugea Meg en les observant par la porte vitrée. Leurs traits exprimaient un accord imminent et leurs gestes s'apaisaient graduellement. A vrai dire, ils paraissaient plutôt contents d'eux, comme Rich et Paulos quand ils avaient éclairci un point épineux et fonçaient allégrement vers la solution du problème. Et Meg se demanda quelles seraient les prévisions météorologiques pour le lendemain. « Je ne veux pas le savoir, se dit-elle contre toute logique, je le sais déjà. » Pendant quelques instants encore, elle observa les quatre hommes à travers la vitre, puis alla rechercher Laynie aux lavabos.

Le débat reprit après le film et se prolongea pendant près d'une heure, durant laquelle Laynie vint à bout de deux paquets de chewing-gums et d'un sachet de caramels, offert par ses deux vieux amis. « Des saints », décida Meg. Des saints descendus tout exprès du ciel pour aider les jeunes mères pendant les éclipses. Si toutefois le ciel n'était pas trop loin pour ça, rêva-t-elle, tandis que l'homme au micro décrivait comment fabriquer une visionneuse avec une boîte à chaussures. (Un trou d'épingle suffisait, paraît-il...) Mais qu'entendait-on par : trop loin, au juste ?

Tout l'auditorium avait émigré au café, de nouveaux clients ne cessaient d'arriver. La spécialité du jour était un mystérieux *éclipse burger*, qui se révéla être un hamburger avec œuf sur le plat, le tout couronné de fromage. Laynie préleva le chapeau de son petit pain, refusant de goûter au reste. Rich et Paulos se mirent à discuter du temps, tandis que Meg raclait l'œuf et le fromage du hamburger de Laynie. Ils n'avaient pas encore remarqué la brume.

– Tu imagines un peu le chemin qu'ont dû faire certaines personnes pour venir ! s'exclama Richard. Le type qui était assis à côté de nous venait de New York, et en voiture, encore !

– Eh bien, renchérit Paulos, si le temps se couvrait demain, il y en a qui feraient une drôle de tête !

– Beurk !

Laynie désignait l'amas jaunâtre qui voisinait avec son hamburger. Meg transféra le corps du délit sur son assiette.

– Il me semble, hasarda-t-elle, qu'on ne fait pas un chemin pareil sans être certain de pouvoir compter sur du beau temps. Il doit y avoir des moyens pour ça.

Elle reposa le chapeau du petit pain sur le hamburger et tendit le tout à Laynie. Richard et Paulos l'observaient comme si elle avait perdu la tête. Rich finit par demander :

– Tu penses à la dispersion des nuages, par exemple ?

– Je voulais seulement... d'après toi, ceux qui viennent de très loin, ça peut être loin comment, au juste ?

Les deux hommes s'entre-regardèrent.

– Je n'en sais rien, fit Paulos. Il paraît qu'il y a même des Italiens.

– Il n'y en aurait pas quatre ? commença Meg sans réfléchir.

Elle s'interrompit et, à nouveau, ils la dévisagèrent.

– Mais ils n'ont pas vraiment besoin de se déranger, non ? Je veux dire... Je croyais que les savants pouvaient tout observer grâce à l'équipement des satellites. Enfin, la couronne et tout ça, acheva-t-elle sans conviction.

– Cat-soupe, annonça Laynie.

Meg lui tendit la bouteille de ketchup. Elle ne pouvait pas l'ouvrir et ça l'occuperait toujours un moment.

Richard fronçait les sourcils, perdu dans ses pensées. Dans un instant, il allait lui demander ce qui la tracassait et elle répondrait : « J'ai vu quatre savants qui ne viennent pas d'Italie. » Et lui la croirait complètement folle. En fait, il pensait déjà à autre chose.

– C'est drôle, fit-il d'une voix songeuse, j'ai entendu dire exactement la même chose, cet après-midi.

Quelqu'un a fait remarquer qu'avec l'équipement spatial dont nous disposons, il n'y a vraiment aucune raison pour se donner tant de mal à chaque éclipse.

– Alors pourquoi certains sont-ils venus d'Italie ? insista Meg. Ce n'est pas la porte à côté.

Elle ne savait pas au juste ce qu'elle voulait s'entendre dire. Peut-être que les distances ne comptaient plus, ou que personne ne venait d'aussi loin pour une simple éclipse ? Richard hésita.

– Ils peuvent très bien... au fond je n'en sais rien.

– Ils sont là pour le spectacle, trancha Paulos.

– Hic ! opina Laynie.

– Ils sont venus pour la même raison qu'avaient les pèlerins d'aller à Canterbury, Teddy Roosevelt à Yellowstone et les astronautes dans la Lune. Pour le spectacle.

– D'accord, mais il y a sûrement autre chose, s'entêta Richard. De la curiosité scientifique ou...

Paulos secoua la tête.

– Pur camouflage, décréta-t-il.

Meg étouffa un hoquet de surprise.

– Mais il y a des tas d'informations qu'ils ne pourraient pas obtenir autrement, poursuivit Rich. Si tu prends...

– Hic !

L'assiette de Laynie avait disparu, enfouie sous le ketchup. De toute évidence, elle avait réussi à dévisser le bouchon.

Après le dîner, ils regagnèrent le motel et les hommes s'attardèrent au-dehors, à discuter du temps avec les deux rouquins. Le halo de brume s'était mué en un léger voile, occultant presque Jupiter, bien que Paulos pût encore distinguer les lunes dans son télescope. Meg baigna Laynie, la mit au lit, lava le tee-shirt taché de ketchup et les chaussettes pleines de boue et les suspendit au rail du rideau de douche dans la salle de bains. Puis elle se déshabilla et brancha la télévision.

Elle capta la station d'Helena. On annonçait un inquiétant brouillard matinal, en recommandant Lewistown et Grassrange comme points d'observation. Apparemment, ils n'avaient pas encore détecté la brume, eux non plus. L'invité du jour était un météorologiste de Denver. Il expliqua comment les Russes avaient obtenu une vision parfaite de la dernière éclipse malgré un ciel couvert, en dispersant les nuages. Il déclara ensuite que la technologie moderne ne maîtrisait pas encore parfaitement les conditions atmosphériques des régions nord-ouest du globe (dues au mouvement complexe des marées de l'Arctique), mais qu'à Hawaii, tout était prévu pour obtenir les meilleures conditions d'observation possibles. On pouvait donc non seulement prédire mais garantir du beau temps à ceux qui avaient fait ce long voyage, dans le seul but de contempler cette merveille de la nature. Meg tourna le bouton et se mit au lit.

Elle s'éveilla à cinq heures et demie, frigorifiée : la porte de la chambre était grande ouverte. Elle enfila son manteau, recouvrit soigneusement Laynie et sortit. Le jour pointait à peine. Rich et Paulos étaient plantés là, les mains dans les poches et la mine abattue. Les deux jeunes rouquins chargeaient leurs sacs de couchage et leur matériel dans le coffre d'une petite voiture orange. Le ciel était complètement bouché.

– Où vont-ils ? demanda-t-elle à Rich.

Il souriait, ce qui signifiait qu'il était fou d'angoisse.

– A Helena.

– Mais ils ont prévu du brouillard, là-bas ?

– Le brouillard peut se lever, tandis que ça...

Il esquissa un geste en direction du ciel. Il faisait déjà plus clair, mais les nuages étaient toujours aussi denses. Une importante formation, selon les termes consacrés.

– Qu'est-ce que tu en penses, Paulos ?

– Qu'il est grand temps de se décider, sinon ça ne

fera plus aucune différence. Il ne nous reste plus que deux heures.

Les deux garçons revinrent avec un dernier chargement, deux sacs à dos et une caméra tripode. Ils les enfournèrent à l'arrière et claquèrent la porte du coffre. La vitre arrière était maculée de boue, l'un d'eux y avait tracé avec le doigt : *Spécial Eclipse*, et tout à côté, un soleil. Un cercle d'où rayonnaient des lignes inégales.

– Je vote pour Helena, annonça Rich.

– Parfait, commenta Paulos, qui repartit vers le motel.

– Non.

Tous les regards convergèrent sur Meg, y compris ceux des deux garçons. « Si le temps reste couvert et qu'ils loupent l'éclipse, ils ne me le pardonneront jamais, se dit-elle. La dernière éclipse du siècle en Amérique du Nord, ils ne me le pardonneront jamais ! Mais il y a du brouillard à Helena, alors qu'ici... »

– Non, répéta-t-elle. (Ils attendaient une explication, dont l'effet eût été désastreux.) Inutile d'aller où que ce soit, nous verrons très bien l'éclipse d'ici.

– Comment peux-tu le savoir ? demanda Rich.

– Je le sais, c'est tout.

Son ton était si décisif qu'elle y croyait elle-même, et les deux garçons parurent presque convaincus.

– Mais *comment* le sais-tu ? insista Paulos. Intuition féminine ?

« Ça n'existe pas, fut-elle sur le point de répondre. Ça n'existe pas et vous le savez bien. » Mais les deux garçons semblaient prêts à tout croire, eux. Ils n'avaient que dix-huit ans... soit. Aux grands maux, les grands remèdes !

– Intuition féminine, exactement. Le ciel va s'éclaircir, juste à temps pour l'éclipse.

– D'accord, acquiesça Rich. Nous restons.

Les deux garçons se consultèrent du regard, hochèrent la tête et commencèrent à débarquer leur attirail du coffre. Rich prit le bras de Meg et l'entraîna vers leur chambre.

– On se retrouve dans un quart d'heure pour le petit déjeuner, lança-t-il à Paulos.

– Entendu, répliqua celui-ci en riant. En restant, nous aurons au moins le temps de manger, c'est toujours ça de pris !

Rich referma la porte derrière eux.

– Intuition féminine, dis-tu ? Allons, tu sais quelque chose !

Meg soutint fermement son regard.

– Tu as vu quelque chose ?

En effet. Des inscriptions sur une voiture. Deux missiles dans une ville pas plus grosse qu'une taupinière. Quatre savants qui ressemblaient tellement à des savants qu'ils semblaient sortir d'un documentaire et qui ne s'inquiétaient pas du tout du mauvais temps. Et un soleil dessiné par un enfant. « Oui, approuva-t-elle silencieusement, j'ai vu des choses, mais je suis bien la seule. Qui va prendre la peine de remarquer des savants, dans une ville pleine de savants ? Et qui s'avisera qu'ils parlent une langue aussi étrange qu'étrangère ? Tout le monde parle un jargon scientifique tout aussi étrange, non ? Et qui remarquerait quoi que ce soit, d'ailleurs ? Vous avez tous le nez en l'air. »

Meg garda le silence.

– Mais qu'est-ce qui peut te faire croire que ces saletés de nuages se seront évaporés à huit heures et demie ?

– Clipse ? interrogea Laynie, de son lit.

– Clipse, affirma Meg avec conviction. Allez, on s'habille et on va déjeuner, d'accord ?

Ils avaient pris place juste en face du lycée. Meg n'aperçut nulle part ses quatre savants. On ne distinguait même pas le disque du Soleil à travers l'épaisse couverture de nuages, bien qu'il fût possible d'obtenir une image à l'aide des télescopes. A huit heures vingt et une, l'un des jeunes gens annonça :

– Contact !

Il y eut quelques applaudissements.

– Soleil ? interrogea Laynie.

– Oui, fit Rich. Derrière les nuages.

Tout le monde s'affairait à mettre sur pied caméras, longues-vues et télescopes destinés à projeter une image sur la neige. Personne ne regardait le ciel. Les vieux amis de Laynie lui permirent de jeter un coup d'œil dans une boîte de flocons d'avoine transformée en visionneuse, bien qu'il n'y eût rien à voir. Meg emmena la fillette se promener autour des bâtiments scolaires et lui recommanda de ne pas regarder le soleil sans avoir mis les lunettes spéciales que papa lui avait fabriquées.

A neuf heures quatre, elle retrouva ses quatre savants là où elle les avait déjà vus, de l'autre côté du lycée, sur les courts de tennis. Ils étaient en train d'installer leur équipement, essentiellement composé d'éléments massifs et trapus, du même kaki pâle que le missile du parc. Ils discutaient avec animation en désignant fréquemment le ciel.

A neuf heures cinq, les nuages commencèrent à s'écarter du soleil, formant un cercle effiloché au travers duquel le disque se mit à briller faiblement. Meg fit mettre à Laynie ses lunettes spéciales. A neuf heures dix-sept, le soleil se montra, salué par des acclamations. Meg ramena Laynie devant la façade du lycée, là où Rich avait planté le télescope. Rich semblait hors de lui, signe qu'il avait repris espoir. Paulos et lui portaient chacun un cache-œil fabriqué avec des kleenex et du sparadrap. A l'ouest, le ciel s'assombrissait, virait au bleu, cet intense bleu pourpre des orages d'été. Au télescope, Meg put voir un dernier croissant de soleil, encore trop brillant pour qu'on pût en soutenir l'éclat, dans le ciel maintenant complètement dégagé du levant. Bleu fixe.

A neuf heures vingt-quatre, Paulos s'écria : « La

voilà ! » Meg prit Laynie dans ses bras et s'éloigna discrètement en direction des courts de tennis. Il commençait à faire vraiment sombre. Laynie se suspendit au cou de Meg et serra les paupières sous ses verres filtrants. Soudain, des ombres glissèrent sur Meg, ondoyantes, frémissantes. Elle leva les yeux.

Et tomba sous le charme de l'éclipse. Il y eut un éclat de lumière, fugitif comme le feu d'un diamant, et elle fut là, suspendue dans le ciel. Et pourtant les ténèbres n'étaient pas complètes. « Réflexion sur la neige », avait expliqué la veille un conférencier. Mais ce qu'il n'avait pas dit, c'est à quel point ce serait beau. Le ciel se teintait du bleu de l'aube, les nuages en se retirant diffusaient une lueur rosée, comme à l'approche du jour. Au cœur de ce bleu limpide, le soleil dispersait en tous sens des flèches de lumière, invisible derrière le disque de la Lune.

Meg détacha de son cou les bras de Laynie et lui ôta ses lunettes.

– Ça y est, mon bébé, souffla-t-elle. Regarde, clipse !

La fillette se retourna timidement, comme s'il s'agissait de dire bonjour à un inconnu.

– Oh ! fit-elle d'une toute petite voix, en fourrant un doigt dans sa bouche.

Mais son autre bras serrait toujours étroitement le cou de Meg.

– Vingt-neuf, vingt-huit... comptait à haute voix l'un des deux rouquins.

Deux minutes, déjà ! cela semblait presque incroyable. Un fin liséré de lumière ourla l'un des bords du cercle bleuté.

– Elle s'en va ! cria une voix.

Meg remit ses lunettes à Laynie et baissa les yeux vers la neige. Puis tout flamboya, et des acclamations délirantes saluèrent le retour du soleil. Les deux garçons bourraient de coups de poing le dos de Meg.

– Bien joué, mec, c'était super ! Mon vieux, on ne regrette pas de t'avoir écoutée !

– Et autant pour le M.L.F., grimaça Rich en lui broyant la main.

Il rayonnait. Quant à Paulos, il ne tenait plus en place.

– Bon sang, ça c'est du spectacle !

– Oh ! fit Meg en fonçant à travers la forêt de trépieds, Laynie dans ses bras.

Les quatre hommes étaient déjà partis avec tout leur matériel vers le bas de la colline. Elle avait sans doute le temps de les rattraper, avant qu'ils n'arrivent au parc. « Mais je n'ai pas envie de les rattraper, s'avoua-t-elle. Je voulais simplement savoir ce qu'ils pensent de tout ça, si ça valait la peine de venir de si loin. » Ils parlaient en gesticulant, et leurs gestes avaient une ampleur jamais atteinte, presque grandiose. « Oui, décida-t-elle. Ça valait la peine. »

– Laynie avait besoin d'aller aux lavabos, expliqua-t-elle en revenant.

Le temps fraîchissait, elle remonta le capuchon de la fillette.

– La température a chuté de cinq degrés pendant l'éclipse, observa Paulos. On dirait que ça va de nouveau se gâter.

Il remonta dans la voiture. Lisse et compact, le banc de nuages se resserrait lentement autour du soleil. Meg installa Laynie sur le siège arrière, puis aida Rich à caser le pied de la caméra dans le coffre.

– Tu ne veux pas me le dire ? demanda-t-il.

– Te dire quoi ?

Il claqua la porte du coffre. Meg s'assit à l'arrière à côté de Laynie. Il prit place au volant et démarra.

– Qu'est-ce que vous mijotiez tous les deux ? s'enquit Paulos. Des prévisions météorologiques ?

– Hm ! fit Meg.

Ils descendaient la rue qu'elle avait suivie avec Laynie, et elle essayait d'apercevoir le parc.

– Roquette, dit Laynie. Roquette. Tana. Clipse.

Rich dressa l'oreille.

– Que dis-tu, ma chérie ?

Aux grands maux, les grands remèdes. Meg fourra un caramel dans la bouche de Laynie.

On s'est beaucoup intéressé aux jumeaux, depuis quelque temps, spécialement à ceux qui ont été élevés séparément. Ils se rencontrent pour la première fois à l'âge de trente ans, s'aperçoivent qu'ils fument tous les deux des Marlboro et conduisent des Rabbit, que leurs épouses se prénomment Jennifer et qu'ils sont, tous deux, techniciens en informatique. Ils passent à la télévision. Donahue (1) leur pose une question à laquelle ils répondent exactement en même temps et dans les mêmes termes, puis s'interrompent. Et simultanément, ils se renversent en arrière, posent les mains sur les genoux et tirent une Marlboro de leur poche. A la grande joie du public.

Serais-je la seule dont le cœur se glace de terreur à ce spectacle ? Et si Donahue leur demandait : « Croyez-vous au libre arbitre ? » répondraient-ils : « Oui, bien sûr » ? Exactement en même temps ? Après quoi ils se pencheraient en arrière, poseraient les mains sur leurs genoux et tireraient une Marlboro de leur poche.

(1) Personnage aussi célèbre que Michel Polac et Jacques Martin réunis. *(N.d.T.)*

LE SIDON DANS LE MIROIR

Nous ne sommes pas loin de la spirale d'accès. Je ne peux pas voir les feux de signalisation et il n'y a pas de points de repère sur Pépite, mais je me rappelle à quoi ressemblaient les lumières de l'abbaye de Jade, vues d'ici. Ruban ténu de lampes espacées, rouges, vertes et or, on aurait dit une guirlande de Noël. De plus près, on distingue une ligne rouge sous les bâtiments, et on croit voir le rayonnement de Pépite. Mais ce n'est que la réflexion des lumières sur le sol et sur le papier métallisé isolant le soubassement de l'abbaye et de la maison de jeux. A mon arrivée, Jade m'attendait pour me conduire à l'abbaye.

– La chaleur ne se voit pas, m'annonça-t-elle en cours de route, mais tu vas la sentir. Côté chaussures, ça va ?

Mes chaussures faisaient l'affaire, même si elles me rendaient la marche plutôt malaisée. Si je les avais portées chez nous, je me serais étalé de tout mon long mais, ici, la gravité plus forte les collait littéralement au sol. Avec leurs semelles en treillis plastique de quinze centimètres de haut, elles avaient l'air aussi fragiles que la tour de signalisation, mais elles étaient plus solides qu'il n'y paraissait ; et elles protégeaient efficacement contre la chaleur. Je ne la sentais pas du tout et, à mi-chemin de chez Jade, je me suis agenouillé pour tâter le sol fuligineux. Il était chaud, mais moins que je ne l'aurais cru, sachant que nous marchions sur une étoile.

– Laisse ta main là une minute.

J'obéis et retirai presque aussitôt ma main salie de suie pour la porter à ma bouche.

– Ça chauffe vite, hein ? (L'hélium de l'atmosphère conférait à la voix de Jade un accent nasillard, haut perché, qui écrasait curieusement les voyelles.) Un foreur qui débarquerait ici ou qui sortirait sans chaussures mourrait de congestion en moins d'une heure. C'est pourquoi j'ai préféré venir te souhaiter la bienvenue sur Pépite, comme nous appelons cette bonne vieille taupinière. On est censé ramasser le fric à la pelle, ici, seulement voilà : il y a un os. Il faut d'abord forer et installer un compresseur, en priant Dieu de ne pas sauter avec pendant ce temps-là !

Ce que Jade ne disait pas, c'est qu'elle avait attendu près de deux heures au pied de la tour et que la plante de ses pieds commençait à rissoler, dans ses chaussures treillissées. Le plastique n'est pas un isolant très performant. Une simple armature de métal serait nettement plus efficace pour dissiper la chaleur qui filtre à travers la mince écorce de Pépite, mais, ici, l'emploi du métal n'est autorisé qu'en cas de nécessité absolue. Forcément, avec tout cet hydrogène et cet oxygène, prêts à exploser à la moindre étincelle.

Le pilote de la navette aurait dû me délester de tout ce que je possédais comme objets métalliques ou dangereux avant de m'autoriser à débarquer, mais Jade ne lui en avait pas laissé le temps.

– Active un peu, tu veux ? lança-t-elle dès qu'il ouvrit la bouche pour s'informer du contenu de mes bagages. Je veux être rentrée avant la relève et vous avez une heure de retard.

– Désolé, Jade, mais les détecteurs signalaient trente pour cent d'hydrogène, là-haut. Nous avons dû nous arrêter dans un statiomat.

Le pilote ramena son regard sur le feuillet qu'il tenait à la main et débita :

– Les marchandises suivantes sont prohibées sous

peine d'expulsion. Etes-vous en possession d'appareils électriques, magnétiques, allumettes...

– Bien sûr que non, coupa Jade en avançant d'un pas, c'est un pianiste !

Elle ancrait fermement le pied dans le sol, comme si elle craignait qu'il ne se dérobe sous elle. Le pilote éclata de rire.

– Ça va, Jade, emmène-le !

Elle s'empara de mon fourre-tout et nous partîmes pour Saint-Pierre. Chemin faisant, elle me demanda des nouvelles de mon oncle et me parla de l'abbaye et des filles. J'appris qu'elle leur avait donné à chacune un surnom professionnel (un nom de pierre précieuse, en harmonie avec le sien), que la rangée de bâtisses que nous apercevions au loin se nommait Saint-Pierre, d'après le saint patron des foreurs, et que c'était Taber, l'homme qui dirigeait la maison de jeux voisine de l'abbaye, qui l'avait baptisée ainsi. Et pendant tout ce temps-là, ses plantes de pieds rôtissaient comme des côtelettes, mais elle n'en souffla mot.

Je ne pouvais pas très bien la voir. Elle portait au front une lanterne en luminex fixée par une courroie et m'en avait apporté une, à moi aussi ; mais elles ne diffusaient qu'une faible lumière et son visage restait dans l'ombre. Je savais par mon oncle qu'une grande cicatrice, résultat d'une bataille avec un sidon, lui barrait tout un côté du visage jusqu'au-dessous du menton.

– Il a failli lui couper la jugulaire, m'avait dit mon oncle. Il l'aurait fait si des foreurs n'étaient pas intervenus. Il en a d'ailleurs amoché quelques-uns.

Je n'avais jamais vu de sidon mais j'avais beaucoup entendu parler de ces animaux splendides, à l'épaisse toison rouge sang et aux griffes acérées. Je savais qu'ils peuvent paraître apprivoisés pendant plus d'un an et céder tout à coup à une crise de violence inouïe, totalement imprévisible. J'ai demandé :

– Mais qu'est-ce qu'elle lui voulait, à ce sidon, au fait ? On ne peut pas les apprivoiser.

– Jade croyait pouvoir le faire, a dit mon oncle. Un des foreurs avait ramené celui-là de Solfatar dans une cage. Quelqu'un l'a laissé s'échapper et Jade est partie à sa recherche. Il avait les pattes brûlées et un début de congestion. Elle s'est assise par terre et l'a gardé sur ses genoux jusqu'à l'arrivée des secours. Elle a insisté pour le ramener à l'abbaye et en faire un animal de compagnie. Elle ne voulait pas croire qu'il ne se laisserait pas apprivoiser.

– Mais les sidons ne sont pas responsables de ce qu'ils sont, ai-je observé. Ils sont comme nous, ils ne savent pas ce qu'ils font.

Mon oncle n'a pas répondu et, au bout d'une minute, j'ai ajouté :

– Elle croit pouvoir nous apprivoiser, nous aussi. C'est pour ça qu'elle me réclame, n'est-ce pas ? J'étais sûr qu'elle avait une bonne raison de me faire venir chez elle, alors qu'on ne veut pas de nous sur Solfatar. Elle croit pouvoir m'empêcher de copier !

Mon oncle ne disait toujours rien, et j'ai pris son silence pour un assentiment. Il n'avait répondu à aucune de mes questions. Il m'avait brusquement annoncé que je partais, bien que personne n'eût quitté la planète depuis l'interdit. Et quand j'ai recommencé à l'interroger, je n'en ai pas tiré grand-chose.

– Mais pourquoi faut-il que j'y aille ? (J'avais peur de partir, peur de ce qui pourrait arriver.)

– Je veux que tu copies Jade, c'est une femme bien, foncièrement bonne. Tu peux apprendre beaucoup auprès d'elle.

– Et pourquoi ne viendrait-elle pas ici, comme Kovich ?

– Elle dirige une abbaye, sur Pépite. Il n'y a pas plus de deux douzaines de foreurs et de filles sur toute l'étoile. Aucun danger.

– Et s'il y avait un malfaiteur, dans le tas ? Si je le copiais et tuais quelqu'un, comme ça s'est produit sur Solfatar ? Si les choses tournaient mal ?

– L'abbaye de Jade est une boîte honnête. Pas de

drogués ni de maniaques sexuels, des filles tout ce qu'il y a de correct : rien à voir avec les maisons de joie. Quant à Pépite, ne te tracasse pas parce que c'est une étoile. Elle est au dernier stade de combustion, avec une croûte de plus de six cents mètres d'épaisseur, donc pratiquement pas de radiations. On peut se promener à la surface sans le moindre équipement protecteur. Bien sûr, il y a quelques traces de radiations au niveau des forages d'hydrogène, mais qu'est-ce que tu irais faire par là ?

Il m'avait rassuré à peu près sur tout, excepté sur l'essentiel. Et maintenant j'étais là, à patauger derrière Jade dans le charbon poudreux de Pépite, renseigné sur tous les dangers qui me guettaient, sauf sur le pire : moi-même.

Ne voyant rien qui ressemblât à un puits de forage, je demandai à Jade où ils se trouvaient. Elle me désigna la direction d'où nous venions.

– Aussi loin que possible de Saint-Pierre, et tout aussi loin les uns des autres. Comme ça, si un de ces cinglés s'envoie en l'air en installant une vanne supplémentaire (en forçant la vis, comme ils disent), il y a des survivants ! Le premier sidon est par là-bas, à environ dix kilomètres.

Je ne pus retenir un cri d'effroi :

– Le sidon !

Mon oncle m'avait dit que les foreurs l'avaient tué et l'avaient transformé en carpette, après qu'il eut failli avoir Jade. Elle éclata de rire.

– C'est comme ça qu'on appelle les puits par ici, parce qu'ils vous explosent à la figure comme des pétards, au moment où l'on s'y attend le moins. On prend toutes sortes de précautions, bien sûr, mais le matériel de compression est métallique et qui dit métal dit étincelles. Il ne se passe jamais longtemps sans qu'on ait droit à un véritable feu d'artifice. Nous avons bâti Saint-Pierre aussi loin que possible de la zone d'exploitation et il ne s'y trouve pas la moindre rognure de métal, mais il y a des fuites d'hydrogène un peu partout, et de l'hélium. Eh, tu ne trouves pas qu'on a l'air idiots tous les deux, avec nos voix de canard ?

Elle rit encore et je m'avisai que, pendant notre courte halte pour inspecter l'horizon noir, mes pieds avaient commencé à chauffer de façon plutôt gênante. Nous avions un long chemin à faire dans l'obscurité jusqu'à la rangée de lumières et, durant tout le trajet, je surveillai Jade, en me demandant si j'avais déjà commencé à la copier. Mais ça, bien sûr, je n'avais aucune chance de le savoir. Pas plus que lorsque j'avais copié mon oncle. Un jour, il m'avait demandé de jouer un air, je m'étais assis au piano et je l'avais joué. Quand j'ai eu fini, il m'a demandé : « Depuis combien de temps sais-tu jouer ça ? » Et je n'en savais rien. C'est seulement après avoir copié que j'ai conscience de l'avoir fait. Et encore, si quelqu'un me le dit. Tout en peinant derrière Jade dans l'obscurité, je m'efforçai désespérément de la copier.

Il nous fallut près d'une heure pour gagner la ville et une fois là, je m'aperçus que ce n'en était pas une. Ce que Jade avait appelé Saint-Pierre se bornait à deux grandes bâtisses recouvertes de papier métallisé perchées sur une armature en plastique d'au moins deux mètres de haut, et à un entassement désordonné de tentes sur pilotis. Pas la moindre enseigne au-dessus de la porte des bâtiments, juste une guirlande d'ampoules en luminex multicolores, longeant le bord du toit. Elles brillaient d'un vif éclat, qu'augmentait encore leur réflexion sur le papier métallisé ; mais Jade détacha sa lanterne frontale et l'abaissa vers les marches de bois, comme si j'en avais besoin pour gagner l'entrée.

– Pourquoi marches-tu comme ça ? me demanda-t-elle, une fois en haut.

Et, pour la première fois, j'aperçus sa cicatrice. Elle paraissait noire sous les reflets colorés de la lanterne et des luminex, et elle était beaucoup plus large que je n'aurais cru, fissure de peau fripée qui lui barrait tout un côté du visage.

Je baissai les yeux vers mes pieds.

– Comment : « comme ça » ?

– Comme si tu ne pouvais pas supporter de poser le pied par terre. C'est moi qui ai les plantes de pieds qui brûlent, pas toi. Alors ne marche pas comme ça.

– Désolé, je ne le ferai plus.

Elle me sourit et sa cicatrice parut s'atténuer.

– Bon, nous allons rentrer et tu vas voir les filles. Ne te frappe pas si elles font quelques remarques sur ton physique. Elles n'ont jamais vu de miroir de leur vie, mais ce sont de braves filles.

Elle ouvrit la porte, un panneau renforcé d'un coffrage isolant et doublé de papier métallisé.

– C'est ici que nous enlevons nos chaussures : tout le monde porte des pantoufles à l'abbaye.

Il faisait nettement plus frais à l'intérieur. Un ventilateur en plastique était fixé au plafond, au milieu d'un cercle d'ampoules roses. Nous étions dans une antichambre équipée d'un râtelier pour les chaussures et les lanternes, qui pendaient au bout de leur courroie. Jade s'assit sur une chaise et commença à déboucler ses encombrantes chaussures.

– Ne sors jamais sans patins ni sans lanterne, dit-elle en désignant le râtelier. Les petites avec la courroie en syntex n'ont qu'une heure d'autonomie, on ne s'en sert qu'en ville. Si tu vas aux puits ou à la plate-forme, n'oublie pas d'en prendre une grosse.

Elle semblait différente dans cette lumière rose, on ne voyait presque plus sa cicatrice. Sa voix aussi était différente, plus grave. Elle me parut plus vieille que je ne l'avais cru tout d'abord. Je levai les yeux et regardai autour de moi.

– Nous avons des diffuseurs de nitrogène et d'oxygène, expliqua-t-elle. Les réservoirs sont derrière la maison. Les foreurs n'aiment pas parler aux filles avec des voix de canard, et il n'y a pas moyen de se débarrasser de l'hydrogène ni de l'hélium. Ils s'infiltrent partout et on doit se contenter de les diluer. Maintenant l'atmosphère est respirable, mais tu as de la chance de ne pas avoir été là avant, quand il fallait porter un scaphandre spatial.

Elle ôta sa chaussure : la plante de son pied était criblée d'ampoules. Elle essaya de se lever et y renonça aussitôt.

– Appelle Cornie, et dis-lui de m'apporter des pansements.

Je suspendis mes chaussures de marche au râtelier et ouvris la porte intérieure. Elle était parfaitement hermétique, bien qu'elle s'ouvrît sans effort, et faite de la même matière isolante que la porte extérieure. Elle donnait accès à une pièce au décor plein de fantaisie, tapissée de tentures et de peaux de bêtes. Des lanternes suspendues un peu partout y jetaient des flaques de lumière vertes, roses et or. Le piano, en fait un clavier portatif, était posé sur une table en plastique ouvragé, contre un mur. Je ne vis personne et ne perçus aucun bruit de voix, sans doute à cause du ronronnement des diffuseurs. Traversant un tapis de fourrure rouge sang, je me dirigeai vers une autre porte que masquaient des tentures.

– Jade ? fit une voix de femme.

Les diffuseurs s'interrompirent en cliquetant, la même voix répéta : « Jade ? », et j'aperçus celle qui avait parlé : j'avais failli passer devant elle. Elle était assise dans un fauteuil de velours blanc, près d'une petite baie qui, partout ailleurs, aurait été une fenêtre. Elle portait une robe longue, en vélisatin blanc. Ses cheveux relevés étaient massés sur le haut de la tête et son long cou s'ornait d'un rang de perles. Elle était si tranquille ainsi, les mains sur les genoux et la tête à demi détournée que je ne l'avais même pas vue.

– Etes-vous Cornie ? demandai-je.

– Non, dit-elle sans me regarder. Qu'y a-t-il ?

– Jade a eu les pieds brûlés, elle a besoin de pansements. Je suis le nouveau pianiste.

– Je sais.

Elle leva légèrement la tête en direction de l'escalier et appela :

– Cornie ? Apporte la pharmacie !

Une fille en robe rouge-orange dégringola les marches, pieds nus.

– C'est pour Jade ?

Sur un signe affirmatif de la fille en blanc, elle passa en courant devant nous et disparut dans la pièce voisine. J'entendis le son creux d'une porte isolante qu'on ouvrait. La fille n'avait pas fait le moindre geste pour se lever et aller voir Jade. Elle était parfaitement immobile dans son fauteuil, les mains sagement posées sur les genoux.

– Les pieds de Jade sont plutôt mal en point, fis-je observer. Vous ne voulez même pas venir voir ?

– Non, dit-elle en levant les yeux vers moi. Je m'appelle Perle. J'avais un ami qui jouait du piano, autrefois.

Même à ce moment-là je n'aurais pas pu deviner qu'elle était aveugle, si mon oncle ne me l'avait pas dit.

– La plupart des filles sont des nouvelles venues que Jade a engagées pour Pépite aussitôt débarquées, avant que les maisons de joie ne les pourrissent, m'avait-il expliqué. Elle n'en a ramené que deux ou trois de Solfatar, des filles qui ont travaillé avec elle, dans la maison dont elle est sortie. Cornie et Saphir je crois, et Perle, l'aveugle.

– Une aveugle ? m'étais-je étonné. Solfatar est au bout du monde, d'accord, mais il y a des médecins partout.

– Il lui a sect... Le nerf optique a été atteint. On lui a fait des implants, rattaché les muscles, mais ça n'est jamais que de la chirurgie esthétique. Elle n'y voit plus rien.

J'en savais long sur les horreurs de Solfatar et pourtant, ça m'a fait un choc de penser que quelqu'un était capable d'une chose pareille. Je me souviens de m'être dit que cet homme-là devait être incroyablement cruel, et qu'il aurait mieux valu la tuer sur le coup que de l'abandonner, blessée et sans défense, dans un endroit comme Solfatar.

– Qui lui a fait ça ? ai-je voulu savoir.

– Un foreur, a répondu mon oncle et, pendant une minute il ressembla tellement à Kovich que je finis par demander :

– Le même qui a brisé les mains de Kovich ?

– Oui.

– Et lui, ils l'ont tué ?

Ce n'était pas vraiment la question que je voulais poser, je voulais savoir si Kovich l'avait tué, mais j'avais dit « ils ». Et mon oncle, qui n'avait plus rien de Kovich alors, avait répondu : « Oui, ils l'ont tué. » Comme si c'était la bonne question, finalement.

Les implants et le réajustement musculaire avaient parfaitement réussi. Les yeux de la fille étaient d'un beau gris pâle, et elle avait appris à les orienter d'après les voix. Rien dans son port de tête, ses yeux ou ses mains si tranquilles ne pouvait me laisser soupçonner son infirmité ou provoquer ma pitié. Et je restais là, à l'observer, heureux, heureux de savoir qu'ils avaient tué cet homme. J'espérais qu'ils avaient commencé par lui arracher les yeux.

Cornie passa en trombe devant nous, la pharmacie à la main.

Les yeux toujours fixés sur Perle, j'annonçai :

– Je vais voir si je peux me rendre utile.

Je regagnai l'antichambre et regardai Cornie étendre un produit huileux sur les pieds de Jade, y poser des compresses et les bander avec soin.

– Je te présente Cornaline, dit Jade. Cornie, voici notre nouveau pianiste.

La fille me sourit. Elle avait l'air très jeune. Elle devait être encore au berceau quand elle travaillait dans cette maison de joie sur Solfatar, avec Jade.

– Elles doivent savoir en faire des choses, ces mains-là ! gloussa-t-elle.

– Arrête tes agaceries. Il est ici pour jouer du piano.

– C'est ce que je voulais dire : sur un piano ! Vous n'avez pas tellement l'air d'un miroir, vous savez ? Brillant, et tout ça... qui est-ce que vous allez copier ?

– Personne, fit Jade d'un ton sec, il va jouer du piano, c'est tout. Le dîner est prêt ?

– Non, je reviens de la cuisine et Saphir n'était pas encore là, dit Cornie, qui se tourna vers moi. Quand vous copiez quelqu'un, est-ce que vous devenez comme lui ?

– Non, vous confondez avec les caméléons.

Jade se leva, non sans une petite grimace de douleur.

– Tu ne sais même pas de quoi tu parles ! Va demander à Grenat de me prêter des pantoufles, je ne pourrai jamais entrer dans les miennes. Et en passant, dis à Saphir de filer à la cuisine, à fond la caisse !

Sur ce, Jade prit mon bras pour aller jusqu'au bas des escaliers, mais pas plus loin.

– En revenant, Cornie te montrera ta chambre. Nous faisons les trois-huit ici, et il est presque l'heure de la relève. Tu peux t'exercer un peu avant le dîner, si tu veux. (Elle gravit deux marches et s'arrêta.) Si Cornie recommence avec ses questions stupides, rappelle-lui ce que je lui ai dit : qu'elle te laisse tranquille. Je ne veux plus de ces sornettes à propos de copies et de miroirs. C'est en tant que pianiste que tu es ici.

Elle poursuivit son ascension et je retournai dans le salon de musique. Perle était toujours là, assise dans le fauteuil blanc. Ignorant si la consigne de me laisser tranquille était valable pour elle, je pris place sur l'inconfortable tabouret de bois et examinai le piano.

La table d'harmonie et le cadre étaient en bois mais les cordes étaient en plastique, et non en métal. J'essayai quelques accords, qui sonnèrent plutôt bien, malgré tout. Je jouai quelques gammes, plaquai d'autres accords et parcourus les titres des partitions posées sur le pupitre. Je ne sais pas lire la musique, bien sûr, mais je m'aperçus que je connaissais la plupart des chansons.

– Ce n'est pas sérieux, n'est-ce pas ? demanda Perle. Cette histoire de copies ?

Elle parlait d'une voix lente, dépourvue de l'accent nasal que prenaient Jade et Cornie. Je pivotai sur mon tabouret et lui fis face.

– Si. Les miroirs sont forcés de copier, ils ne peuvent pas s'en empêcher. Ils n'ont même pas conscience de le faire. Jade ne veut pas le croire, et vous ?

Elle leva à nouveau sur moi ses grands yeux gris.

– Le pire, quand on est aveugle, ce n'est pas ce qu'on peut vous faire. C'est de ne pas savoir qui vous le fait.

Cornie se montra entre les tentures de la porte.

– Je suis censée vous faire visiter les lieux, déclara-t-elle en entrant. Oh, Perle, je voudrais que tu puisses le voir ! Il a huit doigts à chaque main et il est immense, il touche presque le plafond. Et sa peau est rouge vif.

– Comme un sidon, fit Perle, les yeux fixés sur moi.

Cornie jeta un regard à ses pieds, sur le tapis rouge sang.

– Tout à fait exact, acquiesça-t-elle.

Puis elle m'entraîna dans l'escalier pour me montrer ma chambre et les vêtements que je devrais mettre, et pour me présenter aux autres filles. Déjà prêtes pour la relève, elles portaient des robes longues en vélisatin, aux couleurs choisies pour évoquer leurs noms. Grenat arborait de fausses pierres en luminex rouge-rose dans ses cheveux relevés, et Emeraude un collier ciselé, étincelant.

Cornie s'habilla devant moi. Elle ôta sa robe pour passer un long fourreau rouge orangé, exactement comme si je n'étais pas là. Puis elle me demanda de l'aider à attacher les bretelles ornées de brillants orange, et releva ses boucles rousses pour mieux dégager ses épaules. Sur le moment, il me fut impossible de savoir si elle cherchait à me séduire, à m'inciter à la copier ou, tout simplement, à passer à mes yeux pour l'ingénue qu'elle prétendait être.

Je me suis dit que, de toute façon, elle avait manqué son but. Elle n'avait réussi qu'à me convaincre d'une chose : mon oncle avait dit vrai à son sujet. Malgré sa jeunesse et sa sottise, on voyait qu'elle était passée par Solfatar, qu'elle avait connu les intox et les détraqués, et toute la lie des maisons de joie. A la réflexion, je crois qu'elle n'avait pas d'intentions très précises, sinon le désir d'exercer sa cruauté sur moi, comme on agace un animal en cage.

Au dîner, je vis Saphir poser l'assiette de Perle à une place marquée par un repère et je me demandai si Cornie s'était montrée aussi cruelle envers elle qu'envers moi. En déplaçant subrepticement son assiette, par exemple, ou en éloignant sa chaise pour qu'elle ne puisse pas la trouver.

Saphir achevait de disposer le couvert et son regard bleu paraissait presque noir, comme saturé d'amertume. Il me vint à l'esprit que Jade aurait dû laisser toutes ces filles où elles étaient. Toutes, sauf Perle. « Perle est la seule que Solfatar n'ait pas détruite, ai-je pensé à cet instant. Sa cécité l'a protégée. Toutes ces horreurs lui ont été épargnées parce qu'elle ne pouvait pas les voir. Peut-être est-elle à l'abri de Cornie, elle aussi. Peut-être est-ce là son secret. Elle est hors d'atteinte. Personne ne peut la blesser, et Jade le sait. » A ce moment-là, je n'ai pas pensé à l'homme qui l'avait rendue aveugle. Ni au fait que rien ne l'avait protégée contre lui.

Jade donna l'ordre de servir le dîner.

— Je désire que vous souhaitiez la bienvenue à notre nouveau pianiste, annonça-t-elle. (Elle se pencha à travers la table et tapota la main de Cornie.) Merci d'avoir fait les présentations, et aussi d'avoir soigné mon pied.

Et ma seule pensée fut : « Perle est en sécurité, après tout. Jade a apprivoisé Cornie, et toutes les autres. » J'oubliai le sidon qu'elle avait apprivoisé lui aussi, et où il se trouvait désormais. Etendu sur le plancher, devant la porte de la salle de jeu.

Pour ce premier quart de huit heures, Jade m'avait fait mettre sur mon trente et un. En complet-veston et faux col rouge sombre, je me tenais à ses côtés tandis qu'elle accueillait les hommes à la porte d'entrée. Eux aussi étaient en complets sous leurs amples combinaisons de travail aux multiples poches bourrées d'outils. Ils les suspendirent avec leurs lanternes au râtelier de l'antichambre et s'assirent pour ôter leurs hauts patins de marche, avec des mains presque aussi rouges que les miennes. Ils s'étaient lavé la figure et les mains mais leurs ongles étaient noirs de suie et leurs paumes en étaient incrustées. Leurs visages étaient rudes et congestionnés et tous avaient au front cette large raie blanche que laissait la courroie des lanternes. L'un d'eux, que Jade appelait Scorch, avait les sourcils brûlés, ainsi qu'une longue bande de cheveux sur le haut de la tête.

– Tu verras presque tous les gars ce soir, m'informa Jade, la maison de jeu ferme à mi-temps de notre quart, et les autres vont tous débarquer ici. Taber et moi faisons chevaucher les horaires pour qu'il y ait toujours quelque chose d'ouvert.

Elle ne me présenta pas, bien que certains aient tiqué sur mes mains et que l'un des hommes ait paru surpris, puis furieux. Il sembla sur le point de m'adresser la parole puis se ravisa, son visage virant peu à peu au rouge foncé, jusqu'à ce que la marque de la courroie prît l'aspect d'une cicatrice.

Quand tout le monde eut gagné le salon de musique, Jade me conduisit au piano, m'y fit asseoir et, sur son invite, je posai les mains sur le clavier, prêt à jouer.

– Les gars, voici mon nouveau pianiste, annonça-t-elle. Souhaitez-lui le bonjour !

– Comment qu'il s'appelle, Jade ? cria quelqu'un. Tu vas lui trouver un surnom, comme aux filles ?

– Je n'y avais pas pensé, tu as une idée ?

L'homme à la figure cramoisie lança d'une voix forte :

– Ouais, tu pourrais l'appeler Sidon et l'envoyer se faire rôtir. C'est un miroir.

Jade dévisagea tranquillement l'homme qui venait de parler.

– J'ai déjà une Cornaline et un Grenat, répondit-elle sans s'émouvoir, et j'ai eu un sidon, dans le temps. Je vais l'appeler Rubis... ça te va, Jack ?

Il devint encore plus rouge que moi.

– Je ne voulais pas être vache, Jade, mais tu es en train de faire la même chose qu'avec le sidon et ça te retombera sur le nez. Les miroirs n'avaient même pas le droit de mettre les pieds sur Solfatar.

– Ce serait plutôt flatteur pour eux, quand on pense à la racaille qu'on y recevait à bras ouverts, fit calmement observer Jade. Flambeurs, voleurs, tordus...

– Mais tu as bien vu celui qui a tué le foreur ! Comme ça, devant tout le monde, et personne n'a rien pu faire. Personne ! Le pauvre gars le suppliait, les mains ligotées devant lui, et ce miroir s'est amené avec son rasoir pour lui faire son affaire... et en souriant, en plus !

– Oui, dit Jade, je l'ai vu. J'ai vu beaucoup de choses sur Solfatar, mais ici c'est Pépite et lui c'est Rubis, mon pianiste. Je n'aurais pas cru qu'on puisse mettre un homme hors-la-loi tant qu'il n'avait rien fait. Et toi, Jack ?

Elle posa la main sur mon épaule pour demander :

– Est-ce que tu connais : *Chez nous* ?

Si je connaissais cet air ? Je connaissais tout le répertoire des foreurs. Kovich avait joué dans toutes les maisons de joie de Solfatar, avant qu'on lui brise les mains. *Chez nous* était la chanson nostalgique qui ramenait infailliblement le calme, quand son public commençait à s'agiter un peu trop. Il l'appelait son coupe-circuit.

– Alors, joue, Rubis. Montre-leur ce que tu sais faire.

Je jouai la mélodie, agrémentée d'arpèges et de trilles, et de toutes les fantaisies que pouvait se permettre Kovich avec cinq doigts au lieu de huit. Puis je m'interrompis, et j'attendis. Les diffuseurs de nitrogène s'étaient arrêtés et les ventilateurs eux-mêmes étaient silencieux. Pendant que je jouais, Jade s'était rapprochée de Jack et avait posé la main sur son épaule, comme pour l'amadouer. Je me demandai si elle avait réussi. Il me jeta un bref coup d'œil, puis son regard se posa sur Jade, revint sur moi, et il glissa la main dans sa poche de chemise. Et tout le temps qu'elle y resta, je crus que mon cœur avait cessé de battre.

– Jade avait raison, on ne doit pas juger un homme avant d'avoir vu ce qu'il sait faire. Tu connais ta partie, mon gars. (Il me tendit un cigare enveloppé de plastique.) Bienvenue sur Pépite !

Jade m'adressa un signe d'encouragement et je tendis la main pour prendre le cigare. La mince pellicule glissait sous mes doigts et j'eus quelque peine à l'en débarrasser, puis je l'examinai pendant une minute avant de décider quel était le bon bout. Pour finir, je le vissai entre mes dents et portai la main à ma poche de chemise pour y prendre mon briquet. J'ignorais totalement ce qui se passerait quand j'allumerais le cigare. A voir le tour que prenaient les choses, il aurait tout aussi bien pu être bourré de poudre. Jade ne semblait pas s'en faire mais il lui était déjà arrivé de se tromper. Avec le sidon, par exemple. Mes doigts se refermaient sur le briquet, dans ma poche, quand les becs des diffuseurs cliquetèrent brusquement.

– Et avec quoi comptes-tu allumer ça, Rubis ? interrogea-t-elle avec flegme. Il n'y a pas une seule allumette sur toute la planète !

Elle éclata de rire, bruyamment imitée par tous les autres.

Je retirai gauchement la main de ma poche, ôtai le cigare de mes lèvres et le contemplai fixement.

– J'oubliais qu'on ne fumait pas sur Pépite.

– Et tu n'es pas le seul, tous les nouveaux arrivants sont tombés dans le panneau ! Jack leur a joué ce tour je ne sais pas combien de fois.

– A chaque fois, précisa Jack, visiblement fier de lui. Ça a même marché avec toi, Jade, et tu n'étais pas spécialement une débarquée !

– C'est complètement faux, protesta-t-elle, et tu mens comme tu respires ! Rubis, si tu nous jouais quelque chose d'autre ? Qu'est-ce que vous aimeriez entendre, les gars ?

Scorch cria un titre et je jouai la mélodie, puis une autre, l'esprit ailleurs. C'était très drôle d'avoir offert un cigare à un nouveau venu et d'avoir attendu qu'il essaie de l'allumer, sur une étoile où il était strictement interdit de provoquer la moindre flamme. Une fine plaisanterie, ça oui ! Et Jack s'y était livré malgré tout ce qu'il avait vu sur Solfatar, pour prouver à Jade qu'il ne me prenait pas pour un sidon et qu'il voulait me mettre à l'épreuve avant de me juger.

Seulement voilà, le jugement serait venu trop tard. Que serait-il arrivé, si j'avais allumé le cigare ? Est-ce que la maison aurait explosé comme une grenade, et tout Saint-Pierre avec ? La teneur en hydrogène et oxygène était tellement élevée dans les couches supérieures de l'atmosphère que nous avions dû couper les propulseurs à plus d'un kilomètre d'altitude et emprunter la spirale antigrav. Et ici, les pompes à oxygène fonctionnaient à plein rendement ! La moitié de Pépite aurait pu sauter.

Je savais comment ça s'était produit. Jade avait interrompu le pilote avant qu'il ait eu le temps de mentionner les briquets et maintenant, simplement parce qu'elle avait eu mal aux pieds, il y avait un briquet en état de marche dans sa propre maison. Et elle qui venait de convaincre Jack que je n'étais pas dangereux !

Je m'étais arrêté de jouer et restais assis à fixer le clavier d'un œil absent, mordant férocement le cigare au risque de le casser en deux. Les hommes criaient toujours des titres de chansons mais Jade s'interposa entre eux et moi et plaça une partition sur le pupitre.

– Cessez de réclamer, ordonna-t-elle. Perle va nous chanter quelque chose.

Perle se leva et marcha sans aucune aide du fauteuil blanc au piano. Elle s'arrêta à quelques centimètres de moi et, d'un geste assuré, posa la main sur l'extrémité du clavier. Je jetai un coup d'œil sur la partition. Elle comportait une ligne de musique avant la partie chantée, mais je ne connaissais pas cette version. Je connaissais seulement celle de Kovich, qui commençait sur la première note du couplet. Impossible de faire signe à Perle, et elle ne pouvait pas voir mes mains sur le clavier.

– Je ne connais pas l'introduction, avouai-je, seulement le couplet. Qu'est-ce que je fais ?

Elle se pencha sur moi.

– Quand vous serez prêt, posez la main sur la mienne et je compterai jusqu'à trois.

Elle se redressa, laissant sa main où elle était, et je regardai cette main. Cornie lui avait décrit les miennes et si je me contentais de l'effleurer, rien qu'avec les doigts du milieu, peut-être ne pourrait-elle faire la différence avec un contact humain. Je ne voulais surtout pas l'effrayer. Si elle avait eu un sursaut de recul, je crois que je ne l'aurais pas supporté.

Maintenant, je me dis que cela eût mieux valu. Que cela eût été moins dur à supporter que d'être assis là, avec sa tête posée sur mes genoux, à attendre. Si elle avait tressailli, Jack l'aurait vu. Il l'aurait vue s'écarter de moi et cela aurait suffi pour qu'il m'empoigne par le col, me traîne jusqu'à la porte et me jette en bas des marches de bois, si brutalement que le briquet aurait jailli de ma poche, et me laisse rôtir dans la fournaise de Pépite.

– Mais qu'est-ce qui t'a pris ? aurait demandé Jade. Il lui a simplement touché la main.

Et il lui aurait tendu le briquet, en disant quelque chose comme :

– En tout cas, il ne lui fera plus rien, maintenant !

Et, à vrai dire, j'en aurais été tout à fait incapable.

Mais elle n'a pas tressailli. Elle a pris une brève inspiration, le temps que je ramène mes mains sur le clavier, et à « trois », j'ai enfoncé la première touche et nous avons commencé ensemble. Je n'ai exécuté aucun arpège ni trille d'aucune sorte. Sa voix était douce, vibrante et juste. Elle n'avait pas besoin de moi.

Quand elle se tut, les hommes applaudirent et commencèrent à réclamer de nouvelles chansons. Certaines m'étaient inconnues et je me demandais comment le leur faire comprendre, mais Jade intervint :

– Allons, les gars, n'épuisons pas notre pianiste en une seule séance. Laissons-le aller se coucher, il sera là à la reprise. Pas d'amateurs pour une partie de katmaï ?

Elle étendit le bras, rabattit le couvercle du piano et ajouta à mon intention :

– Passe par l'escalier principal, les hommes montent toujours par-derrière avec les filles.

Perle se pencha sur moi, m'adressa un bref : « Bonsoir, Rubis », prit sans hésitation le bras de Jack et franchit avec lui la porte drapée qui menait à la salle de jeu. Les autres les y suivirent, d'abord par couples puis, lorsque toutes les filles eurent trouvé preneur, en file désordonnée. Après quoi, Jade libéra les épaisses tentures qui retombèrent en masquant la porte derrière eux.

Je montai dans ma chambre, ôtai mes pantoufles en papier et l'inconfortable faux col, et m'assis sur le bord du lit que prolongeait une petite table, une idée de Jade pour l'adapter à ma taille. Je pensais à Perle, à Jack, au briquet – que je me promettais de remettre à Jade en prenant mon prochain quart – et je me demandais qui je pouvais bien copier. Je scrutai mon visage dans le petit miroir en plastique accroché au-dessus du lit, cherchant à y distinguer les traits de Jade ou de Jack.

J'avais laissé mon cigare sur le pupitre et je ne voulais pas que Jack le trouve : il eût pu prendre cet oubli pour un refus. Je remis donc mes pantoufles et descendis. Il n'y avait personne dans le salon de musique, et les tentures masquaient toujours la porte de la salle de jeu. J'allai jusqu'au piano et repris le cigare. J'en avais déchiqueté une bonne moitié, que je détachai d'un coup de dent. Puis je m'attaquai à l'autre moitié, m'assis au piano et posai les mains sur le clavier, les doigts écartés au maximum.

– Si je comprends bien, vous êtes un miroir, fit une voix qui provenait du fauteuil de Perle. J'en ai connu un, autrefois. Ou plutôt, il m'a connu, devrais-je dire... n'est-ce pas ?

Et je faillis répondre, je voulus répondre :

– Vous n'avez pas le droit de vous asseoir dans ce fauteuil.

Mais je me découvris incapable de parler. L'homme se leva, s'approcha de moi. Il était habillé de la même façon que les autres, avec un large faux col noir, mais ses mains et son visage étaient presque blancs et son front ne portait pas l'habituelle trace claire.

– Je m'appelle Taber, annonça-t-il d'une voix lente, un peu traînante.

Contrairement à tous les autres, il n'avalait pas les voyelles et je me demandais s'il venait de Solfatar. Tout le monde ici, sauf Perle, abrégeait les voyelles ou plutôt les hachait, comme j'avais haché mon cigare. Perle seule semblait n'avoir pas d'accent, comme si sa cécité l'avait empêchée de contracter le parler de Solfatar, sans compter le reste.

– Bienvenue à Saint-Pierre, dit Taber.

Et, brutalement, la peur m'assaillit. Il avait menti à Jade. Je ne savais pas qui était saint Pierre mais, au son de cette voix, je sus que ce saint Pierre là n'était pas le saint patron des foreurs. Et que le choix de ce nom pour baptiser leur ville impliquait pour Taber un sous-entendu infiniment cruel, un jeu de mots qu'il était le seul à comprendre.

– Il faut que je remonte, annonçai-je, les doigts tremblants sur mon cigare. Jade est dans la salle de jeu.

Il tira un cigare de sa poche, commença à le dépouiller de son plastique et jeta avec nonchalance :

– Ah oui... et Perle y est, elle aussi ?

– Perle, répétai-je, le souffle coupé par la frayeur.

Il palpa les poches de sa veste et glissa une main dans celle de sa chemise.

– Mais oui, vous savez bien ? L'aveugle, celle qui est si jolie.

Il tira un briquet de sa poche, fit basculer le couvercle et me dévisagea.

– Quel dommage qu'elle soit aveugle ! je voudrais bien savoir ce qui lui est arrivé. Elle n'en a jamais parlé à personne, voyez-vous.

Sur ce, il frotta son briquet. Ce n'était pas un vrai briquet. Après un instant de pure terreur, je m'aperçus qu'il ne contenait aucun liquide. Taber le frotta encore à deux reprises, l'approcha de l'extrémité de son cigare en une sinistre pantomime et le remit dans sa poche.

– Je compte bien le savoir un jour, reprit-il. L'information peut être utile.

– Je ne peux pas vous renseigner.

Je me dirigeai vers l'escalier mais il vint se planter devant moi.

– Oh si, vous pouvez. N'est-ce pas à ça que servent les miroirs ?

Il tira sur son cigare sans feu et me souffla au visage une fumée imaginaire.

– Je ne ferai rien pour vous aider, m'écriai-je, assez haut pour que Jade puisse m'entendre et vienne lui dire de me laisser tranquille, comme elle l'avait fait avec Cornie. Vous ne pouvez pas m'y obliger.

– Naturellement, concéda-t-il, ce n'est pas comme

ça que ça marche. Et naturellement, vous le savez très bien.

Sur ces mots, il s'écarta enfin de mon chemin. Je passai le reste de mon tour de veille assis sur mon lit, mon briquet à la main, attendant de pouvoir répéter à Jade les propos de Taber. Mais le quart suivant était consacré au sommeil, après quoi je jouai pendant huit heures d'affilée tout ce qu'il plut aux foreurs de me demander. Et, pendant tout ce temps, Taber resta debout près du piano, à secouer ses cendres imaginaires sur mes mains. Le service fini, Jade vint me demander si Jack ou qui que ce soit m'avait fait des ennuis, et je pris le parti de ne rien lui dire. Pendant la période de repos, je cachai mon briquet dans mon lit, entre sommier et matelas.

Durant les tours de veille, je m'arrangeai pour rester le plus près possible de Jade, essayant de me rendre utile et de ne pas imiter la démarche que lui imposaient ses pieds bandés. Quand je ne jouais pas, je circulais parmi les hommes avec un plateau chargé de verres d'alcool glacé étendu d'eau, ou cochais les cartes de crédit de ceux qui montaient avec une fille. Pendant les temps libres, j'apprenais le maniement du transmetteur pour tenir à jour la comptabilité avec Solfatar, et à m'occuper du blanchissage. Au bout de quelques semaines, j'aidai Jade à faire passer la visite aux filles. Elle vérifiait qu'elles ne portaient pas de traces de coups ni de piqûres, et que leur état de santé était conforme aux standards du C.S.A., le Contrôle sanitaire des abbayes. Perle n'avait pas la moindre marque sur le corps et j'en fus soulagé : je m'étais mis en tête que Taber avait trouvé un moyen quelconque de la torturer. Après l'examen, Jade nous laissa seuls pendant que je l'aidais à se rhabiller.

– Taber est vraiment un sale type, lui dis-je alors. Il cherche à vous faire mal.

– Je sais.

Elle se tenait parfaitement immobile, tandis que je

boutonnais le rang de perles qui fermait sa robe, dans le dos.

– Mais pourquoi ?

– Je n'en sais rien. Il est comme le sidon.

Je m'indignai :

– Vous voulez dire qu'il ne peut s'en empêcher, qu'il ne sait pas ce qu'il fait ? Il sait parfaitement ce qu'il fait !

– Les foreurs aimaient bien tourmenter le sidon avec le bout d'un bâton, quand il était en cage, mais ils ne pouvaient pas l'approcher assez pour lui faire vraiment mal. Et ça, Taber ne pouvait pas le supporter. Il s'est procuré la clé exprès pour ça, pour pouvoir l'atteindre. Pour lui faire du mal, uniquement... mais pourquoi ? Pourquoi voulait-il faire du mal au sidon ?

– Parce qu'il était sans défense, dis-je, en me demandant si l'homme qui avait rendu Perle aveugle avait obéi à la même impulsion. Parce qu'il était à sa merci.

– Jade et moi étions dans la même maison de joie sur Solfatar, vous savez. Nous avions un ami, là-bas ; un pianiste, comme vous. Il était très grand lui aussi. C'était l'être le meilleur que j'aie jamais rencontré. Vous me faites penser à lui, quelquefois.

Elle gagna la porte d'une démarche assurée, sans qu'on pût se douter qu'elle comptait ses pas.

– Une cage est un endroit très sûr, tant que personne n'a la clé. Ne vous en faites pas, Rubis : il ne peut pas entrer. (Elle se retourna et leva les yeux sur moi.) Vous voulez bien venir me jouer quelque chose ?

– Oui, fis-je en la suivant dans l'escalier, vers le salon de musique.

Avant l'heure de la reprise, pendant que les filles s'habillaient à l'étage, elle aimait s'asseoir dans le fauteuil blanc et m'écouter jouer. Elle seule avait vraiment compris que je ne pouvais jouer que les airs appris de Kovich. Jade crut jusqu'au bout que je savais déchiffrer et Taber lui-même me rapporta quelques partitions de Solfatar. Perle se contentait d'annoncer le titre des chansons, et je les jouais. Jamais elle n'en choisit une que je ne connaissais pas, et je crois savoir pourquoi. Elle avait dû repérer attentivement celles que je refusais lorsque les hommes criaient des titres, et je lui en étais reconnaissant.

Je m'assis au piano et l'observai dans le miroir. J'avais demandé celui-ci à Jade pour voir ce qui se passait dans mon dos. Je lui avais dit que c'était pour qu'elle puisse me signaler les reprises et les pauses, ou, si les hommes devenaient un peu trop bruyants ou nerveux, que le moment était venu de recourir au « coupe-circuit ». Mais, en réalité, c'était pour que Taber ne puisse pas s'approcher de moi à mon insu.

– *Chez nous*, annonça Perle, d'une voix presque inaudible sous le cliquetis des diffuseurs.

Je commençai à jouer, et Taber entra. Il s'approcha d'elle d'un pas rapide et s'immobilisa, mais le son du piano ajouté au bruit des becs à nitrogène l'empêcha d'entendre. Il se tenait à cinquante centimètres d'elle environ, assez près pour pouvoir la toucher mais pas assez pour qu'elle puisse l'atteindre en tâtonnant, si elle essayait de le repérer. Il ôta son cigare de sa bouche et se pencha comme pour lui parler, au lieu de quoi il arrondit les lèvres et souffla doucement dans sa direction. Je pouvais presque voir la fumée. Sur le moment, elle ne parut rien remarquer, puis elle frissonna et resserra autour d'elle son châle en lamé.

Taber cessa son manège, lui sourit, puis étendit la main et lui toucha légèrement l'épaule du bout de son cigare comme s'il voulait la brûler, pour le retirer aussitôt, hors d'atteinte. Elle donna une petite tape dans le vide et il répéta son petit jeu, encore et encore, jusqu'à ce qu'elle se lève en étendant les mains devant elle, comme pour se protéger de ce qu'elle ne pouvait pas voir. Lui, pendant ce temps-là, s'éloigna rapidement et sans bruit vers la porte, si bien que lorsqu'elle appela : « Qui êtes-vous ? Qui est là ? », il put répondre de sa voix traînante :

– C'est moi, Perle, je viens à peine d'entrer. Est-ce que je t'ai fait peur ?

– Non, dit-elle en se rasseyant.

Mais, quand il lui prit la main, elle eut ce geste de recul que je m'étais attendu moi-même à provoquer. Et, pendant tout ce temps-là, j'avais joué sans perdre une seule fois la mesure.

– J'étais juste venu pour te voir une minute, déclara Taber, et pour entendre notre nouveau pianiste. Il progresse de jour en jour, tu ne trouves pas ?

Elle ne répondit pas, et je pus voir dans le miroir qu'elle se tenait absolument immobile, les mains sur les genoux.

– Mais si, dit-il en s'approchant de moi pour secouer sa cendre imaginaire sur mes mains. De grands progrès, susurra-t-il. Je peux presque me reconnaître en vous, miroir.

– Qu'avez-vous dit ?

La voix de Perle trahissait la peur.

– J'ai dit que je ferais mieux d'aller discuter affaires une minute avec Jade et de rentrer chez moi. Jack a trouvé un nouveau gisement d'hydrogène, aujourd'hui. Enorme.

Il traversa la salle de jeu en direction de la cuisine et je restai assis devant le piano, surveillant le miroir jusqu'à ce que j'aie vu la porte de la cuisine se refermer derrière lui.

– Taber était là depuis le début, Perle. Il vous... il vous faisait des choses.

– Je sais.

– Vous ne devriez pas le laisser faire ! m'écriai-je avec véhémence. Vous devriez l'en empêcher. (« Et moi, pensai-je à la même seconde, ai-je pu l'empêcher de faire quoi que ce soit ? ») C'est vraiment un sale type !

– Il ne m'a jamais enfermée, dit-elle après un instant de silence. Il ne m'a jamais tenue à sa merci.

– Parce qu'il n'a jamais su comment s'y prendre, répliquai-je, certain d'avoir touché juste. Il compte sur moi pour lui en fournir le moyen.

Elle laissa tomber la tête sur ses mains toujours croisées, presque détendue maintenant. Son visage était impénétrable.

– Et vous allez le faire ?

– Je n'en sais rien.

– Il essaie de vous amener à le copier, n'est-ce pas ?

– Oui.

– Et vous croyez que ça va marcher ?

– Je ne sais pas, je ne me rends jamais compte que je copie. Est-ce que je vous rappelle Taber ?

– Non.

Sa réponse catégorique fut un soulagement pour moi. J'avais étudié anxieusement ma façon de parler, espérant reconnaître les contractions vocales de Jade ou l'argot des foreurs, et redoutant par-dessus tout d'y retrouver les lentes inflexions de Taber. Il me semblait n'avoir rien détecté du tout, mais comment être sûr ? Je ne m'en serais pas aperçu, de toute façon.

– Savez-vous qui je suis en train de copier ? demandai-je.

– Vous marchez comme Jade, dit-elle en ébauchant un sourire. Ça la rend furieuse.

Ce fut seulement au changement de quart qu'un détail me frappa : tout comme mon oncle, Perle n'avait pas vraiment répondu à ma question.

Le nouveau gisement de Jack se révéla si important qu'il fallut une équipe entière pour mettre en place les compresseurs et, pendant plusieurs quarts, on ne vit pratiquement plus personne à l'abbaye, pas même Taber. Les filles étaient si désœuvrées que Jade permit à quelques-unes d'entre elles de faire un tour à la maison de jeu. Taber n'allait pas sur les forages mais il ne se montrait plus si souvent et, quand il venait, il passait tout son temps en haut ou avec Cornie, lui parlant à voix basse en frottant sans arrêt la molette de son briquet, comme s'il ne pouvait pas s'en empêcher. Puis, quand les compresseurs furent installés et le sidon opérationnel, les hommes refluèrent vers

Saint-Pierre et Taber fut bien trop occupé pour venir chez nous.

La seule fois où il trouva Perle seule, il annonça : « C'est Taber, Perle », devançant presque l'accord que je plaquai violemment pour la prévenir et mon propre avertissement : « Taber est là. » Il n'avait ni cigare ni briquet, ce jour-là, et il ne m'adressa pas la parole. Je la surveillais dans mon petit miroir tandis qu'elle lui parlait, détournant la tête pour l'éviter dans un mouvement plein de grâce, les mains tranquillement posées sur ses genoux. Et j'arrivais presque à croire qu'il ne parviendrait pas à ses fins, qu'elle était hors d'atteinte, protégée par sa cécité.

Nous avions tellement de travail que c'est à peine si Jade trouvait le temps de me parler mais, quand elle le fit, ce fut pour me dire sans ménagements que, si je n'avais rien d'autre à faire que de la copier, je ferais mieux de tenir le bar. Et elle me chargea de faire circuler les alcools coupés d'eau qu'elle avait servis en l'honneur du nouveau sidon. Elle s'occupa elle-même des comptes de la semaine, pendant que je me chargeais de l'examen des filles.

Nue sous mon regard scrutateur, Perle semblait calme, et indemne. Cornie portait des traces de piqûres sous les bras : je ne les signalai pas. Avertie, Jade l'aurait renvoyée sur Solfatar et je préférais que Taber l'ait sous la main, la bourre de drogue et s'ingénie à obtenir son aide, ce qui laissait supposer qu'il renoncerait à la mienne. Je n'allais pas jusqu'à croire qu'il avait abandonné ses projets sur Perle mais, à mon avis, Cornie et lui ne risquaient pas de lui faire grand mal, quelles que soient leurs intentions. Pas sans mon aide. Pas tant que je copiais Jade.

Je mis Perle au courant de l'état de Cornie. Nous étions seuls dans le salon de musique : Jade faisait ses comptes en haut et Cornie était à la cuisine. C'était son tour de préparer le dîner.

– J'ai l'impression qu'elle se drogue, annonçai-je. Il me semble avoir vu des traces de piqûres.

– Je sais, dit Perle.

Et je me demandai s'il y avait une seule chose qui lui échappât, malgré sa cécité.

– Je crois que vous devriez faire attention. C'est Taber qui la fournit. Il compte se servir d'elle pour vous faire du mal. Ne lui parlez de rien.

Elle ne répondit pas et je finis par aller m'asseoir au piano, attendant qu'elle m'indique un titre de chanson.

– Je suis née dans la maison de joie, ma mère y travaillait, déclara-t-elle tranquillement. Vous saviez cela ?

Je plaquai les mains sur le clavier, comme si j'avais besoin de cet appui pour me soutenir.

– Non, dis-je sans la regarder.

– Pendant toutes ces années, je me suis répété que j'étais en sécurité, tant que personne ne savait ce qui m'était arrivé.

– Jade n'est pas au courant ?

Elle secoua la tête.

– Personne ne sait rien. Ma mère leur a dit qu'il l'avait menacée avec un rasoir, qu'elle n'avait rien pu faire.

Le déclic soudain des diffuseurs me fit sursauter et je jetai un coup d'œil au miroir. Et, dans ce miroir, je vis le sidon et, debout sur sa dépouille rouge sang, Taber. Cornie l'avait fait entrer par la cuisine en déclenchant les diffuseurs et maintenant il était là, debout entre les appareils bruyants, souriant et secouant une cendre imaginaire sur le tapis, derrière le fauteuil de Perle.

– Cornie est dans la cuisine, dis-je. Je ne sais pas si la porte est fermée.

– Il y avait un foreur qui venait tout le temps à la maison de joie, reprit Perle. Un homme vraiment mauvais, mais ma mère l'aimait. Elle disait qu'elle ne pouvait pas s'en empêcher, et je pense que c'était vrai.

Un bref instant, son regard aveugle fixa le miroir et je souhaitai que Taber frotte le briquet qu'il était sûrement en train de manipuler, pour qu'elle l'entende et se retire dans sa cage, à l'abri du silence.

– C'était Noël, dit-elle au moment où les diffuseurs se turent, et la suite de ses paroles se détacha dans ce silence. J'avais dix ans et Jade m'offrit un petit collier d'or, avec une perle. Elle n'avait que quatorze ans mais elle travaillait déjà dans la maison. On avait mis un sapin dans le salon de musique et il était plein de petites lampes de toutes les couleurs, accrochées à un fil. Avez-vous déjà vu ça, des lampes rouges, vertes et or, accrochées toutes ensemble ?

Je revis les guirlandes de luminex multicolores que j'avais aperçues de la navette, ma première vision de Pépite. Personne ne lui en avait parlé, personne, pendant tout ce temps. L'image d'une cage protectrice élevée par bonté autour d'elle s'imposa à moi et je sursautai, heurtant de la main le bord du clavier. Alertée par le bruit, Perle leva les yeux.

– Est-ce que Taber est là ?

Ma main erra un instant au-dessus des touches.

– Non, bien sûr que non. (Comme la navette touchant ses amarres, mes mains retombèrent sur mes genoux.) Je vous préviendrai s'il arrive.

– Cet homme avait envoyé à ma mère une robe avec des brillants, rouges, verts et or. Quand il est rentré, il a dit : « Tu ressembles à un arbre de Noël », et il l'a embrassée sur la joue. Et maman a demandé : « Qu'est-ce que tu veux pour Noël ? Je veux t'offrir quelque chose. » Elle avait le même accent nasillard que lui, je l'entends encore. Et je la revois aussi, debout près de l'arbre, dans sa robe scintillante.

Elle s'interrompit un instant et, quand je regardai dans le miroir, elle avait tourné la tête : on aurait juré qu'elle dévisageait Taber.

– C'est moi qu'il a demandée.

– Et que vous a-t-il fait ?

– Je ne m'en souviens pas.

Je vis ses mains se crisper l'une contre l'autre, puis se détendre, et je sus ce qu'il avait fait. Il l'avait enfermée dans une prison dont elle ne s'était jamais échappée, il lui avait lié les mains et elle ne s'était jamais libérée. Je regardai mes propres mains, nouées comme les siennes mais totalement passives, elles. Elles n'avaient même pas tressailli.

– Et personne n'est venu à votre aide ?

– Si, le pianiste. Il a enfoncé la porte. Il s'est cassé les deux mains et, maintenant, il ne peut plus jouer. Il a dit à ma mère d'appeler le docteur. Et aussi qu'il la tuerait si elle ne le faisait pas. Quand il est venu à mon secours, je me suis sauvée. Je ne voulais pas qu'on m'aide. Je voulais mourir. J'ai couru, couru, mais sans savoir par où m'échapper. Je n'y voyais rien.

– A-t-il tué celui qui vous a aveuglée ?

– Pendant qu'il me cherchait, ma mère a fait sortir le foreur par-derrière. J'ai couru tant que je pouvais et, à la fin, je suis tombée et le pianiste m'a rattrapée et m'a serrée dans ses bras jusqu'à ce que le docteur arrive. Je lui ai fait promettre de tuer cet homme. (Sa voix faiblit sur ces derniers mots, tellement que je faillis ne pas entendre.) Mais il ne l'a pas fait.

Les diffuseurs se remirent en marche et je jetai un coup d'œil au miroir, mais Taber n'était plus là. Cornie l'avait fait sortir par-derrière.

Plusieurs quarts s'écoulèrent sans qu'il se manifestât et, quand il revint, ce fut pour annoncer à Jade qu'il partait pour Solfatar. Il dit à Perle qu'il lui rapporterait un cadeau et, soudain familier mais toujours équivoque, murmura un peu trop doucement :

– Que désires-tu pour Noël, Rubis ? Tu as bien mérité ton cadeau, toi aussi.

Pendant son absence, Jack brancha une nouvelle vanne, juste au-dessus de la première, et Jade mit les alcools sous clé. Les hommes ne réclamaient plus de musique. Entre eux, il n'était plus question que de forcer la vis, à double ou même à triple tour, comme ils disaient. Ce dont je me félicitais, me sentant presque incapable de jouer. Moi aussi, j'avais les mains liées.

Jade me demanda d'aller accueillir Taber à la spirale, puis se ravisa :

– Ça me tracasse, cette rage qu'ils ont de mettre la gomme, au sidon de Jack. Bande de serre-la-vis, ils pourraient faire sauter toute l'étoile ! Reste ici pour m'aider, ça vaudra mieux.

Taber nous arriva juste avant la relève.

– Je t'apporterai ton cadeau ce soir, Perle. Je sais qu'il te plaira, Rubis m'a aidé à le choisir.

Je vis se contracter les mains de Perle, mais les miennes ne frémirent même pas.

Taber attendit presque la fin du quart, dont il passa près de la moitié dans la salle de jeu, Cornie affalée sur son épaule. Elle avait déjà eu son cadeau, une bonne dose de came. Les yeux brillants et hagards, elle titubait contre lui et, à un moment donné, manqua presque tomber.

– Rubis, apporte-moi un cigare, me cria-t-il. Et regarde dans la poche de ma veste, j'ai ramené quelque chose pour tout le monde.

Perle était debout au milieu du salon de musique, les mains étendues devant elle. J'évitai de la regarder. Je grimpai quatre à quatre dans ma chambre, y pris ce qu'il me fallait, redescendis aussitôt dans l'antichambre où Taber avait laissé sa veste et pêchai un cigare dans sa poche. Son briquet s'y trouvait, lui aussi.

Le cadeau consistait en un paquet plat enveloppé de papier rouge et vert, et je le rapportai avec le cigare. Taber était dans la salle de musique, assis dans le fauteuil de Perle avec Cornie sur ses genoux. Elle avait passé un bras autour de son cou.

– Tu as oublié le briquet, Rubis, observa-t-il, et j'attendis qu'il m'envoie le chercher mais il n'en fit rien. Aucune importance, ajouta-t-il. Sais-tu quel jour nous sommes ?

– Moi je le sais, chuchota Cornie. Je le sais.

Il éleva la main vers celle de la jeune femme, abandonnée sur son épaule, et nasilla avec l'accent de Solfatar :

– C'est Noël.

Puis il se renversa en arrière pour tirer sur son cigare, lâchant la main de Cornie. Elle était rouge et meurtrie et, de son autre main, elle la serra contre sa poitrine. La douleur avivait l'éclat de son regard.

– J'étais en train de me dire que tu devrais nous jouer quelques chants de Noël. (Il prononçait Nouel, nasillant plus que jamais.) Tu dois bien en connaître un ou deux, Rubis ?

– Non.

– Je l'aurais parié, et je t'ai apporté un cadeau. Vas-y, ouvre-le.

J'ôtai le papier rouge et vert et en tirai une liasse de partitions. Des chants de Noël : je les connaissais tous.

– Perle, tu vas chanter pour moi, tu veux bien ?

– Je n'en connais aucun, affirma-t-elle.

Elle n'avait pas bougé d'un pas.

– Mais si, tu en connais. On les jouait toujours à Noël, dans les maisons de joie de Solfatar. Allez, vas-y. Rubis t'accompagnera.

Je m'assis au piano et Perle vint tout près de moi, effleurant de la main l'extrémité du clavier. Je plaçai les partitions sur le pupitre et posai les mains sur les touches.

– Il sait, murmura-t-elle, assez bas pour que je sois seul à l'entendre. Vous lui avez dit ?

– Non, c'est une coïncidence. C'est peut-être vraiment Noël sur Solfatar, en ce moment. Sur Pépite, personne ne se soucie du calendrier. C'est peut-être vraiment Noël.

– Si vous lui avez dit, s'il sait ce qui s'est passé, je suis perdue. Il a la clé de la cage, il peut m'atteindre et me faire mal.

Elle fit un pas en arrière comme pour se sauver, un unique pas chancelant. Je la retins par le poignet.

– Je ne lui ai rien dit, pour rien au monde je ne le

laisserais vous faire du mal. Mais si vous ne chantez pas, il comprendra que quelque chose ne va pas. Je vais jouer le premier chant tout seul.

Je lâchai son poignet et sa main retomba mollement sur le clavier.

J'exécutai la mélodie d'un bout à l'autre et m'arrêtai. La version que je connaissais ne comportait pas d'introduction, ce qui me permit d'étendre la main droite jusqu'à une octave et demie de l'accord d'ouverture, tandis que la gauche effleurait la sienne. Elle tressaillit. Elle ne retira pas sa main, ne fit aucun mouvement que les hommes entassés autour de nous eussent pu surprendre, mais un frisson parcourut cette main. J'attendis quelques instants avant de la toucher à nouveau, de tous les doigts cette fois, fermement, et j'entamai la mélodie. Elle chanta les paroles d'une seule traite, et mes mains qui n'avaient pas été capables de frapper un simple accord pour l'avertir couraient allégrement sur le clavier, sans la moindre hésitation. Quand le chant prit fin les hommes en réclamèrent un autre. Je plaçai la partition sur le pupitre et me tint coi, calme et silencieux, comme elle, prêt à tout

Taber nous lança un bref regard, vaguement intrigué, Jade se tourna vers la porte en fronçant les sourcils et Scorch fit irruption dans la pièce en claquant le battant isolant de l'entrée, puis s'arrêta net, hors d'haleine. Il avait toujours sa lanterne au front et, quand il se pencha en avant, hoquetant pour reprendre son souffle, la lanière glissa et découvrit une bande de peau brûlée aussi rouge que sa figure et qui commençait à se couvrir d'ampoules.

– Un sidon qui a sauté, je parie ! s'exclama Jade, dont la cicatrice fonça jusqu'au noir, lui balafrant cruellement la joue. Lequel est-ce ?

Toujours incapable de parler, Scorch s'inclina à nouveau en signe d'assentiment, répéta sa mimique et tenta de se redresser.

– C'est Jack, haleta-t-il. Il a voulu brancher une troisième vanne et tout a pété.

– Oh, mon Dieu ! gémit Saphir en s'élançant vers la cuisine.

– Beaucoup de dégâts ? s'enquit Jade.

– Jack est mort et deux des gars sont salement brûlés. Paulsen et ce type qui est venu avec Taber à la relève, je sais pas son nom. Ils étaient en plein dessus quand c'est arrivé, à régler le compresseur.

Dès ses premiers mots, les foreurs avaient bondi sur leurs combinaisons et leurs chaussures et s'équipaient à la hâte. Taber repoussa Cornie et se leva. Saphir revint de la cuisine, en pantalon et la pharmacie à la main. Grenat posa son châle sur les épaules de Scorch et l'aida à s'asseoir dans le fauteuil de Perle.

– Y a-t-il d'autres sidons dans le coin ? interrogea tranquillement Taber.

Tout cela semblait le laisser froid, l'amuser même, et il soutenait toujours Cornie, alanguie contre lui. Mais sa main gauche était crispée et son pouce s'agitait par saccades, comme s'il frottait son briquet.

– Le mien, fit Scorch. Je ne sais pas comment ça s'est fait mais le compresseur a pris feu. Les vêtements de Jack aussi, et ils sont toujours en train de brûler. (Il leva vers Jade un regard d'excuse.) Je n'avais rien pour éteindre le feu. J'ai hissé les deux gars sur la plate-forme de mon compresseur, pour les empêcher de rôtir, eux aussi.

Perle et moi n'avions pas bougé de notre place. J'observais Taber dans le miroir, m'attendant à ce qu'il annonce : « Je reste ici, Jade. Je m'occuperai de tout. » Mais il se détacha de Cornie et déclara :

– Je vais chercher des brancards à la maison de jeu. Je reviens tout de suite.

– Je vous apporte votre veste immédiatement, proposai-je.

Mais il était déjà parti.

Les portes claquèrent bruyamment derrière les hommes et Saphir. Grenat se rua dans l'escalier. Jade alla chercher ses chaussures à patins dans l'antichambre. Et je me levai pour l'y rejoindre.

– Laissez-moi venir avec vous.

Son pied bandé refusait d'entrer dans la chaussure. Elle se pencha pour ôter les pansements :

– Non, je veux que tu restes pour t'occuper de Perle.

– Grenat peut le faire, vous aurez besoin d'aide pour ramener les hommes.

Elle jeta la bande sur le plancher et fourra son pied dans la chaussure avec une grimace de douleur.

– Tu ne connais pas le chemin, tu pourrais te perdre et tomber dans un sidon. Ici, au moins, tu es en sécurité.

Elle essaya l'autre chaussure, se releva pour y introduire son pied bandé et se rassit pour fixer les courroies.

– Je ne suis en sécurité nulle part. S'il vous plaît, ne me laissez pas ici. J'ai peur de ce qui pourrait arriver.

– Même si tous les sidons explosaient, le feu ne s'étendrait pas jusqu'ici.

– Ce n'est pas ce genre de sidons que je redoute, répliquai-je avec rudesse. Vous en avez déjà laissé un en liberté dans la maison, et voyez ce que ça a donné.

Elle se redressa et me dévisagea, sa cicatrice marquant ses joues en feu d'un sillon de lave noire.

– Un sidon est un animal. Il ne peut pas se contrôler.

Elle se releva avec précaution, tâtant le sol de son pied bandé.

– Taber vient avec moi, déclara-t-elle.

Elle n'était pas si aveugle que je l'avais craint, mais elle ne voyait toujours pas le danger. Doucement, j'insistai :

– Vous ne comprenez pas. Même s'il part avec vous, il restera ici.

– Tu es prête, Jade ? appela Taber.

Lanterne au front, il portait un gros paquet dans un emballage rouge et vert.

– Je vais chercher une autre lanterne là-haut, annonça-t-elle en s'engageant dans l'escalier. Ici il ne reste plus que des lampes de ville.

Taber me tendit le paquet.

– Tu donneras son cadeau de Noël à Perle de ma part, Rubis.

– Non, je ne le lui donnerai pas.

– Qu'est-ce que tu en sais ?

Je m'abstins de répondre.

– Toi qui étais si pressé d'aller me chercher ma veste, tout à l'heure, qu'est-ce que tu attends ? Tu t'imagines sans doute que ça non plus, tu ne vas pas le faire ?

J'allai décrocher le vêtement et attendis que Jade redescende ; elle ne boitait presque plus.

– Allons-y, dit-elle en arrivant.

Je donnai sa veste à Taber, qui me tendit à nouveau le paquet. Et je le pris, tout en le surveillant pendant qu'il s'habillait, espérant le voir palper ses poches pour s'assurer que le briquet s'y trouvait. Jade lui confia la lanterne et un paquet de pansements.

– Allons-y, répéta-t-elle en ouvrant la porte.

Et elle descendit les marches de bois vers la fournaise.

– Prends bien soin de Perle ! me lança Taber, avant de refermer la porte.

Je regagnai le salon de musique : Perle n'avait pas bougé. Grenat et Cornie aidaient Scorch à s'extraire du fauteuil et à se diriger vers l'escalier, bien que Cornie pût à peine se tenir debout. Je soulageai Grenat de son fardeau, enlevai Scorch sur mon dos et ordonnai :

– Assieds-toi, Cornie.

Elle s'effondra dans le fauteuil, jambes écartées et bouche ouverte, dormant déjà.

Je hissai Scorch jusqu'à la chambre de Grenat et le maintins debout contre la porte pendant que Grenat tendait au-dessus de son lit le hamac de soins, prévu pour le secours aux brûlés. Scorch avait perdu connaissance dans le fauteuil mais, quand je le guidai vers le hamac, il revint à lui. Son visage rougi commençait à se couvrir d'ampoules et il parlait avec difficulté.

— J'aurais dû éteindre ce feu, marmonna-t-il, ça va gagner les autres sidons. J'avais dit à Jack que c'était trop près.

— Ils vont l'éteindre, affirmai-je.

Grenat vérifia la tension du hamac et me fit signe que ça allait. Doucement, j'y étendis Scorch et nous entreprîmes la terrible besogne qui consistait à l'éplucher de ses vêtements.

— C'est le nouveau, le gars qui a débarqué avec Taber ce matin. Il était complètement camé et il avait un briquet. Un briquet ! Toute l'étoile aurait pu sauter.

— Ne t'en fais pas, ça va aller.

Je le retournai sur le côté et commençai à décoller sa chemise : il sentait la viande grillée. Avant que nous ayons fini de lui ôter sa chemise il s'évanouit à nouveau, ce qui nous facilita grandement la tâche pour la suite. Grenat lui attacha le poignet à la potence à perfusions, lui injecta sa première dose d'antibiotiques et me renvoya en bas.

Perle était toujours debout près du piano.

— Ça va s'arranger pour Scorch, dis-je, assez haut pour qu'elle ne m'entendît pas ramasser le paquet de Taber.

Et je passai devant elle pour l'emporter dans la cuisine. Après tout ce va-et-vient, les diffuseurs ronflaient à pleine puissance mais je crus bon d'ajouter :

— Grenat m'a demandé de l'eau pour Scorch.

J'avais presque atteint la porte de la salle de jeu quand je vis Cornie émerger de son fauteuil, pour demander d'une voix pâteuse :

— C'est le cadeau de Perle, hein, Rubis ?

Je m'arrêtai sous le ventilateur, en plein sur la peau du sidon. Cornie se redressa à demi et se passa la langue sur les lèvres.

— Ouvre-le Rubis. Je veux voir ce que c'est.

Perle crispa les poings et dirigea son regard droit sur moi.

– Oui, Rubis. Ouvrez-le.

Je revins vers le piano et jetai le paquet sur le tabouret.

– Non.

Cornie se leva en titubant et tenta de s'en approcher.

– Alors je l'ouvrirai moi-même, Rubis, puisque tu es si méchant. Pauvre Perle, pauvre aveugle qui ne peut pas ouvrir toute seule son cadeau de Noël !

Elle commençait à bredouiller, je comprenais à peine ce qu'elle disait. Elle dut s'y reprendre à deux fois avant de réussir à saisir le paquet. Puis elle retourna s'asseoir en le serrant sur sa poitrine, vacillant à chaque pas. Cette fois, elle sombrait vraiment dans l'inconscience. Avant peu elle y serait tout à fait.

– Je t'en prie, implorai-je silencieusement, comme Perle avait dû le faire dans cette pièce fermée à clé, Perle avec ses dix ans, ses mains liées et cet homme qui s'approchait avec son rasoir. Vite, vite !

Cornie n'arrivait pas à ouvrir le paquet. Elle bataillа faiblement avec le ruban vert, tirailla sur le papier sans même le déchirer et s'effondra en fermant les yeux. Affalée dans son fauteuil, elle se mit à respirer bruyamment, la bouche ouverte et les bras pendant hors des accoudoirs.

– Accompagnez-moi là-haut, dis-je à Perle. Grenat peut avoir besoin d'aide, avec Scorch.

– Entendu, approuva-t-elle, sans bouger pour autant.

La tête légèrement détournée, on aurait dit qu'elle tendait l'oreille. La voix de Cornie s'éleva, haute et claire :

– Oh, comme c'est joli !

Elle se tenait bien droite dans le fauteuil, les mains sur le paquet toujours fermé.

– C'est une robe, Perle ! N'est-ce pas qu'elle est jolie, Rubis ?

Je regardai Cornie. Retombée dans sa prostration, elle ronflait doucement.

– Oui, Perle. Elle est pleine de brillants, verts, rouges et or, comme un arbre de Noël.

Le paquet glissa lentement des mains de Cornie et tomba à terre. Les diffuseurs cliquetèrent et Cornie se retourna dans son fauteuil, ramena les pieds sous elle et se blottit contre l'accoudoir. Elle recommença à ronfler, plus fort cette fois.

– Aimeriez-vous l'essayer, Perle ?

Je la cherchai du regard, mais elle était déjà partie.

Il me fallut près d'une heure pour la retrouver, tellement la lampe de secours que j'avais fixée sur mon front éclairait mal. Elle était couchée face contre terre, près du poste d'amarrage. Je détachai ma lanterne et la posai à côté d'elle, pour mieux la voir : l'ourlet de sa robe commençait à se consumer. Je le piétinai jusqu'à ce qu'il s'effrite sous mes pieds, puis je m'agenouillai près d'elle et la retournai sur le dos.

– Rubis ?

L'hélium rendait sa voix suraiguë, métallique, méconnaissable. Elle ne reconnaîtrait pas davantage la mienne, d'ailleurs. Si je lui disais que j'étais Jade, ou Cornie, ou Taber venu pour la tuer, elle ne pourrait pas faire la différence.

– Rubis ? répéta-t-elle. Est-ce que Taber est là ?

– Non, ce n'est que le sidon.

– Vous n'êtes pas un sidon.

Ses lèvres étaient desséchées.

– Qu'est-ce que je suis, alors ?

Je rapprochai la lanterne et son visage s'empourpra. Il devint presque aussi rouge que celui de Jade.

– Tu es mon ami le pianiste, mon ami venu pour m'aider.

Mes yeux se remplirent de larmes.

– Je ne suis pas là pour vous aider, je suis venu vous achever. Je ne peux pas m'en empêcher : je suis en train de copier Taber.

– Non. (Son démenti n'exprimait ni protestation ni horreur, ni surprise : elle constatait l'évidence, rien de plus.) Tu n'as jamais copié Taber.

– Il a tué Jack. Il s'est arrangé pour qu'un pauvre garçon bourré de drogue fasse sauter le sidon, afin d'avoir un alibi pour vous tuer, vous. En me laissant le faire à sa place.

Ses mains reposaient à ses côtés, paumes contre terre. Quand je les pris pour les déposer sur sa jupe ainsi qu'elle les tenait toujours, poignets croisés, elle n'eut pas un tressaillement et je me demandai si elle était encore consciente.

– Les pieds de Jade vont beaucoup mieux, dit-elle en se léchant les lèvres. Tu ne boites presque plus. Et j'ai su que Cornie s'était droguée avant même qu'elle n'entre dans la pièce, à ta façon de marcher. Je t'ai entendu les copier tous, même ce pauvre Jack. Tu n'as jamais copié Taber. Jamais.

Je me traînai tout près d'elle et posai sa tête sur mes genoux. Ses cheveux se répandirent en auréole autour de son visage, vague ourlée d'une sombre écume de cendre. Mes fines semelles, déjà attaquées par la chaleur, s'imprimaient au dos de mes cuisses comme des fers rouges. Perle avala sa salive et débita tout d'une traite :

– Il a enfoncé la porte et envoyé chercher le docteur, et il est parti tuer cet homme mais il était trop tard. Ma mère l'avait fait sortir par-derrière.

– Je sais.

Mes larmes coulaient sur son cou, sur sa gorge, et je voulus les essuyer, mais elles avaient déjà séché. Sa peau était chaude et sèche, ses lèvres craquelées ; quand elle parlait, c'est à peine si elles remuaient.

– Alors il est revenu et m'a prise dans ses bras pour attendre le docteur, comme ça. Et j'ai dit : « Pourquoi vous ne le tuez pas ? » Et il a dit : « Je le ferai », et alors je lui ai demandé de m'achever mais il n'a pas voulu. Il n'a pas tué le foreur non plus, parce que ses mains étaient brisées et toutes déchirées.

– Mon oncle l'a tué, c'est pour cela qu'on nous a expulsés. Ils l'ont tué à deux, Kovich et lui, affirmai-je (bien que Kovich fût déjà mort à cette époque-là). Ils l'ont ligoté et lui ont arraché les yeux avec un rasoir. C'est pour ça que Jade m'a laissé venir sur Pépite. Elle devait bien ça à mon oncle, pour avoir tué ce type. Mais pourquoi m'a-t-il envoyé ici ? Pour copier qui ?

La lampe faiblissait de plus en plus et la courroie se consumait sur mon front mais je ne tentai pas de l'ôter. Je restai exactement comme j'étais, la tête de Perle sur mes genoux, sans faire un geste.

– J'ai tout de suite su que tu me copiais, reprit-elle, dès le début. Mais je n'ai rien dit parce que je croyais que tu voulais tuer Taber pour moi. Chaque fois que tu jouais pour moi, j'allais m'asseoir et je pensais à un sidon en train d'égorger Taber, en espérant que tu copierais ma haine. Je n'ai jamais vu Taber, je n'ai jamais vu de sidon, mais j'imaginais l'amant de ma mère en l'appelant Taber. Je regrette de t'avoir fait ça, Rubis.

Je repoussai ses cheveux en arrière et ma main laissa une trace noire sur sa joue, comme une cicatrice.

– Mais j'ai tué Taber.

– Tu me rappelais tellement Kovich, Rubis. Tu jouais exactement comme lui. Et quand je croyais concentrer mes pensées sur la mort de Taber, je me trompais. Je n'ai jamais su à quoi pouvait bien ressembler un sidon. Je pensais seulement à Kovich, et à moi... qui attendais le coup de grâce.

Son souffle était presque imperceptible à présent, beaucoup plus rapide. Elle reprenait haleine entre chaque mot.

– Rubis, à quoi ressemble un sidon ?

Je tâchai de me rappeler à quoi ressemblait Kovich quand il était venu trouver mon oncle, ses mains brisées déjà gagnées par l'infection, le visage enflammé par la fièvre qui devait l'emporter. Il avait dit à mon oncle : « Copie-moi. Je veux que tu apprennes à jouer du piano, avant que je meure. Je veux que tu tues un homme pour moi. Que tu lui arraches les yeux. Je veux que tu fasses ce que je ne peux pas faire. »

Je ne me rappelais plus de quoi il avait l'air, sinon qu'il était très grand, presque aussi grand que mon oncle... comme moi. Je croyais que c'était lui qui ressemblait à mon oncle, mais ce devait être le contraire. « Je veux que tu me copies, avait-il dit, que tu fasses ce que je ne peux pas faire. » Perle lui avait demandé de tuer le foreur et il avait promis de le faire. Puis elle lui avait demandé de l'achever, et il avait promis ça aussi, bien qu'il fût désormais tout aussi incapable de tuer quelqu'un que de jouer du piano, avec ses mains brisées. Et bien qu'il n'eût jamais soupçonné avec quelle perfection un miroir peut copier, ni à quel point il restait inconscient de le faire. Et mon oncle avait tué cet homme, et moi j'avais achevé Perle, mais c'était Kovich et lui seul, le véritable meurtrier.

– Les sidons sont très grands, fis-je à voix haute, et ils jouent du piano.

Elle ne répondit pas. La courroie de la lanterne s'enflamma soudain, et je la regardai brûler.

– Tant mieux si tu n'as pas tué Taber, dit Perle. Mais ne le laisse pas rejeter sur toi la culpabilité de ma mort.

– J'ai vraiment tué Taber. Je lui ai donné le vrai briquet. Je l'ai glissé dans la poche de sa veste avant qu'il sorte pour aller aux sidons.

Elle tenta de se redresser.

– Dis-leur que tu le copiais, que tu n'as pas pu t'en empêcher, insista-t-elle, comme si elle n'avait pas entendu.

Je fouillai l'obscurité du regard.

– Je le leur dirai.

Taber est par là, quelque part, de l'autre côté de l'horizon. Il regarde dans cette direction, en se demandant si j'ai déjà tué Perle. Dans un instant, il va mettre la main à sa poche, presser la molette avec son pouce, et tous les sidons exploseront l'un après l'autre, traçant une guirlande de lumières. Aura-t-il le temps de comprendre qui l'a tué, ou même de se poser la question ?

Et moi qui suis là, à genoux, soutenant toujours la tête de Perle, je m'interroge, moi aussi. Peut-être l'ai-je copiée, comme elle l'affirme. Ou Jade ou Kovich, ou même Taber, ou bien eux tous. Le pire, ce n'est pas ce qu'on vous fait, c'est de ne pas savoir qui vous le fait. Peut-être n'ai-je copié personne et suis-je l'unique meurtrier de Taber ? Je le souhaite.

– Tu devrais rentrer avant d'être brûlé, souffle Perle, si bas que c'est à peine si je l'entends.

Je la rassure :

– Je vais rentrer.

Mais je ne peux pas. Ils m'ont ligoté, ils m'ont enfermé, et maintenant je ne peux plus qu'attendre. Attendre qu'ils viennent m'achever.

A Londres, pendant le Blitz, Edward R. Murrow vit un jour une voiture de pompiers passer à toute allure devant lui : il en fut stupéfait. C'était en plein midi, il n'avait entendu ni la sirène ni les bombardiers, et il se demandait où une voiture de pompiers pouvait bien aller. Après un moment de réflexion, il comprit qu'elle allait tout simplement sur les lieux d'un banal incendie, et que les circonstances seules faisaient paraître le fait invraisemblable. Comme si les petites catastrophes quotidiennes n'eussent pas dû se produire, tant que l'immense catastrophe qui s'était abattue sur Londres monopolisait l'attention de chacun. Pourtant les maisons prenaient feu et brûlaient pour des raisons qui n'avaient rien à voir avec le Blitz, et même devant l'Armaguedon, nul n'est dispensé d'affronter son petit armaguedon personnel.

MARGUERITE AU SOLEIL

Les autres n'étaient d'aucun secours. Quand Marguerite s'agenouilla près de son frère sur le sol de la cuisine et dit :

– Tu te souviens quand nous habitions chez grand-mère, juste nous trois, sans personne d'autre ?

Il la regarda, sans expression, par-dessus les pages de son livre, le visage fermé et indifférent.

– De quoi parle ton livre ? demanda-t-elle gentiment. Du soleil ? Chez grand-mère, tu lisais toujours tes livres à haute voix. Tous, sur le soleil.

Il se leva, alla à la fenêtre de la cuisine et regarda la neige, au-dehors, formant des dessins sur la fenêtre sèche. Le livre, quand Marguerite l'étudia, traitait de tout à fait autre chose.

– Chez nous il ne neigeait pas tout le temps comme cela, n'est-ce pas ? demandait Marguerite à sa grand-mère. Il n'aurait pas pu neiger tout le temps, même au Canada, si ?

C'était le train, maintenant, pas la cuisine, mais sa grand-mère continuait de prendre des mesures, pour les rideaux, comme si elle ne s'en apercevait pas.

– Comment les trains peuvent-ils circuler s'il neige sans cesse ?

Sa grand-mère ne lui répondit pas. Elle continua de mesurer les larges fenêtres courbes du train avec son mètre-ruban jaune. Elle notait les mesures sur de petits bouts de papier et ceux-ci s'envolaient de ses poches comme la neige du dehors, sans bruit.

Marguerite attendit que ce soit de nouveau la

cuisine. Les rideaux bonne femme rouges pendaient, rayés et avachis, à mi-hauteur des fenêtres carrées.

– Le soleil a terni leur couleur, non ? demanda-t-elle timidement.

Mais sa grand-mère refusa de se laisser prendre. Elle mesurait et notait et laissait choir les mesures comme de la cendre, tout autour d'elle.

Marguerite porta son regard de sa grand-mère sur les autres, qui arpentaient la cuisine à pas traînants. Elle ne leur demanderait pas. Leur parler serait admettre qu'ils étaient là à leur place, allant et venant maladroitement dans la pièce, comme un troupeau, en se bousculant.

Marguerite se leva.

– C'est *bien* le soleil qui les a fanés. Je m'en souviens, dit-elle.

Puis elle alla dans sa chambre et ferma la porte.

Cette pièce était toujours à elle, quoi qu'il advînt à l'extérieur. Elle restait la même : mousseline jaune à volants sur le lit, fleurs jaunes aux rideaux. Elle avait refusé de laisser sa mère poser des stores dans sa chambre. Elle s'en souvenait très clairement. Elle y était restée toute la journée, porte barricadée. Mais elle ne pouvait se rappeler pourquoi sa mère avait voulu les poser, ou ce qui avait suivi.

Marguerite s'assit en tailleur, au milieu de son lit, en serrant contre sa poitrine son oreiller jaune à volants. Sa mère lui rappelait sans cesse qu'une jeune fille doit s'asseoir jambes serrées.

– Tu as quinze ans, Marguerite. Que tu le veuilles ou non, tu es une jeune fille.

Pourquoi parvenait-elle à se rappeler ce genre de choses et non la façon dont ils étaient arrivés là, ou l'endroit où se trouvait sa mère, ou la raison pour laquelle il neigeait tout le temps sans qu'il fasse jamais froid ? Elle serra l'oreiller très fort contre elle et essaya, essaya de se souvenir.

C'était comme si elle pressait une chose à la fois molle et résistante. C'était elle-même, essayant d'écraser ses seins sur ses côtes après que sa mère lui eut dit qu'elle était en train de grandir, qu'elle aurait besoin de porter un soutien-gorge. Elle avait tenté de presser jusqu'à redevenir la petite fille qu'elle était auparavant. Mais, bien qu'elle les eût enfoncés en elle du plat de la main, ils étaient encore là ; une barrière, impossible à franchir.

Marguerite s'agrippa à l'oreiller mou, les paupières fermement closes.

– Grand-mère est entrée, dit-elle à voix haute, tout en se tendant vers le seul souvenir qu'elle pût atteindre, grand-mère est entrée et a dit...

Elle examinait un des livres de son frère. Elle l'avait tenu, regardé – un des livres de son frère traitant du soleil –, et là, tandis que la porte s'ouvrait, il le lui avait pris. Il était en colère... au sujet du livre ? Sa grand-mère était entrée, l'air surexcitée, et son frère lui avait repris le livre.

– Ils ont reçu le tissu, avait dit sa grand-mère. J'en ai acheté assez pour toutes les fenêtres. (Elle portait un sac plein d'étoffe pliée. Du guingan rouge et blanc.) J'ai acheté presque toute la pièce, avait dit sa grand-mère. (Son visage était empourpré.) N'est-ce pas joli ?

Marguerite tendit la main pour toucher la légère et jolie étoffe et alors...

C'était inutile. Elle ne pouvait aller plus loin. Elle n'en avait jamais été capable. Elle restait parfois assise sur son lit des jours durant. Parfois, elle commençait par la fin et remontait le fil de ses souvenirs, mais rien ne changeait. Il n'y avait que le livre, l'entrée de sa grand-mère et sa main qui se tendait.

Marguerite ouvrit les yeux. Elle replaça l'oreiller sur le lit, décroisa les jambes et inspira profondément. Elle allait devoir interroger les autres. Il n'y avait rien d'autre à faire.

Elle resta un instant derrière la porte avant de l'ouvrir, tout en se demandant lequel des endroits ce serait. C'était le salon de sa mère, les murs d'un bleu froid et les fenêtres obstruées par des stores vénitiens. Son frère était assis sur le tapis gris-bleu et lisait. Sa grand-mère avait décroché l'un des stores. Elle mesurait la haute fenêtre. Dehors, la neige tombait.

Des étrangers arpentaient le tapis bleu. Parfois Marguerite pensait qu'elle les reconnaissait, qu'ils étaient des amis de ses parents ou des gens qu'elle avait vus à l'école. Mais elle ne pouvait en être sûre. Au cours de leurs patients errements sans fin, ils ne s'adressaient pas la parole. Ils ne semblaient même pas se voir. Parfois, en descendant le long couloir du train, ou en tournant dans la cuisine de sa grand-mère, ou en parcourant le salon bleu, ils se heurtaient. Ils ne s'arrêtaient pas, ne disaient pas : « Excusez-moi. » Ils se heurtaient les uns les autres sans s'en apercevoir et continuaient. Ils se bousculaient sans bruit ni sensation et au fil des collisions ils ressemblaient de moins en moins à des gens que connaissait Marguerite et de plus en plus à des étrangers. Elle les regardait anxieusement, essayant de les reconnaître afin de les interroger.

Le jeune homme venait du dehors. Marguerite en était sûre, bien qu'il n'y eût pas de courant d'air froid pour la convaincre, ni de neige dont le jeune homme dût débarrasser ses cheveux et ses épaules. Il se déplaçait avec aisance parmi les autres, qui le dévisageaient au passage. Il s'assit sur le canapé bleu et sourit au frère de Marguerite. Celui-ci leva les yeux de son livre et lui rendit son sourire. « Il vient du dehors, pensa Marguerite. Il saura. »

Elle s'assit près de lui, au bout du canapé, les bras croisés.

— Est-il arrivé quelque chose au soleil ? murmura-t-elle.

Il releva la tête. Son visage était aussi jeune que celui de Marguerite. Brun et souriant. Au fond d'elle-même, Marguerite ressentit un petit frisson de peur, une légère sensation étrangère comme celle qui avait signalé l'arrivée de ses premières règles. Elle se releva, recula d'un pas et faillit entrer en collision avec un des étrangers

– Bonjour ! dit le garçon. Mais c'est la petite Marguerite !

Les poings de Marguerite se nouèrent. Elle ne comprenait pas comment elle avait pu ne pas le reconnaître... son air de confiance tranquille, son sourire désinvolte. Il ne l'aiderait pas. Il savait, c'était évident, il avait toujours su, mais il ne lui dirait pas. Il lui rirait au nez. Il ne fallait pas qu'elle le laissât rire d'elle.

Salut, Ron, allait-elle dire. Mais la dernière consonne du nom devint incertaine. Elle n'avait jamais été sûre de son nom.

Il rit.

– Qu'est-ce qui te fait croire qu'il est arrivé quelque chose au soleil, petite Marguerite ? (Son bras reposait sur le dossier du canapé.) Assieds-toi et dis-moi tout.

Si elle s'asseyait à côté de lui, il pourrait facilement l'entourer de son bras.

– Est-il arrivé quelque chose au soleil ? répéta-t-elle un peu plus fort, de l'endroit où elle se trouvait. Il ne brille plus jamais.

– En es-tu sûre ? dit-il en riant de nouveau.

Il regardait ses seins. Elle croisa les bras.

– Eh bien ? dit-elle d'un air têtu, comme un enfant.

– Qu'en penses-tu ?

– Je pense que peut-être tout le monde se trompait à son sujet.

Elle s'interrompit, surprise par ce qu'elle avait dit, par ce dont elle se souvenait maintenant. Puis, oubliant de croiser les bras, elle reprit, tout en s'écoutant parler :

– Tout le monde pensait qu'il allait exploser. On disait qu'il avalerait la Terre tout entière. Mais peut-être ne l'a-t-il pas fait. Il s'est peut-être simplement éteint comme une allumette, par exemple. Alors, il ne brille plus et c'est pour cela qu'il neige sans arrêt et...

– Froid, dit Ron.

– Quoi ?

– Froid, dit-il. Ne ferait-il pas froid si tout cela était arrivé ?

– Quoi ? dit-elle bêtement.

– Marguerite, dit-il avant de lui sourire.

Elle eut un léger vertige. Le pincement de peur s'enfonça un peu plus en elle et se fit plus précis.

– Oh ! dit-elle.

Elle s'enfuit vers sa chambre en contournant les autres qui allaient et venaient, allaient et venaient. Elle claqua la porte derrière elle et s'allongea sur le lit en se tenant l'estomac et en se souvenant.

Son père les avait tous appelés au salon. Sa mère était perchée sur le bord du canapé bleu, déjà effrayée. Son frère avait apporté un livre avec lui, mais regardait les pages sans les voir.

Il faisait froid dans le salon. Marguerite se campa dans le seul carré ensoleillé et attendit. Elle avait déjà peur depuis un an. « Et dans une minute, pensa-t-elle, je vais entendre une chose qui va me faire encore plus peur. »

Elle ressentit une soudaine et ahurissante haine envers ces parents capables de la tirer du soleil pour la plonger dans l'ombre, capables de l'effrayer simplement en lui parlant. Aujourd'hui, elle était assise sous le porche. Cet autre jour elle était allongée au soleil dans son vieux maillot de bain jaune, quand sa mère l'avait appelée.

– Tu es une grande fille maintenant, avait dit sa mère quand elles s'étaient retrouvées au salon. (Elle regardait le maillot jaune devenu trop petit, tendu sur la poitrine et tiré haut sur les jambes.) Il y a des choses que tu dois savoir.

Le cœur de Marguerite s'était mis à cogner.

– Je voulais te les dire pour qu'on ne te raconte pas tout un tas d'histoires. (Elle avait en main une brochure rose et blanc, et terrifiante.) Je veux que tu lises ça, Marguerite. Même si tu ne t'en aperçois pas, tu es en train de changer. Tes seins se développent et bientôt tes règles commenceront. Cela veut dire...

Marguerite savait ce que cela voulait dire. A l'école, les filles le lui avaient appris. Les ténèbres et le sang. Les garçons qui voudraient toucher ses seins et pénétrer ses ténèbres. Et ensuite, encore du sang.

– Non, dit Marguerite. Non, je ne veux pas.

– Je sais qu'aujourd'hui cela te semble effrayant, mais un jour tu rencontreras un gentil garçon et alors tu comprendras...

Non. Pas moi. Jamais. Je sais ce que les garçons vous font.

– Dans cinq ans tu auras changé d'avis, Marguerite. Tu verras...

Pas dans cinq ans. Pas même dans cent. Non.

– Je n'aurai pas de seins, cria Marguerite, en jetant l'oreiller sur sa mère. Je ne veux pas de règles. Je ne les laisserai pas venir. Non !

Sa mère l'avait considérée avec compassion.

– Mais, Marguerite, ça commence déjà. (Elle l'avait prise dans ses bras.) Cela n'a rien d'effrayant, mon ange.

Depuis lors, Marguerite avait peur. Et maintenant, dès que son père parlerait, ce serait encore pire.

– Je voulais vous le dire à tous, dit son père, pour qu'on ne vous l'apprenne pas d'une autre façon. Je voulais que vous entendiez ce qui se passe réellement et non pas de simples rumeurs.

Il marqua une pause et inspira bruyamment. Même leurs discours commençaient de façon identique.

– Je crois que c'est à moi de vous l'apprendre, dit son père. Le Soleil va devenir une nova.

Sa mère prit une longue et calme inspiration, comme un soupir. C'était la dernière fois qu'elle respirait sans être oppressée. Son frère referma son livre. « C'est tout ? » pensa Marguerite, surprise.

– Le Soleil a consommé tout l'hydrogène de son noyau. Il commence à se consumer lui-même et quand ce sera fait, il gonflera et...

Il hésita sur ces derniers mots.

– Il va nous avaler, dit son frère. Je l'ai lu dans un livre. Le Soleil explosera, jusqu'à Mars. Il avalera Mercure, Vénus, la Terre et Mars et nous serons tous morts.

Son père hocha la tête.

– Oui, fit-il comme s'il était soulagé que le pire fût dit.

– Non, dit sa mère.

Et Marguerite pensa : « Ce n'est rien. Rien. » Les mots de sa mère étaient bien pires. Le sang et les ténèbres.

– Il y a eu des changements dans le Soleil, dit son père. Il y a encore eu des tempêtes solaires. Trop. Et le Soleil a des émissions de neutrinos inhabituelles. C'est là le signe qu'il...

– Combien de temps ? demanda sa mère.

– Un an. Cinq, au plus. On ne sait pas.

– Il faut l'empêcher ! hurla d'un ton perçant la mère de Marguerite.

De son coin ensoleillé, Marguerite leva les yeux, ébahie par la crainte de sa mère.

– On ne peut rien faire, dit son père. Cela a déjà commencé.

– Je ne le permettrai pas, dit sa mère. Je ne permettrai pas que cela arrive. Pas à mes enfants. Pas à ma Marguerite. Elle a toujours adoré le soleil.

Aux mots de sa mère, Marguerite se rappela quelque chose. Une vieille photo sur laquelle sa mère avait écrit. Des pattes de mouches à l'encre blanche au bas de la photo qui représentait Marguerite, marchant à peine, dans un maillot de bain jaune, avec sa poitrine concave de fillette et son ventre ballonné de petit enfant. Seau et pelle à la main, orteils plantés dans le sable chaud, levant des yeux éblouis vers le soleil. Et l'écriture de sa mère au bas de la photo : *Marguerite au soleil.*

Son père avait pris la main de sa mère dans la sienne. Il avait passé son bras autour des épaules de son frère. Ils rentraient la tête comme s'ils attendaient un coup, comme s'ils pensaient qu'une bombe allait leur tomber dessus.

« Nous tous, pensa Marguerite, dans un an ou peut-être dans cinq. Sûrement avant cinq ans. Nous tous à nouveau des enfants, au chaud, heureux, dans le soleil. » Elle ne parvenait pas à avoir peur.

C'était encore le train. Les étrangers arpentaient le long couloir du wagon-restaurant, en se tamponnant au hasard. Sa grand-mère mesurait la petite vitre de la porte, à l'extrémité du wagon. Elle ne regardait pas la neige cendreuse par la petite fenêtre. Marguerite ne trouvait pas son frère.

Ron était assis à une des tables recouvertes de l'épais damassé blanc et râpé des trains. Le vase et l'argenterie posés sur la table étaient lourds afin d'être insensibles aux mouvements du wagon. Ron, affalé sur sa chaise, regardait la neige par la fenêtre.

Marguerite s'assit en face de lui. Son cœur battait douloureusement dans sa poitrine.

– Salut, dit-elle.

Elle eut peur d'ajouter son nom. Elle craignait que ce mot ne s'éteigne dans sa bouche comme par le passé et que Ron sache combien elle était effrayée.

Il se tourna et lui sourit.

– Bonjour, petite Marguerite, dit-il.

Elle le haït avec la même soudaine intensité qu'elle avait haï ses parents. Elle le détesta pour le pouvoir qu'il avait de l'effrayer.

– Que fais-tu ici ? demanda-t-elle.

Il pivota légèrement sur son siège et lui adressa un sourire moqueur.

– Tu n'es pas à ta place ici, dit-elle d'un ton agressif. Je suis venue au Canada vivre avec ma grand-mère. (Elle écarquilla les yeux. Elle n'avait pas su cela avant de le dire.) Je ne te connaissais même pas. Quand nous habitions la Californie, tu travaillais chez l'épicier. (Elle était soudain dépassée par ce qu'elle disait.) Tu n'as pas ta place ici, murmura-t-elle.

– Tout ceci est peut-être un rêve, Marguerite.

Toujours en colère, la poitrine palpitant sous le choc du souvenir, elle le fixa.

– Quoi ? dit-elle.

– J'ai dit que tu rêvais peut-être tout ça. (Il posa les coudes sur la table et se pencha vers elle.) Tu fais toujours les rêves les plus incroyables, petite Marguerite.

Elle secoua la tête.

– Pas comme ceci. Les miens n'étaient pas comme ceci. J'ai toujours fait de jolis rêves.

Les souvenirs affluaient, plus rapidement cette fois, comme une pulsation dans son flanc, à l'endroit où le petit livre rose et blanc plaçait ses ovaires. Elle n'était pas sûre de pouvoir atteindre sa chambre. Elle se dressa en s'agrippant à la nappe blanche.

– Ils n'étaient pas comme ceci.

Elle se dirigea en titubant vers sa chambre, à travers les gens qui arpentaient les lieux à la manière d'un troupeau.

– Au fait, Marguerite, dit Ron. (Elle s'immobilisa, la main sur la porte de sa chambre, le souvenir presque revenu.) Tu es encore froide.

– Quoi ? dit-elle d'un air déconcerté.

– Encore froide. Mais tu te réchauffes.

Elle voulut lui demander ce qu'il entendait par là, mais le souvenir l'envahit. Le souffle court, elle ferma la porte derrière elle et se dirigea à tâtons vers le lit.

Toute sa famille avait fait des cauchemars. Ils étaient assis pour le petit déjeuner, les traits tirés, l'air fatigué, les yeux cernés. Les rideaux doublés de plomb destinés à la cuisine n'étaient pas encore arrivés et ils devaient donc déjeuner dans le salon, où ils pouvaient baisser les stores vénitiens. Sa mère et son père étaient assis sur le canapé bleu, les genoux contre la table basse surchargée. Marguerite et son frère étaient assis à même le sol.

– J'ai rêvé que j'étais toute trouée, dit sa mère, les yeux rivés sur les stores baissés. De tout petits trous, comme un gruyère.

— Allons, Evelyne, dit le père.

— J'ai rêvé que la maison brûlait, dit son frère. Les camions de pompiers venaient et éteignaient l'incendie, mais alors ils s'enflammaient eux-mêmes, et les pompiers et les arbres aussi et...

— Suffit, dit son père. Mange. Les neutrinos, dit-il à sa femme avec douceur, passent à travers nous sans cesse. Ils traversent complètement la Terre. Ils sont absolument inoffensifs. Ils ne font pas de trous. Ce n'est rien, Evelyne. Ne t'inquiète pas *pour les neutrinos* ! Ils ne peuvent pas te faire de mal.

— Marguerite, tu avais une robe à pois, comme un gruyère, à une époque, non ? dit sa mère, les yeux toujours fixés sur les stores. Elle était jaune. Tous ces petits pois, comme des trous.

— Puis-je quitter la table ? demanda son frère, un livre à la couverture ornée d'une photographie du soleil à la main.

Son père hocha la tête et son frère sortit de la maison, lisant déjà.

— Mets ton chapeau ! dit la mère de Marguerite, sa voix enflant dangereusement sur le dernier mot.

Elle le regarda jusqu'à ce qu'il eût quitté la pièce, puis se tourna et examina Marguerite de ses yeux cernés de bleu.

— Toi aussi, tu as fait un cauchemar, n'est-ce pas, Marguerite ?

Marguerite secoua la tête, tout en baissant les yeux sur son bol de céréales. Avant le petit déjeuner elle avait regardé à travers les stores vénitiens. Elle avait regardé le soleil interdit. Les lames de plastique rigide étaient restées coincées et maintenant un petit triangle de lumière tombait sur son bol. Sa mère et elle le regardaient. Marguerite couvrit la lumière de sa main.

— Alors, tu as fait un joli rêve, Marguerite ? Ou bien ne t'en souviens-tu pas ?

Son ton était accusateur.

— Je m'en souviens, fit Marguerite, tout en observant le rayon de soleil sur sa main.

Elle avait rêvé d'un ours. Un énorme ours doré à la fourrure brillante. Marguerite jouait à la balle avec l'ours. Elle avait dans les mains une petite balle bleu-vert. L'ours avait paresseusement tendu son épaisse patte dorée et fait sauter la balle des mains de Marguerite. Le geste large et doux de la grosse patte était la plus belle chose qu'elle eût jamais vue. Ce souvenir la fit sourire intérieurement.

– Raconte-moi ton rêve, Marguerite, dit sa mère.

– D'accord, répondit-elle hargneusement. J'ai rêvé d'un *grand* ours jaune et d'une petite balle bleue qu'il frappait.

De sa main, elle balaya l'espace vers sa mère.

Celle-ci fit une grimace douloureuse.

– Il nous expédiait tous au royaume des cieux, mère ! cria Marguerite en se précipitant hors du sombre salon vers le vif soleil du matin.

– Mets ton chapeau ! lui lança sa mère.

Cette fois-ci elle hurla son dernier mot.

Marguerite resta longtemps appuyée contre la porte, à le regarder. Il parlait à sa grand-mère. Celle-ci avait posé son mètre-ruban jaune aux chiffres noirs comme le charbon et acquiesçait en souriant. Un long moment plus tard, Ron tendit la main, couvrit celle de la grand-mère et la tapota doucement.

La grand-mère de Marguerite se leva lentement et alla vers la fenêtre dont les rideaux rouges et fanés ne cachaient pas la neige. Mais elle ne regarda pas les rideaux. Un vague sourire dénué d'anxiété aux lèvres, elle observait la neige.

Marguerite, sourcils froncés, se faufila dans la cuisine à travers la foule et s'assit en face de Ron, dont les mains étaient posées à plat sur le plateau revêtu de linoléum rouge de la table. Marguerite posa elle aussi les mains sur la table, touchant presque celles de Ron. Elle les retourna, paumes en l'air, en un geste d'abandon.

– Ce n'est pas un rêve, n'est-ce pas ? lui demanda-t-elle.

Les doigts de Ron touchaient presque les siens.

– Qu'est-ce qui te fait croire que je devrais le savoir ? Je ne suis pas à ma place ici, tu t'en souviens ? Je travaille dans une épicerie, tu t'en souviens ?

– Tu sais tout, dit-elle avec simplicité.

– Pas tout.

La crampe la saisit violemment. Ses mains, toujours ouvertes, tremblèrent un peu et tâtonnèrent vers le rebord métallique de la table rouge, tandis qu'elle essayait de se redresser.

– De plus en plus chaude, petite Marguerite, dit Ron.

Elle ne réussit pas à atteindre sa chambre. Impuissante, elle s'appuya contre la porte et observa sa grand-mère qui mesurait, écrivait et semait autour d'elle les petits carrés de papier. Et Marguerite se souvint.

Sa mère ne le connaissait même pas. Elle l'avait vu chez l'épicier. Sa mère – qui ne sortait jamais, qui portait des lunettes de soleil, des chemisiers à manches longues et un chapeau même à l'intérieur du salon bleu et sombre –, sa mère l'avait rencontré à l'épicerie et ramené à la maison. Elle avait ôté son chapeau et ses ridicules gants de jardinier et était allée à l'épicerie le voir. Cela avait dû demander un courage incroyable.

– Il a dit t'avoir vue à l'école et avoir voulu t'inviter lui-même à sortir, mais il craignait que je ne dise que tu étais trop jeune. N'est-ce pas, Ron ? (Sa mère parlait vite et d'un ton inquiet. Marguerite n'était pas sûre qu'elle ait dit Ron, ou Rob, ou Rod.) Alors j'ai dit : « Mais pourquoi ne viens-tu pas à la maison avec moi, tout de suite, pour la rencontrer ? » Rien ne vaut l'instant présent. N'est-ce pas vrai, Ron ?

Elle ne le gênait pas du tout.

– Tu veux aller boire un coca, Marguerite ? J'ai ma voiture.

– Bien sûr qu'elle veut. N'est-ce pas, Marguerite ?

Non. Elle aurait souhaité que le soleil, grand ours doré, tende paresseusement la main pour les balayer tous. Tout de suite.

– Marguerite, dit sa mère en lui passant la main rapidement dans les cheveux. Il reste si peu de temps. Je voulais que tu connaisses...

Les ténèbres et le sang. Tu voulais que je sois aussi effrayée que toi. Eh bien, je ne le suis pas, mère. C'est trop tard. Nous y sommes déjà.

Mais quand elle sortit avec lui, elle vit son cabriolet garé contre le trottoir et elle ressentit le premier petit frémissement de peur. La capote de la voiture était baissée. Elle leva les yeux vers le visage bronzé, au sourire détendu, de Ron et songea : « Il n'a pas peur. »

– Où veux-tu aller, Marguerite ? demanda-t-il. Son bras nu était posé sur le dossier du siège. Il aurait facilement pu le laisser glisser vers les épaules de Marguerite. Elle était adossée à la portière, les bras croisés sur la poitrine.

– Je voudrais faire un tour. Capote baissée. J'adore le soleil, dit-elle pour l'effrayer, pour voir la même expression que prenait le visage de sa mère quand Marguerite lui mentait au sujet des rêves.

– Moi aussi, dit-il. On dirait que toi non plus, tu ne crois pas toutes ces idioties dont on nous gave à propos du soleil. C'est du baratin de poule mouillée et c'est tout. Est-ce que j'ai attrapé un cancer de la peau ? (Pour lui montrer, il lui entoura paresseusement les épaules de son bras doré par le soleil.) Les gens deviennent hystériques pour rien. Mon prof de physique nous a dit que le soleil pouvait émettre des neutrinos au taux actuel pendant cinq mille ans avant de s'effondrer. Et toutes ces histoires sur les aurores boréales ! Bon sang ! on dirait que les gens n'ont jamais vu de taches solaires. Il n'y a aucune raison d'avoir peur, petite Marguerite.

Ron approcha dangereusement son bras des seins de Marguerite.

– Fais-tu des cauchemars ? lui demanda-t-elle, désirant désespérément lui faire peur.

– Non. Je ne rêve que de toi. (Ses doigts se promenaient de façon insouciante sur son chemisier.) A quoi rêves-tu ?

Elle pensa le terroriser comme elle terrorisait sa mère. Ses rêves lui semblaient toujours très beaux, mais quand elle commençait à les raconter à sa mère, celle-ci écarquillait les yeux, la peur les assombrissait. Alors, Marguerite transformait son rêve, le faisait paraître plus terrifiant qu'il ne l'était, en détruisait la beauté pour qu'il effraie sa mère.

– J'ai rêvé que je faisais rouler un cerceau doré. Il était tout chaud. Quand j'y touchais, il me brûlait la main. Je portais des boucles d'oreilles, semblables à de petits cerceaux d'or qui roulaient comme le cerceau quand je courais. Et un bracelet doré.

Tout en parlant, elle observait son visage en y cherchant la peur. Il promenait son doigt, sans but, de plus en plus près du téton de son sein.

– J'ai fait descendre une pente au cerceau et il s'est mis à rouler de plus en plus vite. Je n'arrivais plus à le suivre. Il roulait tout seul, comme une roue, une roue dorée, qui roulait par-dessus tout.

Elle avait oublié son but. Elle avait raconté son rêve tel qu'elle se le rappelait, avec un petit sourire secret destiné à son souvenir. La main de Ron s'était refermée sur son sein et y reposait, chaude comme le soleil sur le visage de Marguerite.

Il paraissait ne pas savoir qu'elle s'y trouvait.

– Dis donc, mon prof de psycho se régalerait de ce rêve ! Qui aurait cru qu'une gamine comme toi pourrait avoir des rêves tellement sexy ? Dis donc ! Sacrément freudien ! Mon prof de psycho prétend que...

– Tu crois tout savoir, n'est-ce pas ? fit Marguerite.

Les doigts de Ron traçaient le contour du téton à travers le chemisier léger, décrivant un petit cercle brûlant, un minuscule cerceau brûlant.

– Pas tout à fait, dit-il en se penchant vers elle. (Les ténèbres et le sang.) Je ne sais pas tout à fait comment te prendre.

Elle se libéra vivement de son visage, se dégagea de son bras.

– Tu ne me prendras pas du tout. Jamais. Tu seras mort. Nous serons tous morts dans le soleil, dit-elle avant de jaillir du cabriolet et de s'élancer vers la maison assombrie.

Marguerite resta recroquevillée sur le lit longtemps après que le souvenir s'en fut allé. Elle ne lui parlerait plus jamais. Sans lui, elle ne pouvait rien se rappeler, mais peu lui importait. De toute façon, ce n'était qu'un rêve. Quelle importance ? Elle resserra ses bras contre sa poitrine.

Ce n'était pas un rêve. C'était pire. Elle s'assit, très raide, au bord du lit, la tête droite, les bras le long du corps, les pieds serrés, à la façon dont une jeune fille était censée se tenir. Quand elle se leva, il n'y eut aucune hésitation dans son mouvement. Elle alla directement à la porte et l'ouvrit. Elle ne s'arrêta pas pour chercher quelle pièce c'était. Elle ne jeta même pas un regard sur les étrangers qui tournaient en tous sens. Elle se dirigea droit vers Ron et posa la main sur son épaule.

– C'est l'enfer, n'est-ce pas ?

Il se retourna. Son visage exprimait comme un espoir.

– Marguerite ! dit-il.

Il lui prit les mains et la fit asseoir à ses côtés. C'était le train. Leurs mains entremêlées reposaient sur la nappe damassée blanche. Elle regarda ses mains. Il était inutile de tenter de s'échapper.

Sa voix ne trembla pas.

– J'étais très méchante envers ma mère. Je lui racontais mes rêves pour le plaisir de lui faire peur. Je sortais sans chapeau, simplement parce que cela l'effrayait. Elle... elle n'y pouvait rien. Elle avait si peur que le Soleil n'explose. (Elle se tut et regarda ses mains.) Je crois qu'il a bien explosé et que tout le monde est mort, tout comme mon père le disait. Je crois... j'aurais dû lui mentir, à propos des rêves. J'aurais dû lui dire que je rêvais de garçons, de grandir, de choses qui ne l'effrayaient pas. J'aurais pu inventer des cauchemars, comme mon frère le faisait.

– Marguerite, dit-il. J'ai bien peur que les confessions ne soient pas tout à fait mon rayon. Je ne...

– Elle s'est tuée, dit Marguerite. Elle nous a envoyés chez ma grand-mère, au Canada, puis elle s'est tuée. Alors je crois que si nous sommes tous morts, je suis allée en enfer. C'est ça l'enfer, n'est-ce pas ? Se trouver face à face avec ce qui vous effraie le plus.

– Ou bien ce que l'on aime. Oh, Marguerite ! dit-il, en serrant très fort ses doigts. Qu'est-ce qui t'a fait croire que c'était l'enfer, ici ?

Surprise, elle le regarda droit dans les yeux. Elle chercha à tâtons la table nappée de blanc, mais la pièce s'était transformée. Elle ne la trouvait pas. Ron l'attira à ses côtés sur le canapé bleu. Tandis qu'il s'accrochait encore à ses mains, se cramponnait toujours à elle, elle se souvint.

On les faisait partir pour les protéger du soleil. Marguerite n'était pas mécontente. Sa mère était sans cesse en colère contre elle. Elle la forçait à lui raconter ses rêves, tous les matins au petit déjeuner dans le sombre salon. La lumière n'entrait plus car sa mère avait posé des rideaux noirs sur les stores et, dans ce crépuscule bleu, même les petits faisceaux de lumière estivale issus des lames des stores ne tombaient plus sur le visage apeuré de sa mère.

Sur la plage il n'y avait personne. Sa mère refusait de la laisser sortir – sans chapeau et sans lunettes de soleil –, même pour aller à l'épicerie. Elle ne voulait pas qu'ils aillent au Canada en avion. Elle craignait les tempêtes magnétiques. Celles-ci interrompaient parfois les émissions radio des tours de contrôle. Sa mère craignait que l'avion ne s'écrase.

Elle les fit partir par le train. Oubliant pendant un instant les longs rayons de soleil envahis de poussière qui filtraient par les fenêtres voûtées de la gare, elle leur fit ses adieux. Son frère les précéda sur le quai et sa mère attira soudain Marguerite dans un coin sombre.

– Ce que je t'ai dit, à propos de tes règles, ça n'arrivera plus. Les radiations... J'ai appelé le médecin qui a dit de ne pas s'inquiéter. Tout le monde est dans le même cas.

Marguerite sentit de nouveau un léger pincement de peur. Ses règles avaient débuté des mois auparavant, sombres et sanglantes comme elle l'avait imaginé. Elle ne l'avait dit à personne.

– Je ne m'inquiéterai pas, dit-elle.

– Oh, ma Marguerite ! dit soudain sa mère. Ma petite Marguerite au soleil !

Elle sembla s'évanouir dans la pénombre. Mais tandis qu'ils quittaient la gare, elle sortit au soleil et leur dit au revoir en agitant la main.

Dans le train, c'était merveilleux. Les quelques passagers restaient dans leurs compartiments, rideaux baissés. Dans le wagon-restaurant, il n'y avait pas de rideaux, ni personne pour dire à Marguerite de ne pas se mettre au soleil. Elle restait assise dans le wagon et regardait par les fenêtres. Le train fonçait à travers des forêts, puis des bois de pins et de peupliers élancés. Le soleil jouait sur Marguerite – le soleil, puis les ombres, puis le soleil qui couraient sur son visage. Son frère et elle commandèrent un festin de milk-shakes et de desserts et personne ne leur dit rien.

Son frère lui lisait à voix haute ses livres sur le soleil.

– Sais-tu à quoi ça ressemble, le milieu du Soleil ? lui demanda-t-il.

Oui. On est debout, un seau et une pelle à la main, les orteils plantés dans le sable. Redevenu un enfant. Sans peur. On lève ses yeux éblouis dans la lumière jaune.

– Non, dit-elle.

– Au milieu du Soleil, les atomes ne peuvent plus

tenir ensemble. C'est tellement encombré qu'ils se tamponnent sans arrêt. Ils se cognent, et se cognent, et se cognent. Comme ça. Et leurs électrons s'envolent et se promènent librement. Il y a parfois une collision qui libère un rayon X, *zip*, et il part vers l'extérieur à la vitesse de la lumière, comme une boule de flipper. *Bing, bang, bing*, jusqu'à la surface.

– Pourquoi tu lis ces livres ? Pour te faire peur ?

– Non. Pour faire peur à maman.

C'était un trait d'honnêteté bien osé. Ne convenant pas même à la liberté de la maison de grand-mère. Convenant seulement au train. Elle lui sourit.

– Tu n'as même pas peur, n'est-ce pas ?

Elle se sentit obligée de lui répondre avec la même honnêteté.

– Non, dit-elle, pas du tout.

Parce que cela ne fera pas mal. Parce que ensuite je ne m'en souviendrai pas. Parce que je me tiendrai au soleil avec mon seau et ma pelle et que je lèverai les yeux, sans avoir peur.

– Je ne sais pas, dit Marguerite. Je n'ai tout simplement pas peur

– Moi, si. Je rêve sans arrêt que je brûle. Je pense à la douleur d'une brûlure au doigt et ensuite je rêve que ça fait mal comme ça partout, pour toujours.

Lui aussi avait menti à sa mère au sujet de ses rêves.

– Ce ne sera pas comme cela, dit Marguerite. On ne saura pas que c'est arrivé. On ne se souviendra de rien.

– Quand le Soleil deviendra une nova, il commencera à se consumer lui-même. Le noyau se remplira de cendre atomique et cela fera que le Soleil commencera à utiliser son propre combustible. Sais-tu qu'il fait nuit noire au centre du Soleil ? Vois-tu, les radiations sont des rayons X, trop courts pour qu'on les voie. Ils sont invisibles. Il fait noir comme dans un four, avec des cendres qui tombent partout. Tu imagines ?

– Peu importe. (Ils traversaient une prairie et le visage de Marguerite était en plein soleil.) Nous n'y serons pas. Nous serons tous morts. Nous ne nous souviendrons de rien.

Marguerite n'avait pas compris combien elle serait soulagée de voir sa grand-mère, son étroit visage brûlé par le soleil, ses bras nus. Elle ne portait même pas de chapeau.

– Tu grandis, ma petite Marguerite, dit-elle. (Elle ne faisait pas ressembler cela à une sentence de mort.) Et toi, David, je vois que tu as encore le nez dans un livre.

Il faisait presque nuit quand ils atteignirent sa maison.

– Qu'est-ce que c'est ? demanda David, debout sous le porche.

La voix de sa grand-mère ne se fit pas plus aiguë.

– L'aurore boréale. Je peux te dire que ces jours-ci nous avons eu quelques beaux feux d'artifice. Comme pour le 4 Juillet (1).

Marguerite ne s'était pas bien rendu compte combien elle avait eu soif d'entendre quelqu'un qui n'eût pas peur. Elle leva les yeux. De grands voiles de lumière rouge ondoyaient presque jusqu'au zénith, flottant au vent solaire.

– C'est magnifique, chuchota Marguerite.

Mais sa grand-mère lui tenait la porte ouverte et Marguerite fut si heureuse de voir la clarté de son regard qu'elle la suivit dans la petite cuisine à la table de linoléum rouge et aux rideaux rouges pendant aux fenêtres.

– C'est très agréable d'avoir de la visite, dit la grand-mère en grimpant sur une chaise. Marguerite, s'il te plaît, tiens cette extrémité.

Elle laissa tomber le bout d'un long mètre-ruban de plastique jaune vers Marguerite. Celle-ci le saisit en tournant un regard anxieux vers sa grand-mère.

(1) Fête nationale des U.S.A. *(N.d.T.)*

– Que fais-tu ? demanda-t-elle.

– Je prends les mesures des nouveaux rideaux, répondit sa grand-mère en cherchant dans sa poche un morceau de papier et un crayon. Quelle est la longueur ?

– Pourquoi as-tu besoin de rideaux neufs ? demanda Marguerite. Ceux-ci m'ont l'air très bien.

– Ils n'arrêtent pas le soleil, dit sa grand-mère. (La peur avait fait virer ses yeux au noir le plus sombre. Elle prononçait chaque mot plus haut que le précédent.) Il nous faut absolument de nouveaux rideaux, Marguerite. Et il n'y a plus de tissu. Nulle part en ville, Marguerite. Tu imagines ? Il a fallu en commander à Ottawa. En ville, tout le tissu a été vendu. Te rends-tu compte, Marguerite ?

– Oui, fit Marguerite, en se disant qu'elle aimerait avoir peur.

Ron lui tenait encore fermement les mains. Elle le regardait sans broncher.

– Tu te réchauffes, Marguerite. Tu y es presque.

– Oui, dit-elle.

Il lui lâcha les mains et quitta le canapé. Il traversa la foule du salon bleu et sortit dans la neige. Elle ne tenta pas d'aller dans sa chambre. Elle les observa, tous : ces étrangers, dans leur mouvement aléatoire et sans fin ; son frère, lisant tout en marchant ; sa grand-mère, debout sur une chaise ; et le souvenir revint, très facilement et sans douleur.

– Tu veux voir quelque chose ? demanda son frère.

Marguerite regardait par la fenêtre. Bien que dehors tout fût calme et silencieux, les lumières avaient clignoté pendant toute la journée. Leur grand-mère était allée en ville voir si le tissu des rideaux était arrivé. Marguerite ne lui répondit pas.

Il lui planta le livre sous les yeux.

– C'est une protubérance, dit-il.

Les illustrations étaient en noir et blanc, comme

d'anciens instantanés, mais au bas de celles-ci, à la place des gribouillis à l'encre blanche de sa mère, on lisait : *Observatoire de haute altitude, Boulder, Colorado.*

– C'est une éruption de gaz chauds, haute de centaines de milliers de mètres.

– Non, dit Marguerite en posant le livre sur ses genoux. C'est mon cerceau doré. Je l'ai vu dans mon rêve.

Elle tourna la page.

David se pencha par-dessus son épaule et montra du doigt la photographie.

– C'est la grande éruption de 1946, quand tout a commencé à aller mal sans qu'on le sache encore. Elle pesait un milliard de tonnes. Le gaz a été éjecté à deux millions de kilomètres.

Marguerite tenait le livre comme si c'était le cliché d'un être aimé.

– Ça a fait *bang* et tout ce gaz est parti dans l'espace. Il y avait toutes sortes de...

– C'est mon ours doré, dit-elle.

Sur la photo, la grande patte de flammes sortait paresseusement de la surface sombre du soleil. Une patte de gaz enflammée, sauvage et soyeuse.

– C'est ça, tes rêves ? demanda son frère. C'est ça que tu m'as raconté ? (Sa voix enflait et devenait aiguë.) Je croyais que tu m'avais dit que tes rêves étaient agréables.

– Ils l'étaient, dit Marguerite.

Il lui arracha le livre des mains et en tourna rageusement les pages jusqu'à un diagramme coloré sur fond noir. Celui-ci représentait une sphère rouge vif dans laquelle se dessinaient des cercles concentriques.

– Là, dit-il en la montrant à Marguerite. Voilà ce qui va nous arriver. (Il pointa farouchement le doigt vers un des cercles, dans la sphère.) Nous voilà. Nous voilà ! Dans le soleil ! Tu n'as qu'à rêver de ça, maintenant !

Il referma sèchement le livre.

– Mais on sera tous morts, alors ça n'aura pas d'importance, dit Marguerite. Ça ne fera pas mal. On ne se souviendra de rien.

– C'est ce que tu crois ! Tu crois tout savoir. Eh bien, tu ne sais rien. J'ai lu un livre là-dessus. Tu sais ce qu'il racontait ? On ne sait pas ce qu'*est* la mémoire. On pense qu'elle n'est peut-être même pas dans les cellules du cerveau. Qu'elle est quelque part dans les atomes et que même si on se volatilise, la mémoire reste. Et si on était brûlé par le soleil et qu'on s'en souvienne ? Et si on continuait à brûler et à s'en souvenir... à s'en souvenir pour toujours ?

– Il ne ferait pas ça, dit doucement Marguerite. Il ne nous ferait pas de mal.

Elle n'avait pas eu peur tandis qu'elle se dressait, les orteils enfoncés dans le sable, et le regardait. Elle était seulement étonnée.

– Il...

– Tu es dingue ! cria son frère. Tu le sais ? Tu es dingue ! Tu parles de lui comme si c'était ton petit ami ! C'est le soleil, le merveilleux soleil qui va tous nous tuer !

Il lui arracha le livre. Il pleurait.

Je suis désolée, allait dire Marguerite, mais leur grand-mère entra à cet instant précis, tête nue, les cheveux flottant autour de son mince visage tanné par le soleil.

– Le tissu est arrivé, jubila-t-elle. J'en ai acheté assez pour toutes les fenêtres. (Elle renversa deux sacs de guingan rouge. Le tissu ondoyait sur la table comme les lumières de l'aurore, rouge sur rouge.) J'ai bien cru qu'il n'arriverait jamais.

Marguerite tendit la main pour le toucher.

Assise à la table damassée de blanc du wagon-restaurant, elle l'attendait. A la porte, il hésita, se détachant sur la neige de cendre, puis il entra gaiement, en chantant.

– Marguerite, Marguerite. Dis-moi ton idée, chantonna-t-il.

Il portait dans les bras une pièce de tissu rouge. Celui-ci se déroula en vagues tandis qu'il le tendait à la grand-mère – elle était debout sur la chaise, transfigurée par la joie, ses morceaux de papier et son mètre-ruban jaune tombés à jamais de ses mains.

Marguerite alla se planter devant lui.

– Marguerite, Marguerite, dit-il gaiement. Dis-moi...

Elle lui posa la main sur la poitrine.

– Ce n'est pas une idée, dit-elle. Je sais.

– Tout, Marguerite ?

Il sourit, de ce sourire tranquille et dissymétrique, et elle pensa tristement que même en sachant, elle ne serait pas capable de le voir tel qu'il était mais seulement comme le garçon qui avait travaillé à l'épicerie, le garçon qui avait tout su.

– Non, mais je crois que je sais. (Elle maintint fermement sa main sur sa poitrine, sur le cerceau enflammé de son sein.) Je crois que nous ne sommes plus des gens. Je ne sais pas ce que nous sommes – peut-être des atomes privés de leurs électrons, qui se tamponnent sans fin au centre du soleil pendant que, dans la tempête de neige infinie de son cœur, il se réduit en cendres.

Il ne lui donna aucune indication. Son sourire resta confiant, tranquille.

– Et moi, Marguerite ? demanda-t-il.

– Je crois que tu es mon ours doré, mon cerceau enflammé. Je crois que tu es Râ. Sans fin à ton nom. Râ qui sait tout.

– Et qui es-tu ?

– Je suis Marguerite, qui adorais le soleil.

Il ne sourit pas, ne modifia pas son expression moqueuse. Mais ses mains bronzées se refermèrent sur celles de Marguerite, toujours posées sur sa poitrine.

– Que serai-je maintenant ? Un rayon X zigzaguant tout du long jusqu'à la surface avant de devenir lumière ? Où m'emmèneras-tu après m'avoir prise ?

Sur Saturne, où le soleil brille sur les anneaux glacés jusqu'à ce qu'ils fondent de bonheur ? C'est là que tu brilles maintenant ? Sur Saturne ? Tu m'y emmèneras ? Ou bien est-ce que nous resterons comme ceci à jamais ? Moi, avec mon seau et ma pelle, levant les yeux vers toi ?

Lentement, il lui rendit sa main.

– Où veux-tu aller, Marguerite ?

Sa grand-mère était encore debout sur la chaise, tenant le tissu comme si c'était une relique. Marguerite tendit la main et le toucha, ainsi qu'elle l'avait fait quand le soleil était devenu nova. Elle adressa un sourire à sa grand-mère.

– Il est magnifique, dit-elle. Je suis heureuse qu'il soit arrivé.

Elle se pencha soudain à la fenêtre et ouvrit les rideaux fanés, comme si elle pensait que, parce qu'elle savait, on lui offrirait peut-être une vision. Elle pourrait peut-être voir, un court instant durant, la petite fille qu'elle était – avec sa poitrine de fillette et son ventre de petit enfant –, elle pourrait se voir telle qu'elle était réellement : Marguerite, au soleil. Mais elle ne vit que la neige infinie.

Son frère lisait sur le canapé bleu du salon de sa mère. Elle se pencha sur lui, et le regarda lire.

– J'ai peur, maintenant, dit Marguerite.

Mais ce ne fut pas le visage de son frère qui lui rendit son regard.

« Bon, très bien, pensa Marguerite. Ils ne sont d'aucun secours. Peu importe. J'ai rencontré ce que je crains et ce que j'aime et c'est la même chose. »

– Bon, très bien, dit Marguerite en se retournant vers Ron. J'aimerais faire un tour. Capote baissée. (Elle se tut un instant et leva les yeux vers lui.) J'adore le soleil, dit-elle.

Quand il lui entoura les épaules de son bras, elle ne se déroba pas. La main de Ron se referma sur son sein et il se pencha pour l'embrasser.

Autrefois j'écrivais des histoires dans le genre « confessions », avec des titres comme : J'ai appelé à l'aide sur ma C.B. et je suis tombée sur un satyre. *J'ai fait diverses déclarations sur ce passé peu reluisant, prétendant que c'était : « un moyen amusant d'apprendre le métier » ou « un travail alimentaire ». Mais la sordide vérité est que j'adorais écrire des confessions et, maintenant encore, si l'on me fournit un prétexte honorable, je saute sur l'occasion.*

BILLE DE CLONE

Ce qui m'a fichu dedans avec ce type, c'est sa dégaine. Je veux dire, j'ai rien d'un Burt Reynolds, mais ce gars-là était franchement raté. Et minuscule, en plus. Il portait de ces bottes fantaisie qui ont des talons comme des échasses et malgré ça, il m'arrivait à peine sous le bras. Avec ça un costume fantoche, genre côte est, et une de ces petites moustaches bidons qui ont l'air d'avoir été peintes en noir sous votre nez.

– Hello, il me fait, comme si on se connaissait.

– Mm-ouais ?

Il a l'air de rigoler tout seul et il me sort :

– Vous ne me reconnaissez pas, je parie ?

Je secoue la tête, en me demandant s'ils engagent des nabots à l'Aide sociale, maintenant, ce qui ferait un sacré changement. La plupart de leurs gars sont deux fois comme moi, depuis que la mafia couvre le secteur. S'il vient de chez eux, il peut toujours attendre que je le laisse entrer. La dernière fois, ils nous ont raflé un joli paquet d'herbe et raccourci notre chèque de cinquante billets. Et ils louchaient sur les magazines de Marjane, en plus. Mince, à quoi ça servirait d'avoir tant de fric si on ne peut pas se payer du bon temps avec ? En tout cas, il restera dehors jusqu'à ce que je sache qui c'est.

– Vous ne vous rappelez pas ? il me fait, toujours l'air de se marrer. Douze dollars quatre-vingt-quinze, port payé ? Livraison gratuite dans les trois semaines ?

J'avais raison, ils ont repéré les magazines de Marjane, mais pour cette combine-là, comment ils ont su ?

– Je suis pas au courant, je lui fais.

Il sourit carrément cette fois, et il m'annonce :

– Je suis votre clone.

Alors là, ça m'en bouche un coin.

– Marjane, je crie sans me démonter, Marjane Ramona, viens un peu voir ça !

Elle s'amène tranquillement, dans son espèce de chemise de nuit indienne qui a rien sur les côtés, sauf deux brides pour que ça tienne, et qui est ouverte devant comme c'est pas permis. Et elle s'est fait des nattes, avec ça. Compris. Elle est en plein numéro indien et moi je vais encore me faire refouler par l'intouchable princesse Kiowa. Qu'elle dit.

Je vois d'ici la tête qu'elle va faire quand elle saura qui c'est ce gars, elle qui soutenait que la pub dans les journaux c'était du flan. Ben non, ça l'affole pas du tout. Elle se contente de lui faire un drôle de petit sourire et de resserrer les pans de sa robe par-devant, ce qui n'arrange rien : elle en montre encore plus qu'avant. Elle lui balance ses nattes dans la figure et elle minaude, d'une petite voix bizarre :

– Salut, c'est quoi votre nom ?

Je ne lui laisse même pas le temps de répondre.

– Le même que le mien, Marjane : c'est mon clone.

Si vous croyez qu'elle m'écoute, seulement !

– Rentrez donc, elle lui fait.

Et cette espèce de sous-produit lui passe devant et rentre dans la maison. Elle le suit aussi sec, mais je la retiens par le bras.

– C'est le clone que j'ai commandé d'après cette pub, tu y es ? Tu disais que c'était un attrape-nigaud.

La voilà qui reprend sa petite voix chavirée.

– Je sais mais je me demande comment il s'appelle.

– Je te l'ai dit, Marjane, comme moi : on est pareils.

Elle se passe la langue sur les lèvres.

— Ça se peut bien.

Elle pourrait tout de même montrer un peu plus d'enthousiasme, je trouve !

— Tâche d'être correcte avec lui, Marjane, va lui chercher une de ces bières qu'on planque derrière la maison. Et enlève-moi cette chemise de nuit, y a du monde.

Elle me reluque (Seigneur, ces grands yeux noirs qu'elle a !)

— C'est justement à ça que je pensais.

Je suis quand même pas si cloche. Même si elle cache bien son jeu, l'air de le trouver sympa et tout, ce type, je vois bien qu'elle en est malade. Elle voulait pas entendre parler de commander ce clone. Elle remet ça.

— C'est un attrape-nigaud, je te dis.

— Comment tu peux le savoir, t'as même pas lu l'annonce.

— Les Kiowa savent beaucoup de choses, elle me sort, l'air mystérieux.

Chaque fois qu'elle ne sait pas quoi répondre, elle me fait le coup des Kiowa, mais elle n'est pas plus indienne que les hippies qui crèchent de l'autre côté de la ville, en dehors des boulevards. Ils ont beau avoir les cheveux longs, vivre dans des tipis, fumer du champignon et dégoiser des tas de salades, ils ne sont pas indiens et les gars de l'Aide sociale le savent bien. Ils ne refilent pas de chèques aux Indiens, et à Marjane Ramona non plus. Et le boniment Kiowa, avec moi, ça ne prend plus.

— Ils ne peuvent pas faire des clones, elle insiste. Pas pour douze dollars quatre-vingt-quinze.

— Bien sûr qu'ils peuvent ! Tu envoies une mèche de cheveux ou une rognure d'ongle, quelque chose avec tes cellules dedans, ils mettent ça dans une éprouvette et hop ! tu as ton clone. Garanti.

J'ai commencé par lui montrer l'histoire qui m'a donné l'idée, puisqu'elle raffole de ce genre de trucs : *Famille par correspondance*, ça s'appelait. Ça parlait d'une pauvre orpheline qui était seule au monde jusqu'à ce qu'elle ait un clone et après, elles étaient comme deux jumelles et elles ont épousé des frères, et tout ça. Mais ça n'a rien donné. Elle a horreur d'acheter par correspondance, sauf ses romans d'amour.

J'ai essayé de lui faire commander une de ces chemises de nuit holographiques chez Frederick de Hollywood, il paraît que ça montrait la marchandise de tous les côtés à la fois, mais rien à faire. Elle n'a même pas voulu que je commande une boîte de leurs fameuses capotes qui font des sensations, et ça ne coûtait qu'un dollar.

– Je te demande pas ton avis, Marjane, je lui ai dit. Je vais commander ce clone.

– Ce sera de l'argent fichu en l'air, elle m'a répondu. Et même si tu l'as, qu'est-ce que tu en feras, hein ? A quoi ça peut bien servir, un clone ?

– Et *Famille par correspondance*, alors ? T'as pas compris ? Un clone peut servir à des tas de trucs, Marjane. Des tas de trucs.

Finalement je l'ai eu, mon clone. Et je vous garantis que ça fait du bien de pouvoir prouver à Madame-Je-Sais-Tout qu'elle s'est trompée, pour une fois. Mais, au bout de deux semaines de ce type, je me suis rendu compte qu'elle avait quand même raison pour une chose. Les clones peuvent servir à des tas de trucs, comme je disais, mais j'ai pas encore trouvé lesquels. Quand je lui ai parlé de chercher du boulot, il s'est contenté de rigoler. Il a dit que s'il se mettait à travailler, ce serait comme si moi je me mettais à travailler et que je me ferais sucrer mes allocs de chômage, vite fait. J'espérais qu'il pourrait au moins aller toucher mon chèque, vu qu'on a la même signature, et là, il avait l'air plutôt d'accord, surtout quand il a vu le montant du chèque. Mais voilà que Marjane lui balance, sérieuse comme un pape :

– Toi, forcément, c'est à la poste qu'il faudra que tu te présentes !

Du coup, il devient vert. Et plus question que je lui demande d'aller chez les Indiens nous refournir en herbe.

Tout ce qu'il daigne faire c'est de s'installer à la table de la cuisine, discuter avec Marjane en chemise de nuit et siffler à travers ses bacchantes à la française tout ce qu'il y a à boire et à manger dans la baraque. Et pour ce qui est de me ressembler, ça s'arrange pas. J'ai passé près d'une heure devant la glace à essayer de m'imaginer la tête que j'aurais avec des petites baffis noires, ça n'a rien donné.

– La ressemblance ne me paraît pas évidente, m'a sorti Marjane en s'amenant derrière moi.

Et elle est retournée tranquillement dans la chambre, le sourire en coin.

– Pour ça, t'as raison !

J'ai dit ça assez haut et mon clone a dû m'entendre car il s'est radiné et m'a passé le bras autour des épaules, comme si on était potes, lui et moi.

– Ça te travaille, pas vrai ?

– Mm ?

– Le manque de ressemblance, je veux dire. Les clones sont censés être identiques, non ?

Du coup, j'ai eu un peu honte. Le pauvre gars, c'est pas de sa faute s'il est si gringalet ! Mais lui, il a pas eu l'air de se frapper, on aurait plutôt dit qu'il se marrait. Il m'a poussé vers la table, pour qu'on puisse s'asseoir tous les deux, et il a sorti un stylo et une feuille de papier. Un de ces imprimés publicitaires, le même que celui que j'ai rempli, et avec mon nom et mon adresse écrits de ma main, en plus. Je me suis senti encore plus gêné vu que, pour être franc, je commençais à trouver qu'il y avait des trucs pas très clairs dans cette combine, si vous voyez ce que je veux dire.

Il a retourné la feuille et s'est mis à dessiner en me débitant tout un baratin sur les cellules et les chromosomes. J'avais beau me concentrer, j'étais pas plus avancé : j'y comprenais toujours rien, à son gribouillis. Là-dessus, il sort une pièce de vingt-cinq cents et il me la met sous le nez.

– Qu'est-ce que tu vois, dis-moi ?

– Vingt-cinq cents.

– Non, qu'est-ce que tu vois *sur* la pièce ?

Ce que je voyais ?

Juste quelques mots et un gars qui ressemblait à Nixon, avec une queue de cheval. Je risquais pas de me tromper.

– Un président quelconque, j'ai répondu.

Il a retourné la pièce de l'autre côté.

– Et maintenant, qu'est-ce que tu vois ?

Ce coup-là, c'est encore plus facile.

– Un oiseau, je lui renvoie aussi sec.

– George Washington (il retourne encore une fois la pièce) et l'aigle américain. Ils ne se ressemblent pas, hein ?

Une chance que je lui aie pas sorti Nixon ! Il commençait à me porter sur les nerfs, avec toutes ses questions. Ça m'a rendu prudent.

– Nn-non.

– Eh bien si, pourtant : ce sont les deux faces de la même pièce. Exactement comme toi et moi sommes les deux faces différentes de la même personne.

Et le voilà qui re-retourne sa pièce : l'oiseau était toujours là. Ouf ! Ça, au moins, c'était un peu plus clair que son micmac de chromosomes. Je respirais. Et pendant qu'il était lancé dans les explications, j'allais remettre la question boulot sur le tapis, quand voilà Marjane qui débarque, sapée à couper le souffle, et qui annonce qu'elle l'emmène au camp indien. Pas moyen de placer ma tirade.

Ils sont restés drôlement longtemps. Je me suis fait le coup de la pièce deux ou trois fois de suite et ça marchait toujours, ce qui m'a fait réfléchir. Il disait peut-être la vérité, après tout. Un bon moment après quatre heures, je suis sorti sous la véranda pour voir s'ils arrivaient. Pas parce que je m'inquiétais, notez bien. On était les deux faces de la même pièce, comme il disait, et si vous n'avez plus confiance en votre côté pile, c'est que vous êtes vraiment mal barré.

Ils ne s'amenaient toujours pas, mais ce que j'ai vu m'a collé un sacré trac. Deux maousses bagnoles officielles se sont garées devant la maison et quatre gars en sont sortis pour foncer droit sur ma porte. Quatre ! L'Aide sociale m'en avait jamais envoyé autant. Quand ils font ça, c'est qu'ils ont pincé un fraudeur et qu'ils viennent lui présenter la note !

Ils m'avaient déjà repéré, alors inutile de faire comme s'il n'y avait personne à la maison. D'ailleurs ils étaient en civil, et nettement moins baraqués que ceux de l'A.S., alors je suis resté où j'étais. Mais je surveillais l'horizon. J'aurais mis ma main au feu que Marjane et mon clone allaient se pointer, maintenant.

Deux des gars sont restés en arrière, les bras croisés, et les deux autres sont montés sous la véranda. L'un d'eux m'a tendu un bout de papier et m'a demandé :

– Déjà vu ce genre d'annonce ?

Si je l'avais déjà vue ! C'était le double de celle que mon clone avait gribouillée, même pas deux heures plus tôt. Elle devait toujours être sur la table de la cuisine. Et de toute façon, il y avait mon nom et mon adresse écrits de ma main, comme dans mon dossier à l'A.S. J'étais coincé.

– C'est Marjane qui a voulu que j'écrive, j'ai fait, mais elle savait pas que c'était interdit aux chômeurs. C'est pas dans le règlement, parole d'honneur. Et elle sait pratiquement pas lire, en plus.

Et les deux gars de derrière chuchotent quelque chose à ceux de devant, qui fourrent les mains dans leurs poches. J'ai le temps d'avoir une attaque avant de voir ce qu'ils en sortent : juste des petites cartes, qu'ils me mettent sous le nez.

– Postes des Etats-Unis, Service des fraudes par correspondance. Avez-vous commandé un des clones proposés par cette annonce ?

Je lis la carte pour être plus sûr, mais ça fait déjà un moment que j'ai compris qu'ils sont pas de l'A.S.

– En effet, j'ai commandé un de ces clones.

– En joignant douze dollars quatre-vingt-quinze à la commande ?

– Oui, et une mèche de cheveux pour qu'ils puissent faire le clone.

– Il y a combien de temps de ça ?

J'essaie de me rappeler combien de temps j'ai attendu, et depuis combien de temps ce gars est attablé dans la cuisine.

– Environ deux mois.

– L'escroquerie dont vous avez été victime est l'une des fraudes par correspondance sur lesquelles nos services sont chargés d'enquêter. Des poursuites sont entamées contre la société anonyme Clones, Inc., président Conrad C. Conrad, domicile inconnu. Si vous désirez porter plainte contre Clones, Inc., dans le but de récupérer votre argent, nos services sont habilités à enregistrer les réclamations des particuliers.

– Eh bien... je ne sais pas trop.

D'accord, j'ai des tas de raisons de me plaindre de ce type mais récupérer mon argent, ça ne me paraîtrait pas très régulier vu que j'ai eu mon clone, et tout ça. Ils me tendent un formulaire à remplir, il y en a au moins huit pages.

– Il vous suffira de poster cet imprimé, dûment rempli, au bureau de poste le plus proche de chez vous : vous serez informé par courrier des suites données à votre réclamation. Notre numéro d'appel gratuit figure en haut de la page. Auriez-vous l'obligeance de nous prévenir, au cas où M. Conrad C. Conrad prendrait contact avec vous ?

Jusque-là, ça va, ils n'ont pas l'air de chercher plus loin que cette histoire d'argent. Mais voilà qu'un des deux gars qui n'ont pas encore ouvert la bouche s'approche de moi, me sort un insigne qui n'a rien à voir avec les Postes des Etats-Unis et se met à me mitrailler de questions.

– Avez-vous fait usage de cette annonce pour commander un clone ? Est-ce bien votre écriture ? Est-ce le mandat que vous avez joint à votre commande ?

Je réponds oui à toutes les questions, mais la suivante est plutôt marrante :

– Connaissez-vous Conrad C. Conrad ?

Si je connais le P.-D.G. d'une grosse boîte, moi ?

– Non.

– Connaissez-vous quelqu'un répondant à ce signalement : un mètre cinquante-neuf, yeux bruns, cheveux noirs, moustache noire ?

Je n'écoute pas vraiment la description vu que, juste à ce moment-là, il me semble bien voir de loin Marjane et mon clone qui se pointent. D'ailleurs, à part eux, j'ai vu personne depuis deux mois.

– Non.

– Nous avons des raisons de croire que Conrad C. Conrad se cache dans les environs, probablement sous un faux nom.

Le premier gars des Postes se tourne vers son collègue en soupirant.

– Un faux nom de plus, ce type est glissant comme une anguille ! On n'a même pas sa photo. Il est tellement baratineur qu'il est capable de s'être installé chez un de ces gogos en se faisant passer pour un clone.

Le flic lui lance un regard de travers.

– Etes-vous certain de n'être jamais entré en relation avec M. Conrad C. Conrad, ou avec Clones Inc. ?

– Sûr que non. J'ai eu mon clone, c'est tout.

Ils tendent le cou tous les quatre, comme un seul homme.

– Vous avez reçu le mannequin décrit dans l'annonce ?

– Un mannequin ?

Mannequin, mon œil. Un peu plus et je leur sortais : « J'aurais bien voulu que c'en soit un, au lieu de ce fichu bon à rien ! » Mais pile à ce moment-là, pas d'erreur, voilà Marjane et l'autre charlot qui rappliquent, camés jusqu'au trognon. Ils ont une façon de chalouper qui en dit long mais c'est pas tellement ça qui me tire l'œil. Au beau milieu de la route, voilà mon clone qui roule un patin maison à Marjane, et ses mains qui s'égarent là où elles n'ont rien à faire. Et cette bonne vieille Marjane a pas l'air contre, je dois dire. Elle en redemanderait plutôt.

– Avez-vous oui ou non reçu un clone, comme annoncé ?

Le flic commence à s'énerver mais c'est rien à côté de moi : je vois rouge. Ça me décide :

– Je voudrais porter plainte.

Ils me filent un autre numéro au cas où je verrais ce Conrad et se tirent dans leurs grosses bagnoles en rasant de près Marjane et le clonard, toujours au septième ciel. Et sans rien voir, preuve qu'ils ne viennent pas de l'A.S. Ceux-là, ils ont des yeux partout.

Je reste là sous la véranda, à les regarder et à réfléchir. A ce type des Postes, et au flic, et à Marjane. Et aussi à ce gars qui n'a vraiment rien à voir avec moi, même s'il pelote ma femme, et tout à coup j'ai une idée. Non mais, faudrait pas croire : je suis quand même pas si cloche !

D'ailleurs ça, Marjane le sait. Quand elle rentre, fouettant le kif et la bière, elle est plutôt en train d'habitude ; mais pas cette fois-ci. Je les ai entendus discuter, hier, dans la cuisine. « Il a compris », qu'elle disait. Bille de clone a eu l'air de se marrer, mais pas trop fort, tout de même. Il a répondu :

– Lui ? Il attraperait pas un rhume dans un frigidaire !

N'empêche, il pavoisait pas tellement, lui non plus.

J'ai été pas mal occupé, ces temps-ci. Pour commencer, j'ai lu tous les romans d'amour de Marjane. Je suis tombé sur quelques bonnes histoires du genre

J'ai tué l'amant de ma femme ou *La Vengeance du mari*, et je les ai laissées traîner, mine de rien, sur la table de la cuisine, ouvertes à la bonne page. Et puis j'ai découpé quelques-unes des annonces pour des pistolets à laser, toujours mine de rien. Elles ont disparu comme par enchantement. Et quand j'ai regardé dans les autres magazines, j'ai vu que Marjane avait découpé toutes les autres réclames de pistolets et de couteaux et les avait balancées. J'arrête pas de lui demander si elle a pas envie d'emmener mon clone faire un tour chez les Indiens, mais elle bouge plus d'ici. Elle reste vissée à la table de la cuisine à lire des histoires et à se ronger les ongles jusqu'au trognon, juste comme j'avais prévu. Un de ces jours je vais laisser traîner cet imprimé qu'ils m'ont donné, pour que ce clonard tombe dessus. Il verra bien que je suis pas si cloche, mais pour ça, j'aime mieux attendre. J'ai tout mon temps.

Et pendant que je suis là à ruminer sous la véranda, je me rends compte que pour le coup du clone, j'ai mis à côté de la plaque. C'est cette histoire d'orpheline qui m'a fichu dedans, la jumelle et tout ce cirque. Les clones, c'est pas à ça que ça sert, et n'importe comment, ce gars-là ne me ressemblait pas du tout. Alors ce que je me dis, c'est qu'un clone de Marjane devrait pas lui ressembler beaucoup plus. Ce serait une fille bien rembourrée, douce, une blonde avec des boucles, si ça se trouve. En tout cas, pas le genre Marie-J'ordonne et celle-là... Je sais bien à quoi elle pourrait servir. Alors c'est tout vu. J'ai mis douze dollars quatre-vingt-quinze dans une enveloppe avec des rognures d'ongles de Marjane, et je vais les envoyer. Non mais, faudrait pas croire !

La Bible contient quelques histoires vraiment très vieilles. Les exégètes font même remonter certaines parties de la Genèse à l'âge de bronze mais, à mon avis, ils ne vont pas encore assez loin. Prenez l'histoire d'Esaü et Jacob, par exemple.

Devenu vieux et aveugle, Isaac voulut donner sa bénédiction et léguer ses biens à Esaü, son premier-né, qui était « roux et velu comme un manteau de poil ». Mais son frère cadet, Jacob, « qui était sans poil », vola à Esaü la bénédiction de son père. Il couvrit de peaux de chevreau « ses mains et son cou qui étaient sans poil », abusant ainsi le vieil aveugle.

Jacob présente une ressemblance assez fâcheuse avec nous, mais qui est ce frère roux et velu dont nous avons dérobé l'héritage... et qui sait s'il nous pardonnera jamais ?

Alors un docteur de la Loi se leva et dit à Jésus pour l'éprouver :

– Maître, que faut-il que je fasse pour hériter de la vie éternelle ? (...)

Et Jésus lui dit :

– Tu aimeras le Seigneur ton Dieu, et ton prochain comme toi-même. (...)

– Et qui est mon prochain ?

Et Jésus, prenant la parole, lui dit :

– Un homme descendit de Jérusalem à Jéricho et tomba entre les mains des voleurs, qui le dépouillèrent... Or, il arriva qu'un sacrificateur descendait par

ce chemin-là et, ayant vu cet homme, il passa outre. Un lévite aussi... le voyant, passa outre. Mais un Samaritain... fut touché de compassion en le voyant, et s'approchant de lui, banda ses plaies (...) et prit soin de lui.

Saint Jean, 4.

Jésus donc, étant fatigué du chemin, s'assit près du puits. (...) Une femme samaritaine étant venue pour puiser de l'eau, Jésus lui dit :

– Donne-moi à boire. (...)

Cette femme samaritaine lui répondit :

– Comment toi, qui es juif, me demandes-tu à boire, à moi qui suis une femme samaritaine ? Car les juifs n'ont point de communication avec les Samaritains.

Jésus répondit et lui dit :

– Si tu savais le don de Dieu et qui est celui qui te dit : Donne-moi à boire, tu lui en aurais demandé toi-même et il t'aurait donné une eau vive.

DRÔLE DE SAMARITAIN

Les gens de ce païs, quand ils cheminent par les bois, allument des feux là où ils passent la nuit. Et, au matin, quand ils s'en sont allés, les Pongoes (orangs-outans) viennent s'asseoir auprès des feux et y demeurent jusqu'à ce qu'ils soient éteints, car ils n'ont pas assez d'entendement pour bâtir un bûcher.

Andrew BATTEL, 1625.

Le révérend Hoyt devina instantanément ce que voulait Nathalie. Son vicaire frappa à la porte entrouverte et entra d'un pas assuré dans son cabinet de travail, remorquant Esaü par la main. Son sourire triomphant parlait pour elle.

– Révérend Hoyt, Esaü a quelque chose à vous dire, annonça-t-elle en se tournant vers l'orang-outan.

Il se tenait parfaitement droit, position que le révérend Hoyt savait très pénible pour lui. Il arrivait presque à l'épaule de Nathalie. Son corps lourd et trapu était pratiquement couvert de longs poils auburn, soigneusement brossés. Sur la tête, là où ils étaient plus clairsemés, il les avait lissés avec de l'eau. Son faciès épaté, encadré de favoris sombres, était aussi impassible qu'à l'ordinaire.

Nathalie lui adressa quelques signes. Il demeura

sans réaction, ses longs bras pendant gauchement à ses côtés, et elle se tourna vers le révérend Hoyt.

– Il veut être baptisé, n'est-ce pas merveilleux ? Dis-lui, Esaü !

« C'était à prévoir », songea le pasteur. Rien ne résistait aux enthousiasmes successifs du révérend Nathalie Abreu, vingt-deux ans, diplômée de Princeton depuis un an à peine. Elle avait remis sur pied l'école du dimanche, pris en charge le comité d'assistance morale et inauguré le port de vêtements sacerdotaux, dont la seule vue offusquait l'âme toute presbytérienne du revérend. Aujourd'hui, par exemple, elle portait une soutane qui lui battait les talons, avec une étole frangée brodée de rouge et d'or : ce devait être la Pentecôte. Elle était de petite taille, avec des cheveux bruns coupés ras. Quand elle officiait, on croyait voir un enfant de chœur, déplacé et ridicule dans ses robes, chasubles et surplis. Et elle avait pris en main Esaü, lui aussi.

A son arrivée, elle ne savait pas un traître mot de L.S.A., le langage des signes américain. Le révérend Hoyt n'en connaissait que le strict minimum : oui, non et viens ici. Quand il avait une tâche à confier à Esaü, il avait le plus souvent recours au mime. Pour que le singe et elle puissent mieux communiquer, il avait demandé à Nathalie d'assimiler le vocabulaire de base : elle avait appris le manuel par cœur. Elle accablait Esaü de signaux des heures durant, lui contant de ses doigts agiles des épisodes de l'Histoire sainte, quand elle n'essayait pas de lui apprendre à lire.

– Comment savez-vous qu'il désire être baptisé ?

– Il me l'a dit. Vous savez qu'il a suivi la préparation à la confirmation, dimanche dernier, et qu'il m'a posé beaucoup de questions sur les confirmés. Je lui ai dit qu'ils devenaient enfants de Dieu, membres de la grande famille divine. Et il m'a répondu : « Je voudrais bien être l'enfant chéri du bon Dieu, moi aussi. »

C'était toujours assez déconcertant d'entendre Nathalie traduire les paroles d'Esaü. Ce qui, de toute évidence, n'était qu'un langage laborieux et fragmentaire se muait dans sa bouche en une rhapsodie d'adjectifs, précautions oratoires et distinguos subtils. Tout à fait comme dans ces films étrangers où l'acteur débite une interminable tirade, que le sous-titre résume par un énigmatique : « C'est ça. » Sauf que c'était le contraire, bien entendu. Esaü avait dû transmettre (et encore !) : « Moi aimer être enfant Dieu », et Nathalie lui avait prêté des propos de professeur de séminaire. Il était impossible de communiquer réellement avec Esaü en L.S.A., mais c'était toujours mieux que le mime. Le pasteur se résigna.

– Esaü, commença-t-il, aimes-tu Dieu ?

Ce fut Nathalie qui répondit.

– Bien sûr, qu'il l'aime ! Sans ça, pourquoi voudrait-il être baptisé ?

Le révérend Hoyt se contraignit à la patience.

– Nathalie, il faut que je lui parle. S'il vous plaît, posez-lui la question : « Aimes-tu Dieu ? »

Elle eut l'air écœuré mais s'exécuta. Le pasteur tressaillit : le signe utilisé pour « Dieu » était franchement rebutant. On aurait dit un salut militaire. Peut-on demander à quelqu'un s'il aime sincèrement le salut militaire ?

Esaü hocha la tête. Il avait l'air affreusement mal à l'aise en position verticale, et le révérend bouillait d'indignation de voir Nathalie l'obliger à se tenir droit. Sa colonne vertébrale n'était tout simplement pas faite pour ça. Elle avait même essayé de lui faire porter des vêtements et lui avait acheté de ses deniers une salopette, une casquette et des chaussures. Pour le coup, le pasteur avait perdu patience.

– Et pourquoi irions-nous l'affubler de chaussures, je vous le demande ? Il a été engagé parce qu'il peut se servir de ses pieds comme si c'étaient des mains. Ils lui sont tout aussi nécessaires pour grimper dans la charpente. D'ailleurs, il est déjà habillé. Son pelage lui convient beaucoup mieux que tous ces oripeaux dont vous vous attifez !

Après cela, Nathalie avait arboré un horrible froc de moine tissé de chanvre et de crin, jusqu'à ce que le révérend Hoyt lui présente ses excuses. Mais, sur le chapitre des habits d'Esaü, il n'avait rien cédé.

– Dites-lui de s'asseoir dans le fauteuil, ordonna-t-il, en souriant à l'orang-outan.

Il prit lui-même un siège, mais Nathalie resta debout. Le singe grimpa sur le fauteuil face au dossier puis se retourna pour s'asseoir, ses courtes pattes étendues devant lui. Le corps basculé en avant, il croisa ses longs bras autour de son buste et, après un bref coup d'œil à Nathalie, les dénoua aussitôt pour les laisser pendre à ses côtés. Nathalie semblait profondément gênée.

– Esaü, reprit le pasteur en faisant signe à la jeune femme de traduire, le baptême est une chose sérieuse. Il signifie que l'on aime Dieu et que l'on désire le servir. Sais-tu ce que veut dire : servir ?

Esaü hocha lentement la tête, puis il eut un geste assez curieux : il se frappa la tempe du plat de la main.

– Qu'a-t-il dit, Nathalie ? Pas de fioritures, s'il vous plaît. Contentez-vous de traduire.

– C'est un signe que je lui ai appris à l'école du dimanche, rétorqua-t-elle avec raideur. Ça signifie talent. Il veut dire...

– Tu connais la parabole des dix talents, Esaü ?

Nathalie traduisit et le singe approuva de nouveau.

– Et tu veux servir Dieu avec tes talents ?

Cette conversation ne tenait pas debout. Il n'allait tout de même pas se mettre à raisonner avec un singe sur la façon de servir Dieu ! C'était de la démence. Les singes n'avaient pas leur libre arbitre. Ils étaient la propriété du Centre de recherches sur les primates de Mont Cheyenne, qui avait succédé à l'ancien zoo. C'est là que les premiers d'entre eux avaient commencé à communiquer par signes. Un jeune mâle, élevé jusqu'à l'âge de trois ans par des humains, avait dû regagner le Centre après avoir perdu ses parents adoptifs dans un accident. Il connaissait une vingtaine de mots de L.S.A., de quoi exprimer quelques besoins essentiels. Avant la fin de l'année, toute la colonie d'orangs-outans avait acquis le même vocabulaire et pouvait former quelques phrases sensées. Ceux de Mont Cheyenne soignaient particulièrement l'éducation de leurs orangs-outans et leur insertion sociale en leur apprenant des métiers utiles, mais ils en demeuraient propriétaires. Ils étaient déjà venus reprendre Esaü pour un mois, afin de le mettre en contact avec des femelles, et on ne pouvait les en blâmer : l'espèce n'existait plus à l'état sauvage. Mont Cheyenne faisait de son mieux pour assurer leur survie et les traitait avec bonté, mais le pauvre Esaü était condamné à la servitude et le pasteur en était navré pour lui.

Il tenta une autre approche :

– Esaü, aimes-tu Dieu ?

Cette fois, il avait fait lui-même le signe : aimer.

Esaü hocha la tête et répéta le signe.

– Et sais-tu que Dieu t'aime aussi ?

Le singe hésita. L'air solennel, il fixa de ses yeux bruns et ronds le révérend Hoyt et battit des paupières. Elles étaient plus claires que le reste de son visage, d'un beige sable. Le poing fermé, il leva la main droite, présentant ses doigts au pasteur. Il détacha le pouce, le plaça en travers des autres doigts, le redressa et referma le poing, pouce caché. Le tout très méthodiquement.

– S, A, M, épela Nathalie. Il parle du bon Samaritain, notre parabole de la semaine dernière ! Il a oublié le signe qui convient.

Elle se tourna vers Esaü et laissa tomber sa main à plat sur l'autre, paume contre paume.

– Bon, Esaü, le bon Samaritain. (Le poing serré pour indiquer S, elle se frappa la poitrine à deux reprises.) Le bon Samaritain, Esaü, rappelle-toi.

Esaü lui jeta un regard, referma le poing et le

présenta de nouveau au pasteur. « S », répéta-t-il, puis il épela : « A, M, A, R. »

Nathalie perdait pied. Elle transmit une série de signaux rapides.

– Tu ne te rappelles pas, Esaü ? Le bon Samaritain. Il se souvient de l'histoire, c'est évident. Il a simplement oublié le signe.

Elle prit les mains d'Esaü et tenta de les ouvrir pour former le signe « bon », mais il résistait.

– Non, dit le révérend Hoyt, je ne pense pas qu'il parle de cette histoire-là.

Nathalie était au bord des larmes.

– Il connaît tous les récits de la Bible, et il sait lire. Il a lu presque tout le Nouveau Testament tout seul.

– Je sais, Nathalie, déclara le pasteur d'une voix patiente.

– Alors, vous allez le baptiser ?

Il regarda le singe accroupi dans son fauteuil.

– Il faut d'abord que j'y réfléchisse.

– Pourquoi ? s'obstina-t-elle. Tout ce qu'il demande, c'est d'être baptisé. Le baptême fait partie des attributions de l'Eglise œcuménique, non ? Nous avons baptisé quatorze personnes, dimanche dernier ! C'est tout ce qu'il demande.

– Il faut que j'y réfléchisse.

Elle parut sur le point d'ajouter quelque chose, puis fit signe au singe de la suivre.

– Allons, viens, Esaü.

Il descendit gauchement de son siège, en essayant de ne pas se retourner. De faire plaisir à Nathalie, se dit le révérend Hoyt. Etait-ce pour cela qu'il voulait être baptisé ? Pour faire plaisir à Nathalie ?

Le révérend Hoyt s'assit quelques instants à son bureau, se leva et suivit l'interminable couloir qui conduisait de son cabinet de travail au sanctuaire. Debout près de la porte latérale, il contempla l'immense nef ensoleillée. L'église était une des plus grandes cathédrales œcuméniques et datait d'avant l'Extase. Haute de près de quatre étages, sa voûte spacieuse était entièrement charpentée en poutres apparentes, en pin des montagnes du Colorado. Le célèbre vitrail de Lazetti, composé de lamelles de verre coloré serties d'acier, occupait presque toute sa hauteur. En bas, derrière la chaire et le chœur, il diffusait plus d'ombre que de jour : des verts et des bruns sombres montaient en dégradés vers un bouquet de palmiers élancés. Plus haut régnait le soleil couchant. Orange lumineux, rose éclatant, mauve profond s'adoucissaient en tons plus délicats : pêche, ivoire et lavande, loin au-dessus des têtes des fidèles. Aux trois quarts de sa hauteur, le vitrage passait imperceptiblement des nuances pastel à la pure clarté du verre. Le soir, le soleil déclinant rayonnait sur Denver par-dessus les brouillards de la ville et se fondait dans les nuages du vitrail. De vraies étoiles surgissaient derrière cette autre étoile en verre biseauté qui brillait, unique, au sommet de la baie.

Esaü était là-haut, dans la charpente. Il se déplaçait en se balançant, un chiffon à poussière à la main, poursuivant son travail. Ses longs bras velus se mouvaient avec sûreté dans les entretoises. Avant lui, on avait tenté d'employer des échelles, mais elles éraflaient les poutres et leur usage n'allait pas sans risque. L'une d'elles avait brisé quelques centimètres carrés du vitrail de Lazetti.

Le révérend Hoyt décida de ne rien dire avant d'avoir pris une décision. Aux questions insistantes de Nathalie, il fournissait toujours la même patiente réponse : « Je n'ai encore rien décidé. » Le dimanche, il prononça le sermon sur l'humilité qu'il avait déjà préparé.

A la fin du service, toutefois, comme il lisait le dernier fragment des textes sacrés, il découvrit brusquement Esaü dans l'enchevêtrement des poutres. Ramassé sur lui-même et cramponné à un arc-boutant, il l'observait avec attention, comme s'il écoutait.

– *Pour moi, mes pieds ont presque bronché et peu*

s'en est fallu que mes pas n'aient dévié. J'étais stupide et ignorant. J'étais devant Toi comme les brutes.

Le pasteur jeta un regard vers l'assemblée des fidèles. Ils avaient l'air contents d'eux-mêmes, béatement satisfaits. Il leva les yeux et regarda Esaü.

– *Pourtant, je serai toujours avec Toi. Tu m'as pris par la main droite et Tu me recevras dans Ta gloire. Ma chair et mon cœur défaillent mais Dieu est le rocher de mon cœur et mon partage à toujours.*

Il referma la Bible avec un claquement sec.

– J'aurai l'occasion de revenir sur la vertu d'humilité, dont bien peu d'entre vous semblent soupçonner le sens.

La surprise se lisait sur tous les visages. En robe cramoisie et chasuble de soie jaune, Nathalie rayonnait.

La laissant vociférer la bénédiction par-dessus le brouhaha qui s'ensuivit, le pasteur s'éclipsa par la porte des tribunes et regagna le presbytère. Son premier geste fut de débrancher le téléphone. Une heure plus tard, au comble de l'excitation, Nathalie entra, remorquant Esaü. Ses joues étaient aussi rouges que sa robe.

– Je suis si contente que vous vous soyez enfin décidé à en parler ! J'espérais que vous le feriez. Vous verrez, ils trouveront tous que c'est une idée merveilleuse. Mais quand même, j'aurais voulu que vous le baptisiez. Vous imaginez leur surprise, si vous l'aviez fait ? Le premier baptême de ce genre, et dans notre église, encore ! Eh bien, Esaü, c'est tout l'effet que ça te fait ? Tu vas être baptisé !

– Je n'ai encore rien décidé, Nathalie. J'ai averti mes paroissiens que le problème se posait, c'est tout.

– Mais tout le monde trouvera l'idée merveilleuse, vous verrez.

Il la renvoya chez elle, avec la consigne de ne répondre à aucun appel téléphonique et de ne recevoir aucun journaliste, tout en sachant pertinemment qu'elle n'en tiendrait pas compte. Il garda Esaü, prépara pour eux deux un bon petit dîner, alluma la télévision et programma un match de base-ball. Esaü prit le chat du pasteur dans ses bras – un vieux matou qui regardait comme des intrus tous les visiteurs de son maître – et s'installa avec lui dans son fauteuil attitré, en face du récepteur. Le révérend Hoyt s'attendait à une explosion de colère et de coups de griffe, mais le matou se blottit avec un plaisir manifeste sur les genoux d'Esaü.

Quand il fut temps d'aller se coucher, celui-ci l'emmena avec lui dans la chambre d'ami, le posa doucement au bout du lit et le gratifia d'une ou deux caresses. Puis, selon l'habitude qui mettait Nathalie si mal à l'aise, il entra dans le lit à plat ventre et le pasteur vint le border. C'était ridicule de sa part, Esaü était pleinement adulte et, vivant seul, se débrouillait très bien par lui-même. Pourtant, cela lui paraissait tout naturel.

Esaü restait coi, les yeux levés vers lui. Il se souleva sur un coude pour voir si le chat était toujours à sa place et se tourna sur le côté, les bras noués autour du cou. Le révérend Hoyt éteignit la lumière. Il ignorait le signe adéquat pour dire : bonne nuit, et il se contenta d'un petit geste de la main, timidement esquissé du seuil de la pièce. Esaü lui rendit la pareille.

Esaü prit son petit déjeuner avec le chat sur les genoux. Le révérend avait rebranché le téléphone, qui sonnait avec insistance. Il fit comprendre à Esaü qu'il était temps de se rendre à l'église. Celui-ci agita les doigts en désignant le chat : il était clair qu'il désirait l'emmener. Le révérend s'y opposa avec une ferme douceur. Il réunit le pouce et les deux premiers doigts, accompagnant ce « non » d'un sourire pour que le singe ne le crût pas fâché.

Esaü reposa le chat sur la chaise et ils partirent tous les deux pour l'église. Le révérend Hoyt aurait voulu lui dire qu'il n'était pas obligé de se tenir debout mais il ne savait pas comment se faire comprendre. A la porte de son cabinet, Esaü interrogea d'un signe : travail ? Le pasteur hocha la tête et essaya d'ouvrir sa porte : elle était coincée par un paquet de lettres qu'on avait glissées par-dessous. Il s'agenouilla, en ramassa une poignée et la porte s'ouvrit à la volée. Il ramassa le reste et le jeta sur son bureau. Esaü jeta un coup d'œil dans la pièce, fit un petit signe d'adieu auquel le pasteur répondit, et s'en alla d'un pas traînant vers l'église. Le révérend Hoyt referma la porte.

Derrière son bureau, des débris de verre jonchaient le sol, à côté d'une grosse pierre. Juste au-dessus, un trou étoilait la porte vitrée. Il ramassa la pierre, déplia le papier qui l'entourait et lut : *Et je vis une bête monter de l'abîme, avec le mot « blasphème » écrit sur son front.*

Le révérend balaya les éclats de verre et appela l'évêque. Puis il parcourut son courrier, non sans jeter de fréquents coups d'œil par la porte vitrée. L'évêque arrivait toujours par-derrière, en traversant le parking. Le bureau du pasteur était situé dans l'aile administrative, à l'extrémité la plus éloignée de l'église, donc la moins accessible : le révérend l'avait choisi pour se réserver un minimum d'intimité. Jadis, la porte vitrée donnait sur un petit carré de terrain où poussait un pommier sauvage. Cinq ans auparavant, terrain et pommier avaient disparu pour faire place au parking, et il n'avait plus été question d'intimité. En revanche, le pasteur bénéficiait maintenant d'une excellente vue sur les allées et venues des visiteurs. C'était le seul moyen qu'il eût de savoir qui venait à l'église. De son bureau, on n'entendait rien.

L'évêque arriva à bicyclette, ses courtes boucles grises voletant au vent. Très hâlée, elle arborait un ensemble-pantalon vert clair, mais sa robe noire était pliée sur son bras. Le pasteur la fit entrer par la porte vitrée.

– Je n'étais pas sûre qu'il s'agisse d'une visite officielle, annonça-t-elle, mais j'ai préféré prendre mes précautions. On ne sait jamais, avec vos coups de théâtre !

Le révérend Hoyt se laissa tomber derrière son bureau encombré de lettres et soupira :

– Je sais, j'ai agi comme un idiot ! Merci d'être venue, Moïra.

– Vous auriez au moins pu m'avertir ! Le premier coup de fil que j'ai reçu venait d'un journaliste en plein délire qui annonçait la fin du monde, j'ai cru que c'étaient les charis qui remettaient ça. Après quoi, un abruti m'a demandé quelle était la position de l'Eglise quant à l'existence de l'âme des cochons. Puis il m'a encore fallu vingt minutes pour comprendre ce que vous aviez bien pu faire. Durant lesquelles, mon cher Will, je vous ai traité d'une infinité de noms fort peu charitables, j'en ai peur.

Elle se pencha vers le pasteur.

– Noms que je m'empresse de retirer, enchaîna-t-elle en lui tapotant la main avec affection. Et maintenant, mon cher Will, que comptez-vous faire ?

– Je ne voulais rien dire avant d'avoir pris une décision, répondit-il d'un ton pensif. J'avais l'intention de vous appeler cette semaine pour vous en parler. C'est ce que j'ai dit à Nathalie quand elle a commencé à entreprendre Esaü là-dessus.

– Je le savais ! Encore une des idées géniales de Nathalie Abreu, n'est-ce pas ? Il me semblait bien déceler la griffe d'un de nos jeunes vicaires, dans cette affaire. Ils sont tous les mêmes ! Franchement, Will, il n'y aurait pas moyen de les garder une dizaine d'années de plus au séminaire, le temps qu'ils s'assagissent ? J'en ai par-dessus la tête de toutes ces croisades, utopies, réformes et autres chevaux de bataille ! Le dada de mon assistant, à moi, c'est le chant choral. Chœurs de jeunes, chœurs d'enfants, polyphonie, canons et madrigaux... c'est à peine s'il me reste du temps pour le sermon. Ce n'est plus une église que j'ai, c'est un champ de manœuvre ! Avec des escadrons de robes multicolores dans tous les coins, pour chanter les répons.

L'évêque s'interrompit un instant, puis reprit :

– Parfois, il me prend l'envie de l'étrangler. En attendant, c'est cette Nathalie Abreu que j'étranglerais volontiers. Où a-t-elle été pêcher une idée pareille ?

Le pasteur secoua la tête.

– Elle a beaucoup d'affection pour Esaü.

– Et elle lui a bourré le crâne d'Histoire sainte et de paraboles. Est-ce qu'elle lui fait suivre l'école du dimanche ?

– Oui, comme débutant je suppose.

– Bon, vous êtes donc en droit de prétendre qu'il a été endoctriné, non ? Dites que l'idée ne vient pas de lui, qu'on la lui a imposée.

– On pourrait en dire autant des trois quarts de la classe, Moïra, c'est bien là le problème. Il n'y a pas un seul argument, dans son cas, qui ne soit applicable à toute la congrégation. Il est seul, il cherche une image paternelle solide, il raffole de tous ces falbalas et chandelles. Instinct, conditionnement, sublimation sexuelle, c'est peut-être vrai pour lui, mais ça l'est aussi pour un grand nombre de ceux que j'ai baptisés. Et eux, je ne leur ai jamais demandé : « Franchement, pourquoi voulez-vous être baptisés ? »

– Il veut faire plaisir à Nathalie, voilà tout.

– Bien sûr. Et combien de jeunes vicaires sont entrés au séminaire pour faire plaisir à leurs parents ?

Le pasteur arpenta l'étroit espace libre, derrière son bureau.

– Le droit canon ne prévoit rien en pareil cas, j'imagine ?

– J'ai cherché, mais l'Eglise œcuménique est encore au berceau, Will. Nous n'avons fait que jeter les premières bases et rédigé une ou deux lois, par-ci, par-là. Vingt ans, c'est un peu court pour fonder une tradition, Will, je suis désolée. J'ai même consulté les lois en vigueur avant l'unification, dans l'espoir d'en trouver une assez obscure pour convenir aux circonstances. En vain, hélas !

Pendant plus de vingt-cinq ans, les Eglises libérales avaient caressé l'idée d'unification, sans autre résultat que quelques déclarations de bonne volonté. Puis les charismatiques avaient annoncé la Vision extatique et les Eglises avaient couru chercher refuge dans le giron de l'œcuménisme. Au cours des années quatre-vingts, le mouvement charismatique primitif n'avait cessé de s'étendre. Les charis s'étaient donné pour mission de prophétiser la fin du monde, avec toutes ses persécutions et la venue de l'Antéchrist. Par un brûlant mardi de 1989, ils avaient brusquement révélé que la Fin était non seulement toute proche, mais qu'elle était là. Et que tous les vrais chrétiens devaient s'unir pour combattre la Bête. La Bête n'était pas nommément désignée, mais beaucoup de vrais chrétiens en conclurent qu'elle se tapissait quelque part au sein des Eglises libérales : de ferventes prières montèrent de tous les fronts méthodistes. Des jeunes gens arpentaient la nef des églises épiscopales pendant la messe, vociférant des imprécations. D'innombrables vitraux furent brisés, y compris ceux de Lazetti, sauf un. Quelques églises brûlèrent.

L'élan de la Vision extatique se ralentit considérablement deux ans plus tard, quand le ciel omit de s'enrouler comme un parchemin pour expédier les justes au paradis. Toutefois, les charis demeuraient une force que l'Eglise œcuménique se gardait de prendre à la légère. Composée d'éléments plutôt disparates, il faut bien le dire, elle ne s'en dressait pas moins comme un rempart devant les charis.

– Donc, vous n'avez rien trouvé ? insista le révérend Hoyt. Mais en tant qu'évêque, vous avez bien votre mot à dire ?

– Nous n'avons aucune autorité sur vous, en pareil cas. L'Eglise du Christ unifiée insiste sur l'autonomie interne de chaque Eglise ralliée, y compris en ce qui concerne l'élection d'un ministre, la communion et le baptême. C'était le seul moyen de les attirer à nous, acheva l'évêque sur un ton d'excuse.

– Je n'ai jamais pu comprendre ça. Toutes ces Eglises désunies, en face des charis prêts à n'en faire qu'une bouchée... Ils n'avaient qu'un choix : se rallier. Alors pourquoi leur offrir l'autodétermination, en prime !

– Parce que nous y avions intérêt nous aussi, rappelez-vous. Nous ne pouvions pas laisser tranquillement les charis nous les souffler ! Et chacun y allait de son interprétation de la Bible en ergotant sur des broutilles, y compris vous, les presbytériens. Si je me souviens bien, vous brandissiez comme un étendard le mot magique de « prédestination », pour un oui ou pour un non.

Le révérend Hoyt eut le sentiment qu'elle ne parlait ainsi que pour lui arracher un sourire. Il sourit donc.

– Et à quoi vous autres, catholiques, teniez-vous si fort, déjà ? Ah oui, votre jus de raisin !

– Ce que je veux dire, Will, c'est que moi, en tant qu'évêque, je n'ai pas à vous donner mon avis personnel. C'est votre problème, et vous seul êtes à même de prendre une décision sensée et équitable.

Le pasteur s'empara d'une poignée de courrier.

– Sensée et équitable, dites-vous ? Quand je reçois ce genre de conseils ?

– Et vos belles déclarations sur l'humilité, vous les oubliez ? Vous l'avez bien cherché !

– Ecoutez ça : *Vous ne pouvez baptiser un singe, ils n'ont pas d'âme. Un jour, j'ai visité le zoo de San Diego. On est allés voir les singes et là, en plein devant tout le monde, il y avait deux orangs-outans...* (Le révérend releva un instant les yeux.) Elle a hésité, observa-t-il, sa plume a craché.

Puis, reprenant sa lecture, il poursuivit :

– ... *en train de faire ça* : ces derniers mots sont soulignés. *Le pire, c'est qu'ils avaient l'air d'y prendre plaisir. Alors, vous voyez, même si vous leur trouvez parfois des bons côtés,* etc. Ceci venant d'une femme qui a eu trois maris et commis bon nombre de « petites erreurs », comme elle appelle ça. Elle soutient que je ne peux pas le baptiser parce qu'il est porté sur le sexe.

Il feuilleta rapidement d'autres lettres.

– Les diacres estiment que cela aurait, je cite : *Un effet des plus négatifs sur le montant des offrandes.* Les Suisses font savoir qu'ils ne veulent pas être envahis de touristes armés de caméras. Trois hommes et neuf femmes pensent que baptiser un singe risque de libérer ses instincts bestiaux et que personne n'oserait plus entrer seul dans une église.

Le pasteur exhiba triomphalement une autre lettre, rédigée sur papier rose tendre.

– *Dimanche, vous nous avez demandé si nous croyions que les singes avaient une âme. Moi je le crois. J'aime bien m'asseoir au fond, à cause de mon arthrite. Pendant l'oraison, il y avait trois petits enfants devant moi qui priaient en joignant leurs menottes et juste à côté de la sacristie, j'ai vu votre singe, la tête inclinée et les mains jointes, lui aussi.*

Le révérend brandit à nouveau le feuillet.

– Mon unique alliée, commenta-t-il. Elle trouve mignon de voir un singe adulte joindre ses petites papattes. Et ce sont de pareils avis qui devraient m'inspirer une décision sensée ? Jusqu'à Nathalie qui s'entête à faire de lui ce qu'il n'est pas, en l'obligeant à s'habiller, à se tenir droit et à marcher debout. Et il faudrait que je prenne une décision !

Moïra laissa patiemment passer l'orage, puis se leva.

– En effet, Will, la décision vous appartient et non à Nathalie, à vos fidèles ou aux charis. C'est à vous de trancher.

A travers la vitre étoilée, le pasteur la regarda partir et enfourcher sa bicyclette.

– Le diable emporte les congréganistes ! grommela-t-il entre ses dents.

Il tria le courrier en trois piles : « pour », « contre »,

« complètement débile » et jeta le tout dans la corbeille à papiers. Puis il fit appeler Nathalie et Esaü et put ainsi transmettre à ce dernier l'ordre de tendre la bâche en plastique renforcé sur le vitrail. Nathalie n'en menait pas large.

– Que se passe-t-il ? s'informa-t-elle quand le singe se fut éloigné avec la clé de la réserve. Vous avez reçu des menaces ?

Le pasteur lui montra le message et la pierre mais ne fit pas mention des lettres.

– Esaü dormira chez moi ce soir aussi. Quand doit-il aller à Colorado Springs ?

– Demain, dit-elle en parcourant une lettre repêchée dans la corbeille. Mais nous pouvons toujours annuler. Ils sont déjà au courant, acheva-t-elle en rougissant.

– Non, objecta le révérend Hoyt, d'une voix teintée de lassitude.

Nathalie lança brutalement la lettre sur le bureau.

– Vous allez renoncer, à cause de tous ces cloportes ! Vous allez leur céder, n'est-ce pas ? Cette vermine ne sait même pas ce qu'est une âme, et ce sont eux qui vont vous apprendre qu'Esaü n'en a pas ! (Elle marcha vers la porte, les pans de son étole virevoltant derrière elle.) Je ferais peut-être mieux de leur dire de le garder, demain, puisque vous ne voulez pas de lui !

La porte claqua avec force, délogeant un nouvel éclat de verre.

Le révérend Hoyt se rendit à la bibliothèque de Denver sud pour y emprunter un livre sur les singes, un ouvrage de saint Augustin et un manuel de L.S.A. Il lut dans son bureau jusqu'à la tombée de la nuit, puis alla chercher Esaü. La bâche protectrice était tendue à l'extérieur du vitrail et, à l'intérieur de l'église, une échelle était dressée contre le mur. La baie laissait filtrer le bleu profond du ciel nocturne et la clarté naissante des étoiles.

Esaü était assis sur l'un des bancs du fond, ses

courtes jambes étendues droit devant lui sur les coussins de velours. Les bras pendants, paumes en l'air, il se reposait, son chiffon à poussière à côté de lui. Son large faciès n'exprimait rien, sinon l'abrutissement de la fatigue. Ses yeux étaient noyés de tristesse, une tristesse infinie, au-delà de tout ce que le révérend Hoyt eût jamais vu.

Dès qu'il aperçut le pasteur il dégringola de son banc et tous deux se dirigèrent vers le presbytère. Le premier geste d'Esaü fut d'aller chercher le chat.

Les gens de Mont Cheyenne arrivèrent très tôt le lendemain matin. Le révérend aperçut leur van sur le parking et vit Nathalie y conduire Esaü. Le jeune homme du Centre ouvrit la portière et parla à Nathalie. Elle hocha la tête et lui sourit, comme intimidée. Esaü s'installa sur le siège arrière et elle se pencha à l'intérieur pour lui dire au revoir. Elle le serra dans ses bras. Tant que le van fut en vue, il regarda par la vitre, les traits impassibles. Nathalie évita de se tourner vers le pasteur.

On ramena Esaü le lendemain, vers midi. Le révérend vit réapparaître le van et, presque aussitôt après, Nathalie introduisit le jeune homme dans son bureau. Entièrement vêtue de blanc, elle frisait le ridicule dans l'ample surplis qui recouvrait sa robe immaculée. On aurait dit qu'elle jouait l'ange dans une pièce de patronage. Apparemment, la Pentecôte était passée, et la Trinité en vue. Elle paraissait toujours aussi intimidée, ce que la nécessité d'avoir recours à un ami pour étayer ses arguments n'expliquait pas tout à fait. Le révérend Hoyt se demanda combien de fois le même jeune homme était déjà venu chercher Esaü.

— Je pensais que vous aimeriez savoir comment les choses se passent au Centre, monsieur, commença ledit jeune homme d'un ton plein d'entrain. Esaü a passé un contrôle médical et il semblerait qu'il ait besoin de lunettes : il présente un léger astigmatisme. Sinon, il est en parfaite condition physique pour un mâle de son âge. Et son attitude en ce qui concerne le programme de reproduction s'est sensiblement améliorée au cours de ces derniers mois. Les orangs mâles deviennent souvent assez solitaires à l'âge adulte, ou névrosés, et même parfois très dépressifs. Il y a quelques mois encore, Esaü refusait absolument de s'accoupler, ce qu'il fait maintenant très régulièrement. Et il a fécondé une femelle. Ce que je veux dire, monsieur, c'est que le travail d'Esaü et les amis qu'il s'est faits ici l'ont rendu plus heureux et beaucoup mieux adapté qu'il n'était. Toutes nos félicitations. Nous serions navrés si quelque chose devait compromettre un équilibre émotionnel déjà si bien établi.

« Nous y voilà ! songea le révérend Hoyt, l'argument massue. Un singe heureux se reproduit et un singe baptisé est un singe heureux, donc... »

– Je comprends, déclara-t-il en dévisageant le jeune homme. Je me suis documenté sur les orangs-outans, mais j'aurais certaines questions à vous poser. Si vous pouviez me consacrer quelques instants cet après-midi, j'en serais ravi.

Le jeune homme consulta brièvement sa montre. Nathalie parut mal à l'aise.

– Peut-être après la réunion d'information, alors. Ce qui nous amène à... (il se tourna vers Nathalie) disons quatre heures, révérend Abreu ?

Elle eut un sourire contraint.

– C'est ça, quatre heures. Il serait temps d'y aller. Révérend Hoyt, si vous désirez assister...

– Merci beaucoup, mais je crois que l'évêque va venir en fin d'après-midi.

Le jeune homme prit le bras de Nathalie.

– Après votre conférence de presse, enchaîna le pasteur, dites à Esaü de retirer l'échelle, s'il vous plaît. Et dites-lui aussi qu'il n'en aura plus besoin.

– Mais...

– Je vous remercie, révérend Abreu.

Nathalie et son compagnon partirent pour leur conférence. Le révérend Hoyt ferma tous les livres qu'il venait d'emprunter à la bibliothèque et les empila au bord de son bureau. Puis il se prit la tête à deux mains et s'efforça de réfléchir.

– Où est Esaü ? demanda l'évêque en entrant.
– A l'église, je suppose. Il devrait être en train de placer le rideau de protection à l'intérieur.
– Je ne l'ai pas vu.
– Nathalie l'aura sans doute emmené à sa conférence.
L'évêque prit un siège et s'enquit :
– Qu'avez-vous décidé ?
– Rien. Hier, j'avais réussi à me convaincre qu'il n'était qu'un animal inférieur. Ce matin, à trois heures, je me suis éveillé d'un rêve où il m'apparaissait comme un saint. Je suis plus indécis que jamais.
– Et vous êtes-vous demandé – pour parler comme mon archevêque, qui n'a pas oublié son éducation baptiste – ce que Notre-Seigneur aurait fait à votre place ?
– Vous pensez à : *Et qui est mon prochain ? Et Jésus répondit : Un homme descendit de Jérusalem à Jéricho et tomba entre les mains des voleurs* ? C'est ce qu'a dit Esaü, vous savez. Quand je lui ai demandé s'il savait que Dieu l'aimait, il a commencé à épeler le mot Samaritain.
Moïra parut songeuse.
– Mais voulait-il parler du bon Samaritain ou...
– C'est bien ce qu'il y a de bizarre. Nathalie lui a appris un signe abrégé pour « bon Samaritain », mais il ne voulait pas s'en servir. Il tenait à épeler le mot, d'un bout à l'autre. *Comment toi, qui es juif, me demandes-tu à boire, à moi qui suis une Samaritaine ?*
– Pardon ?
– Saint Jean, chapitre 4. C'est ce que la Samaritaine a dit au Christ, près du puits. Voyez-vous, l'un des premiers singes qui aient été élevés par des humains – une femelle – était souvent soumis à ce test : trier une pile de photos en séparant les humains des singes. Elle n'a jamais commis d'erreur, sauf une : elle classait toujours sa photo avec celles des humains.

Le pasteur se leva et alla se camper devant la porte vitrée.

– J'ai cru jusqu'ici que s'il réclamait le baptême, c'est parce qu'il ignorait qu'il n'était pas humain, mais il le sait. Il le sait.

– Oui, approuva l'évêque, je crois qu'il le sait.

Tous deux s'acheminèrent vers l'église. En arrivant, l'évêque observa :

– Je n'ai pas voulu prendre ma bicyclette, aujourd'hui. Les journalistes la connaissent trop bien... mais quel est ce bruit ?

C'était un son curieux, une sorte de sifflement rauque. Esaü était assis sur le sol, au pied d'un banc, la tête et le buste inclinés sur le siège. C'était lui qui produisait ce bruit étrange.

– Will, dit Moïra, l'échelle est par terre. Il a dû tomber.

Le révérend Hoyt pivota sur ses talons. L'échelle gisait le long de la nef et la bâche festonnait les premiers bancs comme un filet de pêche. Le pasteur s'accroupit près d'Esaü.

– Est-ce que tout va bien ? demanda-t-il, oubliant d'employer le langage des signes.

Esaü leva vers lui un regard embrumé. Il y avait du sang et de la salive sous son nez et sur son menton.

– Allez chercher Nathalie.

Nathalie se tenait sur le seuil, figure à la fois angélique et puérile, le jeune homme de Mont Cheyenne à ses côtés. Elle était aussi blanche que son surplis.

– Appelez le médecin, souffla-t-elle à son compagnon en tombant à genoux près d'Esaü. Esaü, tu vas bien ? Il est malade ?

Le révérend Hoyt ne savait comment lui annoncer la vérité.

– J'ai peur qu'il ne soit tombé, Nathalie.

– De l'échelle, devina-t-elle instantanément. Il est tombé de l'échelle !

– Vous ne pensez pas que nous devrions l'étendre

et lui surélever les pieds ? intervint Moïra. Il doit être en état de choc.

Le pasteur souleva légèrement la lèvre d'Esaü : ses muqueuses étaient d'un bleu grisâtre. Il toussa faiblement et un flot d'écume sanguinolente se répandit sur sa poitrine.

– Oh ! sanglota Nathalie, en portant la main à sa bouche.

– Je crois qu'il respire mieux dans cette position, suggéra le révérend Hoyt.

Moïra dénicha une couverture et il la déposa sur Esaü, en lui enveloppant soigneusement les épaules. Nathalie lui essuya le nez et la bouche avec l'ourlet de son surplis. Puis ils attendirent le médecin.

Celui qui se présenta était un homme de haute taille, à qui ses lunettes donnaient l'air d'un hibou. Le pasteur ne l'avait jamais vu. Il étendit Esaü sur le dos, glissa le coussin de velours sous ses pieds pour les surélever, examina lui aussi ses muqueuses et prit son pouls. Après quoi, avec une lenteur méthodique, il rasa un petit espace sur le bras d'Esaü et prépara une intraveineuse. Ses gestes eurent un effet apaisant sur Nathalie : elle redressa le buste et un peu de couleur revint à ses joues. Le révérend Hoyt se rendait compte que la pression sanguine était presque nulle. Quand le docteur enfonça l'aiguille pour la fixer au tuyau en plastique relié au flacon de glucose, le sang ne remonta pas dans le tuyau.

Le médecin examina Esaü avec douceur et, par le truchement de Nathalie, lui posa quelques questions : il n'y répondit pas. Sa respiration s'améliora un peu, mais des bulles de sang apparurent au bord de ses narines.

– Hernie péritonéale, diagnostiqua le praticien. Les organes ont été refoulés dans la cage thoracique et ne laissent plus assez d'espace aux poumons. Il a dû heurter quelque chose en tombant. (De toute évidence, c'était le coin du banc.) Il est très choqué. L'accident a eu lieu il y a combien de temps ?

– Avant que j'arrive, déclara Moïra, debout un peu à l'écart. Je n'ai pas vu l'échelle en passant, donc... (Elle réfléchit quelques instants.) Avant trois heures.

– Nous pourrons l'emmener dès qu'il aura absorbé un peu plus de glucose. Vous avez appelé l'ambulance ?

Le médecin s'était tourné vers le jeune homme, qui hocha la tête. Esaü toussa à nouveau, crachant un sang rouge vif et plein de bulles.

– Hémorragie pulmonaire, constata le médecin, qui emplit lentement une seringue. Si vous vouliez bien vous éloigner un moment, je vais essayer de ménager un peu plus d'espace aux poumons.

Nathalie plaqua les deux mains sur sa bouche, étouffant un sanglot.

– Non, fit le révérend Hoyt.

Le regard du médecin était on ne peut plus éloquent. « Vous savez ce qui va se passer, disait-il, soyez raisonnable. Je compte sur vous pour éloigner ces gens, afin qu'ils ne voient pas ça. »

– Non, répéta le pasteur, plus doucement cette fois. Il y a quelque chose que nous voudrions faire... avant. Nathalie, allez chercher la coupe du baptême et mon livre de prières.

Nathalie se releva, essuya ses larmes d'une main souillée de sang et s'éloigna sans un mot.

– Esaü, commença le révérend Hoyt. Mon Dieu, faites que je me souvienne des quelques signes que je connais. Esaü enfant de Dieu.

Il fit le ridicule petit salut qui désignait Dieu, puis étendit la main à hauteur de sa taille pour : enfant. Il ne voyait pas du tout comment traduire le rapport de possession.

Le souffle d'Esaü s'amenuisait. Il leva la main droite, serra le poing : S, A, M...

– Non ! protesta le révérend Hoyt, en rapprochant fébrilement le pouce des deux premiers doigts. (Il secouait la tête avec énergie.) Non ! Esaü enfant de Dieu !

Les signes le trahissaient. Il croisa les poings sur sa poitrine pour dire : amour, et Esaü tenta de reproduire le geste. Il ne pouvait plus du tout remuer le bras gauche. Il leva la main droite et l'agita. En signe d'adieu.

Nathalie était debout près d'eux, portant la coupe : elle tremblait. Le révérend la fit s'agenouiller à ses côtés pour lui servir d'interprète et tendit la coupe à Moïra.

– Je te baptise, Esaü, énonça-t-il d'une voix ferme en plongeant les doigts dans l'eau, au nom du Père (il posa doucement la main sur le crâne roux), du Fils et du Saint-Esprit. Amen.

Il se leva, regarda l'évêque, puis entoura Nathalie de son bras et l'entraîna dans la nef. Quelques minutes après, le médecin les rappela : Esaü gisait sur le dos, les bras écartés du corps, ses petits yeux bruns ouverts sur le vide.

– La commotion a été trop forte, annonça le praticien. Il n'avait plus que du sang dans les poumons. (Il tendit sa carte au révérend Hoyt.) Voici mon numéro, si je peux vous être utile...

– Merci, vous avez été très bon pour lui.

– Le Centre s'occupera de faire enlever le corps, déclara le jeune homme de Mont Cheyenne.

Nathalie examinait la carte. Sa robe était humide et tachée de sang.

– Non, refusa-t-elle. Non, merci.

Quelque chose dans le ton de sa voix dissuada le jeune homme de s'informer de ses raisons. Il sortit avec le médecin. Nathalie s'assit sur le sol, tout près d'Esaü.

– Il a appelé un vétérinaire, articula-t-elle. Il prétendait m'aider à obtenir le baptême d'Esaü et il a appelé un vétérinaire, comme pour un animal !

Elle saisit la main d'Esaü et fondit en larmes, tapotant affectueusement la paume inerte.

– Oh, mon ami ! Mon cher, cher ami !

Moïra passa la nuit auprès d'elle. Le lendemain

matin, elle l'accompagna jusqu'au cabinet de travail du révérend Hoyt.

– Aujourd'hui, c'est moi qui parlerai aux journalistes, décréta-t-elle. Pas vous.

Et elle les serra tour à tour dans ses bras, en guise d'adieu. Nathalie s'assit dans le fauteuil qui faisait face au bureau du révérend. Elle était vêtue très simplement, d'une jupe et d'une blouse bleues. Ses mains trituraient un mouchoir en papier roulé en boule.

– Vous n'avez vraiment rien à me dire ? interrogea-t-elle d'un ton posé. Moi qui ai passé plus d'un an à donner des conseils à tout le monde, j'aurais dû savoir ! (Sa voix trahissait la tristesse.) Il était malheureux, il a souffert si longtemps, et par ma faute !

– Je n'avais pas l'intention de vous le reprocher, Nathalie, affirma le pasteur avec douceur.

Elle triturait son mouchoir, essayant de reprendre assez de contrôle sur elle-même pour parler sans pleurer.

– Esaü m'a raconté comment vous le bordiez dans son lit, quand il dormait chez vous. Il m'a aussi parlé du chat. (L'essentiel semblait dur à venir.) Je veux vous remercier de... d'avoir été si bon pour lui. Et de l'avoir baptisé, même si vous ne le considériez pas comme un être humain.

Elle pleurait maintenant, à petits sanglots convulsifs.

– Je sais que vous l'avez fait... pour moi.

Elle s'interrompit, les lèvres tremblantes. Le pasteur ne savait comment lui venir en aide.

– Dieu préfère croire que nous avons une âme, car Il nous aime, et je pense qu'Il aime Esaü lui aussi. Et nous l'avons aimé.

– Je suis heureuse que ce soit moi qui l'aie tué, larmoya Nathalie, et pas quelqu'un qui le détestait, comme les charis ou n'importe qui. Au moins, on ne lui a pas fait mal exprès.

– Non, on ne l'a pas fait exprès.

– C'était une *personne*, vous savez. Pas un animal.

– Je sais, dit-il, ému de compassion pour elle.

Elle se leva et se frotta les yeux avec le mouchoir trempé.

– Je ferais mieux d'aller voir si on n'a pas besoin de moi à l'église.

Debout devant lui, dans sa robe bleue, elle avait l'air humilié cette fois, et pour de bon. Elle, Nathalie l'indomptable, enfin domptée... Il ne pouvait le supporter.

– Nathalie, commença-t-il, je sais que vous allez être très occupée mais si vous aviez un moment, pourriez-vous me trouver une robe blanche pour dimanche ? J'avais l'intention de vous le demander, il y a tellement de fidèles qui m'ont dit aimer vos ornements. Ils trouvent que cela ajoute quelque chose au service. Et... une étole, pourquoi pas ? Quelle est la couleur prescrite pour le dimanche de la Trinité ?

– Le blanc ! fit-elle dans un élan, dont elle rougit aussitôt. Le blanc et l'or.

Fred Astaire est mon héros. A chacun de ses films, il se mettait au travail six semaines avant le début du tournage et commençait à s'entraîner, usant plusieurs paires de chaussures à claquettes (sans oublier Hermès Pan, qui prétendait qu'après cela il ne pourrait plus danser autrement qu'à reculons), tout ça pour avoir l'air de réussir son numéro du premier coup, comme ça. Avec lui, tout semblait facile, *disent tous ceux qui l'ont vu danser.*

C'est le but que je vise, moi aussi, dussé-je y laisser des douzaines de paires de chaussures : vous donner l'impression que j'ai écrit ça comme ça, du premier coup.

LA LUNE BLEUE

POUR COMMUNICATION IMMÉDIATE : Mowen Chemical vient d'annoncer la réalisation d'une nouvelle installation d'émission de déchets dans son complexe expérimental de Chugwater, Wyoming. Selon les directeurs du projet, Brad McAfee et Lynn Saunders, des substances hydrocarbonées irrécupérables seront transférées par propulsion en des emplacements d'une altitude stratosphérique où la décomposition photochimique provoquera un allotropisme triatomique et la formation de précipités bicarbonatés inoffensifs. Les traitements prévisionnels préliminaires font état d'une ozonisation positive sans modifications statistiquement significatives de l'équilibre latéral de l'écosystème.

– Vous croyez que Walther Hunt aurait inventé les épingles de sûreté s'il avait su que les punks se les planteraient dans les joues ? demanda M. Mowen.

La mine lugubre, il regardait par la fenêtre les lointaines cheminées hautes de six cents pieds.

– Je ne sais pas, monsieur Mowen, dit Janice. (Elle soupira.) Vous voulez que je leur demande de patienter encore ?

Son soupir était censé signifier : il est quatre heures passées, il commence à faire sombre, et vous avez déjà demandé trois fois au service de la Recherche de retarder l'expérience, et quand donc allez-vous enfin vous décider ? Mais M. Mowen n'en tint pas compte.

– D'un autre côté, dit-il, ne faut-il pas penser aussi aux couches pour bébés ? Et à tous ces bambins qui auraient été blessés par des épingles normales s'il n'y avait pas eu d'épingles de sûreté ?

– On pense que cela favorisera la reconstitution de la couche d'ozone, monsieur Mowen, dit Janice. Et d'après la Recherche, il n'y aura pas d'effets secondaires dangereux.

– On envoie tout un tas d'hydrocarbures dans la stratosphère, et il ne devrait pas y avoir d'effets secondaires dangereux. D'après la Recherche. (M. Mowen fit pivoter son fauteuil pour regarder Janice, et dans son mouvement il faillit renverser la photo de sa fille Sally, posée sur son bureau.) Une fois, j'ai piqué Sally. Avec une épingle de sûreté. Elle a hurlé pendant une heure. Ce n'était pas un effet secondaire dangereux ? Et les déchets qui resteront quand toute cette ozone sera formée ? Du bicarbonate de soude, d'après la Recherche. Parfaitement inoffensif. Comment peuvent-ils le savoir ? Est-ce qu'ils ont déjà déversé du bicarbonate de soude sur les gens ? Appelez la Recherche... commença-t-il à dire, mais Janice avait déjà pris le combiné du téléphone et tapait le numéro. (Elle ne soupira même pas.) Appelez la Recherche et demandez-leur de déterminer quels effets pourrait avoir une pluie de bicarbonate de soude.

– Bien, monsieur Mowen, dit Janice. (Elle porta le combiné à son oreille et écouta pendant quelques instants.) Monsieur Mowen... commença-t-elle d'une voix hésitante.

– Je suppose que la Recherche prétend que cela va neutraliser l'acide sulfurique qui détruit les statues, tout en purifiant et en désodorisant l'atmosphère.

– Non, monsieur, répondit Janice. Ils disent qu'ils ont déjà fait démarrer les fours à température différentielle et que vous devriez voir quelque chose d'ici quelques minutes. Ils disent qu'ils ne pouvaient pas attendre plus longtemps.

M. Mowen fit à nouveau pivoter brusquement son fauteuil pour regarder par la fenêtre. La photo de Sally vacilla une fois encore et M. Mowen se demanda si la jeune fille était déjà revenue de l'université. Rien ne s'échappait des cheminées. Il ne pouvait pas distinguer, derrière le dédale des fast-food et des camps de caravanes, les fours installés au bas de ces grands bougeoirs. Une enseigne de McDonald, placée juste devant les cheminées, se mit brusquement à clignoter et M. Mowen sursauta. Les cheminées elles-mêmes demeuraient muettes et impassibles, mis à part les flashes de leurs antennes de signalisation aérienne. Entre les colonnes des cheminées, il pouvait voir les collines couvertes d'armoise et l'ensemble de la scène (à l'exception de l'enseigne McDonald) paraissait incroyablement calme et paisible.

– La Recherche dit que les fours fonctionnent à pleine puissance, annonça Janice en tenant le combiné contre sa poitrine.

M. Mowen se prépara à l'imminente explosion. Il y eut un grondement sourd, comme celui d'un incendie lointain, puis une bouffée de fumée blanchâtre, et finalement un puissant bruit de soufflerie – ressemblant à un soupir de Janice – tandis que deux colonnes de giclée bleue s'élevaient dans le ciel qui commençait à s'assombrir.

– Pourquoi cette couleur bleue ? s'enquit M. Mowen.

– J'ai déjà demandé, répondit Janice. La Recherche dit qu'il y a une diffraction du spectre visible, due à la projection d'hydrocarbures ayant un rayon de zéro virgule huit micron...

– On croirait entendre ce foutu communiqué de presse, dit M. Mowen. Dites-leur de parler anglais (1).

(1) Cette histoire se passant aux Etats-Unis, les personnages s'expriment en anglais. Le traducteur a essayé, tant bien que mal, de rendre le sens des jeux de mots et des expressions populaires ou argotiques. Certaines de ces expressions, comme « Quand la Lune est bleue », qui donne son titre à cette nouvelle, ont été conservées telles quelles car une adaptation française leur aurait fait perdre toute leur saveur. *(N.d.T.)*

Après avoir discuté pendant une minute au téléphone, elle déclara :

– C'est le même effet qui masque le soleil après une éruption volcanique. La dispersion. La Recherche veut savoir quels sont les membres de l'équipe qui participeront à la conférence de presse de demain.

– Les directeurs du projet, dit M. Mowen d'un ton grincheux, et n'importe quel membre du service de Recherche qui sache parler anglais.

Janice jeta un coup d'œil au communiqué de presse.

– Les directeurs sont Bradley McAfee et Lynn Saunders, déclara-t-elle.

– Pourquoi le nom de McAfee me semble-t-il familier ?

– Il partage le logement d'Ulric Henry. Le linguiste que vous avez engagé pour...

– Je sais très bien pour quoi je l'ai engagé. Invitez aussi Henry. Et essayez de joindre Sally dès qu'elle sera rentrée à la maison. Dites-lui que je voudrais qu'elle vienne là-bas ; et demandez-lui de s'habiller. (Il jeta un coup d'œil à sa montre.) Bien, dit-il, cela va faire cinq minutes et il n'y a pas encore eu d'effet secondaire négatif.

Le téléphone sonna. M. Mowen sursauta.

– Je savais que c'était trop beau pour durer, dit-il. Qu'est-ce que c'est ? L'EPA (1) ?

– Non, dit Janice (elle soupira). C'est votre ex-femme.

– J'en ai fini avec ça, dit Brad lorsque Ulric entra. (Il était assis dans la pénombre, la lueur verte du moniteur éclairait son visage. Il tapota pendant une minute encore sur les touches du clavier avant de se retourner.) Terminé. C'est du boulot de première.

Ulric alluma.

(1) EPA : abréviation de « Environmental Protection Agency », Agence américaine pour la protection de l'environnement. *(N.d.T.)*

– Le projet d'émission de déchets ? demanda-t-il.

– Non. Nous l'avons démarré cet après-midi. Ça baigne dans le petit-lait. Non, je viens de passer une heure à effacer le nom de Lynn des enregistrements concernant le projet.

– Lynn ne dira rien ? demanda Ulric.

Il avait parlé assez calmement, en particulier parce qu'il ne voyait pas très bien qui était Lynn. Il n'avait jamais réussi à distinguer les fiancées de Brad. Elles se ressemblaient toutes.

– Quand elle en entendra parler, il sera trop tard, déclara Brad. Elle est partie prendre l'avion à Cheyenne pour aller dans l'Est. Sa mère fait des pieds et des mains pour divorcer. Elle a surpris son mari en train de jouer à Adam et Eve.

S'il y avait quelque chose de plus difficile à supporter que les vacheries de Brad, c'était bien sa chance incroyable. Ulric savait que Brad était bien assez pourri pour avoir manigancé une brusque crise familiale dans le seul but d'éloigner Lynn de Chugwater, mais il était tout aussi certain que Brad n'avait même pas besoin de cela. Par une heureuse coïncidence, la mère de Lynn voulait divorcer en ce moment, et les heureuses coïncidences étaient justement la spécialité de Brad. Sinon, comment aurait-il fait pour empêcher ses trois fiancées de se rencontrer dans les limites étroites de Chugwater et du complexe de Mowen Chemical ?

– Lynn ? s'enquit Ulric. Laquelle est-ce ? La programmeuse rousse ?

– Non, c'est Sue. Lynn est une blonde, c'est un ingénieur chimiste de classe podium. Sinon, c'est une vraie cradouille pour tout le reste.

« Cradouille », se dit Ulric. Il devrait prendre des notes pour trouver le sens de ce terme. Cela signifiait probablement : assez stupide pour s'associer avec Brad McAfee. Et cela pouvait également s'appliquer à lui. Il avait accepté de partager le logement de Brad car il avait été tellement surpris d'être engagé qu'il n'avait même pas songé à demander un logement individuel.

Il avait obtenu un diplôme d'anglais qui, de l'avis général, était plus qu'inutile dans le Wyoming, et il avait rapidement constaté que c'était bien le cas. En désespoir de cause, il avait cherché un emploi à l'usine de Mowen Chemical et avait été engagé comme linguiste de l'entreprise, avec un salaire stupéfiant, pour des raisons qui n'avaient pas encore été éclaircies – bien qu'il fût chez Mowen depuis plus de trois mois. Par contre, une chose était devenue très claire : Brad était – pour employer son propre jargon si coloré – un carambouilleur, un plumeur de pigeons, un combinard de première. Il se frayait son chemin vers la fille du patron et vers la direction de Mowen Chemical en laissant dans son sillage un chapelet de jeunes femmes pour lesquelles, apparemment, un homme qui disait « ma fiancée » ne pouvait pas en avoir plusieurs. Il s'agissait d'un intéressant phénomène linguistique.

Au début, Ulric lui-même avait été séduit par le langage imagé de Brad, bien que ce garçon ne parût pas égaler sa remarquable habileté en informatique. Et puis, un jour, il s'était levé de bonne heure et avait surpris Brad en train de travailler sur un programme intitulé « Projet Sally ».

– Je vais devenir président de Mowen Chemical en deux coups de cuiller à pot, avait dit Brad. Mon plan est contenu dans ce petit programme hyper-secret. Qu'est-ce que tu en penses ?

Ce qu'Ulric en pensait ne pouvait pas être exprimé par des mots. Le programme décrivait un plan pour approcher de Sally Mowen et pour impressionner son père ; il s'appuyait presque entièrement sur la séduction et l'abandon de jeunes femmes ayant des postes clés dans l'entreprise Mowen Chemical. Ulric vit le nom de Lynn aux trois quarts du chemin qui menait au but.

– Et si M. Mowen découvrait ce programme ? demanda finalement Ulric.

– Il n'y a pas la moindre chance que ça se produise. Ce programme est mieux protégé que la vertu du pape. Et si quelqu'un essayait de le copier, il serait plus déçu qu'un crapaud qui drague une cigogne.

Depuis lors, Ulric avait fait six demandes pour obtenir un appartement individuel, mais toutes avaient été refusées « en raison de la restriction des capacités de superficie locative » – il avait cru comprendre que cela signifiait qu'il n'y avait pas le moindre logement libre à Chugwater. Tous ces refus avaient été rédigés par la secrétaire de M. Mowen, et il se disait par moments que M. Mowen devait quand même être au courant du « Projet Sally » et qu'il l'avait engagé pour maintenir Brad à l'écart de sa fille.

– D'après mon programme, il est temps de commencer à s'occuper directement de Sally, déclarait maintenant Brad. Demain, à cette conférence de presse. J'ai fait assez de barouf autour de ce projet d'émission des déchets pour pouvoir en mettre plein la vue au vieux papa Mowen. Sally sera là, elle aussi. Je me suis arrangé pour qu'elle soit invitée par Gail, ma fiancée du service de publicité.

– J'y serai, moi aussi, dit Ulric d'un ton hargneux.

– Eh bien ! c'est une sacrée chance, déclara Brad. Tu pourras rambinucher un peu cette bonne vieille Sally pour mon compte. Tu t'occuperas d'elle pendant que j'irai donner le bonjour à papa Mowen. Tu sais comment elle est ?

– Je n'ai pas l'intention de rambinucher Sally Mowen pour ton compte, répliqua Ulric.

Une fois de plus, il se demanda où Brad avait bien pu dénicher toutes ces expressions argotiques. A plusieurs reprises, il avait vu Brad en train de regarder les films de Judy Canova à la T.V., mais certains de ces mots ne se trouvaient même pas chez Mencken. Brad les faisait sans doute produire par un programme d'ordinateur.

– En fait, ajouta-t-il, j'ai l'intention de lui dire que tu es déjà engagé auprès de plusieurs personnes.

– Bon sang, ce que tu peux être cramponné ! Et tu sais pourquoi ? Parce que tu n'as pas une louloute à toi. Je vais te dire, tu en choisis une des miennes et je te la laisse. Qu'est-ce que tu penses de Sue ?

Ulric alla jusqu'à la fenêtre.

– Je ne veux pas d'elle, répondit-il.

– Je parie que tu ne sais même pas de laquelle il s'agit.

« C'est vrai, je n'en sais rien », songea Ulric. Elles se ressemblent toutes. Elles emploient le verbe « interfacer » et utilisent « source » comme adjectif. L'une d'entre elles avait téléphoné pour parler à Brad, et quand Ulric avait répondu qu'il était à la Recherche, elle avait dit : « Excusez-moi. Mon utilitaire est inopérant ce matin. » Ulric avait eu l'impression de vivre dans un autre pays.

– Qu'est-ce que cela peut faire ? répliqua-t-il furieusement. Aucune d'entre elles ne parle anglais, et c'est sans doute pour cela qu'elles sont toutes assez stupides pour penser que tu les considères chacune comme ta fiancée.

– Et si je te trouvais une louloute qui parle anglais, tu chaufferais Sally Mowen pour moi ? dit Brad. (Il se tourna vers le terminal et se mit à tapoter énergiquement.) Qu'est-ce que tu cherches exactement ?

Ulric serra les poings et regarda dehors. Un cerf-volant ou quelque chose de ressemblant était pris dans les branches du peuplier mort qui se trouvait sous la fenêtre. Il se demanda s'il n'allait pas descendre au bas de l'arbre et aller jusqu'au bureau de M. Mowen pour réclamer un appartement.

– Ne me dis pas que tu t'en fiches, dit Brad en constatant qu'Ulric ne répondait pas. Je t'ai déjà entendu palabrer assez souvent sur le sujet.

Il tapota pendant encore une minute et appuya sur le bouton d'impression.

– Voilà, annonça-t-il.

Ulric se retourna.

Brad lut l'écran du moniteur :

« Recherche : Jeune femme qui peut produire de belles phrases en bon anglais, qui doit utiliser une grammaire et une syntaxe correctes, pas de jargon, pas d'argot, qui a le respect du langage. Signé : Ulric Henry. » Qu'est-ce que tu en dis ? C'est tout à fait ta manière de parler.

– Je peux trouver mes propres « louloutes », répondit Ulric.

Il arracha la feuille de papier pendant qu'elle sortait de l'imprimante ; dans son mouvement, il déchira la moitié de la feuille en une longue diagonale irrégulière. On pouvait lire maintenant : « Recherche : jeune femme qui peut produire du langage. Ulric H. »

– Echangeons nos montures, dit Brad. Si cela ne te permet pas d'attraper une jolie petite pouliche, je te donne Lynn dès son retour. Cela la consolera d'avoir vu que son nom a été effacé du projet. Qu'en penses-tu ?

Ulric posa doucement le morceau de papier sur la table en s'efforçant de résister à l'envie d'en faire une boulette et de l'enfoncer dans la gorge de Brad. Il ouvrit violemment la fenêtre. Un brusque courant d'air froid pénétra dans la pièce et le papier posé sur la table frémit un peu avant de glisser jusqu'au rebord de la fenêtre.

– Et si Lynn manque son avion pour Cheyenne ? dit Ulric. Si elle revient ici et tombe sur une autre de tes fiancées ?

– Pas la moindre chance, répondit joyeusement Brad. Je me suis fait aussi un programme pour ce genre de cas. (Il arracha de l'imprimante le reste du papier et le roula en boule.) Deux de mes fiancées appellent en même temps, elles doivent prendre un des ascenseurs, et il n'y en a que deux. Ils fonctionnent selon les mêmes signaux et je me suis fait un programme qui bloque les ascenseurs entre deux étages si mon code de sécurité est lu plus de deux fois en une heure. Il envoie également un signal sonore prioritaire sur mon terminal, et je peux dégager la première nénette en douceur par l'escalier de service. (Il se leva.) Je dois passer à la Recherche pour vérifier à nouveau le projet d'émission des déchets. Tu ferais bien de te trouver dare-dare une louloute. Tu as un ton désagréable qui me donne les picots.

Il prit son manteau posé sur le dossier du fauteuil et sortit. Il claqua la porte, peut-être parce qu'il avait les picots, et ce courant d'air supplémentaire repoussa un peu plus le morceau de papier déchiré qui était posé sur le rebord de la fenêtre.

– Les picots, marmonna Ulric.

Il voulut appeler le bureau de Mowen. La ligne était occupée.

Sally Mowen téléphona à son père dès qu'elle fut arrivée à la maison.

– Bonjour, Janice, dit-elle. Papa est là ?

– Il vient de partir, répondit Janice. Mais j'ai dans l'idée qu'il va s'arrêter à la Recherche. Il est inquiet au sujet du nouveau projet d'émission de déchets dans la stratosphère.

– Je vais marcher à sa rencontre.

– Votre père m'a demandé de vous prévenir qu'il y aura une conférence demain matin, à onze heures. Vous êtes à côté de votre terminal ?

– Oui, dit Sally en allumant l'appareil.

– Je vous envoie les communiqués de presse pour que vous sachiez de quoi il retourne.

Sally s'apprêtait à dire qu'elle avait déjà reçu une invitation pour la conférence de presse ainsi que la documentation du service des relations extérieures, de la part d'une certaine Gail, mais elle se ravisa en voyant ce qui sortait de l'imprimante.

– Vous ne m'avez pas envoyé les communiqués de presse, dit-elle. Vous m'avez envoyé la bio d'une personne qui s'appelle Ulric Henry. Qui est-ce ?

– Vraiment ? s'exclama Janice d'une voix troublée. Je vais essayer à nouveau.

Sally saisit l'extrémité de la feuille qui sortait de l'ordinateur.

– Maintenant, c'est un portrait de lui.

Le portrait montrait un jeune homme brun dont l'expression balançait entre la consternation et le mécontentement. « Je parie qu'une fille vient de lui dire qu'ils pourraient avoir une liaison durable », songea Sally.

– De qui s'agit-il ? demanda-t-elle.

Janice poussa une sorte de bref soupir énervé.

– Je ne voulais pas vous envoyer ça. C'est le linguiste de l'entreprise. Je crois que votre père l'a invité à la conférence pour qu'il rédige les communiqués de presse.

« Je croyais que les communiqués de presse étaient déjà rédigés et que vous alliez me les envoyer », songea Sally, mais elle déclara :

– Quand mon père a-t-il engagé un linguiste ?

– L'été dernier, répondit Janice d'un ton encore plus énervé. Comment ça marche à l'université ?

– Très bien, dit Sally. Ou plutôt non, je ne vais pas me marier. En ce moment, je n'ai même pas une liaison durable, quoi que ça puisse être.

– Votre mère a téléphoné aujourd'hui. Elle se trouve à Cheyenne, à un meeting du NOW (1).

On aurait dit un *non sequitur*, mais ce n'en était pas un. Avec une mère comme celle de Sally, il n'était pas étonnant que son père s'inquiétât beaucoup de savoir quel homme la jeune fille épouserait. Parfois, Sally elle-même se faisait du souci. Une liaison durable.

– Comment était Charlotte au téléphone ? demanda Sally. Non, attendez. Je le sais déjà. Ecoutez, ne vous en faites pas pour cette histoire de conférence de presse. Je suis déjà au courant. J'ai reçu une invita-

(1) NOW : abréviation de National Organization for Women, organisation féministe américaine fondée en 1966. *(N.d.T.)*

tion de Gail quelque chose, du service des relations extérieures. C'est à cause de cela que je suis rentrée un jour plus tôt pour les congés de Thanksgiving (1).

– Elle vous a envoyé une invitation ? dit Janice. Votre père ne m'en a pas parlé. Il a certainement oublié, il s'est fait du souci à cause de ce projet. (Si Janice elle-même est énervée, pensa Sally, ce doit être l'euphémisme de l'année.) Alors, vous n'avez pas rencontré un gentil garçon ?

– Non, répondit Sally. Si. Je vous raconterai tout ça demain.

Elle raccrocha. Ils sont tous gentils, pensa-t-elle. La question n'est pas là. Ils sont gentils mais incohérents. Une liaison durable. Qu'est-ce que cela pouvait bien être ? Et que signifiait le « respect de l'espace individuel » ? Ou encore la « satisfaction réciproque des besoins socio-économiques » ? « Je ne vois pas du tout de quoi ils parlent, se dit Sally. Je suis sortie avec un tas d'étrangers. »

Elle remit son manteau et son bonnet, puis elle descendit en ascenseur pour aller chercher son père. Le pauvre homme. Il savait ce que c'était d'être marié avec quelqu'un qui ne parle pas anglais. Elle pouvait imaginer ce qu'avait dû être la conversation avec sa mère. Nous sommes toutes sœurs et ce sont tous des cochons sexistes. Elle ne parlait pas ERA (2) depuis très longtemps. La dernière fois qu'elle avait appelé, elle parlait EST (3), et californien la fois précédente. Pas étonnant que le père de Sally ait engagé une

(1) Thanksgiving : ou « Thanksgiving Day » (Journée d'action de grâce) ; fête instituée par les « Pères pèlerins » au XVIIIe siècle, observée le quatrième jeudi de novembre. *(N.d.T.)*

(2) ERA : abréviation de Equal Rights Amendment ; amendement à la constitution des Etats-Unis, approuvé en 1972 par le Sénat américain, et déclarant que le sexe ne pouvait constituer un motif d'inégalité devant la loi. *(N.d.T.)*

(3) EST : abréviation de Eastern Standard Time, heure locale de l'est des Etats-Unis. *(N.d.T.)*

secrétaire qui communiquait presque entièrement par des soupirs, ni que Sally ait fait des études d'anglais.

Demain, pendant la conférence de presse, ce serait affreux. Elle allait être entourée de gentils jeunes gens qui parleraient Affaires, ou Informatique, ou encore Diplômé Plein d'Avenir, et elle ne comprendrait pas un mot.

Soudain, elle se rendit compte que le linguiste de l'entreprise, Ulric machin-chose, pouvait certainement parler anglais ; elle entra de nouveau son code de sécurité pour remonter en ascenseur jusqu'à l'appartement afin de lire son adresse sur la feuille d'information tapée par l'imprimante. Au lieu de prendre la voiture, elle décida d'aller à pied jusqu'à la Recherche en passant par les jardins orientaux. Elle se persuada que c'était plus court, ce qui était vrai, mais elle se disait surtout qu'en empruntant cet itinéraire elle passerait près du bâtiment dans lequel habitait Ulric Henry.

A l'origine, les jardins orientaux devaient constituer un raccourci dans le dédale des fast foods qui avaient poussé tout autour du complexe de Mowen Chemical et empêchaient tout déplacement rapide. Son père avait volontairement installé Mowen Chemical à la périphérie de Chugwater pour que les installations ne dérangent pas les autochtones, et s'était efforcé de fondre dans le paysage du Wyoming les premiers logements et les bâtiments des laboratoires et des ateliers. Mais les autochtones avaient bien vite dérangé Mowen Chemical, et lorsqu'on avait construit le complexe de la Recherche et le centre d'informatique, le seul endroit qui n'était pas couvert de Kentucky Fried Chickens et d'Arbys (1) se trouvait dans le plus vieux quartier de la ville, très loin des premiers bâtiments de l'entreprise. M. Mowen avait renoncé à tenter de ne pas déranger les habitants. Il avait fait

(1) Kentucky Fried Chickens et Arbys : chaînes de restaurants *(N.d.T.)*.

installer les jardins orientaux pour que les gens puissent au moins aller à leur travail et en revenir sans être assaillis par les Chugwaterois. En vérité, il avait simplement voulu construire un chemin de brique qui passerait parmi les premiers bâtiments de Mowen et les relierait aux plus récents ; mais à cette époque, Charlotte parlait zen. Elle avait insisté pour qu'il y ait des bonzaïs et un pont en arc au-dessus du fossé d'irrigation. Avant même que l'aménagement fût terminé, elle était passée à un dialecte Anti-Watt ; cela avait mis un terme à son mariage et poussé Sally à partir vers une université de l'est des Etats-Unis. Pendant cette même période, sa mère avait fait campagne pour sauver le peuplier mort sous lequel Sally se tenait à présent, et elle avait mis tout autour du bureau de son mari des panneaux qui disaient : « Massacreur d'arbres ! »

Sally se trouvait sous le peuplier mort et comptait les fenêtres pour savoir laquelle était celle de l'appartement d'Ulric Henry. Il y avait trois fenêtres au cinquième étage, toutes trois éclairées ; celle du milieu était ouverte, pour une raison quelconque, mais il aurait fallu une incroyable coïncidence pour qu'Ulric Henry apparaisse à l'une des fenêtres juste au moment où Sally se trouvait en bas afin de pouvoir lui crier : « Vous parlez anglais ? »

« De toute manière, je ne cherchais pas à le voir, se dit-elle avec entêtement. Je vais retrouver mon père, et je me suis arrêtée pour observer la Lune. Mon Dieu, elle est vraiment d'un bleu particulier, cette nuit ! » Elle demeura encore quelques minutes au pied de l'arbre en feignant de regarder la Lune, mais il commençait à faire très froid, la Lune ne paraissait pas bleuir davantage, et même si cela avait été le cas, ce n'aurait manifestement pas été une raison de mourir de froid ; aussi tira-t-elle un peu plus son bonnet sur ses oreilles avant de poursuivre son chemin parmi les bonzaïs et de passer sur le pont en arc qui menait à la Recherche.

A peine s'était-elle avancée sur le pont qu'Ulric Henry s'approcha de la fenêtre et la referma. Son mouvement provoqua un petit courant d'air. Le morceau de papier-listing déchiré qui était resté posé sur le rebord se rapprocha un peu plus de l'extérieur et passa finalement par-dessus bord ; il glissa dans la lumière bleutée de la Lune et frôla le cerf-volant, puis se percha sur une branche du peuplier (la deuxième en partant du bas).

Mercredi matin, M. Mowen se leva de bonne heure pour pouvoir travailler un peu à son bureau avant de se rendre à la conférence de presse. Comme Sally n'était pas encore debout, il mit le café à chauffer et alla dans la salle de bains pour se raser. Il brancha le rasoir électrique dans la prise installée au-dessus du lavabo et l'ampoule placée en haut du miroir claqua aussitôt. Il retira la fiche de la prise et dévissa l'ampoule noircie. Puis il trottina pieds nus vers la cuisine pour chercher une autre ampoule.

Il déposa doucement l'ampoule grillée dans la poubelle posée près de l'évier et se mit à ouvrir les placards. Il prit la bouteille de sirop pour regarder derrière. Le bouchon n'était pas bien vissé et la bouteille de sirop se renversa en laissant couler du sirop sur l'étagère. M. Mowen saisit une serviette en papier, qui se déchira en une diagonale irrégulière, et il s'efforça d'éponger le sirop. Il renversa la salière dans la flaque visqueuse. Il prit alors l'autre moitié de la serviette en papier et tourna le robinet d'eau chaude pour l'humecter. Un jet d'eau bouillante fusa brutalement du tuyau.

M. Mowen sauta de côté pour éviter l'eau bouillante, et renversa la poubelle. L'ampoule s'en échappa pour éclater sur le plancher de la cuisine. M. Mowen mit le pied sur un gros morceau tranchant. Il déchira d'autres serviettes en papier pour éponger le sang et retourna en clopinant vers la salle de bains pour chercher des pansements, s'appuyant sur le côté de son pied blessé.

M. Mowen avait oublié qu'il n'y avait plus de lumière dans la salle de bains. Il tâtonna en direction de l'armoire à pharmacie et renversa dans le lavabo une boîte de coton-tiges et le flacon de shampooing avant de trouver les pansements. Le bouchon du shampooing, lui non plus, n'était pas bien vissé. M. Mowen prit la boîte métallique contenant les pansements et revint dans la cuisine.

Il se fit une entaille dans le pouce en essayant d'ouvrir le couvercle, qui était tordu. Comme il continuait de pousser, le couvercle céda brusquement en dispersant les pansements sur le plancher de la cuisine. En prenant soin d'éviter les morceaux d'ampoule brisée, M. Mowen ramassa un pansement, déchira l'extrémité de l'emballage et tira sur la languette orange pour enlever la protection. La languette cassa. M. Mowen la regarda pendant une longue minute et tenta d'ouvrir le pansement par l'autre extrémité.

Lorsque Sally entra dans la cuisine, M. Mowen était assis sur une chaise ; il suçait son pouce qui saignait et pressait un morceau de serviette en papier sur son pied.

– Que s'est-il passé ? demanda-t-elle.

– Je me suis coupé avec un morceau d'ampoule cassée, répondit M. Mowen. Elle a claqué quand j'ai voulu me raser.

La jeune fille tira une feuille du rouleau de papier, qui se déchira normalement selon la perforation, et elle enveloppa le pouce de M. Mowen.

– Tu sais bien qu'il ne faut pas ramasser les morceaux de verre à la main, dit-elle. Tu aurais dû prendre un balai.

– Je n'ai pas essayé de ramasser l'ampoule, expliqua-t-il. Je me suis coupé le pouce avec un pansement. C'est le *pied* que je me suis coupé sur du verre.

– Oh, je vois, dit Sally. Tu sais pourtant qu'il ne faut pas ramasser les morceaux de verre avec le pied.

– Ce n'est pas drôle, répliqua M. Mowen d'un ton indigné. Cela me fait très mal.

— Je sais bien que ce n'est pas drôle, dit Sally.

Elle ramassa un pansement sur le sol, déchira l'emballage et tira proprement la petite languette qui ouvrit le bord de la protection.

— Tu pourras quand même aller à ta conférence de presse ? demanda-t-elle.

— Bien sûr que je pourrai y aller. Et j'espère que tu y seras aussi.

— Je viendrai, dit-elle en ouvrant un autre pansement et en l'appliquant sur la plante du pied de M. Mowen. Je partirai dès que j'aurai terminé de nettoyer tout ça pour ne pas marcher dessus. Mais tu veux que je t'y emmène ?

— Je peux conduire, dit M. Mowen en commençant de se relever.

— Reste assis là ! je vais chercher tes pantoufles, dit Sally.

Elle sortit vivement de la cuisine. Le téléphone se mit à sonner.

— J'y vais ! cria Sally de la chambre. Tu ne bouges pas de ta chaise !

M. Mowen ramassa un pansement sur le sol, déchira l'emballage et tira correctement la languette, ce qui lui procura un grand soulagement. « On dirait que ma chance est en train de tourner », pensa-t-il.

— Qui est-ce qui appelle ? demanda-t-il joyeusement à Sally qui revenait dans la cuisine en tenant les pantoufles et le téléphone.

Elle enfonça la fiche du téléphone dans la prise murale et lui tendit le combiné.

— C'est maman, dit-elle. Elle veut parler au cochon sexiste.

Ulric s'habillait pour aller à la conférence de presse lorsque le téléphone sonna. Il laissa Brad répondre. Lorsqu'il entra dans le salon, Brad tenait le téléphone.

— Lynn a raté son avion, annonça Brad.

Ulric le regarda d'un air enchanté.

— Vraiment ?

– Oui ! Elle va en prendre un autre cet après-midi. Pendant qu'elle me taillait la bavette, elle a laissé échapper qu'elle avait signé de son nom le communiqué de presse qui a été envoyé à l'ordinateur.

– Et Mowen l'a déjà lu, ajouta Ulric. Il va donc savoir que tu as volé le projet à Lynn.

Il n'était pas d'humeur à mâcher ses mots. Il était resté éveillé une bonne partie de la nuit en réfléchissant à ce qu'il allait dire à Sally Mowen. Et s'il lui parlait du « Projet Sally » et qu'elle le regarde froidement en déclarant : « Désolée. Mon utilitaire est inopérant » ?

– Je n'ai pas volé le projet, corrigea Brad d'un ton aimable. Je n'ai fait que le lui taper pendant qu'elle ne regardait pas. Et j'ai déjà arrangé tout ça. Dès que Lynn a raccroché, j'ai appelé Gail pour lui demander de retirer le nom de Lynn des communiqués de presse avant que le vieux Mowen ne les lise. J'ai vraiment eu du pot que Lynn ait raté son avion.

Ulric enfila sa parka par-dessus sa veste de sport.

– Tu pars pour la conférence de presse ? demanda Brad. Attends que je me sois fringué, je t'emmènerai en voiture.

– Je vais marcher, dit Ulric en ouvrant la porte.

Le téléphone sonna. Brad répondit.

– Non, je n'ai pas regardé le film ce matin, dit Brad, mais je vais quand même tenter ma chance si vous le voulez bien. Je dirais que le film s'intitulait *Carolina Cannonball* et que le jackpot est de six cent cinquante et un dollars. C'est vrai ? Eh bien, quel coup de pot ! Le hasard fait bien les choses.

Ulric claqua la porte derrière lui.

A dix heures, comme M. Mowen n'était pas encore dans son bureau, Janice l'appela chez lui. Elle n'obtint que le signal « occupé ». Elle soupira, attendit une minute, puis essaya de nouveau. La ligne était toujours occupée. Avant même qu'elle ait raccroché, le voyant du téléphone s'alluma pour annoncer un appel extérieur. Elle pressa le bouton.

– Bureau de M. Mowen, dit-elle.

– Salut, déclara une voix au téléphone. Ici Gail, des relations extérieures. Les communiqués de presse contiennent une information inopérante. Vous ne les avez pas encore envoyés, n'est-ce pas ?

« J'ai essayé », songea Janice en poussant un petit soupir.

– Non, répondit-elle.

– Bien. Je voulais confirmer le blocage avant d'effectuer la suppression.

– Quelle suppression ? demanda Janice.

Elle avait essayé d'obtenir le communiqué de presse mais n'avait reçu qu'un portrait d'Ulric Henry.

– Le communiqué indique que Lynn Saunders est coconceptrice du projet.

– Je croyais pourtant qu'elle l'était.

– Oh non, dit Gail. C'est Brad McAfee, mon fiancé, qui a conçu l'ensemble du projet. Je suis contente que le nombre des tirages ne soit pas important.

Lorsque Gail eut raccroché, Janice essaya une fois encore de joindre M. Mowen. La ligne était toujours occupée. Janice demanda le répertoire de l'entreprise sur son terminal, obtint au lieu de cela un curriculum vitae d'Ulric Henry, et appela en définitive l'opératrice de Chugwater au téléphone. L'opératrice lui donna le numéro de Lynn Saunders. Janice appela Lynn mais ce fut sa camarade de chambre qui répondit.

– Elle n'est pas là, dit l'amie de Lynn. Elle a dû partir dans l'Est aussitôt après avoir terminé le projet d'émission des déchets. Sa mère n'arrêtait pas de la tarabuster pour qu'elle vienne. Elle se faisait beaucoup de bile pour cette histoire.

– Vous connaissez un numéro où je pourrais la joindre ? demanda Janice.

– Non, vraiment pas, répondit la camarade. Elle est partie en coup de vent. Son fiancé pourrait avoir un numéro.

– Son fiancé ?
– Ouais. Brad McAfee.
– Si elle vous appelle, dites-lui de me téléphoner absolument. En priorité.

Janice raccrocha. Elle demanda de nouveau le répertoire de l'entreprise sur son terminal et obtint le communiqué de presse pour le nouveau projet d'émission des déchets. Il n'était fait aucune mention de Lynn. Elle poussa un curieux soupir de colère et appela de nouveau M. Mowen. La ligne était toujours occupée.

En passant près du logement d'Ulric Henry, Sally remarqua quelque chose qui se balançait dans le peuplier mort. Les restes d'un cerf-volant étaient accrochés tout en haut de l'arbre, et un morceau de papier blanc était posé, tout juste hors d'atteinte, sur la deuxième branche en partant du bas. Elle exécuta plusieurs bonds, sans grande conviction, pour tenter de saisir le papier, mais elle réussit seulement à l'éloigner davantage. Si elle parvenait à l'attraper, elle pourrait monter à l'appartement d'Ulric Henry et lui demander si le papier n'était pas tombé de sa fenêtre. Elle regarda autour d'elle, cherchant un bâton, puis elle s'immobilisa en se trouvant idiote. Elle se dit qu'il n'y avait pas davantage de raisons d'aller chercher ce papier que de descendre le cerf-volant abîmé, mais tout en pensant cela elle mesurait du regard la hauteur des branches pour voir si elle ne pouvait pas trouver un point d'appui qui lui permettrait de saisir le bout de papier. Une branche ne suffirait pas à la supporter, mais deux pourraient y parvenir. Il n'y avait personne dans le jardin. « C'est ridicule », se dit-elle, et elle escalada la fourche que formait le tronc mort.

Elle grimpa vivement jusqu'à la troisième branche, s'y allongea à plat ventre et tendit la main pour prendre le papier. Comme ses doigts ne parvenaient pas à le saisir, elle s'étira un peu plus en se retenant au tronc pour ne pas tomber, et lança violemment le bras vers le morceau de papier. Elle perdit l'équilibre et faillit rater la branche : le courant d'air provoqué par son mouvement brusque repoussa le papier à l'extrémité de la branche et il vacilla un peu, mais ne tomba point.

Quelqu'un approchait en passant sur le pont en arc. Sally souffla plusieurs fois sur la feuille, puis s'arrêta. Elle allait devoir s'avancer sur la branche. « Peut-être est-ce une simple feuille blanche, pensa-t-elle, je pourrais difficilement rapporter un morceau de papier blanc à Ulric Henry. » Mais déjà, de la main, elle éprouvait la résistance de la branche. Elle paraissait assez robuste, et la jeune fille se glissa doucement sur la branche morte, se retenant au tronc le plus longtemps possible avant d'entamer un mouvement rampant qui l'amena juste au-dessus du trottoir. De là, elle put facilement attraper le papier.

C'était un morceau de feuille sortant d'une imprimante, dont un bon morceau avait été arraché. Cela disait *Recherche : Jeune femme qui peut produire du langage. Ulric H.* Il manquait le *ge* de « langage », mais à part cela le message était parfaitement clair, ce qui aurait déjà pu lui paraître curieux si elle n'avait pas été surprise par le contenu même du message. A l'université, sa spécialisation portait justement sur la génération du langage. Elle avait passé toute la dernière semaine de classe à étudier cela, à employer les règles de la modification linguistique sur des mots existants : extension et restriction du sens, changement de certains éléments du langage parlé, réduction, agglutination prépositionnelle, afin de créer un langage néologique. Au début, cela lui avait paru presque impossible, mais à la fin de la semaine, elle avait quitté son professeur en lui disant, sans même y penser : « Bon ap ! J'ai terminé mes révisos. » Elle pouvait certainement agir de même avec Ulric Henry, qu'elle souhaitait rencontrer de toute manière.

Elle avait oublié l'homme qu'elle avait aperçu sur le pont. Maintenant, il était presque arrivé à l'arbre.

Encore une dizaine de pas environ et il lèverait la tête et la verrait, perchée là comme un vautour dément. « Comment pourrais-je expliquer ça à mon père, si quelqu'un me voit ? » songea-t-elle, et elle se recula prudemment. Elle se posait encore la question lorsque la branche céda.

M. Mowen ne partit pour la conférence de presse qu'à onze heures moins le quart. Quand Sally l'avait quitté, il parlait encore avec Charlotte au téléphone ; quand il avait demandé à Charlotte de patienter un moment pour qu'il puisse demander à Sally si elle voulait attendre afin de l'accompagner en voiture, Charlotte l'avait traité de tyran sexiste et l'avait accusé de réprimer les traits dominants de Sally à coups d'intimidation psychologique répressive et bien masculine. M. Mowen n'avait absolument pas compris de quoi elle parlait.

Avant de partir, Sally avait balayé les débris de verre et installé une ampoule neuve dans la salle de bains, mais M. Mowen avait décidé de ne pas tenter le sort. Il s'était donc rasé avec un rasoir jetable. En se baissant pour saisir une serviette en papier afin d'étancher le sang de la coupure qu'il venait de se faire au menton, il s'était cogné le front contre la planchette de l'armoire à pharmacie. Après cela, il était resté assis pendant près d'une demi-heure sur le rebord de la baignoire en souhaitant que Sally fût à la maison pour l'aider à s'habiller.

Quand la demi-heure fut passée, M. Mowen se dit que la succession de coïncidences fâcheuses qui l'avaient tourmenté durant toute la matinée avait dû être provoquée par la tension nerveuse (Charlotte avait parlé bio-feed-back pendant quelques semaines) et qu'il lui suffirait de se détendre pour que tout s'arrange. Il avait pris plusieurs inspirations profondes et apaisantes et s'était levé. Mais la porte de l'armoire à pharmacie était encore ouverte.

En se déplaçant très prudemment et en considérant tous les dangers potentiels, M. Mowen avait réussi à s'habiller et à aller jusqu'à sa voiture. Il n'était pas parvenu à trouver deux chaussettes assorties, et l'ascenseur l'avait emmené jusqu'au toit, mais à chaque fois M. Mowen avait réagi en prenant de profondes inspirations apaisantes, et il commençait même à se sentir détendu en ouvrant la portière de la voiture.

Il entra dans l'automobile et referma la portière. Celle-ci coinça l'extrémité du pan de son manteau. Il ouvrit la portière et se pencha pour tirer son manteau. Un de ses gants s'échappa de sa poche et tomba sur le sol. Il se pencha un peu plus pour ramasser le gant et se cogna le crâne contre l'accoudoir.

Il prit une profonde inspiration un peu haletante, saisit le gant et ferma la portière. Il sortit les clefs de sa poche et glissa la clef de contact dans la serrure. La chaînette qui tenait les clefs cassa à ce moment-là et toutes les autres clefs se répandirent sur le plancher du véhicule, devant le siège avant. Tandis qu'il se penchait, en prenant soin de ne pas se cogner la tête contre le volant, son autre gant tomba de sa poche. Il laissa les clefs où elles étaient et se releva lentement en faisant attention au levier des clignotants et au pare-soleil. Il tourna la clef, à laquelle se balançait encore la chaînette. La voiture refusa de démarrer.

Très lentement, très prudemment, M. Mowen sortit de la voiture et revint dans l'appartement pour téléphoner à Janice et lui dire d'annuler la conférence de presse. La ligne était occupée.

Ulric n'aperçut la jeune femme que lorsqu'elle fut presque sur lui. Il s'avançait tête baissée, les mains enfouies dans les poches de sa parka, en pensant à la conférence de presse. Il avait quitté l'appartement sans prendre sa montre et marchait à grands pas vers le bâtiment de la Recherche. Il y était passé une heure plus tôt, mais il n'y avait encore personne, sauf une des fiancées de Brad, dont il ne parvenait pas à se rappeler le nom. Elle avait dit : « Votre horloge biologique est inopérante. Votre biorythme doit être assez bas aujourd'hui », et il avait répondu que c'était bien le cas, alors qu'il ignorait complètement de quoi elle parlait.

Il était arrivé en passant par le jardin oriental, se sentant désespéré. Il n'était pas certain de supporter la conférence de presse, même pour prévenir Sally Mowen. Peut-être ferait-il mieux de ne plus penser à cette conférence et de parcourir les rues de Chugwater ; il saisirait le bras des jeunes femmes en leur demandant : « Vous parlez anglais ? »

Tandis qu'il réfléchissait à cette idée, il entendit un grand craquement, juste au-dessus de sa tête, et une jeune femme tomba sur lui. Il essaya de sortir les mains de ses poches pour la rattraper, mais il lui fallut un petit instant pour comprendre qu'il se trouvait sous le peuplier et que le bruit était celui d'une branche qui se cassait, aussi n'y parvint-il pas assez vite. Il sortit quand même une main de sa poche et fit un pas en arrière pour affermir sa position, mais cela ne suffit pas. Elle atterrit en plein sur lui et ils roulèrent sur le trottoir pour achever leur chute dans les feuilles mortes. Lorsqu'ils s'arrêtèrent, Ulric se retrouva sur la jeune femme, un bras coincé sous elle et l'autre au-dessus de sa tête. Elle avait perdu son bonnet de laine et sa chevelure, qui s'étalait d'une manière charmante sur les feuilles couvertes de givre, s'était emmêlée avec les doigts d'Ulric. Elle leva les yeux vers lui et le regarda comme si elle le connaissait. Il ne lui vint pas à l'idée de lui demander si elle parlait anglais.

Au bout d'un moment, il se rendit compte qu'il allait être en retard à la conférence de presse. « Au diable la conférence, pensa-t-il. Au diable Sally Mowen », et il l'embrassa de nouveau. Après quelques minutes encore, son bras commença à s'engourdir ; il dégagea ses doigts de la chevelure de la jeune femme et s'appuya sur sa main pour se redresser.

Elle ne bougea pas, même quand il s'agenouilla à

côté d'elle et tendit une main pour l'aider à se relever. Elle resta étendue là en le regardant comme si elle réfléchissait intensément à quelque chose. Puis elle parut prendre une décision car elle saisit la main d'Ulric et se releva avec son aide. Elle montra quelque chose qui se trouvait derrière lui, en hauteur.

– La lune est au bleu, dit-elle.

– Comment ?

Il se demanda si la branche ne s'était pas brisée sur le crâne de la jeune fille.

Elle tendait toujours le bras.

– La lune est au bleu, répéta-t-elle. Elle a bleui la nuit dernière mais maintenant elle indigote plus encore.

Il se retourna pour regarder dans la direction qu'elle indiquait : effectivement, la lune presque pleine était d'un bleu lumineux dans le ciel matinal, ce qui expliquait le sens de ses paroles, mais pas la raison pour laquelle elle s'exprimait de cette manière.

– Vous allez bien ? demanda-t-il. Vous êtes sûre que vous n'êtes pas blessée ?

Elle secoua la tête. « On ne demande jamais s'il va bien à quelqu'un qui vient de subir une commotion », pensa Ulric.

– Vous n'avez pas mal au crâne ?

Elle secoua de nouveau la tête. Peut-être n'était-elle pas blessée. Peut-être était-elle une consultante étrangère qui travaillait en ce moment à la Recherche.

– D'où venez-vous ? demanda-t-il.

Elle le dévisagea d'un air surpris.

– Je suis tombée de l'arbre. Vous m'avez recevée sur la figure.

Elle balaya les feuilles de peuplier de sa chevelure et remit son bonnet.

Elle comprenait tout ce qu'il disait, et elle s'exprimait bien avec des mots anglais, même si l'effet produit ne ressemblait pas beaucoup à de l'anglais. Vous m'avez recevée sur la figure. Régularisation d'un verbe irrégulier. Elle indigote. Transformation d'un nom ou d'un adjectif en verbe. Le langage évoluait de ces deux manières.

– Que faisiez-vous dans l'arbre ? demanda-t-il afin de la faire parler un peu plus.

– J'ai caché dans l'arbre car les gens vous doigtent quand vous parlez insolitement.

Parlez insolitement.

– Vous savez y faire pour produire du langage, pas vrai ? dit Ulric. Vous connaissez Brad McAfee ?

Elle ne réagit pas, sinon par un air légèrement surpris, suivant ainsi, sans doute, les conseils que Brad lui avait prodigués en la préparant à ce petit jeu. Ulric se demanda de quelle fiancée de Brad il s'agissait. Certainement la programmeuse. Ils avaient dû élaborer un programme de génération de langage.

– Je suis en retard pour une conférence de presse, comme vous le savez parfaitement, dit-il d'un ton sec. Je dois parler à Sally Mowen. (Il ne tendit pas la main pour l'aider.) Vous pouvez aller dire à Brad que son petit projet de rambinuchage n'a pas marché.

Elle se releva sans son aide et traversa le trottoir en passant près de la branche cassée. Elle s'agenouilla pour ramasser un bout de papier qu'elle examina pendant un long moment. Il envisagea de le lui arracher des mains pour le lire lui-même en pensant qu'il s'agissait probablement du programme de génération du langage établi par Brad, mais il n'en fit rien. Elle replia le papier et le glissa dans une de ses poches.

– Vous pouvez lui dire que vos embrassades ne m'ont pas troublé, déclara-t-il. (Ce qui était un mensonge. Tout en disant cela, il aurait souhaité l'embrasser encore, et ce mensonge le rendait encore plus furieux. Brad avait dû dire à cette fille qu'il était complètement cramponné, qu'il avait surtout besoin de passer une demi-heure avec elle, allongé dans les feuilles mortes.) Je vais quand même tout raconter à Sally, ajouta-t-il. (Elle le regardait, de l'autre côté du trottoir.) Et ne vous imaginez pas que vous pourrez m'en empêcher. (Il hurlait, maintenant.) Parce que rien n'y parviendrait.

Sa colère l'amena jusque sur le pont en arc. A ce moment, il se rendit compte qu'il était amoureux d'elle, bien qu'elle fût une fiancée de Brad, bien qu'elle eût été envoyée là pour l'embrasser parmi les feuilles et l'empêcher d'aller à la conférence de presse ; il revint rapidement sur ses pas mais elle avait disparu.

Peu après onze heures, Janice reçut un appel de Gail, du service des relations extérieures.

– Où est M. Mowen ? Il n'est pas encore arrivé ici et mon crédit médiatique est devenu réellement inopérant.

– Je vais essayer de téléphoner chez lui, dit Janice.

Elle laissa Gail en attente et composa le numéro de l'appartement de M. Mowen. La ligne était occupée. Quand elle pressa le bouton d'attente pour l'annoncer à Gail, la communication fut brusquement coupée. Janice tenta de la rappeler. La ligne était occupée.

Elle tapa le code qui lui permettait d'obtenir un appel en priorité absolue sur le terminal personnel de M. Mowen. Lorsque le code fut entré, elle tapa : « Appelez Janice au bureau. » Elle regarda cette phrase pendant une minute, puis elle l'effaça pour taper : « Conférence presse. Recherche. 11 heures. », et elle pressa finalement la touche RUN pour envoyer le message. L'écran se vida, puis afficha les résultats des tests préliminaires sur les effets secondaires du projet d'émission des déchets. Elle lut en dernière ligne : « Conséquences secondaires statistiquement négligeables. »

– Tu veux parier ? dit Janice.

Elle appela le service de programmation.

– Mon terminal ne fonctionne pas correctement, dit-elle à la femme qui se trouvait à l'autre bout de la ligne.

– Sue à l'appareil, de la maintenance des périphériques. Est-ce un problème de hardware ou d'application ?

Elle parlait de la même manière que Gail, des relations extérieures.

– Vous ne connaîtriez pas Brad McAfee ? demanda Janice.

– C'est mon fiancé, répondit Sue. Pourquoi ?

Janice poussa un soupir.

– J'obtiens des affichages qui n'ont rien à voir avec ce que j'ai demandé, expliqua Janice.

– Oh, dans ce cas, vous voulez une réparation du matériel, dit-elle. Le numéro du service est indiqué dans le répertoire de votre terminal.

Elle raccrocha.

Janice demanda le répertoire du terminal. D'abord, aucune réponse n'apparut. Puis l'écran s'effaça et afficha un fichier intitulé « Projet Sally ». Janice remarqua le nom de Lynn Saunders à environ un quart du bas de l'écran, et le nom de Sally Mowen à la dernière ligne. Elle revint au début et lut toutes les lignes. Puis elle tapa PRINT et relut encore une fois l'ensemble de la liste qui était tapée sur l'imprimante. Quand l'impression fut terminée, elle déchira soigneusement la feuille, la glissa dans une chemise en carton, et déposa la chemise dans un tiroir de son bureau.

– J'ai trouvé ton gant dans l'ascenseur, déclara Sally en rentrant.

Elle avait une mine affreuse, comme si la découverte du gant de M. Mowen avait constitué une horrible expérience.

– La conférence de presse est terminée ? demanda-t-elle.

– Je n'y suis pas allé, dit M. Mowen. J'ai eu peur de rentrer dans un arbre. Est-ce que tu pourrais me conduire au bureau ? J'avais dit à Janice que j'y serais pour neuf heures et il est déjà deux heures et demie.

– Un arbre ? dit Sally. Je suis tombée d'un arbre, aujourd'hui. Sur un linguiste.

M. Mowen enfila son manteau et fouilla dans ses poches.

– J'ai perdu mon autre gant, constata-t-il. C'est le cinquante-huitième cas de guigne qui se présente depuis ce matin, et je suis resté absolument immobile pendant les deux dernières heures. J'ai rédigé une liste. Le crayon s'est cassé, ainsi que la gomme, et j'ai fait un trou dans le papier en gommant ; et ceux-là, je ne les compte même pas.

Il glissa son gant unique dans la poche de son manteau.

Sally ouvrit la porte, et ils traversèrent le hall pour aller jusqu'à l'ascenseur.

– Je n'aurais jamais dû dire ça à propos de la Lune, déclara la jeune fille. J'aurais dû dire bonjour. Un simple bonjour. Même si la note affirmait qu'il cherche quelqu'un qui connaît la génération du langage. Je n'avais pas besoin de lui faire une démonstration sur-le-champ, avant même de lui dire qui j'étais.

M. Mowen tapa son code de sécurité dans l'ascenseur. Le voyant REFUSÉ s'alluma.

– Cinquante-neuf, dit M. Mowen. Cela fait trop de coïncidences pour que ce soit vraiment une coïncidence. Et toutes négatives. Si je n'étais pas aussi rationnel, je dirais que quelqu'un a essayé de m'assassiner.

Sally tapa son propre code de sécurité. La porte de l'ascenseur s'ouvrit en coulissant.

– J'ai marché pendant des heures en essayant de comprendre comment j'ai pu être aussi stupide, déclara Sally. Il allait justement me voir. A la conférence de presse. Il avait quelque chose à me dire. Si seulement je m'étais simplement relevée après ma chute et si j'avais dit : « Bonjour, je suis Sally Mowen et j'ai trouvé cette note. Vous cherchez vraiment quelqu'un qui s'y connaisse en génération du langage ? » Mais non ! Il fallait que je dise : « La Lune est au bleu. » J'aurais dû continuer à l'embrasser sans rien dire du tout. Mais non ! Je ne pouvais pas faire quelque chose d'aussi simple.

Dans l'ascenseur, M. Mowen laissa à Sally le soin de pousser le bouton du rez-de-chaussée pour ne pas allumer d'autres voyants de refus. Il la laissa également ouvrir la porte de la maison. En allant vers la voiture, il marcha dans un chewing-gum.

– Soixante. Si je n'étais pas aussi rationnel, je dirais que ta mère est derrière tout ça, déclara M. Mowen. Elle va venir ici cet après-midi. Pour voir si je ne réduis pas ton potentiel d'accomplissement personnel par mes attitudes sexistes. Rien que cela, ça devrait compter pour une douzaine de coïncidences négatives.

Il entra dans la voiture et se cala au fond de son siège pour ne pas se cogner la tête contre le pare-soleil. Il regarda le ciel gris par la vitre de la portière.

– Il y aura peut-être une tempête de neige pour l'empêcher de décoller de Cheyenne.

Sally ramassa quelque chose sous le siège du conducteur.

– Voilà ton autre gant, dit-elle en tendant le gant à son père. (Elle démarra.) Cette note était déchirée. Pourquoi ai-je voulu croire que le message était entier au lieu de penser aux mots qui manquaient ? Il recherche sans doute une personne qui sache produire des graphes aléatoires et qui soit une spécialiste du langage LISP. Mais il fallait que je me ridiculise, simplement parce que son portrait m'avait plu et parce que je pensais qu'il pouvait s'exprimer en anglais.

A mi-chemin du bureau, il commença à neiger. Sally mit en marche les essuie-glaces.

– Avec ma chance, dit M. Mowen, il y aura bien un blizzard, et je serai bloqué dans la neige avec Charlotte. (Il regarda les grandes cheminées par la vitre latérale. Elles envoyaient dans la stratosphère une nouvelle giclée bleutée.) C'est à cause de ce projet d'émission des déchets. Je ne sais pas comment, mais ce doit être ça qui provoque toutes ces foutues coïncidences.

– Je n'ai pas arrêté de chercher quelqu'un qui parle un anglais correct, et quand je finis par le trouver, qu'est-ce que je dis ? « Vous m'avez recevée sur la figure. » Et maintenant, il croit qu'un certain Brad McAfee m'a envoyée pour l'empêcher d'aller à la conférence de presse, et il ne m'adressera plus jamais la parole. Quelle idiote ! Comment ai-je pu être aussi bête ?

– Je n'aurais jamais dû les laisser démarrer ce projet sans davantage de vérifications, dit M. Mowen. Qu'est-ce qui se passera si nous envoyons trop d'ozone dans la couche d'ozone ? Et si les retombées de bicarbonate de soude ont un effet sur la digestion des gens ? Aucun effet secondaire mesurable, qu'ils disent. Bien sûr, comment peut-on mesurer la malchance ? Grâce à des taux de fatalité ?

Sally s'était garée sur une place de parking, juste devant le bureau de M. Mowen. La neige tombait maintenant à gros flocons. M. Mowen enfila le gant que Sally lui avait donné. Il fouilla dans sa poche pour trouver le second.

– Soixante et un, annonça-t-il. Sally, tu veux bien venir avec moi ? Je n'arriverai jamais à faire fonctionner l'ascenseur.

Sally l'accompagna dans le bâtiment de l'entreprise. Dans la cabine, tandis que l'ascenseur montait vers le bureau, elle demanda :

– Si tu es tellement convaincu que ta malchance est due aux émissions de déchets, pourquoi ne dis-tu pas à la Recherche d'abandonner le projet ?

– Ils ne me croiraient jamais. A-t-on jamais entendu dire que les coïncidences pouvaient constituer un effet secondaire des ordures ?

Ils entrèrent dans le premier bureau. Janice leur lança le même « Bonjour ! » que s'ils revenaient d'une expédition dans l'Arctique.

– Merci, Sally, dit M. Mowen. Je crois que je pourrai me débrouiller, maintenant. (Il lui tapota l'épaule.) Pourquoi ne vas-tu pas voir ce jeune homme pour lui expliquer ce qui s'est passé et pour t'excuser ?

– Je ne crois pas que ça marcherait, répondit-elle. (Elle l'embrassa sur le menton.) Nous sommes dans une mauvaise passe, n'est-ce pas ?

M. Mowen se tourna vers Janice.

– Appelez-moi la Recherche, et ne laissez pas entrer ma femme, déclara-t-il.

Il entra dans son bureau personnel et referma la porte. Il y eut un grand bruit de l'autre côté de la cloison, et l'on entendit la voix étouffée de M. Mowen qui poussait un juron.

Janice soupira. Elle interrogea Sally.

– Votre jeune homme, il ne s'appellerait pas Brad McAfee, par hasard ?

– Non, dit Sally, mais il croit que c'est ce nom-là.

En revenant vers l'ascenseur, elle se baissa pour ramasser le gant de M. Mowen et le glissa dans sa poche.

Lorsque la secrétaire de M. Mowen eut raccroché, Sue téléphona chez Brad. Elle ne savait pas quel lien pouvait exister entre Brad et le fait que le terminal de la secrétaire de M. Mowen ne marchait pas, mais elle pensait qu'il valait mieux le prévenir que la secrétaire du patron avait cité son nom.

Il n'y eut pas de réponse. Elle essaya de nouveau à l'heure du déjeuner, puis durant la pause de l'après-midi. La troisième fois, la ligne était occupée. A trois heures et quart, son directeur entra pour lui annoncer qu'elle pourrait partir plus tôt car on annonçait de grosses chutes de neige à l'heure de pointe. Une fois encore, Sue composa le numéro de Brad pour s'assurer qu'il était bien chez lui. La ligne était toujours occupée.

C'était une bien bonne chose qu'elle puisse quitter son travail plus tôt. Elle n'avait pris qu'un pull-over pour aller au bureau, et il neigeait déjà si fort qu'elle ne voyait presque plus rien par la fenêtre. Elle avait également mis des sandales. Quelqu'un avait laissé dans le vestiaire une paire de bottes d'un bleu Lune très vif et Sue les enfila par-dessus ses sandales avant de sortir sur le parking. Elle essuya la neige du pare-brise avec la manche de son pull-over, puis elle prit la route qui menait à l'appartement de Brad.

– Tu ne t'es pas pointé à la conférence de presse, dit Brad lorsque Ulric rentra.

– Non, répondit Ulric.

Il ne retira pas son manteau.

– Le vieux Mowen non plus. Ce qui est une vraie chance, car c'est moi qui ai dû tenir le crachoir à sa place à tous ces journalistes. Où étais-tu passé ? Tu as l'air plus transi qu'une autruche sous une avalanche.

– J'étais avec la « louloute » que tu m'as trouvée. Celle que tu m'as envoyée pour m'empêcher d'aller à la conférence de presse et de ruiner tes vues sur Sally Mowen.

Brad était assis devant son terminal.

– Sally n'était pas là non plus, ce qui était parfait parce que j'ai justement rencontré une certaine Jill, une journaliste qui.. (Il s'interrompit pour se tourner vers Ulric.) De quelle louloute est-ce que tu parles ?

– Celle qui est tombée sur moi du haut de l'arbre, tellement à propos. Je suppose qu'il s'agissait d'une de tes fiancées de réserve. Comment as-tu fait ? Tu l'as fait passer par la fenêtre de l'appartement ?

– Entendons-nous bien, maintenant. Une louloute est tombée d'un arbre pour atterrir sur toi ? Et tu crois que c'est moi qui ai arrangé ça ?

– Eh bien, si ce n'était pas toi, c'est une remarquable coïncidence que la branche ait cassé juste au moment où je passais dessous, et une coïncidence encore plus extraordinaire qu'elle s'y connaisse pour produire du langage, car c'est justement ce qui était écrit sur cette feuille que tu as fait taper par l'imprimante. Mais la plus extraordinaire de toutes ces coïncidences, c'est le coup de poing que tu vas recevoir tout de suite sur le nez.

– Allons, ce n'est pas la peine de pétardouiller comme ça. Ce n'est pas moi qui t'ai lâché cette nana sur la tête, et que je sois grignoté par les sauterelles si je mens. Si j'avais voulu faire un truc comme ça, je t'aurais choisi une fille qui parle correctement l'anglais, comme tu le souhaitais, pas une fille qui... comment tu dis ? Qui produit du langage ?

– Tu veux me faire croire que tout ceci n'est qu'une sorte de coïncidence ? cria Ulric. Pour quel genre de... de... cradouille me prends-tu ?

– Je dois admettre que c'est une chose qui arrive assez rarement, déclara Brad d'un air pensif. Ce matin, j'ai trouvé un billet de cent dollars en allant à la conférence de presse. Ensuite, j'ai rencontré Jill, cette journaliste ; nous avons bavardé et il se trouve que nous avons beaucoup de choses en commun. Par exemple, son film préféré est *Laisse tomber ce fusil*, avec Judy Canova. Et j'ai appris que l'année dernière elle était la camarade de chambre de Sally Mowen à l'université.

Le téléphone sonna. Brad prit le combiné.

– Bonjour, beauté rousse. Bien sûr, venez donc. C'est le grand bâtiment près des jardins orientaux. Appartement 6 B. (Il raccrocha.) Eh bien, quand on parle du loup ! C'était justement cette nana journaliste au téléphone. Je lui avais demandé de passer ici, afin de la mignarder un peu pour qu'elle me présente à Sally, et elle avait dit qu'elle ne pouvait pas parce qu'elle devait prendre l'avion à Cheyenne. Mais maintenant elle dit que l'autoroute est fermée et qu'elle est bloquée à Chugwater. C'est trop ! Ce genre de chance, ça n'arrive que quand la Lune est bleue.

– Comment ? s'exclama Ulric.

Il desserra les poings, pour la première fois depuis qu'il était entré dans cette pièce. Il alla jusqu'à la fenêtre pour regarder au-dehors. Il ne pouvait plus voir la Lune qui était encore visible dans la matinée. Il se dit qu'elle avait dû disparaître depuis longtemps, et de toute manière il commençait à neiger. « La Lune est au bleu », murmura-t-il, pour lui-même.

– Comme elle vient ici, tu ferais peut-être mieux de décaniller pour ne pas gâter ma chance actuelle.

Ulric prit sur une étagère un *Dictionnaire d'argot américain* et chercha « Lune bleue ». L'entrée indiquait : *Quand la Lune est bleue : rare – se dit d'une coïncidence curieuse, orig. aussi rare qu'une lune bleue ; cette expression vient du fait qu'en des circonstances exceptionnelles, dues à la présence de fines particules dans la haute atmosphère, la Lune apparaît légèrement bleutée ; voir Superstitions.* Il jeta un nouveau coup d'œil par la fenêtre. Les cheminées projetaient encore un jet de déchets vers les nuages gris.

– Brad, interrogea-t-il, est-ce que ton projet d'émission des déchets envoie de fines particules dans la haute atmosphère ?

– C'est justement ça l'idée principale, répondit Brad. Ecoute, je ne voudrais pas être poussard, mais la nana du journal va rappliquer d'un moment à l'autre.

Ulric chercha « Superstitions ». Il y avait une entrée « Lune bleue » qui disait : *Quand la Lune est bleue ; expression pop. (Amérique du S.-E.) ; superstition locale établissant un lien entre des coïncidences exceptionnelles et le fait que la Lune apparaisse plus ou moins bleutée ; origine inconnue.*

Il referma le livre.

– Des coïncidences exceptionnelles, dit-il. Des branches qui se brisent, des gens qui tombent sur d'autres, des gens qui trouvent des billets de cent dollars. Tout ça, ce sont des coïncidences. (Il releva les yeux vers Brad.) Tu ne saurais pas d'où vient cette expression, par hasard ?

– Poussard ? C'est un mot qui a dû être inventé par un gars qui attendait une fille, et il y avait un autre gars qui ne voulait pas mettre les voiles pour les laisser seuls.

Ulric rouvrit le dictionnaire.

– Mais si les coïncidences étaient mauvaises, elles pourraient être dangereuses, n'est-ce pas ? Quelqu'un pourrait être blessé.

Brad lui prit le livre des mains et le poussa vers la porte.

– Maintenant, fiche le camp ! dit-il. Tu recommences à me donner les picots.

– Il faut avertir M. Mowen. Nous devons arrêter tout ça, déclara Ulric.

Mais Brad avait déjà refermé la porte.

– Bonjour, Janice, dit Charlotte. Toujours une femme opprimée qui fait un boulot déshumanisant dominé par les mâles, à ce que je vois.

Janice reposa le combiné du téléphone.

– Bonjour, Charlotte, dit-elle. Il neige déjà ?

– Oui, répondit Charlotte.

Elle ôta son manteau. Un badge rouge était épinglé sur son revers. On pouvait lire : *Maintenant... et ici* (1) !

– Ils viennent d'annoncer à la radio que les autoroutes étaient fermées. Où est le réactionnaire sexiste qui vous emploie ?

– M. Mowen est occupé, dit Janice.

Elle se leva, prête à s'aplatir contre la porte du bureau de M. Mowen pour barrer le chemin à Charlotte.

– Je n'ai aucune envie de voir la dernière forteresse de la domination sadique masculine, déclara Charlotte. (Elle retira ses gants et se frotta les mains.) Nous avons failli geler en chemin. Lynn Saunders est revenue avec moi. Sa mère ne divorcera pas, en fin de compte. Sa tentative d'indépendance a malheureusement échoué au premier signe de désapprobation sociale. Il y avait un message sur le terminal de Lynn qui disait de vous appeler, mais elle n'a pu vous avoir. Elle m'a chargée de vous dire qu'elle passera dès qu'elle aura vu son fiancé.

(1) Maintenant... et ici ! jeu de mots sur le sigle NOW (National Organization for Women) qui signifie également « maintenant ». *(N.d.T.)*

– Brad McAfee, précisa Janice.
– Oui, confirma Charlotte. (Elle s'assit dans un fauteuil, devant le bureau de Janice, et retira ses bottes.) J'ai dû l'écouter chanter ses louanges durant tout le voyage de Cheyenne à Chugwater. Pauvre victime conditionnée par la propagande oppressive masculine ! J'ai voulu lui dire qu'en se fiançant ainsi, elle n'était que le jouet de l'indéracinable tyrannie socio-sexuelle masculine, mais elle ne m'écoutait pas. (Elle cessa de masser son pied déchaussé.) Comment ça, il est occupé ? Dites à cet arrogant cochon sexiste que je suis ici et que j'exige de le voir.
Janice se rassit et sortit du tiroir la chemise en carton contenant le « Projet Sally ».
– Avant de faire cela, Charlotte, dit-elle, j'aimerais connaître votre avis sur quelque chose.
Déchaussée, Charlotte trottina jusqu'au bureau de Janice.
– Certainement, dit-elle. De quoi s'agit-il ?

A mains nues, Sally balaya la neige de la vitre arrière, puis elle pénétra dans la voiture. Elle avait oublié le rétroviseur, qui était également recouvert de neige. Elle baissa la vitre latérale et dégagea le rétroviseur à la main. Un peu de neige atterrit sur ses genoux. Elle frissonna et remonta la vitre, puis elle resta assise une minute en soufflant sur ses mains humides, attendant que le dégivreur fasse son office. Elle avait perdu ses gants quelque part.
Le dégivreur n'émit pas le moindre souffle d'air chaud. Elle essuya une petite surface de la vitre pour voir devant elle et elle démarra tout doucement. Au dernier moment, elle aperçut la silhouette fantomatique d'un homme à travers l'épais rideau de neige et elle appuya sur la pédale de frein. Le moteur cala. L'homme qu'elle avait failli renverser fit le tour du véhicule, arriva à sa hauteur et lui fit signe de baisser la vitre. C'était Ulric.
Elle baissa sa vitre. Un peu de neige lui tomba de nouveau sur les genoux.

– Je craignais de ne plus jamais vous revoir, dit Ulric.

– Je... commença Sally.

D'un geste de la main, il lui fit signe de se taire.

– Je n'ai pas beaucoup de temps. Je suis désolé d'avoir crié contre vous ce matin. Je pensais... de toute façon, je sais maintenant que ce n'était pas vrai, qu'il s'agissait d'une série de coïncidences qui... enfin, j'ai quelque chose à faire tout de suite, et ça ne peut pas attendre, mais je veux que vous m'attendiez ici. C'est d'accord ?

Elle hocha la tête.

Il frissonna et enfouit ses mains dans ses poches.

– Vous allez geler, ici. Vous savez où se trouve la tour d'habitation près des jardins orientaux ? J'habite au cinquième étage, appartement B. J'aimerais que vous m'attendiez là-bas. C'est d'accord ? Vous avez un morceau de papier ?

Sally glissa la main dans sa poche et sortit le billet sur lequel était imprimé *Cherche : Jeune femme, etc.* Elle le regarda pendant un instant, puis le tendit à Ulric. Il ne le déplia même pas. Il griffonna quelques numéros dessus et le rendit à Sally.

– C'est mon code de sécurité, déclara-t-il. Vous devrez l'utiliser pour l'ascenseur. Mon camarade de logement vous fera entrer. (Il s'arrêta et la dévisagea un moment.) Tout compte fait, vous feriez mieux de m'attendre dans le hall. Je reviendrai le plus vite possible. (Il se pencha à travers la portière pour l'embrasser.) Je ne veux plus vous perdre.

– Je... recommença Sally.

Mais il avait déjà disparu dans la neige. Sally remonta la vitre. Le pare-brise était de nouveau couvert de neige. Elle tendit la main vers le dégivreur. Il ne fonctionnait toujours pas. Elle pressa le bouton de mise en marche des essuie-glaces. Ils demeurèrent immobiles.

Gail ne revint dans son bureau qu'à deux heures. Après la conférence de presse, les journalistes étaient restés pour l'interroger sur l'absence de M. Mowen et sur le projet d'émission des déchets. Quand elle fut de retour dans son bureau, les appels des journalistes se succédèrent et elle ne put commencer à travailler au communiqué de presse que vers trois heures. Elle se trouva presque aussitôt confrontée à un problème. Ses notes mentionnaient des particules, et elle savait que Brad avait dit de quelles particules il s'agissait, mais elle ne l'avait pas noté. Elle ne pouvait pas envoyer le communiqué sans spécifier le type de particules, car la presse pourrait en tirer aussitôt toutes sortes de conclusions alarmantes. Elle appela Brad. La ligne était occupée. Elle fourra toute sa documentation dans une grande enveloppe en papier bulle et se mit en route pour l'appartement de Brad afin de lui demander les renseignements qui lui manquaient.

– Vous avez déjà obtenu la Recherche ? interrogea M. Mowen lorsque Janice entra dans son bureau.

– Non, monsieur, répondit Janice. La ligne est encore occupée. Ulric Henry est ici et il voudrait vous voir.

M. Mowen s'appuya sur son bureau pour se relever. Dans son mouvement, il renversa la photographie de Sally et un porte-crayon rempli de crayons.

– Vous pouvez le faire entrer. Avec la chance que j'ai en ce moment, il a probablement découvert la raison pour laquelle je l'ai engagé et il vient me donner sa démission.

Janice sortit et M. Mowen essaya de ramasser les crayons éparpillés sur son bureau et de les remettre dans le porte-crayon. Un des crayons roula jusqu'au bord du bureau ; M. Mowen se pencha en avant pour le rattraper. La photo de Sally se renversa de nouveau. Quand M. Mowen releva la tête, il vit Ulric Henry qui l'observait. Il tendit la main pour prendre le dernier crayon et décrocha le combiné du téléphone avec son coude.

– Cela dure depuis quand ? demanda Ulric.

M. Mowen se redressa.

– Cela a commencé ce matin. Je ne suis pas certain d'être encore en vie ce soir.

– C'est bien ce que je craignais, dit Ulric avant de prendre une profonde inspiration. Ecoutez, M. Mowen, je sais que vous m'avez engagé en tant que linguiste et je n'ai certainement pas à m'occuper du travail de la Recherche, mais je crois savoir pourquoi toutes ces calamités vous arrivent.

« Je vous ai engagé pour épouser Sally et devenir vice-président, à charge pour vous de donner votre avis, pensa M. Mowen, et vous pouvez vous occuper de tout ce que vous voulez si vous êtes capable de mettre fin à la guigne ridicule qui m'a poursuivi toute la journée. »

Ulric tendit l'index vers la fenêtre.

– On ne peut pas le voir à cause de la neige, mais la Lune est bleue. Elle est bleue depuis que vous avez démarré votre projet d'émission des déchets. « Quand la Lune est bleue » est une vieille expression que l'on utilise pour faire allusion à des circonstances exceptionnelles. A mon avis, l'origine de cette expression vient du fait que le nombre de coïncidences augmente à chaque fois que la Lune est bleue. Je pense que, d'une certaine manière, les particules qui se trouvent dans la stratosphère agissent sur les lois de probabilité. Votre projet d'émission des déchets envoie des particules dans la stratosphère en ce moment même. Je crois que ces coïncidences constituent un effet secondaire.

– *Je le savais !* s'exclama M. Mowen. Encore une fois, c'est le coup de Walther Hunt et de l'épingle de sûreté. Je vais appeler la Recherche.

Il tendit la main vers l'appareil. Le fil du combiné fut retenu par le coin du bureau. Quand M. Mowen tira dessus, le téléphone tomba bruyamment sur le sol, emportant avec lui le portrait de Sally et le porte-crayon.

– Voulez-vous appeler la Recherche pour moi ?

– Bien sûr, dit Ulric.

Il tapa le numéro et tendit le combiné à M. Mowen.

– Annulez le projet d'émission des déchets, tonna M. Mowen. Immédiatement. Et que tous les gens qui sont liés à ce projet viennent ici tout de suite.

Il raccrocha et regarda par la fenêtre.

– Voilà. Ils l'ont arrêté, dit-il en se tournant vers Ulric. Et maintenant ?

– Je ne sais pas, dit Ulric. (Il s'était baissé pour ramasser les crayons.) Je pense que les lois de probabilité redeviendront normales quand la Lune commencera à perdre sa couleur bleue. A moins qu'elles ne se rééquilibrent, et que vous ne soyez particulièrement chanceux un jour ou deux.

Il remit le porte-crayon sur le bureau et ramassa le portrait de Sally.

– J'espère que ça va s'arranger avant le retour de mon ex-femme, déclara M. Mowen. Elle est déjà venue, mais Janice a réussi à se débarrasser d'elle. J'étais sûr qu'elle constituait une sorte d'effet secondaire.

Ulric ne dit rien. Il examinait la photographie de Sally.

– C'est ma fille, dit M. Mowen. Elle fait des études d'anglais.

Ulric posa le portrait sur le bureau. Le cadre se renversa et fit de nouveau tomber le porte-crayon sur le sol. Ulric se baissa aussitôt pour ramasser les crayons.

– Ne vous en faites pas pour ça, déclara M. Mowen. Je les ramasserai quand la Lune sera redevenue normale. Sally est à la maison pour les congés de Thanksgiving. Vous la rencontrerez peut-être. Son domaine de prédilection est la génération du langage.

En se redressant, Ulric se cogna la tête contre le bord du bureau.

– La génération du langage, répéta-t-il.

Il sortit en silence.

M. Mowen alla trouver Janice pour lui dire de faire entrer les gens de la Recherche dès qu'ils seraient arrivés. Un des gants d'Ulric gisait sur le sol, près du bureau de Janice. M. Mowen le prit.

– J'espère qu'il a raison de penser que l'arrêt des cheminées va mettre un terme à ces circonstances fâcheuses, déclara-t-il. J'ai l'impression que c'est contagieux.

Lynn appela Brad dès que Charlotte l'eut déposée. Peut-être savait-il pourquoi la secrétaire de M. Mowen désirait la voir. La ligne était occupée. Elle ôta sa parka, posa ses valises dans la chambre et téléphona de nouveau. Toujours occupé. Elle remit sa parka, enfila une paire de mitaines rouges et prit par les jardins orientaux pour se rendre à l'appartement de Brad.

– Est-ce que ces cornichons de la Recherche sont là ? demanda M. Mowen à Janice.

– Oui, monsieur. A part Brad McAfee. Sa ligne est occupée.

– Eh bien, envoyez un message prioritaire sur son terminal. Et amenez-le-moi.

– Bien, monsieur, dit Janice.

Elle retourna dans son bureau et demanda un répertoire sur son terminal. A sa grande surprise, elle l'obtint tout de suite. Elle entra le code de Brad et envoya un appel prioritaire. L'ordinateur afficha ERREUR. « Je savais que c'était trop beau pour durer », pensa Janice. Elle retapa le code. Cette fois, l'ordinateur afficha INTERVENTION DÉJÀ EN COURS. Janice réfléchit durant une minute, puis se dit que, quelle que pût être cette intervention, elle ne pouvait pas être plus importante que celle de M. Mowen.

Elle pressa la touche du code d'intervention prioritaire et tapa : « M. Mowen veut vous voir immédiatement. » L'ordinateur confirma aussitôt la bonne réception du message.

Enthousiasmée par son succès, Janice téléphona à Brad. Il répondit lui-même.

– M. Mowen aimerait vous voir immédiatement, dit-elle.

– J'arrive plus vite que l'éclair, répondit Brad.

Il raccrocha. Janice alla voir M. Mowen et lui annonça que Brad McAfee était en route. Puis elle conduisit les gens de la Recherche dans le bureau du patron. Quand M. Mowen se leva pour les accueillir, il ne se cogna pas, mais un des employés de la Recherche réussit à renverser une fois de plus les crayons. Janice l'aida à les ramasser.

En s'asseyant à son bureau, elle se souvint que son appel prioritaire avait annulé une intervention extérieure sur le terminal de Brad. Janice se demanda de qui émanait cette intervention extérieure. Charlotte s'était peut-être rendue à l'appartement de Brad pour l'empoisonner, et avait placé un inhibiteur d'appel pour qu'il ne puisse pas demander de l'aide. C'était une pensée assez réconfortante, mais cet appel extérieur était peut-être important, et maintenant qu'elle avait obtenu Brad au téléphone, elle n'avait plus aucune raison de maintenir son message prioritaire. Janice tapa le code d'annulation en soupirant. L'ordinateur envoya aussitôt une confirmation.

Jill ouvrit la porte de la tour dans laquelle logeait Brad et s'arrêta une minute en s'efforçant de reprendre son souffle. Elle aurait dû rentrer à Cheyenne ce soir, mais elle n'avait même pas pu quitter Chugwater. Sa voiture avait dérapé dans une rue et avait été bloquée par la neige ; finalement, Jill l'avait laissée sur place pour venir demander à Brad de l'aider à installer ses chaînes. Elle chercha maladroitement dans son sac à main le numéro que Brad lui avait donné pour qu'elle puisse emprunter l'ascenseur. Elle aurait dû retirer ses gants.

Une jeune femme – ne portant pas de gants – ouvrit la porte et se dirigea vers l'un des deux ascenseurs, tapa quelques chiffres et disparut dans la cabine la plus proche. Les portes se refermèrent. Jill aurait dû monter avec elle. Elle chercha encore un peu et trouva plusieurs morceaux de papier pliés. Elle essaya de déplier le premier, abandonna cette idée et les garda tous dans la paume d'une de ses mains gantées tandis qu'elle s'efforçait de défaire son autre gant avec les dents.

La porte du hall s'ouvrit ; un brusque courant d'air glacé emporta les papiers par la porte. Jill se précipita pour les rattraper, mais ils voltigèrent parmi les flocons de neige. L'homme qui avait ouvert la porte se trouvait déjà dans l'autre cabine d'ascenseur. Les portes se refermèrent. « Oh, ce n'est pas vrai ! »

Elle regarda autour d'elle pour voir s'il n'y avait pas un téléphone qui lui permettrait d'appeler Brad pour le prévenir qu'elle était bloquée dans le hall. Il y avait justement un téléphone mural à l'autre bout de la pièce. Le premier ascenseur, actuellement entre le deuxième et le troisième étage, redescendait. L'autre s'était arrêté au cinquième. Jill se dirigea vers le téléphone, retira ses gants et les fourra dans la poche de son manteau, puis elle prit le combiné.

Une jeune femme en parka et mitaines rouges ouvrit la porte d'entrée et pénétra dans le hall, mais elle n'alla pas vers les ascenseurs. Elle resta au milieu de la pièce en époussetant la neige de sa veste. Jill fouilla dans son sac à main pour trouver une pièce de vingt-cinq *cents.* Elle n'avait pas de pièces dans son porte-monnaie, mais elle se dit qu'il y avait peut-être une ou deux pièces de dix *cents* au fond de son sac. Les portes du deuxième ascenseur s'ouvrirent, et la femme aux mitaines s'engouffra dans la cabine.

Jill trouva vingt-cinq *cents* au fond de son sac et composa le numéro de Brad. La ligne était occupée. Maintenant, le premier ascenseur se trouvait au cinquième. L'autre cabine était au garage du sous-sol. Jill composa de nouveau le numéro de Brad.

Les portes du deuxième ascenseur s'ouvrirent. « Attendez ! » lança Jill en lâchant le téléphone. Le combiné heurta son sac dont le contenu alla s'éparpiller sur le sol. La porte d'entrée s'ouvrit à cet instant et des flocons de neige virevoltèrent dans le hall. « Pressez le bouton d'attente ! » dit la femme d'âge mûr qui venait d'entrer. Elle portait au revers de son manteau un badge rouge sur lequel était écrit *Maintenant... et ici !* et elle serrait une chemise en carton sur sa poitrine. Elle s'agenouilla pour ramasser un peigne, deux crayons et le chéquier de Jill.

– Merci beaucoup, dit cette dernière.

– Entre sœurs, nous devons nous aider, répondit la femme d'un ton mécontent.

Elle se redressa et rendit ses affaires à Jill. Elles entrèrent dans la cabine de l'ascenseur. La femme aux mitaines maintenait la porte ouverte. Il y avait une autre femme à l'intérieur, qui portait un pull-over et des bottes bleu de Lune.

– Cinquième, s'il vous plaît, déclara Jill (hors d'haleine ; elle essayait de tout remettre dans son sac). Merci d'avoir attendu. Je ne suis pas dans mon assiette, aujourd'hui.

Les portes commencèrent à se refermer.

– Attendez ! s'exclama une voix.

Une jeune femme en veste et talons hauts, portant une grande enveloppe en papier bulle, parvint à se glisser dans la cabine juste avant la fermeture des portes.

– Cinquième, s'il vous plaît, dit-elle. Il doit bien faire moins vingt, au-dehors. Je ne sais pas ce qui m'a pris de venir chez Brad habillée comme ça.

– Brad ? demanda la jeune femme aux mitaines rouges.

– Brad ? demanda Jill.

– Brad ? demanda la jeune femme aux bottes bleues.

– Brad McAfee, confirma d'un ton lugubre la femme qui portait le badge *Maintenant... et ici !*

– Oui, répondit d'un air surpris la jeune femme

aux talons hauts. Vous le connaissez toutes ? C'est mon fiancé.

Sally tapa son code de sécurité, pénétra dans la cabine de l'ascenseur, et pressa le bouton du cinquième étage.

– Ulric, je voudrais vous expliquer ce qui s'est passé ce matin, dit-elle dès que la porte se fut refermée.

Elle avait réfléchi à son discours durant tout le chemin qui conduisait à la tour où logeait Ulric. Il lui avait fallu une éternité pour arriver ici. Les balais des essuie-glaces étaient gelés et deux voitures avaient dérapé dans la neige, provoquant un bouchon. Sally avait dû garer son auto et traverser péniblement les jardins orientaux en pataugeant dans la neige épaisse, mais elle ne savait toujours pas quoi dire.

– Je m'appelle Sally Mowen et je ne produis pas de langage.

C'était hors de question. Elle ne pouvait pas lui révéler son identité. Dès qu'il apprendrait qu'elle était la fille du patron, il cesserait de l'écouter.

– Je parle l'anglais, mais j'ai lu votre note, et elle disait que vous cherchiez quelqu'un qui puisse produire du langage.

Mauvais, il demanderait :

– Quelle note ?

Et quand elle sortirait le papier de sa poche, il dirait :

– Où avez-vous trouvé ça ?

Et elle devrait expliquer ce qu'elle faisait dans l'arbre. Elle devrait également expliquer comment elle savait qu'il était Ulric Henry et pourquoi elle possédait son curriculum vitae ainsi que son portrait, et il ne croirait jamais à toutes ces coïncidences.

Le voyant du cinquième étage s'alluma. « Je ne peux pas », se dit-elle, et elle pressa le bouton du rez-de-chaussée. A mi-chemin, elle se résolut à dire ce qu'elle aurait dû déclarer dès le début. Elle pressa de nouveau le bouton du cinquième étage.

– Ulric, je vous aime, récita-t-elle. Ulric, je vous aime.

Le voyant s'alluma. Les portes s'ouvrirent.

– Ulric, déclara-t-elle.

Il se tenait devant l'ascenseur et la regardait.

– Vous alliez dire quelque chose ? demanda-t-il. Comme « J'autoradotais ». C'est un exemple d'agglutination. Mais vous savez cela, bien sûr. La génération du langage est votre spécialité, n'est-ce pas, Sally ?

– Ulric, dit-elle.

Elle fit un pas en avant et posa la main sur la porte de l'ascenseur pour l'empêcher de se refermer.

– Vous étiez rentrée pour les congés de Thanksgiving et vous craigniez de manquer de pratique, pas vrai ? Alors vous avez songé à sauter d'un arbre sur le linguiste de la compagnie pour ne pas perdre la main.

– Je vais vous expliquer, si vous voulez bien vous taire une minute, répliqua Sally.

– Non, ce n'est pas bon, répondit Ulric. Il faudrait dire « silencer », ou « déparler ». Ce serait mieux.

– Comment ai-je pu croire que je pourrais vous parler ? dit Sally. Pourquoi ai-je perdu mon temps à essayer de générer du langage pour vous ?

– Pour moi ? demanda Ulric. Pourquoi diable avez-vous cru que je voulais vous entendre générer du langage ?

– Parce que... oh, oubliez tout ça, déclara Sally.

Elle pressa le bouton du rez-de-chaussée. La porte commença à se refermer. Ulric la bloqua de la main, l'ouvrit, et pressa le bouton d'attente. Cela ne donna aucun résultat.

Il tapa quatre numéros et pressa de nouveau le bouton d'attente. Il y eut un cliquetis bizarre, et une sonnerie, mais les portes se rouvrirent.

– Bon sang ! dit Ulric. Maintenant, vous m'avez forcé à taper le code de sécurité de Brad, et j'ai déclenché ce stupide programme de protection prioritaire.

– C'est exact, dit Sally en glissant vivement les mains dans ses poches. Tout est ma faute. Je suppose que c'est moi qui ai laissé traîner dans l'arbre une note qui disait que vous cherchiez quelqu'un qui sache produire du langage ?

La sonnerie s'arrêta.

– Quelle note ? demanda Ulric en relâchant le bouton d'attente.

Sally sortit une main de sa poche pour presser le nouveau le bouton du rez-de-chaussée. Un morceau de papier tomba de sa poche. Ulric pénétra dans la cabine tandis que les portes se refermaient et ramassa le papier. Au bout d'une minute, il annonça :

– Ecoutez, je crois que je peux vous expliquer comment tout ceci est arrivé.

– Vous feriez mieux de vous grouiller, rétorqua Sally. Je m'en vais dès que nous sommes au rez-de-chaussée.

Brad prit son manteau dès que Janice eut raccroché. Il se doutait bien de la raison pour laquelle le vieux Mowen désirait le voir. Après le départ d'Ulric, Brad avait reçu un appel du *Time*. Ils l'avaient baratiné pendant plus d'une demi-heure en parlant d'un photographe et d'un article de quatre pages sur le projet d'émission des déchets. Brad supposait qu'ils avaient dû téléphoner également au vieux Mowen pour lui parler de l'article, et bien entendu, avant même qu'il ait raccroché, son terminal s'était mis à lancer un signal sonore indiquant un appel prioritaire. Cela s'était arrêté lorsque Brad s'était tourné vers son terminal ; puis l'écran s'était effacé et les sonneries avaient recommencé de plus belle, deux fois plus rapides ; de toute évidence, c'était son futur beau-papa qui le réclamait.

Avant qu'il ait eut le temps de lire le message, Janice l'appela, comme il s'y attendait. Il lui répondit qu'il arriverait plus vite que l'éclair, prit son manteau et se dirigea vers la porte.

Un des ascenseurs se trouvait au cinquième et commençait à redescendre. L'autre montait du quatrième. Brad tapa son code de sécurité et glissa la main dans la manche de son manteau. Son bras passa sous la doublure, qui se déchira. Brad ressortit son bras, essaya de remettre en place la doublure. Elle se déchira un peu plus.

– Quelle pestouille ! dit-il à haute voix.

La porte de l'ascenseur s'ouvrit. Brad entra, essayant toujours de glisser son bras dans la manche. La porte se referma derrière lui.

Le panneau de la porte se mit à émettre une sonnerie. Cela signifiait qu'on lui envoyait un appel prioritaire. Mowen tentait peut-être de le rappeler. Il pressa le bouton d'attente, mais les portes ne se rouvrirent pas. L'ascenseur se mit à descendre.

– Quel bistard ! dit-il.

– Salut, Brad, déclara Lynn.

Il se retourna.

– Tu m'as l'air un brin cramponné, dit Sue. Pas vrai, Jill ?

– Bien visé, répondit Jill.

– Il a peut-être les picots, fit remarquer Gail.

Charlotte, elle, ne dit rien. Elle serra le dossier sur sa poitrine et poussa un grognement. Les lumières du plafond de la cabine clignotèrent et l'ascenseur s'arrêta.

POUR COMMUNICATION IMMÉDIATE : Mowen Chemical vient d'annoncer l'annulation temporaire de son programme d'émission de déchets pyrolisés dans la stratosphère durant l'exécution d'un processus de vérification concernant l'impact sur l'environnement écologique. Lynn Saunders, directrice du projet, a précisé que les installations seraient temporairement désactivées au cours de la réorientation des critères d'évaluation prévisionnelle. Dans un communiqué sans rapport avec cette suspension du programme, P. B. Mowen, président de Mowen Chemical, a annoncé le prochain mariage de sa fille Sally Mowen avec Ulric Henry, vice-président chargé de la documentation linguistique opérationnelle.

TABLE

Science-fiction

Depuis 1970, cette collection est leader du genre en France. Elle a publié la plupart des grands classiques (Asimov, Van Vogt, Clarke, Dick, Vance, Simak), mais elle a aussi révélé de nombreux jeunes auteurs qui seront les écrivains de premier plan de demain (Tim Powers, Joan D. Vinge, Tanith Lee, Scott Baker, etc.). La S-F est reconnue aujourd'hui comme littérature à part entière, étudiée dans les écoles et les universités. Elle est véritablement la littérature de notre temps.

ASIMOV Isaac	**Les cavernes d'acier** 404 ***
	Les robots 453 ***
	Tyrann 484 ***
	Un défilé de robots 542 ***
	La voie martienne 870 ***
	Les robots de l'aube 1602 *** & 1603 ***
	Le voyage fantastique 1635 ***
	Les robots et l'empire 1996 **** & 1997 ****
	Espace vital 2055 ***
	Asimov parallèle 2277 ****
BAKER Scott	**Kyborash** 1532 ****
BEAR Greg	**La musique du sang** 2355 **** (avril 88)
BELFIORE Robert	**La huitième vie du chat** 2278 ***
BLISH James	**Semailles humaines** 752 **
BOGDANOFF Igor & Grishka	**La machine fantôme** 1921 ***
BRIN David	**Marée stellaire** 1981 *****
	Le facteur 2261 *****
BROOKS Mel & STINE J.B.	**La folle histoire de l'espace** 2294 ***
BRUNNER John	**Tous à Zanzibar** 1104 **** & 1105 ****
	Le troupeau aveugle 1233 *** & 1234 ***
CHERRYH C.J.	**L'épopée de Chanur** 2104 ***
	La vengeance de Chanur 2289 ****
	L'œuf du coucou 2307 ***
CLARKE Arthur C.	**2001 l'odyssée de l'espace** 349 **
	2010 : odyssée deux 1721 ***
	Avant l'Eden 830 ***
	Les fontaines du paradis 1304 ***
	Chants de la Terre lointaine 2262 ****
CURVAL Philippe	**Le ressac de l'espace** 595 ***
DEMUTH Michel	**Les galaxiales - La Terre en ruine** 996 ***

MERRITT Abraham	Le gouffre de la Lune 618 ****
	La nef d'Ishtar 574 ***
MOORE Catherine L.	Shambleau 415 ****
	Jirel de Joiry 533 ***
POHL Frederik	Les pilotes de la Grande Porte 1814 ****
	Casse-tête chinois 2151 ****
	L'ultime fléau 2340 *** (mars 88)
POWERS Tim	Les voies d'Anubis 2011 *****
RAYER Francis G.	Le lendemain de la machine 424 ***
ROBINSON Kim Stanley	Le rivage oublié 2075 *****
	La mémoire de la lumière 2134 ****
RODDENBERRY Gene	Star Trek 1071 **
SHECKLEY Robert	Le robot qui me ressemblait 2193 ***
SILVERBERG Robert	Les monades urbaines 997 ***
	Le château de Lord Valentin 1905 **** & 1906 ****
	Shadrak dans la fournaise 2119 ****
SIMAK Clifford D.	Demain les chiens 373 ***
	Mastodonia 956 ***
SPIELBERG Steven	Rencontres du troisième type 947 **
SPIELBERG & KOTZWINKLE	E.T. l'extra-terrestre 1378 ***
	E.T. La planète verte 1980 ***
STEINER Kurt	Le disque rayé 657 **
STURGEON Theodore	Les plus qu'humains 355 ***
	Cristal qui songe 369 ***
THOMPSON Joyce	Les enfants de l'atome 2180 ***
	Bigfoot et les Henderson 2292 ***
VANCE Jack	Cugel l'astucieux 707 **
	Cugel saga 1665 ****
	Cycle de Tchaï :
	- Le Chasch 721 ***
	- Le Wankh 722 ***
	- Le Dirdir 723 ***
	- Le Pnume 724 ***
VAN VOGT A.E.	Le monde des Ā 362 ***
	Les joueurs du Ā 397 ***
	La fin du Ā 1601 ***
	A la poursuite des Slans 381 **
	La faune de l'espace 392 ***
	L'empire de l'atome 418 ***
	Le sorcier de Linn 419 ***

J'ai lu BD

La bande dessinée est aujourd'hui admise partout. On l'enseigne même à la Sorbonne. La série J'ai lu BD est la première collection de poche consacrée à ce genre. Elle réédite les bandes dessinées françaises et étrangères les plus célèbres. Les dessins ne sont pas réduits mais remontés différemment ; ainsi un album de 48 pages donne 160 pages dans J'ai lu, et le papier est d'une qualité supérieure afin de permettre la reproduction des couleurs. J'ai lu BD est le panorama de la bande dessinée d'aujourd'hui.

ABULI, TOTH & BERNET	**Torpedo - 1** BD25 (2 ★)
AUTHEMAN	**Vic Valence - 1** BD41 (4 ★ couleur, Alfred 87)
BARBE	**Cinémas et autres choses** BD30 (2 ★)
BEAUNEZ	**Mes partouzes** BD24 (3 ★)
BINET	Les Bidochon :
	1 - Roman d'amour BD4 (3 ★)
	2 - Les Bidochon en vacances BD48 (3 ★)
	Kador - 1 BD27 (3 ★)
BOUCQ	**Les pionniers de l'aventure humaine** BD34 (6 ★ c.)
BRETÉCHER	**Les Gnangnan** BD5 (2 ★)
BRIDENNE	**Saison des amours** BD65 (4 ★ couleur, avril 88)
BROWNE	**Hägar Dünor le Viking - 1** BD66 (3 ★, avril 88)
BRUNEL	**Pastiches - 1** BD46 (5 ★ couleur)
COMÈS	**Silence** BD12 (5 ★)
DERMAUT & BARDET	**Les Chemins de Malefosse - 1** BD19 (5 ★ couleur)
DRUILLET	**Les 6 voyages de Lone Sloane** BD60 (5 ★ c., mars 88)
ÉDIKA	**Débiloff profondikoum** BD38 (3 ★)
FALK & DAVIS	**Mandrake le magicien** BD58 (4 ★ couleur, fév.88)
FOREST	**Barbarella** BD49 (5 ★ couleur)
FRANQUIN	**Idées noires** BD1 (3 ★)
	Gaston Lagaffe :
	1 - Gala de gaffes BD17 (3 ★ couleur)
	2 - Gaffes à gogo BD39 (3 ★ couleur)
GIARDINO	**Sam Pezzo - 1** BD15 (3 ★)
GOTLIB	**Pervers Pépère** BD8 (3 ★)
	Rhââ Lovely - 1 BD21 (3 ★)
	Rhââ Lovely - 2 BD55 (3 ★, fév.88)
	Gai-Luron - 1 BD43 (3 ★)
GOTLIB, LOB & ALEXIS	**Superdupont** BD33 (3 ★)

HERMANN & VERNAL	**Jugurtha - 1** BD53 (5★ couleur, fév.88)
LAUZIER	**Zizi et Peter Panpan** BD23 (5★ couleur)
LELONG	Carmen Cru :
	1 - Rencontre du 3e âge BD14 (3★)
	2 - La dame de fer BD64 (3★, avril 88)
LELOUP	**Yoko Tsuno/Le trio de l'étrange** BD37 (5★ c.)
LIBERATORE	**RanXerox à New York** BD3 (5★ couleur)
MACHEROT	**Chlorophylle contre les rats noirs** BD51 (4★ c. fév.88)
MAKYO & VICOMTE	**Balade au Bout du monde - 1** BD59 (5★ c., mars 88)
MALLET	**Les petits hommes verts** BD44 (4★ couleur)
MANARA	**HP et Giuseppe Bergman** BD20 (5★)
	Le déclic BD31 (4★)
MORCHOISNE, MULATIER, RICORD	**Ces Grandes Gueules...** BD16 (4★ c.)
MORDILLO	**Les meilleurs dessins d'Opus** BD10 (4★ couleur)
PÉTILLON	**Mr Palmer et Dr Supermarketstein** BD13 (5★ c.)
PICHARD & LOB	**Blanche Épiphanie** BD61 (4★, mars 88)
PRATT (Corto Maltese)	**La ballade de la mer salée** BD11 (6★)
	Sous le signe du Capricorne BD63 (6★, avril 88)
QUINO	**Mafalda** BD2 (4★ couleur)
	Encore Mafalda BD54 (4★ couleur, fév.88)
RAYMOND	**Flash Gordon** BD47 (5★ couleur)
ROSINSKI & VAN HAMME	**Thorgal - 1** BD29 (5★ couleur)
SCHETTER	**Cargo - 1** BD57 (5★ couleur, fév.88)
SEGRELLES	**Le mercenaire - 1** BD32 (4★ couleur)
SERRE	**Les meilleurs dessins** BD6 (5★ couleur)
	Humour noir BD35 (5★ couleur)
SERVAIS & DEWAMME	**Tendre Violette** BD42 (5★)
SOKAL	**Canardo - 1** BD26 (5★ couleur)
TABARY	**L'enfance d'Iznogoud** BD9 (5★ couleur)
TARDI	Les Aventures d'Adèle Blanc-Sec :
	- Adèle et la Bête BD18 (4★ couleur)
	- Le démon de la tour Eiffel BD56 (4★ c., fév.88)
	Brouillard au pont de Tolbiac BD36 (4★)
TARDI & FOREST	**Ici même** BD62 (6★, mars 88)
TILLIEUX	**Gil Jourdan/Libellule s'évade** BD28 (4★ couleur)
VAN DEN BOOGAARD	**Léon-la-Terreur** BD45 (5★ couleur)
VEYRON	**L'amour propre** BD7 (5★ couleur)
	Bernard Lermite BD50 (3★)
WALTHÉRY & GOS	**Natacha, hôtesse de l'air** BD22 (4★ couleur)
	Natacha et le Maharadjah BD52 (4★ c., fév.88)
WEYLAND	**Aria - 1 / La fugue d'Aria** BD40 (5★ couleur)

Épouvante

Depuis Edgar Poe, il a toujours existé un genre littéraire qui cherche à susciter la peur, sinon la terreur, chez le lecteur. Il a été illustré au cinéma par des films tels que Shining, L'exorciste, Carrie, La malédiction. *Ce sont les livres qui ont inspiré ces films, et d'autres ouvrages du même genre, que vous présente cette collection.*

ANDREWS Virginia C.	*Fleurs captives :*
	- Fleurs captives 1165 ****
	- Pétales au vent 1237 ****
	- Bouquet d'épines 1350 ****
	- Les racines du passé 1818 ****
	Ma douce Audrina 1578 ****
BLATTY William Peter	**L'exorciste** 630 ****
CAMPBELL Ramsey	**La poupée qui dévora sa mère** 1998 ***
	Le Parasite 2058 ****
COYNE John	**L'enfant qui grognait** 2121 ***
FARADAY M.M.	**La possédée** 2059 ****
FARRIS John	**Écailles** 2225 ****
GRANT Charles L.	**La force hideuse** 2290 ****
HERBERT James	**Le Sombre** 2056 ****
JETER K.W.	**Les âmes dévorées** 2136 ****
	Le ténébreux 2356 **** (avril 88)
KAHN James	**Poltergeist I** 1394 ***
	Poltergeist II 2091 **
KAYE M. & GODWIN P.	**Lumière froide** 1964 ***
KING Stephen	**Carrie** 835 ***
	Shining 1197 ****
	Danse macabre 1355 ****
	Cujo 1590 ****
	Christine 1866 ****
	Charlie 2089 *****
	Simetierre 2266 ******
	Le Fléau 2326 ******
KOENIG Laird	**Le disciple** 1965 ***
KOONTZ Dean R.	**Spectres** 1963 ****
	Le rideau de ténèbres 2057 ***
	Le visage de la peur 2166 ***
LEVIN Ira	**Un bébé pour Rosemary** 342 ***
MATHESON Richard	**La maison des damnés** 612 ****

2339
★★★★

Impression Brodard et Taupin à La Flèche (Sarthe)
le 16 février 1988
1717-5 Dépôt légal février 1988. ISBN 2-277-22339-5
Imprimé en France
Editions J'ai lu
27, rue Cassette, 75006 Paris
diffusion France et étranger : Flammarion